P 22'50
31·24

T0277570

Señalado por la muerte

Irvine Welsh

Señalado por la muerte

Traducción de Francisco González,
Arturo Peral y Laura Salas Rodríguez

EDITORIAL ANAGRAMA
BARCELONA

Título de la edición original:
Dead Men's Trousers
Jonathan Cape
Londres, 2018

Ilustración: © Artville. Retoque de Eva Mutter

Primera edición: *noviembre 2023*

Diseño de la colección: Julio Vivas y Estudio A

© De la traducción, Francisco González, Arturo Peral
y Laura Salas Rodríguez, 2023

© Irvine Welsh, 2018

© EDITORIAL ANAGRAMA, S. A., 2023
Pau Claris, 172
08037 Barcelona

ISBN: 978-84-339-1333-3
Depósito legal: B. 12431-2023

Printed in Spain

Romanyà Valls, S. A.
Verdaguer, 1, 08786 Capellades (Barcelona)

Para Sarah

Prólogo

Verano de 2015
Chicos de altos vuelos

Un inquietante reguero de sudor me chorrea espalda abajo. Tengo los nervios de punta; joder, me castañetean los dientes. Aquí estoy, sentado en clase turista, embutido en el asiento del medio, entre un puto gordo y un borracho que no para de moverse. No encontré sitio en primera clase con tan poca antelación y ahora noto una opresión en el pecho que no me deja respirar mientras me echo al coleto otro comprimido de zolpidem e intento evitar la mirada del beodo de al lado. Me aprieta el pantalón. Nunca encuentro ninguno que me quede bien. Pero nunca. La talla treinta y dos que llevo ahora me aprieta, pero la treinta y cuatro me queda colgando y me sienta como el culo. En muy pocos sitios tienen la treinta y tres, óptima para mí.

Para distraerme, cojo la revista *DJ Mag* y paso las páginas con manos temblorosas. Ayer por la noche se me fue la mano con la priva y la farla en el bolo de Dublín. Otra vez. Y, para colmo, luego, mientras volábamos hacia Heathrow, mantuve una acalorada discusión con Emily, la única mujer de los tres DJ que represento. Ella tiene cero confianza en una demo que a mí me encanta, y yo quiero que vuelva al estudio a masterizarla. Intenté presionarla un poco, ella se mosqueó y montó una escenita de las suyas. Así que la dejé en el aeropuerto y me cogí el puente aéreo para Los Ángeles.

Ando jodido: la espalda me tiene hecho polvo, estoy al borde de un ataque de pánico de los buenos y el borrachuzo de al lado no se calla y esparce su miedo por el avión. Me quedo sentado, con los ojos clavados en la revista, tragando saliva y rezando por que las pastillas me hagan efecto. Entonces, de repente, el colega se calla y advierto una presencia junto a mí. Bajo la revista y levanto la mirada.

Lo primero que pienso es *no*.

Lo segundo es *mierda*.

Está de pie en el pasillo, con el brazo tranquilamente apoyado en la parte superior del asiento, por encima de la cabeza aterrorizada del borrachuzo. Esos ojos. Me fríen las entrañas. Convierten mi garganta en un desierto, y las palabras que quiero pronunciar se evaporan.

Franco. Francis James Begbie. ¿Qué cojones?

Mis pensamientos se suceden en una cascada febril: *Ha llegado la hora. La hora de rendirse. De huir no, porque no tengo adónde. Pero ¿qué puede hacer aquí arriba? ¿Matarme a porrazos? ¿Destruir el avión en una misión suicida y llevarse a todo el mundo por delante? Estoy acabado, eso está claro; la única duda es cómo ejecutará su venganza.*

Sin embargo, él se limita a mirarme con una sonrisa plácida y dice: «Hola, colega, cuánto tiempo sin verte».

¡Lo que me faltaba! ¡El puto psicópata está siendo demasiado razonable, seguro que está tramando algo! Me levanto de un brinco, paso por encima del gordo, que deja escapar un gruñido cuando le doy con el talón en la pierna, y aterrizo en el pasillo; me hago polvo la rodilla, pero me levanto de un salto.

«¡Señor!», chilla en dirección a nosotros una azafata rubia con el pelo tieso por la laca mientras el puto gordo, indignado, se pone a vocear detrás de mí. Aparto a la azafata de un empujón, me meto en el lavabo y cierro de un portazo. Echo el pestillo. Apoyo el cuerpo contra la débil barrera que se interpone entre Franco Begbie y yo. El corazón me va a mil por hora mientras me froto la rodilla, que me da dolorosas punzadas. Alguien llama a la puerta con insistencia. «Señor, ¿está usted bien?» Es la azafata, con voz de enfermera de urgencias.

Y entonces oigo de nuevo ese tono razonable que me trastoca: ese tono que conozco tan bien, pero ahora en versión insulsa y transatlántica. «Mark, soy yo...» Duda. «Soy Frank. ¿Estás bien, tío?»

Frank Begbie ya no es un ente abstracto generado en algún rincón de mi mente gracias a recuerdos espeluznantes, un fantasma que deambula invisible en el aire que me rodea. De repente se me ha aparecido ahí, en carne y hueso, en la más trivial de las circunstancias. Está al otro lado de esta mierda de puerta. Y sin embargo pienso en su expresión. A pesar de que apenas me ha dado tiempo a mirarlo, he notado algo muy diferente en Franco. No solo el hecho de que haya envejecido. Bastante bien, en mi opinión, aunque claro, la última vez que lo vi estaba tirado en el suelo, sangrando, en Leith Walk, después de que lo arrollase un coche ni más ni menos que por perseguirme a mí. Eso no saca lo mejor de nadie. Y ahora me tiene aquí encerrado, en el aire, a nueve mil metros de altura.

«¡Señor!» La azafata vuelve a llamar a la puerta. «¿Se ha mareado?»

Noto que el zolpidem me relaja y el pánico retrocede un paso.

Aquí arriba no puede hacer nada. Si se pone chungo, le darán con una pistola eléctrica para inmovilizarlo, como si fuese un terrorista.

Abro el pestillo de la puerta con mano temblorosa. Está de pie ante mí. «Frank...»

«¿Va con usted?», le pregunta la azafata a Franco.

«Sí», contesta, y añade con un aire de autoridad controlada. «Yo me encargo de él.» Se gira hacia mí con aparente preocupación. «¿Estás bien, colega?»

«Sí, solo ha sido un pequeño ataque de pánico... Pensé que iba a vomitar», le digo, asintiendo en dirección a la azafata. «Me pongo un poco nervioso en los vuelos. Esto..., me alegro de verte», suelto, dirigiéndome a Francis James Begbie.

La azafata se larga con aire inquieto mientras yo no paro de pensar *no me dejes solo*. Pero Franco, con su camiseta blanca manchada de vino tinto, hace gala de una calma increíble, además de lucir bronceado y buen porte. Ahí está, sonriendo. No en plan «chalado a punto de saltarte a la yugular», tenso de tanto contenerse, sino como diciendo «no estoy enfadado».

Y para mi asombro, me doy cuenta de que no solo he estado aguardando este momento, sino de que ahora que ha llegado una parte de mí lo recibe con alegría. Es como si un peso enorme se hubiese desprendido de mis hombros maltrechos, y siento una liberación tan terrorífica y embriagadora que me dan náuseas. A lo mejor es por el zolpidem. «Me parece que te debo dinero, Frank...», es lo único que se me ocurre, mientras un chaval se cuela entre nosotros para entrar al meadero. Qué otra cosa puedo decir.

Franco mantiene su sonrisa y levanta una ceja.

Ojito: una cosa es deberle dinero a alguien y otra muy distinta desplumar a un colgado violento que ha pasado la mayor parte de su vida en el trullo. Y que, además, se rumorea que lleva buscándote desde hace la tira de tiempo, y hace unos cuantos años casi te pilla, autodestruyéndose brutalmente en el proceso. Devolverle la pasta no basta para empezar siquiera a resarcirlo. Lo único que puedo hacer es quedarme aquí con él, en el reducido espacio de los lavabos. Surcando

14

el cielo en este tubo de metal con los motores rugiendo a nuestro alrededor. «Mira... Ya sé que tengo que compensarte», digo, sintiendo que me castañetean los dientes. Y en el mismo momento de decirlo, no solo soy consciente de que necesito hacerlo, sino que ahora es posible que ocurra sin que el colega me mate.

Frank Begbie mantiene su sonrisita relajada y un comportamiento natural. Hasta sus ojos parecen serenos y sensatos, no resultan para nada amenazantes. Las arrugas que surcan su cara son más profundas, lo cual me sorprende, porque parecen marcas de reír. Begbie pocas veces se mostraba jovial, a no ser que fuera ante el espectáculo de la desgracia ajena, a menudo provocada por él mismo y sus acciones. Sus brazos siguen siendo fuertes: tensas fibras musculares que brotan de esa camiseta tan extrañamente marcada. «Los intereses pueden ser bastante altos.» Levanta de nuevo la ceja.

¡Serían astronómicos, no te jode! La cosa iba más allá de la deuda monetaria. Más allá incluso del daño que se infligió a sí mismo al salir persiguiéndome como un loco justo cuando pasaba un coche a toda velocidad. Por retorcido que fuese, teníamos un vínculo de amistad que venía de muy muy lejos. Aunque nunca llegué a entenderlo, supongo que aquello me marcó y me hizo ser, en cierta medida, quien soy ahora.

Eso, antes de dejarlo tirado y llevarme la pasta.

Habíamos hecho un trapi con drogas; yo era joven y yonqui, y lo único que quería era largarme pitando de Leith y de las arenas movedizas que me estaban tragando. El dinero era mi pasaporte de salida.

Eso sí, no tengo ni la más remota idea de qué coño hace este tío en un vuelo a Los Ángeles, porque es a mí a quien le toca dar explicaciones. Supongo que se merece por lo menos un conato de aclaración, así que le cuento por qué. Por qué

15

los desplumé a él, a Sick Boy, a Segundo Premio y a Spud. Bueno, no; lo de Spud fue diferente. Compensé a Spud y, mucho después, a Sick Boy, antes de meterme en un chanchullo para pulirle aún más pasta. «Iba a devolverte la guita a ti también», le aseguro mientras intento que no me tiemble la mandíbula, «pero sabía que me la tenías jurada, así que me pareció mejor idea evitarte... Y luego tuvimos el accidente...» Me encojo al recordar cuando lo embistió el Honda Civic y acabó en el asfalto tirado de cualquier manera. Yo estuve con él dándole ánimos hasta que llegó la ambulancia y se quedó inconsciente. En aquel momento, estaba convencido de que había muerto.

Mientras hablo, mi cuerpo se tensa de forma involuntaria, como anticipando un empujón violento, pero Franco se limita a escucharme pacientemente, inspirando con firmeza el aire esterilizado. Un par de veces noto que está conteniendo el impulso de hablar, mientras las azafatas y los pasajeros nos zarandean intentando abrirse paso. Cuando, sin aliento, termino la perorata, se limita a asentir. «Ya.»

Estoy flipando. No me lo puedo creer. Si no estuviésemos en este espacio tan angosto, hace rato que habría salido por patas. «Ya... ¿Qué quieres decir con "ya"?»

«Quiero decir que lo entiendo», me suelta, encogiéndose de hombros, «que entiendo que tenías que largarte. Tú estabas jodidísimo con las drogas. Yo con la violencia y la priva. Te diste cuenta mucho antes que yo de que teníamos que escapar de aquella situación.»

¿Qué cojones es esto?

«Bueno, sí.» Es lo único que puedo decir. Tendría que estar aterrorizado, pero no tengo la sensación de que me esté tendiendo una trampa. Me parece casi imposible que sea Franco. En el pasado nunca habría visto las cosas de ese modo, ni se sentiría cómodo usando ese tipo de vocabulario. «Pero no tomé la vía de escape adecuada, Frank», confieso, con una mezcla de humildad y vergüenza. «Traicioné a mis colegas. Para bien o para mal, Sick Boy, Spud y Segundo... Simon, Danny, Rab y tú erais mis amigos.»

«A Spud le hiciste una putada al devolverle el dinero. Le faltó tiempo para recaer en el jaco.» En la cara de Franco irrumpe esa expresión fría e inhumana que me ponía alerta, porque normalmente precedía a la violencia. Pero ahora las cosas parecen diferentes. Y de lo de Spud, qué iba a decir... Pues que era verdad... Aquellos tres mil doscientos del ala no lo habían ayudado en absoluto. «Si hubieses hecho lo mismo por mí, seguro que la bebida habría acabado conmigo.» Baja la voz mientras pasa otra azafata. «Las acciones pocas veces tienen las consecuencias previstas.»

«Eso es verdad», tartamudeo, «pero es importante para mí que sepas...»

«No hablemos más del asunto.» Levanta la palma de la mano al tiempo que niega con la cabeza y entrecierra los ojos. «Cuéntame dónde te has metido y qué has estado haciendo.»

Solo puedo obedecer. Pero mientras le cuento mi vida no me quito de la cabeza el tremendo recorrido que ha realizado él. Tras el malogrado ataque de Franco en Edimburgo, y a pesar de saber que estaba en el trullo, decidí trabajar como representante de DJ, para no dejar de viajar, en lugar de quedarme anclado en un sitio fijo como promotor de clubes, mi anterior trabajo. Un representante siempre está en movimiento. Sigue a sus clientes por todo el mundo; la música dance ya no tiene fronteras, blablablá. Pero era una excusa: una razón para viajar, para no dejar de moverme. Sí, afanar aquel pastón marcó mi vida tanto como la suya. Seguramente más.

Entonces se nos acerca una pava guapísima con una media melena rubia. Tiene una complexión delgada y atlética, un largo cuello de cisne y unos ojos que irradian una especie

17

de serenidad. «Conque estás aquí», dice; a continuación le suelta una sonrisa a Franco y se vuelve hacia mí, como exigiendo una presentación.

Pero ¿qué cojones es esto?

«Este es Mark, un viejo amigo de Leith», suelta el muy capullo, casi parece el puto Sick Boy cuando se pone a imitar al James Bond de Connery. «Mark, esta es mi mujer, Melanie.»

La sorpresa me deja KO. Meto la mano sudorosa en el bolsillo para tocar el reconfortante frasco de comprimidos de zolpidem. Este no es mi antiguo colega, mi enemigo mortal, Francis James Begbie. En mi mente se abre paso una horrible posibilidad: tal vez lleve todo este tiempo viviendo con miedo a un hombre que ya no existe. Estrecho la mano suave y bien cuidada de Melanie. Me mira con asombro. ¡Es obvio que el muy capullo nunca me ha mencionado! No me puedo creer que Franco haya dejado todo atrás hasta tal punto que ni siquiera se haya dignado mencionarle a su parienta, al menos de pasada, la existencia de su (ex) mejor colega, el tío que lo dejó pelado y por cuya culpa acabó malherido.

Pero Melanie lo confirma al decir con acento estadounidense: «Nunca habla de sus viejos amigos, ¿a que no, cariño?».

«Eso es porque la mayoría de ellos están en la cárcel, y los conoces», con un tono que por fin me recuerda un poco al Begbie de siempre. Lo cual resulta a un tiempo amenazador y extrañamente reconfortante. «Conocí a Mel en la cárcel», explica. «Era la arteterapeuta.»

Se me viene algo a la cabeza: una cara borrosa, un fragmento de conversación entreoído en un estruendoso club en pleno subidón de éxtasis o en medio de un delirio de coca; a lo mejor lo había dicho Carl, el más veterano de mis DJ, o algún colega de Edimburgo de vacaciones en Ámsterdam.

Un rollo sobre que Frank Begbie se había convertido en un artista de éxito. Nunca llegué a creerme ese rumor ni le di espacio en mi conciencia. Yo desconectaba ante la mera mención de su nombre. Y aquella, de todas las leyendas que circulaban sobre él, era la más surrealista e improbable.

«Pues tú no tienes pinta de recluso», dice Melanie.

«Soy más bien una mezcla entre funcionario de prisiones y asistente social.»

«¿A qué te dedicas?»

«Soy representante de DJ.»

Melanie levanta las cejas. «¿Alguno que yo conozca?»

«El más famoso de los míos es DJ Technonerd.»

Franco se queda impasible ante dicha información, pero Melanie no. «¡Guau! ¡Lo conozco!» Se gira hacia Franco. «Ruth fue a una de sus actuaciones en Las Vegas.»

«Sí, es DJ residente del club Surrender, en el Wynn Hotel.»

«*Steppin in, steppin out of my life, you're tearin my heart out, baby...*» Melanie canturrea el último éxito de DJ Technonerd, alias Conrad Appeldoorn.

«¡Esa la conozco!», anuncia Franco, y su entusiasmo suena a Leith. Me mira como si estuviese impresionado. «Qué guapo.»

«A lo mejor te suena otro nombre», me arriesgo. «¿Te acuerdas de Carl Ewart? ¿N-Sign? Fue famoso en los noventa, incluso más en la década de 2000. Era colega de Billy Birrell, el boxeador.»

«Sí... ¿No era el albino aquel, el amigo de Juice Terry? ¿Uno de Stenhouse?»

«Sí, ese.»

«¿Sigue de DJ? Ya nunca se oye hablar de él.»

«Ya, se dedicó a las bandas sonoras de películas, pero se separó de la parienta, pasó una mala racha y dejó tirado a un estudio de Hollywood con la banda sonora de una superproducción. Ya no le dan trabajo en el cine, así que estoy planeando su regreso como DJ.»

«Y ¿qué tal va?», pregunta Franco mientras Melanie alterna la mirada entre uno y otro, como si estuviese viendo un partido de tenis.

«Así, así», admito, aunque de puta pena sería más exacto. La pasión por la música de Carl se ha esfumado. Me cuesta horrores sacarlo de la cama y que se ponga a pinchar. En cuanto termina el bolo, empieza con el vodka y el perico y a mí me arrastra la corriente demasiado a menudo. Como en Dublín ayer por la noche. Cuando era un promotor afincado en Ámsterdam me mantenía en forma. Karate. Jiu-jitsu. Era un máquina. Pero ya no.

Cuando el tipo del lavabo sale, entra Melanie. Intento ni pensar en lo guapa que es, porque estoy seguro de que Franco me leerá el pensamiento. «Oye, tío», digo bajando la voz, «no es así como había pensado que iba a pasar, pero tenemos que ponernos al día.»

«¿En serio?»

«Sí, porque además está la movida esa, que hay que resolver a tu favor.»

Franco parece sentir una extraña vergüenza; luego se encoge de hombros y dice: «Deberíamos darnos el teléfono».

Mientras intercambiamos los números, Melanie regresa, y cada uno vuelve a su asiento. Me acomodo, tras excusarme con efusión ante el capullo corpulento, que me ignora, exhibiendo unos morritos de indignación y frotándose el muslo carnoso con aire pasivo-agresivo. Me estremezco con un pánico y una emoción que llevo años sin sentir. El borracho con miedo a los aviones me mira con empatía esquiva e inquieta. Encontrarme con Frank Begbie en estas circunstancias me indica que el universo está patas arriba.

Engullo otra pastilla de zolpidem y me dejo llevar por la somnolencia; mi mente está agitada y salta de una idea a

20

otra. Pienso en la vida, en que te vuelve cada vez más inflexible y estulto...

... en que cada vez tienes menos tiempo para disfrutar de lo bueno, en que al final te pasas la vida ahogado en mierdas, así que empiezan a importarte un carajo los rollos de los demás –si no, te arrastran a su lodazal–, así que te tiras a la bartola y te quedas viendo Factor X..., *siempre con ironía, por supuesto, con arrogancia y espíritu crítico..., pero a veces, solo a veces, no consiguen bloquear del todo ese extraño y abrumador silencio, y ahí está, un pequeño siseo de fondo, el ruido que hace tu fuerza vital al ser absorbida...*

... escuchaaaaa...

... es el ruido que haces al morirte..., eres prisionero de tus propios algoritmos, que no hacen más que reafirmar tus convicciones para que te atrincheres cada vez más en ellas; permites que Google, Facebook, Twitter y Amazon te aten con sus cadenas psíquicas y te ceben de una versión mierdera y unidimensional de ti mismo, que recibes con los brazos abiertos porque es la única realidad que se te ofrece..., estos son tus amigos..., estos son tus socios..., estos son tus enemigos..., esta es tu vida..., necesitas caos, una fuerza externa que sacuda tu autocomplacencia..., lo necesitas porque ya no cuentas con la voluntad ni con la fuerza ni con la imaginación para hacerlo tú mismo...

... cuando yo era joven, Begbie se encargaba de eso, el mismo Begbie que se ha liberado tan radicalmente de Leith y de su destino carcelario..., por extraño que parezca, una parte de mí siempre ha echado de menos a ese cabrón..., tienes que vivir hasta que mueres...

... así que, ¿cómo vives?

Más tarde, en la terminal del aeropuerto, seguimos charlando mientras esperamos que el equipaje salga por la cinta. Intento estirar las lumbares y él me enseña una foto de sus

21

hijas, dos niñas la mar de monas. Todo esto me desconcierta muchísimo. Es casi como la amistad sensata y normal que habríamos debido tener si no me hubiese visto obligado a mantener constantemente a raya su violencia. Me cuenta lo de su próxima exposición, y va y me invita; disfruta de mi careto de incredulidad, que no intento ni disimular conforme mi bolsa de viaje de cuadros escoceses con ruedas se va acercando por la cinta. «Sí, ya lo sé», admite con elegancia, «la vida es muy rara, Renton.»

«Ya te digo.»

Franco. ¡Con una exposición! ¡No me lo habría imaginado en la puta vida!

Así que lo veo marcharse de la zona de llegadas del aeropuerto de Los Ángeles con su joven esposa. Es lista y maja, y salta a la vista que están enamorados. Nada que ver con la tipa de antes, la tal... como se llamase. Tras comprar una botella de agua de la máquina expendedora, me tomo otro zolpidem y me dirijo hacia el coche alquilado con la inquietante sensación de que el universo no está bien alineado. Si alguien me llega a decir en ese momento que los Hibs[1] van a ganar la Copa de Escocia en la temporada siguiente, me lo creo. La verdad, vergonzosa y amarga, es esta: me da envidia el muy capullo, el artista creativo con una pava tremenda. No puedo dejar de pensar: *Ese tendría que haber sido yo.*

---

1. Hibs: Hibernian F. C. Sus seguidores son *hibs*. *(N. de los T.)*

Primera parte

Diciembre de 2015
Otra Navidad neoliberal

1. RENTON: EL TROTAMUNDOS

La frente de Frank Begbie se perla de sudor. Intento no mirar. Acaba de entrar en el edificio con aire acondicionado tras el calor de fuera, y su organismo tiene que adaptarse. Me recuerda a cuando nos conocimos. Era un día de calor. O a lo mejor no. Empezamos a idealizar movidas según nos hacemos mayores. En realidad ni siquiera fue en la escuela primaria, como yo solía contar. Aquella historia parecía haberse colado en el extraño y voluminoso compendio, a medio camino entre los hechos y el folclore, donde acababan un montón de historias de Begbie. No, fue antes de eso: en la furgoneta de helados enfrente de Fort House, seguramente un domingo. Begbie llevaba un gran bol azul de Tupperware.

No hacía mucho que había empezado la escuela, y por eso reconocí a Begbie. Entonces estaba en el curso siguiente al mío, pero aquello cambiaría. Me puse a hacer cola tras él, mientras un sol brillante que brotaba entre los bloques de pisos ennegrecidos nos deslumbraba. *Parece un buen chico*, pensé mientras contemplaba cómo entregaba obediente el bol al heladero. «Es para después de cenar», dijo con una gran sonrisa al percatarse de que yo estaba observándolo. Recuerdo que aquello me impresionó muchísimo; nunca había visto que le confiaran a un niño la misión de llenar un bol de esa manera. Mi madre se limitaba a ponernos nata montada encima de las rodajas de pera o melocotón en almíbar. Luego, cuando ya tenía mi cucurucho, me di cuenta de que me estaba esperando. Volvimos juntos calle abajo, charlando de los Hibs y de nuestras bicis. Éramos de pies ligeros, sobre todo él, que caminaba a toda prisa y hasta se echaba alguna carrerilla, para que el helado no se derritiese demasiado. (Conque sí que era un día de calor.) Me dirigí a los pisos de protección oficial de Fort House; él se desvió por otra calle hacia un bloque negruzco. Así era Edimburgo entonces, antes de que limpiasen la piedra y eliminasen la mugre industrial. «Hasta otra», se despidió.

Yo le devolví el gesto. Sí, parecía un buen chico. Pero más tarde pude comprobar que no. Siempre contaba la historia de que en secundaria me sentaron con él, como si se me impusiera un castigo. Pero no fue así. Nos sentábamos juntos porque ya éramos amigos.

Ahora me cuesta creer que yo esté aquí en Santa Mónica llevando esta vida. Sobre todo cuando Franco Begbie está sentado con Melanie frente a mí a la mesa, en este bonito restaurante de Third Street. Ambos estamos a años luz de aquella furgoneta de helados de Leith. Yo he venido con Vicky, que trabaja en el departamento de ventas de una productora de cine, pero es originaria de Salisbury, Inglaterra. Nos conocimos en una página de citas. Esta es la cuarta vez que quedamos y todavía no hemos follado. Lo suyo habría sido hacerlo en la tercera cita. Ya no somos unos críos. Tengo la sensación de que hemos dejado pasar demasiado tiempo y ahora titubeamos un poco en compañía del otro, preguntándonos: ¿irá esto a algún sitio? Mi intención era hacerme el guay, pero la verdad es que es una mujer encantadora y me muero por acostarme con ella.

Así que no es fácil estar con Franco y Melanie; los dos

26

ahí tan relucientes, morenitos y saludables. Franco, veinte años mayor que ella, casi consigue hacer buena pareja con esta californiana esbelta, bronceada y rubia. Se muestran cómodos y lánguidos en compañía del otro; una mano posada en el muslo por aquí, un besito furtivo en la mejilla por allá, una mirada llena de significado y un intercambio de sonrisas de complicidad por acullá.

Los enamorados son lo peor. Te lo restriegan por la cara sin darse cuenta. Y eso es lo que me viene pasando con Frank Begbie desde la puta locura del día ese en el avión, el verano pasado. Desde entonces estamos en contacto, y nos hemos visto unas cuantas veces. Pero nunca solos: siempre con Melanie, y a veces con la compañía ocasional que yo traiga. Por raro que parezca, Franco es el responsable. Cada vez que quedamos los dos solos para que yo pueda discutir el modo de devolverle el dinero, encuentra un motivo para cancelar la cita. Así que aquí estamos, en Santa Mónica, con las Navidades a la vuelta de la esquina. Él va a pasar las fiestas aquí, al sol, mientras que yo estaré en Leith con mi viejo. Resulta irónico, pero soy capaz de relajarme ahora que el tío que tengo sentado enfrente, y de quien pensaba que nunca saldría del viejo puerto si no era para ir a la cárcel, ya no constituye una amenaza.

La comida es buena, la compañía agradable. Así que debería estar en paz. Pero no es así. Vicky, Melanie y yo compartimos una botella de vino blanco. Me apetece otra, pero me callo. Franco ya no bebe. No dejo de decírmelo para mis adentros, incrédulo: *Franco ya no bebe.* Y cuando llega la hora de marcharme en el Uber con Vicky, que vive cerca del barrio de Venice, me hallo de nuevo considerando lo que implica esta transformación y en qué lugar me deja. Estoy lejos de ser lo que se dice un abstemio estricto, no caerá esa breva, pero he asistido a suficientes reuniones de Narcóticos Anónimos a lo largo de los años como para saber que no devolverle el dinero no es una opción psicológica válida para mí. Cuando lo compense –y soy consciente de que debo hacerlo, no por él sino por mí–, me quitaré un peso enorme de encima. La necesidad de huir se extinguirá para siempre. Podré ver más a Alex, e incluso quizá recuperar algún tipo de relación con Katrin, mi ex. Puede que incluso intente algo en serio con Vicky, a ver adónde nos lleva. Y lo único que tengo que hacer es pagarle a ese capullo. Sé exactamente la cantidad que le debo en dinero actual. Quince mil cuatrocientas veinte libras: eso es lo que valen ahora tres mil doscientas libras de entonces. Y eso es poca cosa en comparación con lo que le debo a Sick Boy. Aunque también he estado ahorrando para él y Segundo Premio. Pero lo de Franco es más urgente.

En la parte trasera del Uber, las manos de Vicky aprietan las mías. Tiene unas buenas manazas para ser una mujer de uno sesenta y siete; son casi tan grandes como las mías. «¿En qué estás pensando? ¿En el trabajo?»

«Me has pillado», miento con tristeza. «Tengo los bolos de Navidad y Año Nuevo en Europa. Pero al menos iré a casa a pasar algo de tiempo con mi viejo.»

«Ojalá yo también fuese a casa», dice. «Y más ahora que mi hermana va a venir de África. Pero es un viaje demasiado largo para unas vacaciones tan cortas. Así que pasaré las Navidades con algunos expatriados..., otra vez», se queja con exasperación.

Ahora sería el momento de decir: *Ojalá pudiese pasar las Navidades aquí contigo.* Sería una afirmación simple y sincera. Sin embargo, ver a Franco me ha descolocado otra vez, y se me pasa el momento. Ya habrá más oportunidades. Al llegar a mi edificio le pregunto a Vicky si quiere subir a tomar la última. Esboza una gran sonrisa. «Claro.»

Subimos las escaleras y entramos en el apartamento. El aire está espeso, estancado y caliente. Enciendo el aire acondicionado, que cruje y silba al ponerse en marcha. Sirvo dos copas de vino y me desplomo en el pequeño sofá, repentinamente cansado después de tanto viaje. Emily, mi DJ, dice que todo ocurre por una razón. Es su mantra. Yo paso del rollo ese de las fuerzas cósmicas. Pero ahora pienso: ¿y si tiene razón? ¿Y si tenía que encontrarme con Franco para devolverle el dinero? ¿Para quitarme ese peso de encima? ¿Para avanzar? Después de todo, él ya lo ha hecho, y soy yo quien se ha quedado estancado.

Vicky se ha sentado en el sofá junto a mí. Se estira como un gato, luego se quita los zapatos y sube las piernas bronceadas al sofá mientras se alisa la falda. Siento que la sangre me fluye del cerebro a los huevos. Tiene treinta y siete años y ha llevado una buena vida, por lo que deduzco. Le han dado guerra un par de gilipollas y le ha roto el corazón a algún que otro merluzo. Ahora le chispean los ojos y su mandíbula se tensa; está diciendo: *Es hora de ponerse serio. O comes o dejas comer.*

«¿Te parece que ha llegado el momento, ejem, de llevar la historia al nivel siguiente?», pregunto.

Achina unos ojos atentos y se aparta de la frente el pelo castaño, aclarado por el sol. «Yo creo que sí», dice con una voz que pretende ser sexy y lo consigue.

Ambos nos sentimos aliviados de echar el primer polvo. Ya es más que excelente, a pesar de ser solo el punto de partida. Me fascina el hecho de que, cuando te gusta una persona, siempre es más atractiva sin ropa de lo que te imaginas. Pero al día siguiente se marcha temprano a trabajar, y yo tengo que coger un avión a Barcelona. Es para un bolo que no es importante en sí mismo, pero tiene lugar en el club de un tío que organiza el Sonar. Nuestra participación en el festival se cerró a condición de participar en el bolo de Navidad de mañana. Quién sabe cuándo volveremos a follar Victoria y yo. Pero me voy contento y con mucho en que pensar, e incluso quizá con un motivo para volver. Y hace mucho que no me pasaba eso.

Así que aquí estoy, viajando hacia el este, el temido este. Ir en primera clase es esencial en este caso. Debería tumbarme, pero la azafata me ofrece un buen vino francés de su selección y, antes de darme cuenta, ya estoy otra vez pedo en las alturas. En lo único que pienso es en pillar algo de coca. Me conformo con un zolpidem.

Sí, se ha vuelto tan *trendy* que resulta odiosa. Sí, el dinero la ha destrozado. Es cierto, ha sido colonizada por gilipollas cosmopolitas de mucha solvencia y poca personalidad cuyas risas apagadas resuenan en los bares y las cafeterías de sus callejuelas. Pero, a pesar de todo, hay un hecho que no cambia: si no te gusta Barcelona, eres gilipollas, un caso completamente perdido para la humanidad.

Sé que sigo teniendo sangre en las venas porque me encanta. A pesar de que me paso el rato luchando por mantener los ojos abiertos, y cerrarlos me devuelve al infierno de los sudorosos clubes nocturnos de los que salgo o a los que entro. Noto un latido constante, un compás de cuatro por cuatro en el cerebro, a pesar de que el taxista lleva puesta un bodrio de música latina. Salgo a trompicones del taxi y casi me caigo de cansancio. Saco la maleta del maletero y me abro paso hasta el hotel. El registro es breve, pero a mí se me hace eterno. Acabo expulsando el aire de los pulmones en un largo suspiro para meterle prisa al empleado. Me cago solo de pensar en la posibilidad de que uno de mis DJ o el promotor entre ahora mismo con ganas de charla. Me dan la tarjeta de plástico que abre la puerta de mi habitación. Algunas indicaciones sobre el wifi y el desayuno. Me meto en el ascensor. La luz verde que parpadea junto al pomo me dice que la llave funciona, menos mal. Estoy dentro. En la cama.

No sé cuánto tiempo paso sobando. Pero me despierta el teléfono de la habitación con sus sonoros timbrazos. Mi mente viaja con cada uno de ellos hasta que finalmente la pausa es lo bastante larga como para albergar la esperanza de que ya no queda ninguno más. Y luego... Es Conrad. Ha llegado el cliente que requiere más atenciones. Pongo el esqueleto en vertical.

Ojalá estuviese en Los Ángeles o en Ámsterdam, no importa, viendo *Factor X*, quizá con Vicky acurrucada a mi lado, pero no: soy una mezcla temblorosa de desfase horario y farlopa en un hotel de Barcelona, con la sensación casi satisfactoria de que mi coeficiente intelectual se evapora conforme aumentan los latidos de mi corazón. Estoy en la barra con Carl, Conrad y Miguel, un promotor del Nitsa, el club en el que pinchamos. Por suerte, es uno de los tíos guais. Emily entra y pasa de nosotros; se queda descaradamente de pie en la barra y se pone a juguetear con el teléfono. Está dando a entender algo, algo que me obliga a levantarme y acercarme a ella.

«¿Por qué le buscas pibas a los tíos y a mí no?»

No hay muchas cosas de mi trabajo que me molesten. Por supuesto, encontrarle prostitutas a un DJ no supone el menor problema para mi sentido moral. Pero cuando se trata de una joven DJ que busca la compañía de otra joven, la cosa queda fuera tanto de mis habilidades como de mi zona de confort. «Mira, Emily...»

«¡Que me llames DJ Night Vision!»

¿Cómo reaccionas cuando una chavala de pelo negro ondulado, con un lunar en la barbilla y unos ojos grandes como piscinas te mira como si de veras tuviese visión nocturna? Una vez me dijo que su madre tenía sangre gitana. Aquello me sorprendió, porque conocí a su padre, Mickey, que parece de la Liga de Defensa Inglesa. Ya veo por qué la cosa no duró. Emily le da mucha importancia a su alias desde que me oyó llamar a Carl N-Sign y a Conrad Technonerd. «Mira, DJ Night Vision, eres una mujer preciosa. Cualquier tío», me corrijo, «o tía, o persona, en su sano juicio querría acostarse contigo. Pero lo único que conseguirías follándote a una puta de labios pintados y tacones de aguja sería deprimirme a mí un montón, porque estaré en el catre de la habitación de al lado, solo con un buen libro. Y luego deprimirte tú también, porque tendrías que mentirle a Starr.»

La novia de Emily, Starr, es una estudiante de Medicina, alta, preciosa y con el pelo azabache. Uno diría que no es el tipo de chica a la que le ponen los cuernos, pero bueno, nadie es demasiado guapo para estar a salvo de ese destino. La ex de Carl, Helena, estaba tremenda, pero aun así el capullo albino de Stenhouse, con la pinta de raro que tiene, la engañaba con cualquier cosa que se moviese. Emily se aparta el pelo de los ojos y se balancea sobre los talones mientras les echa una mirada a los chicos. Carl está animado, gesticula al charlar con Miguel: habla en voz alta, movido por el carburante en polvo. Espero que el muy gilipollas no se cargue el puto bolo. Conrad observa con una expresión distante y casi entretenida mientras se mete unas nueces más entre pecho y espalda. Emily se gira hacia mí y pregunta en voz baja y ronca: «¿Yo te importo, Mark?».

«Pues claro, cariño, si eres como una hija para mí», le digo, un poco a la ligera.

«Sí, claro, una hija que te hace ganar dinero en vez de obligarte a pagarle la carrera, ¿no?»

La verdad es que Emily Baker, Night Vision, no me hace ganar tanto dinero. Salvo unas cuantas y notables excepciones, a las mujeres DJ no les va tan bien. Cuando llevaba el club, contraté a Lisa Loud, Connie Lush, Marina Van Rooy, Daisy, Princess Julia y Nancy Noise, pero seguía habiendo un montón de DJ buenísimas a las que nadie contrataba. Las mujeres DJ, la mayor parte de las veces, tienen muy buen gusto y pinchan la música house que a mí me gusta, guay y auténtica. Pero por lo general no son tan obsesivo-compulsivas como sus colegas varones. Hablando en plata, tienen vida. Y resulta dificilísimo que incluso las que no la tienen lleguen a triunfar, porque se trata de una industria de lo más machista. Si no están buenas, no las toman en serio y los promotores pasan de ellas. Y si están buenas, no las toman en serio y los promotores intentan cepillárselas.

No voy a mencionar la demo ni el estudio, porque eso saca de quicio a Emily; es un tema estupendo, pero a ella le falta confianza, y yo no soy quién para darle a nadie lecciones vitales. Me ocasionan más molestias mis DJ que mi hijo, y la única diferencia es que hago más esfuerzos por darles lo mejor de mí a ellos. Cuando le digo a la gente cómo me gano la vida, los muy merluzos lo ven como algo glamuroso. ¡Y una puta mierda! Me llamo Mark Renton, soy escocés y vivo a caballo entre Holanda y los Estados Unidos. La mayor parte de mi vida la paso en hoteles, aeropuertos, llamadas de teléfono y correos electrónicos. Tengo unos veinticuatro mil dólares en una cuenta del Citibank en los Estados Unidos, ciento cincuenta y siete mil euros en el ABN AMRO de Holanda, y trescientas veintiocho libras en el Clydesdale Bank de Escocia. Cuando no estoy en un hotel, plancho la oreja en un piso con vistas a un canal de Ámsterdam, o en un apartamento sin balcón en Santa Mónica, a más de media hora del mar. Es mejor que estar en el paro, o de reponedor en un supermercado, paseando al perro de algún ricachón o limpiándole el culo a algún negrero de mierda, pero ya está. Solo en los últimos tres años he empezado a sacar dinero de verdad, desde que Conrad se ha hecho un nombre.

Después de darnos un pequeño homenaje en el hotel, cogemos un taxi al club. Conrad apenas se mete coca o éxtasis, pero fuma un montón de hierba y come como un cerdo. Además es narcoléptico y, como de costumbre, se ha quedado dormido en el recibidor de la zona reservada, llena de representantes de DJ, periodistas y peña esperando. Me dirijo a la barra con Miguel para hablar de negocios, y, cuando voy a echarle un ojo a mi DJ superestrella unos cuarenta minutos más tarde, algo no va bien.

Sigue sopa, tumbado de lado y con los brazos doblados, pero... tiene algo pegado en la frente.

¡Es... es un puto consolador!

Tiro suavemente de él, pero parece que está adherido con fuerza. Los párpados de Conrad bailan, pero siguen cerrados; emite un gruñido ronco. Lo suelto.

¡Joder! ¿Quién ha sido el hijo de puta...?

¡Carl! Está en la cabina del DJ. Vuelvo a la zona reservada, donde Miguel está conversando con Emily, que se dispone a salir. «Quién cojones... Ahí, en la cabeza de Conrad...», señalo, mientras Miguel va a investigar y Emily se encoge de hombros, inexpresiva. «Carl... Qué capullo...»

Salgo pitando hacia la cabina mientras Carl concluye ante un público poco entusiasta que ocupa solo un cuarto del aforo de la pista. Emily se me pega al hombro, lista para reemplazarlo.

«Ven aquí, pedazo de mamarracho», le digo cogiéndolo de la muñeca.

«¿Qué coño pasa?»

Lo saco de la cabina y lo arrastro por la zona reservada hasta el recibidor, para acabar señalando al holandés carapolla, que sigue frito. «¿Has sido tú?»

Miguel está presente; nos mira sorprendido, con los ojos como platos. Carl se ríe, y le da una palmada en la espalda al promotor catalán. Miguel suelta una risita nerviosa y levanta las manos. «¡Yo no he visto nada!»

«Parece que tienes otro problema complejo que resolver,

34

colega», se ríe Carl. «Yo me largo a la pista de baile. Hay una chavalita con pinta de guarrilla con la que llevo un rato cruzando miraditas. No se la vaya a follar otro. Así que no me esperéis despiertos.» Me da un puñetazo en el hombro, y luego sacude el hombro de Conrad. «¡Despierta, puto holandés carapolla!»

Conrad no abre los ojos. Se limita a apoyarse en la espalda, con la verga apuntando hacia arriba. Carl se larga y me deja el marrón a mí. Me vuelvo hacia Miguel. «¿Cómo coño se quita el pegamento resistente?»

«No lo sé», confiesa.

Esto no mola. Tengo la continua sensación de estar a punto de perder a Conrad. Unas cuantas agencias grandes han estado olisqueando por ahí. Se le acabará subiendo a la cabeza. Ya pasó con Ivan, el DJ belga al que llevé a la cima: el muy capullo abandonó el barco en cuanto los derechos de autor empezaron a entrar a raudales. No puedo permitirme el lujo de que Conrad haga lo mismo, aunque me huelo que es inevitable.

Mientras Conrad sigue sobando, saco el Mac y mando algunos correos. Sigue sopa cuando miro el reloj; no falta mucho para que Emily termine su sesión, así que lo sacudo. «Tío, hora de dar el callo.»

Parpadea para despertarse. Mira hacia arriba cuando su visión periférica localiza algo extraño. Se toca la frente. Agarra la polla. Le duele. «Ay... ¿Qué es esto?»

«Algún listillo..., seguramente Ewart, haciendo el imbécil», le digo, intentando quitarle hierro. Miguel está inclinado sobre él. El técnico de sonido grita que Conrad tiene que entrar.

«Dile a Night Vision que resista un poco más», le pido, tirando del vibrador. Parece que le haya crecido en la cabeza.

Miguel nos observa con creciente preocupación y dice

con tono sepulcral: «Tendrá que ir al hospital a que se lo quiten».

Se ve que mi toque no es del todo diestro, porque Conrad suelta un grito. «¡Para! ¿Qué coño estás haciendo?»

«Lo siento. Después de la sesión, nos vamos directos a urgencias, coleguita.»

De repente Conrad se endereza en su asiento y se abalanza sobre el espejo que hay en la pared. «Qué...» Tira con los dedos del falo y suelta un chillido de dolor. «¿QUIÉN HA SIDO? ¿DÓNDE ESTÁ EWART?»

«Cazando chochitos, colega», respondo con timidez.

Conrad tantea y tira de la polla cuidadosamente con sus dedos rollizos. «¡Esto no tiene ninguna gracia! ¡No puedo salir con esta pinta! ¡Se van a cachondear de mí!»

«Tienes que pinchar», advierte Miguel, «tenemos un acuerdo. Sonar. Está en el contrato.»

«Conny», le imploro, «hazlo por nosotros.»

«¡Pero no puedo! ¡Necesito quitarme esto!» Tira de nuevo y suelta un grito, con la cara desfigurada por el dolor.

Me pongo de pie tras él y apoyo las manos en sus anchos hombros. «Déjalo, te vas a arrancar la piel... Por favor, tío, sal», le suplico. «Aprópiatelo. Como si fuese una broma tuya.»

Conrad se pone a dar vueltas, se suelta, jadeando como una olla a presión, y me mira con la abominación más pura y sincera. Pero sale, precedido por la polla, y se coloca tras la mesa, ante los vítores y los destellos de los móviles haciendo fotos. Al César lo que es del César: el gordo menea la cabeza y deja que la polla se balancee entre los gritos enfebrecidos procedentes de la pista.

Emily retrocede y se ríe tapándose la boca con los dedos. «Es gracioso, Mark.»

«No tiene ni puta gracia», le digo, aunque también me estoy riendo. «No me lo va a perdonar en la vida. Lo voy a pagar con sangre, sudor y lágrimas. Yo confiaba en que él me ayudase a encumbraros a Carl y a ti, pero ahora nos va a hacer sudar la gota gorda.»

«¡Todo ocurre por un motivo!»

Y un cojón. Pero hay que reconocerlo: Conrad deja a un lado su petulancia. Cuando llega el estribillo de su tema «Flying High», que dice *Sexy, sexy baby*, hace como si estuviese pajeando el consolador y despierta el entusiasmo general, antes de rugir al micro: «¡Me encaaanta la música *house*! ¡Es la puta polla!».

Ha sido una actuación brutal, pero, cuando termina, Conrad, como es de esperar, está de una mala leche fina. Lo llevamos al hospital, donde le aplican una solución que le afloja y le quita el consolador con bastante facilidad. Sigue descontento y, mientras una enfermera le retira el pegamento restante de la frente con una esponja, dice: «Tu amigo Ewart está organizando su regreso a los escenarios a costa de mi reputación. ¡Ni de coña! ¡Me he convertido en un chiste! ¡Está en todas las redes sociales!». Me enseña Twitter en su teléfono. El *hashtag* #carapolla se ha usado a base de bien.

A la mañana siguiente, me despierto dominado por el temblor habitual y me meto en otro vuelo, esta vez para Edimburgo. En internet encuentro un artículo elogioso que me levanta el ánimo. Es de un prestigioso periodista de música dance que estuvo en el bolo. Se lo enseño a Conrad, que lo lee poniendo unos ojos como platos y dejando escapar desde lo más profundo de sí un jadeo ronroneante.

La mayoría de los DJ modernos son unos muermos sin sentido del humor, unos sosos frikis sin personalidad alguna. Pero está claro que no se puede meter a Technonerd en el mismo saco. No solo ofreció una sesión demoledora en el Nitsa de Barcelona, brillante

en comparación con la trillada actuación del veterano N-Sign, que lo precedió, sino que además hizo gala de un gran sentido del humor al llegar a los platos luciendo un pene colgante que se balanceaba en su frente.

«¿Lo ves? Te lo llevaste a tu terreno», le digo con una pasión que solo me invento en parte, «y además te metiste a la multitud en el bolsillo. Fue un despliegue impecable de diversión y música house; el humor y el ingenio iban acorde con las melodías y...»

«Pues sí.» Conrad se golpea las tetas y se vuelve hacia el otro lado del pasillo, en dirección a Carl. «¡Y le pateé el culo a ese perdedor!»

Carl, con una resaca del copón, gira la cabeza hacia la ventana y suelta un gruñido.

Conrad se inclina hacia mí y dice en tono serio: «Has dicho una actuación "impecable"... Esa ha sido la palabra que has usado: "impecable". Pero eso supone que fue puramente técnica, ¿no es así? Que fue forzada y le faltó alma. Eso es lo que quieres decir, ¿no?».

Me cago en todo, ¿qué mierda de vida es esta? «No, amigo, le salía alma por todos los poros. Y no fue forzada, fue el polo opuesto. ¿Cómo podía ser forzada cuando ese capullo te hizo eso?», pregunto señalando a Ewart, que ahora duerme como un tronco. «Te obligó a sacar lo mejor de ti», digo, dándole una palmada en el pecho, «y tú te saliste con la tuya. Estoy orgulloso de cojones, colega», le digo al tiempo que observo su rostro en busca de una reacción.

Un gesto satisfecho de asentimiento me dice que las cosas van bien. «Los coñitos de Edimburgo molan, ¿no?»

«La ciudad presume de tener las mujeres más despampanantes del mundo», le digo. «Hay un sitio llamado Standard Life; ni te lo imaginas, colega.»

Arquea las cejas, intrigado. «El Standard Life. ¿Es un club?»

«Yo diría que un estado mental.»

Al aterrizar echo un vistazo a los correos, los mensajes, respondo a algunos, reúno a los DJ, me registro en otro hotel como un zombi. Acuesto a los DJ, duermo yo también un poco, y luego bajo por Leith Walk en medio de un frío nubloso que cala hasta los huesos tras el sol californiano, y hasta el catalán. Pero, por primera vez desde hace décadas, me siento sereno, liberado del miedo de toparme de pronto con Begbie.

Resulta perverso observar que algunos tramos del viejo bulevar de los sueños rotos no son demasiado diferentes de partes de la Barcelona que acabo de abandonar: viejos pubs renovados con pésimo gusto, estudiantes por todos lados, pisos prohibitivos que parecen dientes postizos baratos en las mellas que dejan los bloques, cafeterías de modernos, restaurantes de todo tipo y de todas partes que conviven sin problema con cosas conocidas y familiares: reconocer a un merluzo que me echa una mirada sarcástica mientras se fuma un pitillo fuera del Alhambra me resulta extrañamente reconfortante.

Voy a casa de mi padre, junto al río. Viví aquí un par de años tras mudarnos de Fort House, pero nunca sentí que fuese mi casa. Sabes que el capitalismo tardío te ha convertido en un puto pelele sin vida cuando este tipo de momentos te resultan una imposición y no dejas de mirar el móvil buscando correos y mensajes. Estoy con mi padre, mi cuñada Sharon, mi sobrina Marina y sus hijos gemelos, Earl y Wyatt, que son como dos gotas de agua, pero con diferente personalidad. Sharon se ha puesto de buen año. Parece que en Escocia ha engordado todo el mundo. Llevándose la mano al pendiente, dice que se siente culpable por haber ocupado las habitaciones de invitados mientras que yo estoy en un hotel. Le digo que no es ningún problema para mí, porque tengo la espalda chunga y necesito un colchón especial. Y le explico que lo de la habitación de hotel es un gasto de trabajo; mis DJ tienen bolos en la ciudad. La gente de clase trabajadora pocas veces entiende que la mayor parte de las veces los ricos comen, duermen y viajan a su costa, a través de las deducciones de impuestos. No es que sea rico, pero me he abierto camino como gorrón del sistema hasta colarme en la locomotora económica que arrolla a los pobres. Pago más impuestos empadronado en Holanda de los que pagaría en los Estados Unidos, pero prefiero dárselos a los holandeses para que construyan diques que a los yanquis para que construyan bombas.

Tras la comida que han preparado Sharon y Marina, nos apalancamos en la acogedora salita cerrada, y las copas entran como agua. Mi viejo sigue teniendo buen porte; tiene los hombros anchos y, a pesar de que está algo encorvado, no se aprecia demasiado deterioro muscular. Está en ese momento de la vida en el que no te sorprende nada en absoluto. Sus opiniones políticas han dado un giro a la derecha, en una actitud más propia de un viejo nostálgico y quejica que de un reaccionario intrínsecamente radical, aunque no por ello deja de ser una condición lamentable para un antiguo sindicalista, síntoma de una congoja existencial mayor. Perder la esperanza, la visión y la pasión por un mundo mejor y ver cómo los sustituye una rabia huera es señal inequívoca de que te estás muriendo poco a poco. Pero al menos ha vivido: lo peor del mundo sería tener esas opiniones a una edad temprana, nacer con esa parte esencial de ti ya muerta. Un destello triste en su mirada indica que lo ha asaltado la melancolía. «Me acuerdo de tu padre», le dice a Marina, refiriéndose a mi hermano Billy, el padre que no llegó a conocer.

«Ya empieza», se ríe Marina, pero le gusta oír hablar de Billy. Hasta a mí me gusta. Con el paso de los años he aprendido a recordarlo como un hermano mayor leal y constante, en lugar del soldado violento y abusón que durante

40

bastante tiempo predominó en el concepto que tenía de él. Solo más tarde me di cuenta de que ambos eran estados complementarios de su ser. Sin embargo, la muerte a menudo destaca las virtudes de la gente.

«Me acuerdo que después de su muerte», dice papá, aunque se le quiebra la voz al girarse hacia mí, «tu madre miró por la ventana. Él acababa de estar en casa de permiso y se había ido ese fin de semana. Su ropa estaba todavía tendida; todo menos sus vaqueros, los Levi's. Alguien, algún gusano miserable, los había birlado del tendedero», dice entre la risa y la ira, dolorido aún al cabo de tantos años.

«Eran sus pantalones favoritos.» Noto que una gran sonrisa me estira la cara mientras miro a Sharon. «Se daba un poco de pisto con ellos, como el chuleta ese del anuncio que se los quitaba en la lavandería y los metía en la secadora, el que se hizo famoso.»

«¡Nick Kamen!», grita Sharon, encantada.

«¿Quién es ese?», pregunta Marina.

«Seguro que no lo conoces, es de hace tiempo.»

Papá nos mira, quizá un poco molesto por lo frívolo de nuestra digresión. «A Cathy le puso de los nervios haberse quedado hasta sin sus pantalones preferidos. Echó a correr escaleras arriba, a su habitación, y colocó toda la ropa de Billy sobre la cama. No quiso deshacerse de ella durante meses. Un día me la llevé a la tienda de beneficencia, y se vino abajo cuando se enteró de que ya no estaba.» Empieza a lloriquear y Marina le coge la mano. «Nunca llegó a perdonármelo.»

«Ya vale, quejica glasgüense», le digo. «Por supuesto que te perdonó.»

Fuerza una sonrisa. Cuando la conversación llega al funeral de Billy, Sharon y yo intercambiamos una mirada de culpabilidad. Me resulta raro pensar que me la follé en el retrete tras un acontecimiento tan lúgubre, mientras Marina, que ahora está ahí con sus propios hijos, consolando a mi padre, se hallaba en su interior, aún sin nacer. Ahora clasificaría dicha acción como mal comportamiento.

Papá se vuelve hacia mí, con un tono cargado de acusación. «Habría estado bien ver al muchacho.»

«¿A Alex? Ya, pues la cosa está difícil», reflexiono en voz alta.

«¿Cómo está Alex, Mark?», pregunta Marina.

No ha llegado a conocer demasiado bien a su primo. Eso también es culpa mía.

«Debería estar aquí, es tan parte de la familia como cualquiera de nosotros», arguye mi padre en tono de queja, con su expresión de *dime algo si te atreves, capullo*. Pero no puede agravar el considerable daño que me hace este tema.

«Papá», le reconviene Sharon con suavidad. Lo llama así con más frecuencia que yo, a pesar de ser su nuera, y con más razón.

«Bueno, Mark, ¿cómo va la vida de trotamundos?» Marina cambia de tema. «¿Estás con alguien?»

«¡Oye, tú, cotilla! ¡Métete en tus asuntos!», dice Sharon.

«No pienso soltar prenda», respondo con una timidez propia de un escolar al pensar en Vicky, así que digo, cambiando el tono y asintiendo en dirección a mi viejo: «¿Te he dicho que Frank Begbie y yo somos colegas de nuevo?».

«He oído que le va muy bien con lo del arte», dice mi padre. «Que anda por California. Bien hecho. Aquí no tiene más que enemigos.»

2. ACOSO POLICIAL

Es una casita bastante mona, admite. Con ese toque mediterráneo como de bruñido antiguo que tienen muchos hogares de Santa Bárbara, con su arquitectura de estilo colonial español, las tejas rojas, el patio encalado y la buganvilla trepadora. El calor ha aumentado de forma gradual; ahora que la brisa del mar ha cesado, el sol le está aguijoneando el pescuezo, pues tiene recogido el techo del descapotable. Pero lo que más le quema a Harry es estar de vigilancia sin placa. Esa bola dura y omnipresente de ácido en su tripa que, a pesar de los medicamentos que ha comprado sin receta en la farmacia, sigue esperando para subir a abrasarle el esófago. Suspensión temporal en espera de investigación. ¿Qué cojones quería decir eso? ¿Cuándo iban a ponerse a investigar los cretinos esos de Asuntos Internos? Harry lleva meses merodeando por ese tranquilo callejón sin salida de Santa Bárbara donde se ubica la casa vacía de los Francis, preocupado por que el asesino con el que convive Melanie le haga algo a ella y a sus hijas, igual que sin duda había hecho con esos vagabundos, Santiago y Coover.

No es un mal sitio para vigilar: una calle menuda, junto a la salida de la autopista y cerca de un pequeño cruce del que sale un carril de acceso. Seguro que pensaron que acertaban cuando la eligieron. Harry sonríe con suficiencia y deja una huella húmeda con la mano en el cuero del volante al que se ha estado aferrando, a pesar de que el coche lleva mucho tiempo estacionado. *Cerca del centro, con acceso desde la autopista.*

Cabrones.

Desde hace un rato, solo ha visto a la pareja que vive al lado. Tienen un perro, uno de esos chuchos japoneses. A veces la madre de Melanie —no la veía desde que estaba en el instituto, la tía estaba bien buena, igual que la puta de su hija— pasaba por allí a recoger el correo. Ahora era una mujer mayor; su melena rubia se estaba volviendo de color gris ceniza y llevaba gafas de montura plateada a juego. ¿Seguiría siendo follable, llegado el caso? Por supuesto, Harry no dudaría en dejar que la vieja catase su polla. Pero no era su objetivo. Ni ella ni las dos nietecitas que Melanie y su marido el asesino le habían dado, a las que la señora estaba cuidando en este momento.

Le había parecido una eternidad, pero no debieron de ser más que unos días, y de repente, al final de una tarde, Melanie vuelve. El coche aparca y aparecen. Las hijitas, la mayor no mucho más pequeña que la propia Melanie cuando él la conoció..., y ahí está ese..., el monstruo con el que se ha casado.

Harry se frota la barba incipiente y ajusta el retrovisor para ver a cualquiera que se le acerque desde la curva de detrás en aquella calle tranquila y arbolada. Y pensar que había admirado a Melanie, que la había considerado fuerte, inteligente y buena. Pero se había equivocado: era débil, vivía engañada por sus autocomplacientes mentiras liberales, era una presa fácil para el animal ese. Harry se lo imaginaba con esa voz áspera y extraña que tenía contándole historias carcelarias, esos rollos en plan «me he criado en los barrios bajos». Quizá lo que le pasa es que está ciega. Y, si ese es el caso, el deber de Harry es ayudarla a abrir los ojos.

44

Observa cómo ese hijoputa irlandés ayuda a sus dos hijas a bajar del coche y las lleva a casa. Y el modo en que sus malvados ojos se vuelven hacia atrás para echar un vistazo a la calle. No es más que basura, basura, basura. *Ay, Mel, ¿qué coño estás haciendo?* Había trabajado con el asesino en aquella cárcel irlandesa..., ¿o era escocesa? –total, ¿qué más daba?–, y allí la había engañado por primera vez. ¡Ella sabía que era un asesino! ¿De verdad se creía que iba a cambiar? ¿Por qué no veía la verdad?

Y los dos vagabundos: ni rastro de Coover, seguro que el agua y los peces estaban trabajándose su cuerpo ahora mismo. Mejor olvidarlo. El otro, Santiago, apareció enganchado a la plataforma petrolera, pero con la cara destrozada y una herida de bala todavía visible. Se recuperó la bala, que acabó embolsada y etiquetada en el depósito de pruebas. Fue posible rastrearla y vincularla a un arma que seguía desaparecida hoy por hoy. Pero él ya no se encarga del caso (ni de ese ni de ninguno), y a nadie más le importa una mierda.

Entonces Melanie vuelve a aparecer. Lleva una sudadera azul con capucha, zapatillas de deporte y pantalón corto. ¿Va a salir a correr? No. Se mete en el coche. Sola. Harry aprovecha la oportunidad, espera a que pase, después arranca y la sigue de cerca hasta el centro comercial. La cosa pinta bien. Es un lugar público, no sospechará de sus intenciones.

La sigue al interior del centro, la adelanta, luego se detiene y da media vuelta para hacerse el encontradizo. Al verlo acercarse con una sonrisa de oreja a oreja, ella aparta la vista. La cosa pinta mal. A pesar de todo lo que ha pasado, incluida la llamada de teléfono que hizo estando borracho, no se esperaba un desprecio tan descarado. Tiene que decir algo. «Melanie», implora, poniéndose frente a ella con las palmas extendidas, «tengo que pedirte disculpas. Cometí un error terrible.»

Ella se detiene. Lo mira cautelosa, con los brazos cruzados sobre el pecho. «De acuerdo. Dejemos el tema de una vez.»

Harry asiente despacio. Sabe lo que funcionará con ella. «He ido a rehabilitación por mi problema con el alcohol, y acudo a las reuniones con regularidad. Me lo estoy tomando en serio. ¿Puedo invitarte a un café? ¿Por favor? Significaría mucho para mí.» Su tono es suplicante y emotivo. *A los liberales les gusta oír que en el fondo la gente es buena y que intenta mejorar. ¿Por qué no voy a jugársela del mismo modo que se la ha jugado el imbécil del delincuente psicópata con el que se ha casado?*

Melanie se echa el pelo hacia atrás, suspira y señala desganada hacia la zona de restaurantes. Van hacia allá y toman asiento en un Starbucks, cerca del mostrador. Mientras Harry hace cola y pide dos *lattes* desnatados, Melanie empieza a hablar por teléfono. Él aguza el oído. ¿Estará hablando con él? No, parecen banalidades inofensivas entre amigas. *Sí, hemos vuelto... Las niñas están bien...* Sí, Jim también. Creo que irnos nos ha sentado bien a los dos. El año pasado no hicimos más que pasar tiempo con la familia... *Sicilia ha estado muy bien. Y la comida... Tengo que ir al gimnasio con urgencia.*

Harry pone los cafés en la mesa, le acerca uno y se sienta enfrente de ella. Melanie alza su taza, toma un sorbo vacilante y murmura un gracias. Su teléfono está en la mesa frente a ella. Harry tiene que actuar con mucho cuidado. Seguro que todavía tiene la grabación del mensaje que le mandó el verano pasado, cuando estaba borracho y quedó como un estúpido y un blando. Seguro que el monstruo con el que se había casado había tenido la astucia de conservarlo. Pero Melanie tenía que saber que estaba atada a un asesino psicópata. Y Harry se lo iba a demostrar. Iba a demostrar que Jim Francis había matado a esos dos hombres.

46

Al principio mantienen una charla insulsa sobre la época de la facultad y el instituto, así como de conocidos mutuos. Todo va como la seda, piensa Harry, de manual interpersonal del buen policía. *Establece un clima de normalidad. Genera confianza.* Parece que está funcionando. Joder, si hasta le saca una sonrisa a Melanie al contarle una historia de uno de sus colegas. Harry se viene arriba, como siempre. La situación le permite vislumbrar posibilidades. Así que habla un poco de sí mismo. Cuenta que su madre no duró mucho después de que su padre falleciera, como si se hubiera rendido. Cuenta que heredó la casa tan bonita del bosque. Está un poco aislada, pero no le importa. Y entonces algo sale mal. La parte de él que está desesperada por estar con ella en esa casa emerge de golpe y Harry cambia de tema demasiado rápido. No puede contenerse. No puede evitar que aflore el policía que lleva en su interior. «Corres un gran peligro, Melanie.» Y niega con la cabeza, serio, tenso. «¡Jim no es el hombre que crees!»

Melanie hace un gesto de exasperación, agarra el teléfono y lo vuelve a meter en el bolso. Lo mira con serenidad y habla en tono lento y pausado. «No te acerques a nosotros. Ni a mí, ni a mi marido, ni a nuestras hijas.» Alza la voz para atraer la atención de otros clientes. «Estás avisado.»

Harry respira profundamente, sorprendido por la magnitud del odio que ella le tiene. «Me han echado del departamento. ¡Lo he perdido todo, pero no pienso dejar que te haga daño!»

«¡Jim no me hace daño, pero tú sí! Te lo advierto, si vuelves a acercarte a mí voy a presentar una denuncia formal, con un abogado, y voy a darle a tu departamento una copia de la cinta.» Melanie se levanta y se cuelga el bolso al hombro. «¡Y aléjate de mi familia!»

Harry hace un puchero, y su labio inferior tiembla involuntariamente, pero luego se da la vuelta, enfrentándose a dos mujeres que han estado escuchando a escondidas. «Qué hay, señoras», saluda con furia lenta y sarcástica justo antes de darle un sorbo al *latte*. Mira con tristeza la marca de pintalabios que hay en el borde de la otra taza. Parece provenir del fantasma que ha estado persiguiendo la mayor parte de su vida. Sin duda, para cuando se dé la vuelta, Melanie ya no estará allí, habrá desaparecido entre una multitud de compradores. A Harry le cuesta creer que haya estado sentada tan cerca de él.

Cuando Melanie vuelve a casa, encuentra a Jim en la cocina preparando un sándwich. El resultado es muy elaborado y tiene varias capas que incluyen pechuga de pavo sin grasa, rodajas de aguacate, tomate y queso suizo. Nunca deja de asombrarla la habilidad de su marido para sumergirse por completo en las tareas más triviales, así como en las más complejas. La intensidad silenciosa que transmite a todo. Por la ventana ve a las niñas jugando en el jardín con el cachorro recién llegado, al que no logra ver, pero Melanie oye sus inquietos ladridos. Jim alza la vista y le sonríe. No obstante, el gesto se le tuerce en cuanto advierte que pasa algo. «¿Qué ocurre, cariño?»

Ella alarga los brazos, se agarra a la encimera y se echa hacia atrás para estirar el cuerpo y relajarlo un poco. «Harry. Me lo he cruzado en el centro comercial. Sospecho que no ha sido casualidad. Al principio me ha pedido disculpas y se ha mostrado razonable, así que me he tomado un café con él en el Starbucks. ¡Pero entonces ha empezado con sus delirios de que tú has matado a los dos tipos esos de la playa! Lo he amenazado con la cinta y me ha dejado en paz.»

Jim inspira profundamente. «Si vuelve a ocurrir, quizá tengamos que actuar. Buscar a un abogado y denunciarlo por acoso policial.»

«Jim, eres extranjero residente y exconvicto.» Melanie lo mira con tristeza. «Las autoridades no saben demasiado de esa parte de tu vida.»

«Y me cargué la furgoneta de los dos tipos esos...»

«Si todo esto sale a la luz, quizá te deporten.»

«¿A Escocia?» Jim ríe de repente. «¡No sé si podría aguantar que mis hijas acabasen hablando como yo!»

«Jim...»

Jim Francis da un paso al frente, ocupa el espacio entre Melanie y él, y toma a su mujer en sus brazos. Por encima del hombro de ella ve a sus hijas jugando con Sauzee, el bull-dog francés que acaban de comprar. «Shhh, todo va bien», musita para arrullarse a sí mismo además de a ella. «Lo arreglaremos. Vamos a disfrutar de la Navidad.»

Navidad al sol, piensa Jim, y luego recuerda Edimburgo y un escalofrío le sube a toda prisa por la columna.

3. CON TINDER Y A LO LOCO

Euan McCorkindale se observa a sí mismo en el espejo del baño. Prefiere lo que ve cuando se quita las gafas, pues dicho acto hace que sus rasgos se diluyan satisfactoriamente. Cincuenta años. Medio siglo. ¿Adónde había ido a parar todo? Vuelve a ponerse las lentes para contemplar su rostro, cada vez más parecido a una calavera, coronado de pelo gris cortado al rape. Entonces baja la vista a sus pies descalzos, dos pinreles rosa sobre el suelo radiante de baldosas negras. Eso es lo que hace, del mismo modo que otros examinan sus caras. ¿Cuántos pares de pies ha visto en su vida? Miles. Quizá incluso cientos de miles. Planos, desviados, rotos, fracturados, aplastados, quemados, heridos, con queratosis plantar e infecciones. Pero no los suyos: esos están aguantando más que el resto de él.

Euan sale del baño en suite y se viste deprisa, con un poco de envidia al ver que su mujer todavía duerme. Carlotta es casi diez años más joven que él y lleva bien la mediana edad. A mediados de la treintena se hinchó, y Euan deseaba en secreto que cogiera unos kilitos, como su madre: le gustaban las mujeres que tendían a estar rellenas. Pero entonces el estricto régimen de dieta y gimnasio pareció hacer que Carlotta retrocediese en el tiempo; no solo se acercó a su

50

versión juvenil, sino que en algunas cosas incluso la superó. Cuando se conocieron ella no tenía los músculos que tiene ahora, y el yoga le había dado una flexibilidad y una capacidad de movimiento que antes le habría sido imposible. Ahora Euan tiene de nuevo la intensa y devastadora sensación de que su pareja está muy por encima de su liga, sensación que había esperado que la edad limase.

Euan, sin embargo, es un marido fiel y un padre que ha pasado su vida de casado mimando a su esposa y a su hijo. Sobre todo en Navidades. Le encanta el exceso social, muy italiano, que caracteriza a Carlotta, y no le desearía a nadie la austeridad de su propia familia. Cumplir años en Nochebuena en una familia presbiteriana... La receta perfecta para quedarse sin atenciones y sin regalo. Pero el disfrute de Euan del periodo festivo por regla general gira en torno a Carlotta y Ross. Su afabilidad tiende a disiparse cuando se incluye a otros en la mezcla, y mañana tiene previsto ser el anfitrión de la cena familiar de Navidad. Evita, la madre de Carlotta, su hermana Louisa, su marido Gerry y los niños. Con ellos no hay problema. Con quien tiene dudas es con su hermano, Simon, que regenta una turbia agencia de chicas de compañía en Londres.

Por suerte, Ross y Ben, el hijo de Simon, se llevan bien. Lo cual no está mal. Simon lleva casi dos días sin aparecer por allí. Desde que llegó de Londres con el jovencito, abandonó sin ceremonia al pobre Ben y se largó. La verdad es que no era de recibo. No es de extrañar que Ben sea un chaval tan callado.

Encuentra a Ross abajo, en la cocina, todavía en pijama y bata, sentado a la mesa y jugando a un juego con el iPad. «Buenos días, hijo.»

«Buenos días, papá.» Ross alza la vista y se muerde el labio superior. *Nada de feliz cumpleaños. Pues bueno.* Es obvio que su hijo tiene otra cosa en la cabeza.

«¿Dónde está Ben?»

«Sigue durmiendo.»

«¿Todo bien entre vosotros?»

Su hijo pone una cara que Euan no logra interpretar y apaga de golpe el iPad. «Sí... Lo que pasa es que...», y entonces Ross estalla de repente. «¡No me voy a echar novia en la vida! ¡Voy a ser virgen hasta que me muera!»

Euan se encoge. *Dios mío, comparte dormitorio con Ben. Es un buen chico, pero es mayor y, al fin y al cabo, es el hijo de Simon.* «¿Ben te ha estado chinchando con lo de las chicas?»

«Ben no. ¡Todo el mundo en el colegio! ¡Todos tienen novia!»

«Hijo, tienes quince años. Todavía hay tiempo.»

Primero los ojos de Ross se abren aterrados, luego se entrecierran, mientras observa a su padre. No es una expresión agradable de ver para Euan. Parece decir: *puedes ser un dios o un bufón según la respuesta que des a la siguiente pregunta.* «¿Con cuántos años...», el chaval duda, «lo hiciste por primera vez con una chica?»

Joder. Euan siente que algo duro y abrupto le golpea por dentro. «La verdad es que no me parece el tipo de pregunta que se le hace a un padre...», responde con nerviosismo. «Mira, Ross...»

«¡¿Con cuántos años?!», exige su hijo, angustiado de verdad.

Euan observa a Ross. Parece el chavalillo despeinado de siempre. Sin embargo, un toque larguirucho y la erupción de granos, así como su comportamiento cada vez más taciturno, demuestran que la pubertad está en pleno asalto y, por tanto, que esta conversación es de algún modo inevitable. Euan había supuesto con tristeza que los chicos y las chicas de hoy en día estarían viendo pornografía extrema en internet y ligando en las redes sociales, que se harían cosas indescriptibles unos a otros, que lo grabarían en vídeo y que colgarían los resultados grotescos y humillantes. Se había imaginado que tendría que afrontar los problemas psicológicos de la abundancia poscapitalista, pero ahí está, haciendo frente a la tradicional escasez. Se aclara la garganta. «Bueno, hijo, eran otros tiempos...» ¿Cómo puede decirle al chico que durante sus años de instituto en el pueblo le estaba prohibido porque habría significado invariablemente follar con una pariente biológica? (Aunque eso no les había parado los pies a algunos.) ¿Cómo decir que no había disfrutado de la unión completa con una mujer hasta su etapa universitaria, con veintidós años? ¿O que la madre de Ross, Carlotta –por entonces de dieciocho años, frente a los veinticinco de él, e infinitamente más experimentada– no era más que la segunda? «Tenía quince años, hijo.» Opta por adornar el incidente en el que le sobó la teta a una amiga que vino a visitar a una prima suya y convertirlo en un episodio alucinante de sexo sin límites que culminó en penetración. No es un paso demasiado difícil, pues había imaginado tal filigrana masturbatoria en numerosas ocasiones. «Lo recuerdo como si fuera ayer porque fue más o menos en estas fechas, pocos días después de mi cumpleaños», dice, contento de haber incluido el recordatorio. «Así que no te preocupes, todavía eres un chaval.» Le revuelve el pelo. «Tienes el tiempo de tu parte, soldado.»

«Gracias, papá», suspira Ross, algo más tranquilo. «Por cierto, feliz cumpleaños.»

Dicho esto, Ross vuelve corriendo escaleras arriba a su cuarto. Nada más irse, Euan oye una llave en la cerradura de la puerta principal. Sale al pasillo a investigar y ve a su cuñado entrando de puntillas. Simon tiene la mirada más ida que cansada, el pelo gris oscuro afeitado a los lados y un rostro todavía anguloso, todo pómulos y barbilla en forma de cuña. Así que ha vuelto a pasar la noche fuera, sin pisar el cuarto de invitados que le han reservado. Es ridículo: es peor que

53

un adolescente. «Estás en casa, Euan», dice Simon David Williamson con entusiasmo travieso, desarmando a Euan al ponerle una tarjeta y una botella de champán en las manos. «¡Feliz cinco-cero, colega! ¿Dónde está mi hermanita? ¿Sigue en el sobre?»

«Como tiene un largo día por delante, imagino que se levantará tarde», explica Euan; después vuelve a la cocina, deja el champán en la encimera de mármol y abre la tarjeta. Tiene el dibujo de un hombre sofisticado, vestido de director de orquesta, con una batuta en la mano, que lleva una tía tetona tocando el violín enganchada a cada brazo. Y el texto: CUANTO MÁS VIEJA ES LA FLAUTA, MEJOR ES LA CANCIÓN, ASÍ QUE PONTE A TOCAR, ¡NO PIERDAS OCASIÓN! ¡FELICES CINCUENTA!

Simon, con una mirada tan intensa que quema, observa a Euan mientras este examina su regalo. Euan le echa una mirada a su cuñado y huésped, sintiéndose inesperadamente conmovido. «Gracias, Simon... Me alegra que alguien se haya acordado... La gente suele olvidarse de mi cumpleaños con todo el jaleo de la Navidad.»

«Naciste el día antes que el hippy zumbado de la cruz», dice Simon asintiendo con la cabeza. «De eso me acuerdo.»

«Pues se agradece. Bueno, ¿qué hiciste anoche?»

A Simon Williamson se le descompone la cara en cuanto lee un mensaje que ha saltado en su pantalla. «Al parecer, el problema es lo que no hice anoche», resopla. «Algunas mujeres, en particular las maduras, no aceptan un no por respuesta. Las víctimas locas de la vida... Aparte de eso, estuve con viejos conocidos. Hay que mantener el contacto. Es por educación», insiste Simon, que abre el champán, lanzando el corcho al techo, y sirve el elixir burbujeante en dos flautas que ha sacado de la vitrina. «Si alguien te sirve champán en un recipiente de plástico... no tiene clase. Te voy a contar una historia que te va a interesar desde el punto de vista profesional», exclama de tal modo que impide cualquier protesta. «El mes pasado estuve en Miami Beach, en uno de esos hoteles en los que se utiliza cristal exclusivamente. Así es Florida, no puedes hacer nada a no ser que sea un peligro potencial para otros: la pistola a la cintura, los cigarrillos en los bares, las drogas que hacen que canibalices a desconocidos. Por supuesto, me encanta. Estaba fichando a unas monadas que tonteaban con sus minúsculos bikinis junto a la piscina cuando, en plena borrachera, se les rompió una copa. Una de las mencionadas monadas pisó los trozos de cristal. Mientras la sangre teñía el agua azul de la piscina, para disgusto de todos a su alrededor, yo me planté allí, imitándote y haciendo el número de "soy médico". Pedí al personal que me proporcionase vendas y apósitos. Me los trajeron muy rápido, le vendé el pie a la chica y la acompañé a su cuarto, asegurándole que, aunque no iba a necesitar puntos, lo mejor que podía hacer era tumbarse un rato.» Interrumpe el relato para entregarle la copa a Euan y brindar con él. «¡Feliz cumpleaños!»

«Gracias, Simon.» Euan da un sorbo y disfruta del burbujeo y del subidón del alcohol. «¿Le sangraba mucho? De ser así...»

«Sí», prosigue Simon. «La pobrecita estaba algo preocupada porque la venda se estaba manchando de sangre, pero le dije que pronto se coagularía.»

«Bueno, no necesariamente...»

Pero Simon no está dispuesto a permitir interrupción alguna. «Por supuesto, no tardó en preguntar por el acento a lo Sean Connery y por cómo me había hecho médico. Y, claro está, le solté el discurso clásico, inspirado por ti, colega. Incluso le expliqué la diferencia entre un podólogo y un cirujano ortopédico, hay que joderse.»

Euan no puede evitar la sensación de que el bálsamo permea en su ego.

«Y, como resumen brutal de una larga y preciosa historia», dice su cuñado, que se pimpla con ojos ardientes lo que queda en la flauta y anima a Euan a hacer lo mismo antes de volver a llenarlas, «no tardé en montarla. Yo encima, dándole un meneo de aquí te espero.» En respuesta a las cejas arqueadas de Euan, añade a modo de ayuda: «Una jovencita, ya sabes, de esas con un culo para cagar bombones, que había venido de vacaciones desde Carolina del Sur. Pero cuando acabamos, me preocupo al darme cuenta de que la cama está llena de sangre y la monada piscinera, que también se ha dado cuenta, empieza a acojonarse. Le digo que lo mejor es que llamemos a una ambulancia, que más vale prevenir que curar».

«Dios... Lo mismo fue el nervio lateral plantar, o una de las arterias metatarsianas dorsales...»

«De todas formas, la ambulancia llegó más que rápido, se la llevó y se quedó en observación toda la noche. ¡Y yo justo me iba al día siguiente!»

Simon prosigue con las historias de sus últimas vacaciones en Florida, y a Euan le parece que todas implican practicar sexo con una mujer distinta. Permanece allí escuchando pacientemente, bebiéndose la copa de champán. Al acabar la botella, siente una embriaguez satisfactoria.

«Vamos a tomarnos una cerveza», propone Simon. «Mi madre estará al llegar y me va a soltar la mierda de siempre sobre el rumbo de mi vida, y vamos a estar molestando a Carra mientras prepara la comida. Las mujeres italianas y las cocinas, qué te voy a contar que tú no sepas.»

«¿Qué pasa con Ben? Casi no has pasado tiempo con él desde que habéis llegado.»

Simon Williamson pone cara de desprecio. «Ese chaval es un mimado de mierda por el lado materno: panda de cabrones milletis de Surrey, conservadores, pijos, chupapollas, mamporreros, pedófilos lameculos de la Cámara de los

Lores y la monarquía. Me lo voy a llevar al partido entre los Hibs y los Raith en Año Nuevo. Sí, echará de menos a los del Emirates, pero el chaval necesita experimentar el mundo real, y vamos a estar en la sala vip, o sea, que no es que lo esté echando a los leones... Pero bueno...» Hace el gesto de empinar el codo. «¿Privamos o qué?»

Euan se ve arrastrado por la lógica de Simon. A lo largo de los años han abundado las historias sobre su cuñado, pero, como Simon vive en Londres, nunca han hecho nada a dúo. Estaría bien salir una horita o así. Quizá, si hacen migas, las Navidades sean más agradables. «En el Colinton Dell Inn tienen una cerveza muy buena...»

«Que el Colinton Dell Inn se meta las cervezas por su estrecho recto burgués», dice Simon alzando la vista después de toquetear su teléfono. «Enseguida llegará un taxi para llevarnos al centro.»

Unos minutos después salen a un clima brusco y turbulento y suben a un taxi de estilo inglés con un hombre gritón y descarado al volante cuyo pelo es una maraña de rizos apretados. El conductor y Simon, a quien llama Sick Boy, parecen discutir sobre los méritos de dos páginas de citas. «La mejor es Slider», arguye el hombre al volante, a quien Simon llama Terry. «Sin tonterías, directo al grano.»

«Y una mierda. Tinder es lo mejor. Al menos necesitas la tapadera de la historia de amor. La intriga de la seducción es la mejor parte de toda la historia. El polvo al final no es más que vaciar el escroto. El proceso de atraer y engatusar siempre proporciona la mayor parte de la magia. No es que yo suela usar Tinder con fines sexuales, es más una herramienta de contratación para la agencia. Ya sabes, estoy pensando en abrir una sucursal de Colleagues en Manchester. Pero bueno, ahora que la BBC está en Salford...» Simon tiene el teléfono en la mano y está ojeando lo que a Euan le parecen retratos de mujeres, sobre todo jóvenes.

«¿Qué? ¿Eso es una aplicación de citas?»

«Vaya mierda de nombre para una agencia de *escorts*», protesta Terry, ignorando a Euan.

«No es una mierda de nombre», protesta Simon en dirección a Terry, ignorando a Euan. «Y no es una agencia de rameras, Terry, está diseñada para profesionales de los negocios. Cualquiera puede pillar cacho hoy día. Esto es una cuestión de fachada, de imagen, para empresarios que quieren dar una buena impresión. Nada revela tanto éxito como llevar acompañantes inteligentes y bellas. El treinta y dos por ciento de nuestras chicas tiene un máster.»

«¿Máster oral o anal? ¡Espero que uno de cada!»

«Máster en Administración de Empresas. En Colleagues nos gusta que puedan hablar de negocios además de que le den al tema. Es todo cuestión de sofisticación.»

«Ya, pero se las follan igual. Para mí eso es irse de putas.»

«Eso lo negocian las chicas», dice Simon con impaciencia mientras mira la aplicación. «Nos quedamos con nuestra parte como agencia y recibimos la valoración del cliente para asegurarnos de que las chicas mantienen el nivel que exigimos. Pero dejemos el tema», declara con brusquedad. «Pasemos a asuntos más festivos.» Sus ojos examinan la pantalla. «Tres posibles en Counting House: dos jovencitas y una madurita de pro con muy buena pinta.» Simon le muestra el retrato de una morena mohína a Euan. «¿Te la trajinarías? Si estuvieras soltero, claro.»

«No sé... Bueno, supongo que...»

«Tío, te la cepillarías a pelo», canturrea Terry desde el asiento delantero. «Estamos programados para hacerlo. Fijo. Yo solo me fío de Richard Attenborough. El capullo ese ha estado por todo el puto planeta, ha visto todo lo que se menea y ha estudiado su comportamiento copulativo. Ciencia.» Se da un golpecito en la cabeza. «Confía en el cipote.»

Simon está leyendo un mensaje de texto que acaba de recibir. «Cazar a las mujeres que quieres, evitar a las que no, menudo coñazo...» Alza la vista hacia la nuca de Terry mientras recorren North Bridge y Princes Street. «Y se llama David Attenborough, pedazo de engendro ignorante. Richard fue el notas que murió. El actor. El que se tiró a Judy Geeson después de cargársela en *El estrangulador de Rillington Place*. Pero bueno, conociéndote, seguro que te referías a Richard», afirma Simon, provocando una ronda de carcajadas y una discusión con Terry, que, a oídos de Euan, es tan absurda como obscena.

Se abren paso hasta la barra en un pub de George Street lleno de juerguistas en plena fiesta. Suenan a todo trapo canciones navideñas de los setenta y los ochenta. Cuando Euan trae las bebidas, Terry liga de inmediato con una mujer con la que, según explica Simon, ha quedado a través de Slider. Haciendo uso de un sentido de privilegio algo truculento, consigue con el codo espacio en la barra, mientras que Euan se sirve de una agilidad educada para conseguir el mismo resultado; acto seguido, Terry desaparece con su acompañante. «¿Y ya está? ¿Se va con ella?», pregunta Euan.

«Sí. Trato hecho. Seguramente se la tire en el asiento trasero del taxi.» Simon levanta el vaso. «¡Feliz cumpleaños!»

Terry vuelve quince minutos más tarde con una sonrisa dibujada en la cara. «Misión cumplida», dice con un guiño. «Se la metes, te la toca y echa espuma por la boca.»

Con lo que les había costado conseguir aquella posición privilegiada en la barra, Euan imagina que caerá otra ronda, pero Simon, tras mirar el móvil, propone que cambien de bar calle abajo.

Fuera, el frío empieza a morder. Euan siente alivio de no llegar hasta Hanover Street, pues Simon los dirige escaleras abajo a un sótano. Cuando su cuñado llega a la barra, Euan se vuelve hacia Terry, que está bostezando. «¿Simon y tú sois viejos amigos?»

«Conozco a Sick Boy desde hace años. Él es de Leith, yo de Stenhouse. Los dos somos unos salidos, los dos somos *hibbies*, supongo.»

«Sí, va a llevar a Ben al estadio Easter Road en Año Nuevo.»

«¿Te gusta el fútbol, colega?»

«Sí, pero no soy de ningún equipo. En mi isla, las pasiones no se alimentaban.»

«Lo dejabais para el folleteo, ¿no, tronco? Las tías de campo seguro que se abren de piernas a la primera de cambio. Supongo que allí no hay otra cosa que hacer, ¿verdad, colega?»

Euan asiente incómodo (qué otra cosa puede hacer), pero Simon le salva del sonrojo al volver del bar con bebidas de aspecto veraniego que no pegan con la temporada. Las lleva hasta un rincón relativamente tranquilo cerca de los baños. «Es hora de darle un sorbito al cóctel más vil del mundo. Si os podéis tomar esto de un trago, sois hombres de pelo en pecho», afirma mientras distribuye bebidas que parecen piñas coladas a Terry y a Euan.

«Joder... Pero, en fin, es Navidad», dice Terry, tapándose la nariz y bebiéndoselo de golpe. Simon lo imita.

Euan da un sorbo a su copa. A pesar de la piña, el coco y la limonada, tiene un gusto rancio aunque metálico. Hay algo amargo y desagradable en su interior. «¿Qué es esto?»

«Mi propia receta especial. ¡Diseñada para tu cumpleaños! ¡Bebe, bebe, vacíala! ¡Alza la copa bien alto!», le ordena Simon canturreando.

Euan se encoge de hombros, como pensando *Bueno, es mi cumpleaños y además Nochebuena*, y se lo bebe todo. A saber el mejunje que hay en el fondo del cóctel, es más fácil bebérselo de un tirón.

Los ojos de Simon se apartan de la pantalla de su teléfono y se dirigen a una mujer con un top verde que está echando un vistazo al bar. «Seguro que esa ha estado ofreciendo sus servicios en el mismo sitio desde que me la tiré las Navidades pasadas.»

Terry no tarda en mirar al otro lado de la sala. Pone voz de David Attenborough: «Si el animal va al abrevadero, habrá que abrevarle el choto». Se echa la melena rizada hacia atrás, le guiña el ojo a la mujer y se dirige hacia ella.

Euan y Simon lo observan en acción. Cuando la mujer empieza a reírle algún comentario llevándose la mano al pelo, saben que ya hay tema. Para Euan, los ojos de Simon escrutan con la misma avidez a Terry y a su nueva acompañante. «Terry es fenomenalmente efectivo. Con un tipo muy concreto de mujeres», apunta con cinismo.

Su reacción hace que Euan se sienta incómodo, deseoso de cambiar de tema. «¿No fuiste a ver a tu madre las Navidades pasadas?»

«Sí... Je, je», dice Simon, mientras su índice se afana en recorrer por la pantalla un catálogo de rostros femeninos, la mayoría veinteañeras. «El fantasma de las Navidades en Tinder presentes.»

«Entiendo por qué es tan potente esta herramienta para tener citas», dice Euan con nerviosismo. De repente se ha dado cuenta de que se le revuelve la boca del estómago, y después siente un hormigueo en los brazos y en el pecho. Tiene calor y está sudando. Después de que el pánico choque brevemente con la excitación, sucumbe a un extraño brillo que cae sobre él, como si una capa dorada de levedad hubiera descendido sobre sus hombros.

«Euan, podrías bajarte esta aplicación en cuestión de segundos», le insiste Simon. «En serio. Pero, si quieres, me encargo yo de buscarte algo», y lanza los ojos a un grupo de mujeres, invitando a Euan a seguirlo.

«¡No puedo! Estoy casado...», protesta con tristeza, pensando en Carlotta. «¡Con tu hermana!»

«Venga, no me jodas, ¿nos hemos equivocado de siglo o qué?», le corta Simon. «Disfrutemos de los beneficios del neoliberalismo antes de que acabe patas arriba y haga explotar el desdichado planeta que tenemos bajo los pies. ¡Tenemos la síntesis perfecta de lo mejor del mercado libre y del socialismo, aquí mismo, en el teléfono! Es la respuesta al gran problema de nuestro tiempo: la soledad y la tristeza que causa no follar en Navidad... ¡Y es gratis!»

«¡Pero yo amo a Carlotta!», grita Euan triunfante.

Su cuñado pone cara de exasperación. «¿Quién está hablando aquí de amor? *What's love got to do, got to do with it?*», canturrea, y luego explica con paciencia forzada: «En el mercado actual, el sexo es una mercancía como cualquier otra».

«Yo no estoy en el mercado actual, ni quiero estarlo», protesta Euan, sintiendo que su mandíbula empieza a rechinar. Tiene la boca seca. Necesita agua.

«Qué protestante tan singular. Johnny Knox estaría orgulloso. Por suerte yo tengo el regalo del "borrón y cuenta nueva" que brinda la confesión, y que utilizo alegremente una vez cada varios años.»

Euan se seca el sudor de la frente con un pañuelo e inhala. Las luces del árbol de Navidad y el brillo del oropel tienen una vivacidad particular. «Me siento bastante mareado después del champán y la copa esa que sabía a rayos. ¿Qué llevaba? Tu jersey de lana es supersuave», dice tocándole el antebrazo a Simon.

«Claro que sí. Le he puesto MDMA en polvo al cóctel.»

«¿Cómo? Yo no me drogo. Nunca me he drogado...»

«Pues hoy sí. Así que tranquilo, relájate y disfruta.»

Euan respira profundamente. Los huesos se le están derritiendo; de repente ve una mesa que se queda vacía y se sienta en una silla. Terry, que ha estado charlando con la mujer del top verde, se acerca corriendo a Simon encendido de rabia. «¿Le has puesto éxtasis a la copa? ¡Me has convertido en una lesbiana de mierda, traidor hijoputa! Me voy al baño a meterme una raya, a ver si se me pasa el amor y me vuelvo a poner en modo folleteo. ¡Qué puto asqueroso!» Y, agitando los rizos, se va a los lavabos.

¡HALAAAA!

Euan flota por encima de sí mismo en un ascenso imbatible. Sienta bien. Piensa en su padre y en los subidones apasionados que parecía experimentar durante la oración y las canciones de los domingos. Piensa en Carlotta y en cuánto la quiere. No se lo dice suficiente. Se lo demuestra, pero no lo dice con palabras. No lo suficiente. Tiene que llamarla de inmediato.

Se lo propone a Simon. «Mala idea. O se lo cuentas todo, o no le cuentas nada. Pensará que lo dices por la droga. Y es verdad.»

«¡No es verdad!»

«Entonces díselo mañana, en la mesa de Navidad. Delante de todos.»

«Eso haré», afirma Euan con énfasis, después empieza a hablarle a Simon de Ross, y luego le cuenta sus propias experiencias sexuales. O más bien la ausencia de ellas.

«El éxtasis es la droga de la verdad», dice Simon. «Me ha parecido que ya era hora de que nos conociéramos. Llevamos años en la misma familia, pero casi no hemos hablado.»

«Pues sí, nunca hemos estado como ahora...»

Simon le da unos golpecitos en el pecho a su cuñado. La acción no es agresiva ni intrusiva para Euan, le resulta más bien una muestra de buenrollismo. «Deberías tener experiencias con otras mujeres», dice, y su cabeza gira por todo el bar y por fin se mete el iPhone en el bolsillo, «o el resentimiento acabará destruyendo tu matrimonio.»

63

«¡Qué va!»

«Ya verás. Ahora no somos más que consumidores: de sexo, drogas, guerra, armas, ropa y programas de televisión.» Agita la mano en un grandilocuente ademán de desdén. «Fíjate en este montón de tristes cretinos, haciendo como que se lo pasan bien.»

Euan observa a los juerguistas. Todo tiene cierto toque de desesperanza. Un puñado de jóvenes con jerséis navideños fanfarroneando con júbilo superficial, pero como esperando que llegue la copa que desencadene su agresividad para empezar a darle de tortas a algún desconocido o, a falta de eso, entre ellos. Un grupo de oficinistas consuela a una compañera con obesidad mórbida que se deshace en lágrimas. Otras dos, sentadas un poco más lejos, se ríen de su aflicción con un alborozo perverso y conspirativo. Un camarero con el labio inferior colgando y los ojos apagados por la depresión clínica se entrega a la infeliz tarea de recoger los vasos que aparecen en las mesas como conejitos en un campo primaveral. Todo esto al ritmo de una mezcla de temazos populares de Navidad de los setenta y los ochenta, tan manidos ya en las fiestas que consiguen que la gente murmure la letra como si fueran excombatientes con estrés postraumático.

En este ambiente, Simon David Williamson coge carrerilla con su tema. «Tenemos que seguir avanzando hasta que el tren descarrile. Después daremos carpetazo a la locura y la neurosis para construir un mundo mejor. Pero no podemos hacerlo hasta que este paradigma llegue a su fin natural. Así que, por ahora, tenemos que seguir en el sistema socioeconómico del liberalismo y avivar adicciones sin parar. No tenemos elección al respecto. Marx se equivocó con eso de que al capitalismo le sustituiría una democracia de trabajadores prósperos y bien formados. Lo está sustituyendo una república de salidos depauperados y adictos a la tecnología.»

Fascinado y horrorizado por la lúgubre distopía de Simon, Euan niega agitadamente con la cabeza. «Pero tiene que haber elección», protesta, al tiempo que Roy Wood reitera de fondo que ojalá fuera Navidad cada día. «Tiene que existir la posibilidad de hacer lo correcto.»

«Cada vez menos.» Simon Williamson echa la cabeza hacia atrás y se pasa la mano por los rizos negros y canos. «Hacer lo correcto es ahora para los perdedores, los pardillos, las víctimas. Las cosas han cambiado, ahora el mundo es así.» Coge un bolígrafo y un cuadernito del bolsillo y dibuja un diagrama en una página en blanco.

35 años antes del neoliberalismo:

CAPULLO		*SER HUMANO*	*PARDILLO*

35 años después del neoliberalismo:

CAPULLO		*SER HUMANO*	*PARDILLO*

«Las únicas opciones reales son versiones censuradas y ligeramente diferentes de la opción incorrecta, o sea, una ruta alternativa para llegar al mismo infierno. Por Dios, estos polvillos tienen un efecto de primera...», dice Simon, quitándose un poco de sudor de la frente. «Pero bueno», prosigue, dejando que sus ojos como platos giren hacia Euan, «no todo es malo», y se vuelve para mirar a una chica que está a unos pasos de distancia con una amiga. Alza el móvil. Ella le devuelve la mirada y se ríe antes de acercarse y presentarse como Jill, y ofrecer la mejilla para recibir un circunspecto beso de Simon, que se ha levantado. Mientras ella habla con su cuñado, Euan está encantado de sentir que sus recelos están desapareciendo. Jill no es en absoluto como las desesperadas candidatas a citas online de su imaginación. Es joven, segura de sí misma, tiene buen aspecto y parece lista. Su amiga, más o menos de la misma edad, es un poco más regordeta, o eso le parece. «Yo soy Katy.»

«Hola, Katy, soy Euan. ¿Tú también eres, ejem, una chica Tinder?»

Katy parece evaluarlo durante un segundo antes de responder. «My Girl», de Madness, surge de la gramola. Euan piensa en Carlotta. «Lo uso a veces, pero es un rollo. La mayoría de la gente solo busca sexo. Me parece bien. Todos tenemos necesidades. Pero a veces es demasiado. ¿Tú lo usas?»

«No, estoy casado.»

Katy alza las cejas. Le toca el brazo, mirándolo con indignada indulgencia. «Me alegro por ti», canturrea, pero con cierto desapego. Después ve a alguien y se va aleteando al otro lado del bar. Euan se sorprende al experimentar una profunda sensación de pérdida al verla partir, lo cual se compensa con la impresión de que todo está bien.

Una rubia muy delgada, de unos treinta años, supone Euan, ha entrado en el bar y está mirando directamente a Simon. Es impresionante, con una piel casi translúcida y unos ojos azules luminosos e impactantes. Al cruzar su mirada con la de ella, su cuñado suspira con fuerza. Un fantasma de las Navidades en Tinder pasadas; se disculpa con Jill y se levanta para hablar con la recién llegada. Jill y Euan observan en silencio e intercambian algunas palabras en las que Euan identifica cierto acaloramiento antes de que Simon vuelva junto a ellos y conduzca a empujones a Jill y a Euan a una mesa vacía.

Para sorpresa de Euan, la rubia se une a ellos con una copa de vino blanco en la mano y sin quitar los ojos de Simon. Él está en su mundo, besuqueándose con Jill. Llegados a ese punto, Euan se da cuenta de que la mujer debe de ser mayor de lo que creía. Su piel está inmaculada, pero sus ojos cargan con el peso de la experiencia.

66

La mujer se gira hacia Euan, pero sigue mirando a Simon. «Bueno, está claro que este no va a presentarnos. Soy Marianne.»

Euan extiende la mano, mirando a su cuñado, cuyos dedos ya están acariciando la oscura media que cubre el muslo de Jill mientras ella le mete la lengua en la oreja.

Y luego Euan mira a Marianne, que observa la escena con absoluta aversión. Sí, piensa, debe tener la misma edad que él, pero hay algo majestuoso en ella. Parece haberse quitado de un plumazo todos los estragos del envejecimiento, las arrugas, las bolsas, las patas de gallo. Se pregunta si es debido a las drogas. Lo único que ve es la esencia de esta mujer de impactante belleza. «Yo soy Euan», se presenta. «¿Hace mucho que conoces a Simon?»

«Desde hace años. Desde la adolescencia. Diría que el veinte por ciento ha sido una bendición y el ochenta por ciento un infierno», le explica con una voz monótona que a Euan le suena entre barriobajera y pija.

«Vaya. ¿En qué sentido?», pregunta, acercándose a ella y mirando a Simon.

«Es un peligro para las chicas», explica Marianne con rotundidad. «Se las camela y luego las utiliza.»

«Pero tú sigues aquí..., en su compañía.»

«Eso es porque sigo bajo su control», ríe ella sin alegría, y después, con amargura, le suelta a Simon una patada en la espinilla. «Cabrón.»

«¿Qué?» Simon suelta a Jill para mirar a Marianne. «¿Se te ha ido la puta olla? ¡Relájate!»

«Cabronazo de mierda.» Marianne le da otra patada y después, poniendo la mirada en la mujer más joven, se burla con acidez: «Pobre desgraciada. Ahora es un puto viejo. Al menos a mí me engañó cuando era joven y atractivo». Se levanta y le tira a Simon el contenido de la copa de vino.

Simon Williamson se queda inmóvil en el sitio, con el vino chorreándole por la cara, mientras resuenan los ooohs y los aaahs de los parroquianos de alrededor. Euan saca su pañuelo y se lo ofrece a su cuñado.

«Ve tras ella», le azuza Simon, con un movimiento de cabeza en dirección a Marianne, que ya se está marchando. «Habla con ella. Lleva acosándome desde hace semanas, porque sabía que iba a venir de Londres por Navidad. Está resentida porque ya no es joven, nos pasa a todos. Supéralo de una puta vez, joder», pronuncia en una súplica ascendente a todo el bar, antes de volverse hacia Jill. «Repite conmigo: ¡nunca me convertiré en mi madre!»

«Nunca jamás me convertiré en mi madre», dice Jill con énfasis.

«Buena chica.» Simon la agarra de la rodilla agradecido. «Es cuestión de mentalidad. Obviamente, tú tienes madera de ganadora.»

«Lo que tengo son cosquillas», dice Jill entre risitas mientras le aparta la mano, justo antes de preguntar: «¿Crees que podría trabajar para Colleagues? No tengo ningún máster, pero sí un Diploma Superior en Estudios de Gestión de la Universidad de Napier, y me lo convalidan con una licenciatura si consigo cuatro créditos más».

«Lo que tienes es un culo para no dar crédito. Creo que en tu caso puede ser... Porque se diría que tienes todos los atributos básicos. Aunque todas las socias potenciales, como solemos llamarlas, están sujetas al proceso de selección más riguroso», susurra.

Euan está harto de la compañía de Simon. A su manera, y aunque fuera un error, su cuñado seguramente tuviera buena intención, pero lo ha drogado hasta las orejas y ha intentado que engañe a su mujer, ¡que es su propia hermana! Duda un segundo; luego se levanta y va tras Marianne. El caso es que ella no ha llegado más allá de la barra: está ahí, quieta, con el bolso en la mano, como quien espera a alguien. «¿Estás bien?»

«De maravilla», dice Marianne, recalcando la segunda palabra.

«¿Estás...?»

«Esperando un taxi.» Muestra su teléfono, y el movimiento parece provocar que suene. «Ya está aquí.»

«Este... No quiero importunarte, pero ¿hacia dónde vas? Yo también me largo.»

«A Liberton», responde Marianne con un tono vago, colocándose el pelo detrás de la oreja. «¿Te viene bien?»

«Sí. Genial.»

Al entrar en la parte trasera del taxi, le da a Euan otro subidón de éxtasis debido al calor relativo. Pasan por The Bridges rumbo a la piscina de la Commonwealth. No está tan lejos de su casa. Pero no puede volver en este estado.

Ella percibe su inquietud. «¿Estás bien?»

«La verdad es que no. Simon me ha echado MDMA en la copa. Al parecer es su idea de una broma navideña. Yo no suelo tomar drogas..., hoy en día.» Se siente obligado a añadir la coletilla, no vaya ella a pensar que es un estrecho y un aburrido. De repente le mira los pies. Pequeños, delicados y metidos en unos zapatos de tacón. «Tienes los pies muy bonitos.»

«¿Nos has salido fetichista?»

«No, pero quizá esté un poco obsesionado. Soy podólogo», explica al tiempo que pasan frente al Royal Infirmary.

Jill se ha ido al baño con Katy para meterse unas rayas, dando a Simon la ocasión de volver a Tinder. Pero entonces ve a Terry acercándose a él. «¿Dónde has estado?»

«Me he llevado a esa al parquecito que hay de camino a Thistle Street. Para liarnos en el taxi. Gracias a la mierda del MDMA solo le he comido el coño hasta que se ha corrido como una loca. Ni siquiera se la he clavado. Y ahora la tía quiere que nos veamos otra vez. Se cree que soy así todo el tiempo. Le he dicho que se vaya a tomar por culo.»

«Eres todo un caballero, Terry.»

«Pues he visto a tu cuñado, el capullo de Euan, pirándose con la pajarraca de Marianne», declara Terry, con los ojos bailándole ante Simon. «¿Cómo es que no me la he zumbado nunca? Está tremenda.»

«Llevo años follándomela de todas las maneras posibles. Primero su padre me amenazó, luego el calzonazos de su marido. Obviamente, me la seguía tirando cuando se casó, por iniciativa suya. Pero fui un caballero. Le dije que me parecía descortés abusar de un coño destinado a otro hombre, así que al final siempre me la cepillaba por detrás. Si hasta le enseñé a tener orgasmos anales a la tía.»

«Pues es un vacío en el currículum de Lawson, y mira que eso no pasa mucho», dice Terry, algo disgustado. «Cabrón, si era tanta carga, me tenías que haber pasado su teléfono y se habría olvidado de ti. ¿O te preocupaba que te olvidara?»

«¡Ni de puta coña!»

«Tiarronas», dice Terry mirando a las dos mujeres jóvenes que vuelven del baño. «Ya vuelven las nenas. Es hora de sacar la artillería de seducción.»

El primero que se levanta en el hogar de los McCorkindale el día de Navidad es Simon Williamson. No ha podido dormir, como suele ocurrir cuando se atiborra de alcohol y drogas. Su excesivo consumo le parece una debilidad, pero, como es Navidad y esas noches son tan excepcionales hoy en día, evita darle demasiadas vueltas. Euan pronto se une a él en la cocina; todavía parece afectado por la noche anterior. «Menudo es el polvo ese», resopla en voz baja. «No he podido dormir.»

«¡Ja! Bienvenido a mi mundo. La próxima vez prueba a añadir coca y un poco de *speed*, como yo...»

«¡No cuentes conmigo! Tenía que volver con Carlotta. Por suerte tiene un sueño profundo. Me he pasado la noche entera despierto a su lado, sudando y tieso como un yonqui.»

«Por cierto, ¿qué tal con Marianne? ¿Fuiste a su casa?»

Euan parece considerar una mentira, pero se da cuenta de lo inútil que sería. «Sí, tenía que recuperarme antes de volver a casa. Tuve una conversación interesante con ella. Es una mujer muy compleja.»

Simon Williamson levanta una única ceja. «Sin duda, solo un observador inexperto lo vería así.»

«¿A qué te refieres?»

«A que no es para nada compleja. Lo complejo es bueno. Lo complejo es interesante. Ella no es ninguna de las dos cosas.»

«Pues a mí me lo ha parecido.»

«Una cretina tarada puede parecer de lo más compleja porque su comportamiento personal resulta errático y no sabe controlar sus impulsos. Pero eso no es bueno. Las cretinas taradas son solo exasperantes y cansinas. Ya le dije hace varias décadas que se había obsesionado conmigo y que no quería tener nada que ver con ella. Pero no, ella vuelve una y otra vez, exigiendo verme. Es una niña consentida y está acostumbrada a que le den lo que quiere.» Simon Williamson mira con brutalidad a su cuñado. «¡Su padre quería matarme, primero por follármela y luego por no follármela!» Se encoge de un escalofrío, como si de verdad intentara quitarse de encima una fría capa de injusticia. «Toda la familia es una panda de locos controladores.»

«Habla más bajo», le acalla Euan, pues oye la cadena del váter del baño de arriba.

Simon asiente y baja la voz. «Así que servidor siguió

zumbándosela con diligencia, aunque he de decir que cada vez con más reservas. En su defensa diré que folla que te cagas, aunque el mérito es en parte mío: floreció bajo mi desinteresada tutela. Y luego, cuando se esfumó, hace más de una década, pensé: que corra el aire. Pero deseé de verdad que encontrara cierta dicha.» Pronuncia esta palabra con acento extraño, haciéndola sonar como «picha». «Pero no, el tonto del culo que se pegó a ella ha visto la luz. *Voilà*, la tía vuelve a rondarme, a acosarme con mensajes, a castigarme por buscarme rollos que a) son más jóvenes y b) no son ella.» Se encoge de hombros. «Y tú, ¿qué? ¿Le diste bien dado?»

«No seas ridículo», farfulla Euan. Quienquiera que hubiera usado el baño de arriba debía de haber vuelto a la cama. «Fui a su casa a recuperarme y a que el MDMA se me bajara. Por suerte, Carlotta estaba dormida cuando entré. No parecía contenta cuando se ha despertado un momento esta mañana, pero, palabras textuales, "se alegra de que hayamos hecho migas".»

De pronto, hay actividad. Ross baja las escaleras seguido por Ben. «Ya bajan los chiquillos», anuncia Simon. «Feliz Navidad, cervatillos. Vaya par de rompecorazones, ¿eh, Euan? La clásica combinación genética y cultural italo-escocesa: es devastadora para las chicas. Las deja sin sentido, totalmente desarmadas.»

Su hijo y su sobrino lo miran, los dos avergonzados por esa afirmación, y los dos más bien descreídos.

«En cualquier caso, voy a ponerme un rato de televisión mañanera», declara Simon. «De hecho, no pienso moverme del sofá hasta que sea la hora de la cena de Navidad. Y esto es el desayuno», dice, desdoblando un papel de aluminio dorado y mordiéndole la oreja a un osito de chocolate Lindt mientras se señala el corazón en el pecho. «Chupaos esa, *jambos*», y se vuelve hacia la sala de estar.

Carlotta baja las escaleras y empieza los preparativos de la comida. Euan quiere ayudar, pero su mujer insiste en que lo tiene todo bajo control y que debería ir a sentarse con Simon y los chicos a ver la tele. Ross y Ben no parecen tentados por la idea y se retiran a la planta superior, mientras que Euan obedece. Encuentra a Simon disfrutando de una cerveza Innis & Gunn con el osito de chocolate y viendo la reposición de *Navidades blancas*.

«Un poco pronto», dice Euan con los ojos puestos en la lata de cerveza.

«No me jodas, que es Navidad. Y esta birra es increíble. ¿Quién hubiera imaginado que los escoceses pudieran producir la mejor cerveza del mundo? ¡Seguro que así sabe el coñito de la Bella Durmiente recién lavado!»

La sexualización extrema de todo, reflexiona Euan, *¿es que no para nunca?* Después se le ocurre que quizá no sea tan mala idea tomarse un par de cervezas. Atontado aún por el MDMA, tal vez le den la coartada perfecta para su flojera. Por suerte, Carlotta está demasiado entregada a los preparativos de la cena como para darse cuenta. Euan oye a su mujer canturreando «Thorn in My Side», de Eurythmics, tan melódica y dulce. Siente que se le hincha el corazón en el pecho.

Su suegra y su cuñada llegan acompañadas por el marido de Louisa y sus tres hijos, que tienen entre siete y catorce años. La casa está llena de actividad, y se procede al intercambio y apertura de regalos. Ross y Ben reciben sendas PS4 y suben inmediatamente a descargar su juego preferido de internet.

La Innis & Gunn le está sentando de maravilla a Euan: le produce una alegría suave y satisfactoria. Intuye que algo no va bien al ver que Ross reaparece de repente en el comedor y arrincona a Carlotta, que acaba de entrar en la cocina, para pedirle a su atareada madre que suba con él.

Euan estira el cuello hacia la parte de atrás del sillón para verlos y se dispone a hablar cuando Simon le agita el brazo, y madre e hijo suben las escaleras tras ellos. «Me encanta esta parte en la que Crosby le suelta a Rosemary Clooney el discurso sobre el caballero que se siente inseguro en lo alto de su corcel...», dice con lágrimas acumulándose en sus ojos. «Es la historia de mi vida con las mujeres», y se atraganta, como si algo se rompiera en su pecho.

Euan observa la escena con creciente preocupación. Simon parece absolutamente sincero respecto a sus sentimientos. Se da cuenta de que su cuñado es peligrosísimo para las mujeres por su habilidad de creerse por completo esos roles fantasiosos que idea para sí mismo.

Al final, los convocan a gritos al comedor desde el fondo de la cocina para comer. Se hacen fotos con un aire ceremonioso. Simon Williamson retrata a la familia, luego de forma individual a su madre Evita, que parece ausente, luego a Carlotta, Louisa, Gerry y a los chicos, a Ben, al silencioso Ross y al final a Euan. Durante el proceso, tanto Simon como Euan sienten una extraña tensión, pero tienen hambre y cuando toman asiento ven todo a través de una niebla de embriaguez. Carlotta susurra con ansiedad a su madre y a su hermana. Consciente de la contundencia de la cena de Navidad, ha preparado un entrante ligero: en la mesa hay pequeños cócteles de gambas aliñados con limón.

Euan se sienta agradecido y se dispone a hablar cuando ve lágrimas cayendo por las mejillas de su mujer. Está agarrada a la mano de su madre y no se digna mirar a su preocupado marido. Y Evita le está clavando puñales con los ojos. Simon y él se miran instintivamente, desconcertados.

Antes de que Euan diga nada, su hijo se levanta y le da una bofetada en la cara.

«¡Puto cabrón asqueroso!» Ross señala a Carlotta. «¡Es mi madre!»

Euan no sabe reaccionar, ni siquiera abre la boca, y sus ojos se dirigen a su esposa. Carlotta está sollozando con tanta desesperación que incluso se le agitan los hombros. «¡Debería darte vergüenza!», le grita Louisa, al tiempo que Evita maldice en italiano.

La apabullante sensación de que el mundo se está desmoronando absorbe hasta el último pedazo de energía y, sin duda, de conciencia de Euan.

Y entonces Ross enciende el iPad y lo presenta ante el rostro asombrado de su padre. Ahí está, el día antes, con la tal Marianne, y están desnudos, en la cama de ella, y él le está metiendo la polla en el culo lubricado mientras le acaricia el clítoris. Ella le va dando indicaciones entre gemidos, diciéndole lo que tiene que hacer. Y entonces mira, traumatizado, a su cuñado, pues se da cuenta de que las palabras que salen de la boca de esa mujer son en realidad las de Simon David Williamson.

De repente, en medio de su confusión mental, y mientras todas las caras lo miran, asqueadas, la verdad se abre paso en su mente: Marianne le ha enviado por correo electrónico la grabación que habían hecho. Ha debido de ir a parar a la cuenta familiar de iCloud. Ross la ha abierto sin querer intentando descargar un videojuego para la PlayStation 4. Ahora todos lo están viendo, en familia, durante la cena de Navidad: la primera infidelidad de Euan provocada por la droga. Su cuñada y su marido miran con repugnancia. Su suegra se está santiguando. Simon, realmente sorprendido, lo observa con fantasmagórica admiración. Pero en los ojos de su hijo y de su mujer, en sus rostros desencajados, no distingue nada aparte de una sensación de traición profunda e inabarcable.

Euan McCorkindale no encuentra palabras. Pero las pronuncia con tono obsceno y lleno de deleite en la pantalla que Ross sostiene ante él con los brazos extendidos, de modo firme e inquebrantable.

75

La primera persona en recuperar la voz es Carlotta. «Vete a tomar por culo. Fuera de aquí ahora mismo», y señala la puerta.

Euan se levanta con la cabeza gacha. Está mortificado, como si se hubiera quedado petrificado por la impresión, más allá de la vergüenza. Sus miembros pesan y le pitan los oídos mientras una piedra del tamaño de un agujero negro le llena el hueco del estómago y del pecho. Mira hacia la puerta, que parece estar muy lejos, y siente que se mueve hacia ella. No sabe adónde va a ir, y por puro instinto coge el abrigo de la percha del vestíbulo antes de abandonar el hogar familiar, quizá para siempre.

Al cerrar la puerta tras de sí y salir a las calles frías y tristes, piensa que la Navidad nunca volverá a ser lo mismo. Pero su mano busca el iPhone y lo saca del bolsillo. Euan McCorkindale no busca una habitación de hotel en Google. En vez de eso, pulsa el botón de Tinder, la aplicación que se descargó después de dejar a Marianne, inundado por una culpa cegadora y alegre durante la madrugada del día de Navidad. Y sus dedos fríos van pasando fotos con velocidad en pos de un nuevo futuro.

4. SPUD: VA POR USTED, SEÑOR FORRESTER

El coleguita suelta un gemido descorazonador que recuerda a cuando estrujas un bote de kétchup. Necesita un buen corte, en plan que casi no se le ven esos ojitos brillantes con tanto pelo. «Se me están congelando las pelotas, Toto. Lo siento, colegui, pero al menos tú eres un west highland terrier, sabes, y llevas el abrigaco de serie, tío», le digo mientras se me enrosca a los pies. Le toco el morro, y lo tiene frío como un témpano, pero eso es señal de salud canina. A veces me da muy mal rollo, tío, como si yo fuera uno de esos tipos que solo tiene un perro para ir pidiendo con ellos, en plan para dar pena. Y ven a Toto y dicen: «Anda, Spud, pero si a ti te molaban más los gatos, tronco», y yo digo: «A mí me molan todos los animales». Pero ya te digo, no me ha hecho ningún mal tener a Toto. Para pedir y esas cosas. La gente odia ver sufrir a los animales.

«Pero no te tengo por eso, Toto, es más por la compañía, colegui», le digo. Sé que los animales no saben lo que les dices, pero perciben el rollo, tío, esos trocitos de lenguaje corporal que sueltas con la voz y hasta cuando tienes malos pensamientos. Y así está el mundo de enfermo, hermano: los medios de comunicación en manos de empresas que transmiten el virus del mal rollo. El pájaro ese de Rupert Murdoch y su periódico, el *Sun*. Cada vez que veo un titular en ese periódico pienso: «Joder, tío». No me gusta someter a Toto a ese tipo de trato. Pero es cierto que necesitas a un colegui cuadrúpedo para ir por la vida, ya que todos los bípedos te han dejado atrás, ¿o no?

Pedir no está tan mal, el periodo festivo siempre mola. La peña va rebosante de alegría y alcohol, y con esta rasca es como que los corazones se ablandan, ¿sabes?

Pues eso, que estoy contento con mi botín de doce libras y sesenta y dos peniques. Cuatro horas al frío, y por debajo del salario mínimo, pero te pagan por andar por ahí. Es curioso, cuando empiezas por la mañana hay que poner el careto típico, la mueca triste y siniestra que es como pedir a gritos ayuda al mundo. Pero cuando llevas un rato deambulando, el frío se te ha metido hasta los huesos y ya ni siquiera tienes que fingir. Estoy a punto de recogerme cuando me doy cuenta de que hay alguien mirándome desde arriba. En plan merodeando, sin intención de tirar ninguna moneda al vaso de poliestireno. No quiero mirar, porque a veces es un zumbado o un gamberro con ganas de gresca. Pero oigo una voz conocida. «¿Todo bien, Spud?» Alzo la cabeza.

Hombre, pero si es Mikey Forrester. «¡Mikey! ¿Cómo va todo?», le pregunto. Porque tengo que decir que las pintas que tiene son para verlas, con ese forro polar viejo, en vaqueros y zapatillas de deporte. Me quedo un poco sorprendido, tío. La última vez que vi a Forrester parecía que le iba muy bien: trajes de primera y abrigos largos de la sociedad de matones.

«Bien, Spud», suelta Forrester, pero se diría que el menda está intentando reunir todo el entusiasmo que puede, ¿sabes? «Tengo un trabajito que podría interesarte. Con buena comida y un viaje. ¿Te apetece una pinta?»

En el plan en el que estoy, soy todo oídos. «Pues vas a tener que invitar tú, Mikey. Ando un poco corto de pasta», miento. No puedo gastarme las doce libras en birras, tío. Con este botín hay que comprar pan y judías para mí y comida de perros para Toto.

«Ya me lo imaginaba.»

«En el garito de esa calle te dejan entrar con perros», digo señalando al pub.

Mikey asiente, cruzamos el suelo adoquinado y entramos en el acogedor tugurio. ¿Sabes cuando el calor te pega un tortazo? No hay nada que lo supere, tío, por mucho que sea de lo más desagradable durante un rato, hasta que el cuerpo se acostumbra. Es como la peli esa que vi en la que estaban en el espacio y tenían que envolverse en papel de aluminio y saltar de una nave a otra, sin traje ni nada. Apenas unos segundos de ese frío. El tiempo de la descompresión. Que se te calienten los dedos de las manos y de los pies. Toto se me enrosca en los pies y eso ayuda. Mientras, Mikey pide a gritos dos pintas de San Miguel.

Cuando las pone en la mesa, suelta: «Me he asociado con Victor Syme», y luego añade en voz baja: «Vic ha vuelto».

Pues ya no me hace tanta gracia el curro este, tío, porque Syme es un pájaro de mucho cuidado, y dudo que Mikey sea el que manda aquí. La alarma de mi cabeza está haciendo ni-no, ni-no...

«Pagan bien y además está tirado.»

A ver si el colega lo suelta. Oír lo que tiene que decir no me hará daño. «¿Hay alguna posibilidad de que reciba un adelanto por el trabajo, hermano? Es que la cosa ha estado un poco floja últimamente.»

«Seguro que podemos llegar a un acuerdo. ¿Quieres oír primero mi propuesta?»

«Eh... Sí», digo, dando otro sorbo de cerveza. Pero ya estoy acelerando, imaginando que las cosas van a ir bien, que ya era hora de que el colegui Murphy tuviera un poco de suerte. Todo el mundo, hasta los polluelos más marginados del nido, parecen haberme dejado atrás. Zapatazo en los cojones de la autoestima, chaval. No es coña. Por eso, que alguien te quiera otra vez, para lo que sea, está guapo.

Así que Forrester me está diciendo que lo único que necesita es que vaya a recoger un paquetito y que lo entregue por ahí. Si consigo que Mikey me dé un anticipo, lo mismo caen unos pantalones nuevos, un par de zapatillas que todavía tengan cordones y todo. Pero no estoy seguro con Mikey: vaya, que dudo si es de fiar o no. Hay que hacer trabajo de campo, hermano. «Pero la entrega no es de droga, ¿verdad?», le pregunto. «Porque yo no soy como los camellos, ni de coña.»

Mikey niega con la cabeza rapada y luego se la toca con la mano. Como intentando imitar a los gánsteres, en plan Tyrone el Gordo. «Te lo juro, tío, no tiene nada que ver con eso», explica Forrester. «Lo único que tienes que hacer es ir en avión a Estambul. En el aeropuerto te recogerá un tipo y te dará una caja que tendrás que llevar a Berlín en tren. Llevas el paquete hasta allí y se lo das a otro tipo.» Y el colega añade, poniéndose muy serio: «Pase lo que pase, no abras la caja».

«¿Como en la peli esa, la de *Transporter*?»

«Exacto.»

«Bueno…, y ¿qué hay dentro?»

Mikey me dedica una sonrisa seria. Mira a su alrededor, baja la voz y se inclina hacia mí. «Un riñón, Spud. Un riñón humano. Para una operación que salvará una vida.»

Oh-oh. No sé yo. «¿Qué? ¿No es ilegal trapichear con partes del cuerpo, del rollo la invasión de los ladrones de cuerpos?»

Mikey vuelve a negar con la cabeza. «Es todo legal, colegui. Tenemos hasta un certificado. No puedes abrir la caja porque está sellada y esterilizada, con el riñón metido en hielo o no sé qué químico helado que no es hielo, pero que hace lo mismo.»

«¿No es hielo?»

«No, pero hace lo mismo que el hielo. Lo han inventado para sustituir al hielo.»

«Sustituir al hielo... Joder, tronco, no estoy tan seguro. El hielo es natural, aunque se haga artificialmente en los frigoríficos, pero está en estado natural en los polos...»

Mikey agita la mano y menea la cabeza. «No, Spud. No es como el de las bebidas», dice, después ríe y apura su pinta. «Pero funciona mejor para congelar órganos.»

«¿Los mantiene a punto hasta el trasplante, o qué?»

«¡Ahí le has dado! Si abres la caja, el cacho de carne empieza a deteriorarse y no sirve para nada, ¿entiendes?»

«Pero ¿no es un poco arriesgado transportarlo así?»

«El caso es que no pasa la seguridad del aeropuerto, pero en tren pasa sin problemas. Un tipo queda contigo en el aeropuerto de Estambul y tú de ahí te metes en el tren a Berlín. Otro menda lo recoge, tú tiras para el aeropuerto en taxi y vuelves a casa quinientas libras más rico. Y eso sin contar con las otras quinientas que te doy ahora mismo. Más justo no se puede ser.»

Quinientas libras... Ahora mismo... «¿De quién es el riñón?»

«De un donante.»

«¿Un fiambre?»

«Sí... Bueno, no necesariamente, porque puedes vivir de perlas con uno solo», explica Mikey, y luego se pone pensativo. «Lo mismo es alguien que lo hace por algún familiar. No lo sé. ¿No esperarás que le pregunte a Vic Syme, el tío que regenta las saunas, no?», prosigue, apartando los ojos y bajando la voz. «No voy a ir a pedir cuentas de dónde viene, ¿no? Mi lema es: no preguntes y así no te mentirán. Aquí tienes los papeles», dice, dándome un certificado.

Parece algo que se puede sacar de internet, en plan descargándotelo, así que imagino que es bastante oficial. «Seguro que no es tan fácil... si está metido Vic Syme», digo. No conozco al tipo ese, pero es un pájaro que tiene la reputación de un buitre asesino.

«Bueno, colega, siempre hay riesgos, y estamos hablando de mercado negro. La operación se realizará en una clínica privada. Pero el trabajo es tuyo si lo quieres», ofrece Mikey. «Te puedo decir que han estado haciendo un montón de cosas de estas y que no han tenido ningún problema.» Coloca un sobre lleno de billetes en la mesa.

Pienso en esto: es una aventurita, y el caso es que no tengo nada mejor que hacer. «No es por malmeter ni nada, Mikey, pero esta peña, en plan, Vic Syme, ¿es de fiar? No quiero hacer nada si no es gente de fiar.»

«Spud, tú me conoces», dice Mikey encogiéndose de hombros.

Y es cierto, porque lo conozco desde hace años. Y no, no ha sido siempre de fiar, pero yo tampoco. Lo mismo ha cambiado, quién sabe. El beneficio de la duda. Me está ofreciendo una segunda oportunidad, así que tengo que darle una yo a él. No tengo nada que perder. «Venga, vale», y alargo la mano para coger el sobre, como el menda de *Misión imposible*, el tipejo de Hollywood que salía en *Top Gun* con la tía buena esa de la que no se ha vuelto a saber nada. La cinta o lo que sea que tiene dentro no se autodestruirá, así que de puta madre. «No pretendía ser desconfiado ni hablar mal de la peña, Mikey, solo estoy asegurándome, ¿entiendes?»

«No me he molestado, amigo. Hay que tener la cabeza sobre los hombros. A mí me habría puesto más nervioso darle el trabajo a algún idiota que no hiciera ese tipo de preguntas. ¡Me da la confianza de haber elegido al tipo adecuado para la misión!»

82

Y oír la palabra «misión» me hace sentir bien. Brinda-mos. «Sí, tío, voy a hacerlo bien.»

«Genial, sabía que podría contar contigo, amigo», dice Mikey. «Por cierto, Spud, procura arreglarte un poquito, ¿vale, tío?»

Sé que Mikey no lo dice con maldad, solo le preocupa que llame la atención cuando pase por el Checkpoint Char-lie o por donde sea. «Con esta pasta, lo único que puedo de-cir a eso es: vale, tronco.»

5. RENTON: SECRETO PROFESIONAL

Me encanta la música dance, pero los DJ ya no: es una mierda de tarea ser su representante. Antes no era así: algunos DJ eran lo puto peor, sí, pero la mayoría no, solo era gente a la que le molaban los clubes y la música dance. La cosa cambió cuando empezaron a llegar los millennials, *unos estirados que van por ahí como si el mundo les debiese algo, y ahora, por lo general, y salvo bastantes honrosas excepciones, lo que suele ocurrir es que, cuanto más dinero cobra el DJ, más capullo es. Así que a medida que iba ganando pasta, me encontraba con gilipollas cada vez más grandilocuentes y vanidosos; encima resulta que uno de esos cabrones me dejó tirado tras haberle cimentado una carrera —Ivan, el belga melenudo que siempre estaba callado—; cosas que pasan, tampoco lo cuento para dar pena, me ha ido bien, es solo una muestra de que para estar en este negocio no se puede tener la piel muy fina. Tengo que sacar a los putos DJ de la cama por la tarde, suministrarles drogas que les compro a los desgraciados de los promotores, sacarlos en ocasiones de la puta cárcel, y algo que resulta aún más exasperante: pelearme con los lacayos de las empresas por los derechos de autor. Pero lo peor de todo es conseguir que los mamones echen un polvo, cosa que no es siempre tan fácil como parezzzz...*

84

Estoy tumbado en la cama de un ático de auténtico siba-
rita en un hotel de Las Vegas. Tiene dos dormitorios, cada uno
con un baño de mármol, y un gran salón, con su cocina de
lujo y una recargada chimenea. Por suerte, corre a cuenta
de la empresa y además desgrava, pero tengo tal desfase horario después del maratón Edimburgo-Londres-Ámsterdam-
Barcelona-Los Ángeles-Las Vegas que apenas sé dónde coño
estoy o qué se supone que estoy haciendo; de hecho, soy incapaz de retener un solo pensamiento. A pesar de haberme
metido entre pecho y espalda un único comprimido de zolpidem (y un Valium), el puto gas de la risa que introducen
en la habitación para tenerte sentado a las mesas de abajo a
todas horas se asegura de que el sueño quede fuera de tu alcance. Lo único que puedo hacer ahora es echarme y ponerme al día con *Juego de Tronos*. De repente llaman a la puerta,
así que saco los despojos que tengo por cuerpo de la cama y
dejo entrar a Conrad. Technonerd no se anda por las ramas.
«No puedo dormir, y tampoco podré después en Los Ángeles. ¡Necesito estar con una mujer!»

«Genial.» Congelo la imagen en la pantalla y me incor-
poro con la cabeza atontada. No sé si me trago el rollo de
que Jon Nieve vuelva de entre los muertos, pero me parece
un juego de niños comparado con mi tarea. Hace apenas dos
años, Conrad era un joven tirillas holandés. Después empezó
a dilapidar en comida gran parte de su recién amasada fortuna,
y el muy capullo no es que se distinga por sus luces. ¿Puede
haber algo más triste que un joven millonario pidiéndole a la
limusina que se pare delante de un puto McDonald's? Sí, ser
tú el imbécil que tiene que bajarse y comprarle a su gallina
de los huevos de oro la mierda que lo llevará directo a una
diabetes tipo dos. No puede dejar de comer, literalmente. Es
pura gula, porque se infla de fumar hierba. Ahora, a los veintidós, el capullo es una bola de sebo sin aliento. ¡Se me obstruyen a mí las arterias solo de ponerme a su lado!

«Pero la mujer tiene que tener el pelo oscuro», insiste su carita de niñato consentido, con el matiz sibilante de su voz holandesa exacerbado por el leve jadeo de una incipiente enfermedad respiratoria. «Y tiene que tener unos pechos de tamaño medio; no pueden ser pequeños, pero tampoco grandes y caídos. No quiero implantes. Y labios gruesos, pero naturales...»

Lo interrumpo. «Conny, está claro que has estado viendo porno y matándote a pajas. No me cuentes rollos y enséñame a la afortunada artista de cine para adultos que ha tenido la suerte de ser objeto del deseo de esta superestrella de los DJ.»

Me mira brevemente, como si la ironía fuese algo que no terminase de pillar del todo, y saca el teléfono. Por suerte, la actriz porno tiene una página web, además trabaja también como chica de compañía y encima vive en Los Ángeles. Poder contratarla a ella me ahorraría el pasarme siglos buscando a una chavala que se le parezca. Hacer esto por otra persona es el trabajo más desmoralizador que se pueda uno imaginar. Me va a costar un ojo de la cara, pero ese triste imbécil es el que trae la pasta a casa, lo cual debe de convertirme en el pringado supremo de la cristiandad. «Si quieres a esa, tendrás que esperar hasta la madrugada, cuando lleguemos a Los Ángeles. Si tus necesidades son más inmediatas, puedo llamar a una agencia de Las Vegas...»

«Que les den a las putas baratas de Las Vegas, solo van a por el dinero», suelta.

«Bueno, es parte del perfil profesional. ¿O es que en el Barrio Rojo las prostitutas no cobran?»

«Pero no sirven de nada si no son capaces de actuar con cierta sofisticación.»

Por supuesto, tiene razón; las putas con más éxito son las que actúan como si no lo fuesen. Por eso las señoritas de compañía de alto nivel ganan una pasta gansa: son maestras en el trabajo emocional. Conrad cree que en Las Vegas hay demasiadas forasteras de polvo rápido, en lugar de profesionales con las que repetir. Me mira malhumorado mientras abre una bolsa de patatas de mi bien provista cocina. Su suite queda al lado y seguro que ya se ha zampado todo lo que había en ella, aparte de haber asaltado el servicio de habitaciones. «Apáñame a la tal Brandi esta noche», dice, cogiendo una barrita energética antes de irse.

Tardo veinte minutos en ponerme en contacto con ella y cerrar el trato, con el habitual discurso sobre el «secreto profesional» incluido. La tía muestra una calma profesional y deja la vocecita sexy en cuanto le digo que llamo de parte de otro colega. Después llamo a Conrad. «Te estará esperando en el Standard sobre las cuatro de la mañana, cuando volvamos a Los Ángeles.»

Me meto en el catre y creo que estoy a punto de quedarme sopa cuando el muy capullo vuelve a aporrearme la puerta. «Sigo sin poder dormir.»

«Espera...» Me voy al cajón y saco los comprimidos de zolpidem. «Tómate dos de estos.» Suelto las pastillas de color marrón anaranjado en la palma de su mano que parece acolchada. No me siento orgulloso de lo que hago. Yo mismo estoy intentando dejar esa mierda, así que pasársela a otro no es lo más correcto del mundo.

«¿Y por qué me alojo en el Standard? Si a mí me gusta el Chateau Marmont», refunfuña.

Pues te jodes: en el Standard me hacen descuento.

«Estaba lleno, colega», miento, a sabiendas de que es demasiado perezoso para comprobarlo, «y, además, las pibas, las modelos y las promesas de Hollywood están todas en el Standard estos días. Se ha puesto otra vez de moda.»

«¿El de West Hollywood o el del centro?»

«El de West Hollywood.»

Los dedos rollizos de Conrad abren un paquete de chicles. Me ofrece uno y yo lo rechazo. «Dicen que el Standard del centro está más guapo.» Coge dos chicles y se los mete en la boca.

«No estoy de acuerdo. En el del centro hay más peña del artisteo, pero en el de West Hollywood es donde están las almejitas buenas.» Lo miro, a ver si me ha entendido. Sonríe, está empezando a pillarme la onda. «Y también está allí la mayor parte de nuestro negocio. No queremos pasarnos horas en mitad de los atascos de las autovías. ¿Te acuerdas de los mareos que te dan en los coches?»

Se pone de morros, pero asiente; así debía de sentirse mi padre en las salidas familiares; North Berwick, Kinghorn y Coldingham. Esos pícnics en playas con guijarros bajo un cielo plomizo y nublado y a merced de un viento gélido. *No comas mucho helado, te va a sentar mal.* ¿Cómo no nos íbamos a hacer drogadictos? Qué desindustrialización ni qué niño muerto: parte de culpa la tuvieron el azúcar y el viento cortante.

Conrad vuelve a marcharse –el zolpidem debe de haberlo relajado– y no hay más interrupciones. Me dejo llevar por un sueño extraño en el que todas las confusiones de mi vida se convierten en un *remix* a lo Salvador Dalí y me dan vueltas en la cabeza. Cuando me despierto estoy más agotado que nunca. Me quedo casi todo el día tirado en la cama, mandando correos con el portátil, y evitando las llamadas de teléfono.

Por la noche he hecho una reserva para unos cuantos de nosotros; cenaremos en el Wing Lei, el fantástico y lujoso restaurante chino del Wynn Hotel. Es uno de mis sitios preferidos. Con su mobiliario cálido y suntuoso de color oro, que inspira serenidad, y sus exuberantes jardines, consigue lo que consiguen los mejores sitios de Las Vegas: que se te olvide que estás en Las Vegas. También es el primer restaurante chino de los Estados Unidos en haber ganado una estrella Michelin. Además de Conrad y Emily –a quien pretendo meter de telonera para él aquí, aunque no esta noche–, está Jensen, parásito amigo de mi DJ superestrella. Es un tipo dentudo y con el flequillo negro sobre los ojos que, aunque resulta cargante, acaba siendo una compañía útil, porque distrae a Conrad y así no nos da el coñazo. También está presente Mitch, el promotor. Como siempre, Carl, que es el que inaugura la noche, no ha aparecido todavía. Sudé la gota gorda para convencer a Conrad de que no lo sacara del cartel tras el incidente de la polla en la cabeza.

Y ahora llegan mis otros dos invitados. Francis James Begbie y su mujer Melanie han venido hasta Las Vegas en un coche alquilado; en plan *road trip* por el desierto, con una noche de placer en Palm Springs. Muy propio de esos tortolitos. Pueden volver con nosotros en el *jet* alquilado en menos de una hora. Algunos gilipollas lo llaman *jet* privado. Es un trayecto en avión de alquiler que deduce impuestos. De nuevo, propaganda destinada a intimidar a las masas e inspirar reverencia. No conozco a ninguna estrella de la música que sea lo bastante imbécil como para tener un *jet* privado. Cuando necesitas uno, lo alquilas y punto.

Melanie lleva el pelo recogido y un estiloso vestido de fiesta color malva. Franco luce una camisa blanca y unos vaqueros negros. Lleva el pelo rapado al dos. Antaño solo nos sentábamos a comer mierda grasienta en alguna cafetería roñosa de Leith, intentando recuperarnos de una resaca brutal. Ahora compartimos el vicio de la buena comida y siempre quedamos en restaurantes agradables. Tras presentárselos a todo el mundo, le hago una proposición a Franco. «Oye, ¿qué te parece si montamos una fiesta en la exposición de Edimburgo, en mayo? Puedo conseguir que toquen mis DJ. A Carl Ewart le encantaría», aventuro, preguntándome dónde coño estará mientras miro el móvil en busca de algún mensaje y un camarero trae dos bandejas de costillas chisporroteantes. Conrad se pone a sudar como un cerdo cuando colocan el plato en el centro de la mesa, lejos de su pegajoso alcance. «¿Qué te parece, Frank?»

Franco titubea, pero Melanie intercede. «¡Sería genial!»

«No. No queremos jaleo, ¿verdad?» Frank Begbie niega con la cabeza. «Allí lo mejor es ir, hacer lo que haya que hacer y largarse», dice, mientras observo que Conrad se encabrita y empuja literalmente a Jensen para abalanzarse sobre la comida.

«No es ninguna molestia, Franco. Es lo mínimo que puedo hacer», digo, antes de clavar una mirada perpleja en mi DJ superestrella, al otro lado de la mesa. Se ha llenado el plato a rebosar y está afanándose con una montaña de costillas y salsa barbacoa mientras charla distraído con Emily. Me parece haber oído las palabras «pista» y «estudio».

«¡Venga, Jim!», apremia Melanie.

«Vale», accede Franco con una sonrisa, «pero que conste que es contra mi voluntad.»

«Ah, y otra cosa», digo bajando la voz e inclinándome hacia él, «tengo tu dinero.»

Franco se queda en silencio durante largos segundos. «No te preocupes, colega. Estamos en paz», insiste. «Da gusto verte otra vez, aquí en los Estados Unidos, y que te vaya tan bien.» Franco repara en la estilizada opulencia del restaurante. «Qué rara es la vida, ¿no?»

No puedo por menos que estar de acuerdo con esa afirmación, pero cuando estoy a punto de volver a la carga con el rollo de la pasta, llega Carl, demacrado, con una gorra marca Stetson y gafas de sol. Viene con una mujer de veintimuchos, una rubia con mechones rizados carmesíes y ojos astutos a la que presenta como Chanel Hemmingworth, periodista de una web de música dance. «Está haciendo un reportaje sobre mí.»

Carl charla brevemente con Franco sobre Juice Terry,

Billy Birrell y algunos nombres más del pasado, antes de dirigirse al otro extremo de la mesa para sentarse junto a Chanel. Conrad lo mira con desdén forzado. Mientras Carl hace un despliegue del clásico subidón de farlopa, sin apenas comer pero despotricando sin parar, Conrad aguza el oído con desesperación. Yo intento hacer oídos sordos a sus rollos, pero, en un lapso de la conversación, pillo un sórdido y disipado: «Soy adicto a las mujeres, pero también alérgico a ellas, así que ya ves qué mezcla más mala».

Chanel Hemmingworth no pierde la calma; es evidente que ya ha pasado antes por esa situación.

Miro el reloj, pido la cuenta, pago y conduzco al hatajo de rebeldes al club. Lo de proveer servicios sexuales en realidad es de chichinabo: esta es la parte más difícil del trabajo. Los clubes de Las Vegas tienen un montón de seguridad, así que nos vemos obligados a atravesar un laberinto de pasillos subterráneos que hasta se desvían para atravesar una cocina llena de personal sudoroso (a Conrad le ofende que traten a un DJ superestrella con tan poquita dignidad), antes de llegar a la primera sala vip, situada tras la cabina de DJ, con el controlador y la mesa de mezclas. Carl viene cargado con su maleta de discos, sudando como un ministro del gabinete Thatcher con las reformas educativas a punto y con un sonrojo que roza lo alarmante. Cuando llegamos, va directo a la botella gigante de vodka helado que ve bajo la vigilancia de una camarera sexy; la chavala, de modo preventivo, le prepara una copa. Mientras Carl se toma el refrigerio y se cuela en la cabina del DJ, Conrad escruta la multitud, y yo ofrezco una ronda de tapones para los oídos. Melanie los acepta; Emily y Franco, no. «La cosa sube de volumen», aviso, mientras me coloco con suavidad los míos. «No pienso perder la audición por un puto DJ, y tú tampoco deberías arriesgar la tuya.»

«Anda, Jim», apremia Melanie.

Franco, reticente, coge los tapones. «En realidad a mí nunca me ha ido la música dance.»

«¿Todavía eres fan de Rod Stewart?»

«Sí, un poco de Rod siempre entra bien, pero ¿has oído *Chinese Democracy*, de Guns N'Roses?»

«Paso de ese disco. En realidad, no es de Guns N'Roses, Slash no toca la guitarra.»

«Ya, pero el tío que toca la guitarra es mejor que Slash», dice, y de repente vuelve a sonar como Begbie; acto seguido, se pone los tapones para no dar pie a que pueda plantearle objeción alguna.

Carl va algo ciego y la primera hora de calentamiento, durante la que se dedica a darle vueltas a viejos vinilos en mesas para discos que la gente lleva más de una década sin usar, tampoco sale muy fina. Siempre llamo con antelación para decirles que desentierren los viejos platos Technics porque el muy capullo insiste en seguir con los vinilos. Al principio creen que es una broma y luego por lo general se cagan en mis muertos. Algunos se niegan en redondo: la intransigencia de ese albino ludita ha llegado a costarnos bolos. Tampoco es que a la gente le importe una mierda su música deep house. La multitud folladora de fin de semana de Las Vegas solo quiere a los grandes nombres de la EDM, la música electrónica de baile. Se sientan a la mesa, se ponen ciegos de priva, y se lanzan a la pista en tromba cuando Conrad entra en la cabina con sus andares de oca para sustituir a Carl. La sesión de la estrella es bastante buena si te va ese rollo sórdido de pseudoprostitución de mesa, que no es mi caso. Para mí, esa EDM frenética y llena de *cut-up*s que ha adoptado Conrad –con un resultado muy lucrativo, así que no puedo criticarlo– no debería llamarse así ni de coña. Es completamente imbailable, aunque la multitud de universitarios consumidores de brostep y las barbies pescamaridos de los barrios residenciales la reciben con los brazos abiertos.

Chanel, la periodista, parece haberse escabullido, así que Carl se queda sentado, bebiendo sin parar y metiéndole cuello con bastante descaro a la camarera. Está cieguísimo. No ha puesto alma en la sesión. Para darle un respiro de sus atenciones predatorias a la pobre chavala, que solo está intentando trabajar, lo aparto y trato de contarle alguna milonga reconfortante. «Las Vegas nunca será acid house.»

«Y entonces, ¿qué cojones hago yo aquí?», suelta a voces mientras Conrad despedaza más éxitos del pop ante una pista de baile peligrosamente ciega y puesta.

«Ganar dinero. Recuperar tu nombre.»

Carl quedó hecho polvo tras la separación de su parienta, Helena. Le conseguí este bolo como telonero de Technonerd, cosa que no les hace gracia a ninguno de los dos. Pero estamos hablando del Surrender, en el Wynn, uno de los mejores clubes nocturnos de los Estados Unidos. Así que el calificativo «capullo desagradecido» resuena un poco en mi cabeza.

Surrender es la opulencia personificada, y estamos ganando una fortuna, pero, como siempre, no basta. Nada basta. Ni para Carl ni para Conrad, que, después de la sesión, empieza con la cantinela de siempre mientras nos tomamos una copa antes de ir al aeropuerto. «¿Por qué no soy yo DJ residente del XS? ¡Guetta lo es!»

XS es el otro club nocturno del Wynn, aún más grande y suntuoso que el Surrender. Es más grande y opulento que cualquier otro sitio del mundo; un antiguo palacio romano de vicio y perdición. «Porque Guetta es Guetta y tú eres Conrad Technonerd», suelto, presa de la irritación y el agotamiento, aunque me corto un poco al verlo de morros. «El año que viene estarás con él, colega. Vamos a disfrutar este ascensor exprés al superestrellato.»

«¿Así que el año que viene tocaremos en XS?»

La madre que lo parió. Puto gordo codicioso. «Ya veremos, coleguita. Pero el pronóstico es bueno.»

«Le he dicho a una chica... que las llevábamos a ella y a su amiga de vuelta a Los Ángeles.» Señala con la cabeza a una tempestad en forma de dos tías sexys, con su bronceado, su pelo, sus dientes, sus ojos, sus pechos y sus piernas, que se las han arreglado para saltarse el control y colarse en nuestra sala.

Me cago en la puta. Eso significa que tengo que encontrarle pases, documentación y seguro a ese par de guarrillas buenorras que han puesto en su punto de mira al gordo holandés. Eso después de haberle agenciado ya al muy ansioso una puta cara en el Standard. Espero que a todas les vaya el rollo bollo y se vaya con el tulipán entre las piernas. Nos metemos en el microbús. Carl va ciego; se ha desplomado en el último asiento trasero y va pidiendo coca a gritos. Al menos Emily está tranquila; va charlando con Melanie.

«Debe de ser una puta mierda saber que estás acabado como DJ», le chilla Conrad a Carl, mientras Jensen suelta una risotada y las dos pibas tragan saliva, fingiendo admiración.

«Que te follen, carapolla. Pon un poquito de música», dice sacando el teléfono para enseñar fotos de Conrad con el vibrador pegado en la frente.

Pongo cara de exasperación conforme la discusión va subiendo de tono. Franco se gira hacia mí y señala hacia atrás con la cabeza. «No sé cuánto ganas, pero lo tienes más que merecido si te toca hacerles de canguro.»

Es que hice mis pinitos con el maestro: intentando salir contigo una noche sin que le arrancases la cabeza a nadie. «No dejo de repetírmelo», digo.

El campo de aviación privado está junto al aeropuerto McCarron, y por lo tanto a un salto de The Strip. Me paso el resto del camino al teléfono, tratando de conseguir acreditación para las dos chavalas, a una de las cuales no deja de sobetear un sudoroso Conrad, mientras Jensen, sin darse cuenta de que tiene cero posibilidades, está pendiente de las palabras de Emily, que va perorando sobre sus influencias. Carl se ha sumido en el silencio. No me gusta verlo de esa manera. Nos metemos en el avión y ponemos rumbo a Los Ángeles con el menor jaleo posible. Melanie está impresionada, Franco también. No deja de mirarme con una expresión incrédula en plan «capullo ostentoso».

«Con los gastos me deduzco impuestos», señalo. «El Tío Sam nos paga por joder el medio ambiente para que podamos irnos a la cama sin pasar otra noche en vela ciegos como piojos en una habitación de hotel oxigenada de Las Vegas.»

«Sí, claro», dice Franco dubitativo.

Aunque se trata de un vuelo corto, estoy nervioso sin el zolpidem, y noto que mi mano sudorosa se aferra al frasco amarillento de pastillas que llevo en el bolsillo. Aterrizamos en el aeropuerto privado de Santa Mónica, donde me despido de Franco y Melanie, a quienes vienen a buscar unos amigos –para venir a estas horas, deben de quererlos mucho–. Emily se ha encontrado con sus compañeros de farra y a Carl vienen a buscarlo un par de yonquis con los que desaparece en la oscura madrugada de Los Ángeles. No queda más que meter a Conrad, a Jensen y a las chavalas en un taxi para coger yo también un Uber, pero Conrad no quiere saber nada del asunto. «Tienes que venir conmigo al Standard para asegurarte de que la puta que contrataste aparece», me ordena, echándose al pegajoso coleto una barra de Hershey que acaba de comprar en la máquina expendedora.

Mi casa en Santa Mónica no está ni a diez minutos, joder. Estoy más que agotado y me castañetea la mandíbula al pensar en la cama, que no cuenta con un somier espectacular, pero sí puede presumir de colchón carísimo. West Hollywood queda como a media hora, aun con las carreteras despejadas de esta hora del día, y otro tanto para volver. Pero el talento es él, este merluzo gordo, detestable, misógino y consentido que llama a las mujeres «zorras» y «putas» porque es un imbécil blanco y rico que intenta imitar a algún rapero negro que conoció una vez en una conferencia sobre hip-hop: él es el puto talento.

«Vale», digo, sintiendo que se me encoge un poco más el alma.

Me acoplo en la parte delantera, con el conductor, intentando evitar la cháchara sin gracia de Conrad y la risa servil y falsa de Jensen y las chavalas. Ya estoy impaciente por volver a Edimburgo para festejar el Año Nuevo. Hasta estoy dispuesto a sobar en el colchón cutre de la habitación de invitados de mi padre. Pero luego pienso en Victoria, y me doy cuenta de que Los Ángeles tiene sus encantos.

Por suerte, cuando llegamos al Standard, Brandi, la chica, ya nos está esperando, y es bastante guay. Conrad desaparece con ella y con las dos chavalas, dejando a un triste Jensen fuera de la fiesta. Pero él tiene su habitación; la sufraga Citadel Productions, que a su vez la cargará a cuenta de su cliente Conrad Appeldoorn como gasto de gestión. Me cojo un Uber para volver a Santa Mónica y meterme en la cama. Intento dormirme, deseando el coma ondulante que me provocarán los dos comprimidos de zolpidem y la media botella de jarabe contra el resfriado. Resisto, a pesar de que a ratos se me abren unos ojos como platos que se ponen a devorar el techo con terror creciente. Cuando llega, el sueño me traslada a un escenario de teatro surrealista, donde participo en una obra a lo Noël Coward, junto con Franco, que lleva monóculo y esmoquin, y una mezcla de Vicky y Melanie con traje de noche.

Mi piso de Santa Mónica se halla en una urbanización de lo más sosa que ocupa la esquina de la manzana. Para ahorrar, han diluido la pintura naranja que cubre las paredes exteriores; ha pasado de chillona y recargada a una capa escasa e insípida que va perdiendo color según se acerca a la bocacalle. Entre las ventajas se cuenta una azotea común para tomar el sol con una piscina que casi nadie usa, aparte de dos reinonas francesas que fuman como carreteros. Por la mañana, como llamo yo a las tardes –tiendo a funcionar en horario DJ–, me gusta sentarme allí con el portátil, mandar correos y ocuparme de las llamadas. Por cierto, llega una que he estado evitando, de un promotor de Ámsterdam. El pobre insiste tanto que no me queda más remedio que cogerla. Putos husos horarios. «¡Des! ¡Andamos como el perro y el gato!»

«Mark, necesitamos a Carl en el Amsterdam Dance Event. Encaja. Carl Ewart es acid house. Es verdad que la fiesta que conocíamos y amábamos ha pasado una mala racha. Pero va a volver. El año que viene es el trigésimo aniversario de Ibiza '87. Necesitamos a N-Sign en plena forma en la cabina.»

Me quedo callado ante la perorata. La verdad es que te rompe el corazón cuando alguien saca sus mejores bazas y aun así tú sabes que vas a decepcionarlos.

«¿Mark?»

Miro al sol, que me deslumbra, y frunzo el ceño. Debería haberme puesto protector solar. Considero la posibilidad de colgar o de decirle a Des que no lo oigo. «No podemos ir al Amsterdam Dance Event, colega. Nos han reservado un bolo en Barna.»

«Hijo de puta. ¡Me prometiste en el Fabric que vendrías al ADE!»

Iba puesto de coca. Nunca hagas promesas drogado. «Dije que lo intentaría. El bolo de Barna es un buen escenario para Carl, Des, no podemos desaprovecharlo. Nos han dado el Sonar este año. No podemos dejarlos tirados.»

«Pero a nosotros sí, ¿verdad?»

«Lo siento, Des, tío. Ya sabes cómo va la cosa.»

«Mark...»

«¿Sí, Des?»

«Eres un capullo.»

«No te voy a llevar la contraria en eso, Des.» Me pongo de pie, me acerco al pretil y contemplo el tráfico de la autovía, que se desplaza lentamente hacia la playa. Justo delante, se oye el traqueteo de un nuevo metro de la estación del centro de Santa Mónica, que conecta por fin las ciudades de la costa con Los Ángeles y Hollywood. Hace algún tiempo eso me habría hecho ilusión; ahora me doy cuenta de que ni siquiera he montado en él y, para mi horror, no se me ocurre cuándo necesitaré hacerlo. En lugar de eso iré en algún coche de alquiler por autovías congestionadas, buscando pases de estacionamiento subterráneo en hoteles y oficinas. Joder.

«Buena jugada, Mark. ¡Que te den, traidor, hijo de perra! ¡Si supieses la que he tenido que liar para meter a tu yonqui inútil en el puto cartel!»

«Venga, Des, tampoco te pases.»

Suspira. «Vale, pero que te jodan de todos modos.»

«Te quiero, Des.»

«Sí, claro», dice antes de colgar.

La verdad es que me siento como un capullo integral, pero en cuanto lo reconozco se me pasa. En otra época yo era mucho más sensible, aunque fingiese lo contrario. Y de repente las cosas cambiaron. Como Tony Stark cuando le pusieron el traje psíquico de Iron Man. La parte buena de desarrollar esa coraza es la obvia: te la pela absolutamente todo. ¿Lo malo? Pues que es como los antidepresivos. No te da el bajón, pero está clarísimo que echas de menos la euforia de los subidones.

Los últimos días han sido muy confusos. Viajes, cambios de hora, falta de sueño. Tengo la impresión de estar al teléfono todo el tiempo, sin avanzar nada. Muchteld, desde la oficina de Ámsterdam, llama cada vez más preocupada. La mierda de la banca a distancia: no funciona con tanta facilidad cuando vas de país en país. Me he pasado la mayor parte de la tarde hablando con mi banco en Holanda, el ABN AMRO, para que me hagan una transferencia a mi cuenta estadounidense del Citibank. Y, por supuesto, sacar dinero es un puto jaleo por culpa de... los putos bancos.

Como lo es intentar dejar el zolpidem. Me laten los globos oculares, llenos de arenilla. Por suerte Vicky me echa una mano: viene y me arrastra a la cama. Me dice «ni una pastilla más, solo sexo». Después de hacer el amor me sumo en el sueño más profundo que he tenido en meses. Por la mañana me alegro de descubrir que ha pasado allí la noche. Me encanta despertarme con ella. Aunque es criminalmente pronto para mí, me siento descansado por primera vez desde hace siglos. Hasta me convence para ir a correr por el paseo marítimo. Aunque ella va despacito, yo tengo que esforzarme por mantener el ritmo; no dejo de sudar y me arden los pulmones. No me doy por vencido, es una cuestión de orgullo: no quiero que me tome por un viejo cascado. Luego vamos a tomar un *brunch*; a continuación, al piso y a la cama. Mientras Vicky se estira en un gran bostezo, con sus rizos aclarados por el sol sobre mi almohada, percibo, en medio de mi agotamiento, que hace años que no soy tan feliz como en este preciso momento.

Por la noche vamos a la exposición de Franco, o, mejor dicho, de «Jim Francis», como se anuncia ahora profesionalmente. Sugiero que cojamos el metro. Al principio parece vacilar, pero acaba accediendo, y, sumidos en una sonriente relajación, nos dirigimos al centro de Los Ángeles. Vicky luce un vestido negro brillante que quita el hipo y zapatos de tacón, y lleva el pelo recogido. Estoy eufórico: soy un cabrón con suerte.

La galería está en un almacén reconvertido de una sola planta, a unos quince minutos a pie de Pershing Square, en un barrio lleno de arte callejero chulísimo. Charlamos con Melanie, con quien Vicky ya ha hecho migas. Aunque Vicky es inglesa y más bajita, hay un parecido irritante en su forma de hablar y de moverse. Me resulta extraño que Franco y yo podamos tener el mismo gusto con las mujeres. Él, que lleva unos chinos y una camiseta con cuello de pico, está un poco apartado de todo el mundo. Sigue desprendiendo algo que disuade a los desconocidos de acercarse a él, pero ahora es más desapego cansado que agresividad pura. Melanie proporciona el encanto, y se excusa para ir a saludar a más visitantes, que seguramente sean compradores en potencia.

Nos dirigimos hacia Franco, que nos brinda a Vicky y a mí una cálida bienvenida. No le he hablado a Vicky de su pasado (ni del mío): solo le he contado que antes era un poco tosco, y que pasó un tiempo en la cárcel antes de descubrir el arte. Mientras comenta con ella un cuadro que representa la crucifixión de David Cameron, Ed Miliband y Nick Clegg, echo un vistazo a un tío sonriente y carismático de pelo oscuro en torno al cual se ha congregado una pequeña multitud. «¿Ese es Chuck Ponce?»

Franco asiente y Vicky comenta: «Estoy trabajando en la venta de su última película para la Paramount al otro lado del charco. ¡Pero no lo había visto en persona!»

La entusiasta estrella de cine, un poco autista, suelta una sonrisa deslumbrante en dirección a Jim Francis, el artista anteriormente conocido como Begbie, y se acerca a nosotros. Vicky y yo recibimos una inclinación de cabeza y una sonrisa falsa; después se dirige solo a Franco. «¡Jimbo! ¡Tío! ¡Cuánto tiempo sin verte!»

«Pues sí», corrobora Franco con rostro impasible.

«¡Necesito una cabeza! Necesito una cabeza tuya, hermano, pero no la de abajo», dice entre risas. Franco se mantiene imperturbable. «Charmaine, mi ex...» Baja la voz; Vicky se disculpa y pone rumbo a los aseos, y mientras tanto yo finjo admirar el arte que cuelga de las paredes y se alza sobre pedestales. Capto lo obvio: Chuck Ponce está intentando que Franco le haga una cabeza de Charmaine Garrity, su exmujer, también estrella de Hollywood. Pillo una copa de vino tinto de la bandeja de un camarero y me acerco; lo oigo, insistente: «Échame una mano, *brother*».

«Ya lo hice. *El ataque del cazador*, ¿no?»

«Sí, tío, siento lo de la peli. Tuve un montón de problemas con el acento. Pero, en fin, que me encanta tu obra, ¡y quiero un Jim Francis original!»

«Cállate», oigo que dice Franco mientras miro el cuadro de la crucifixión. «Prefiero que ese tipo de pedidos sean confidenciales.»

«Muy bien, *bro*. ¿Cómo me pongo en contacto contigo?»

«Dame tu número y ya te llamaré yo», suelta Franco. Estoy mirando los bustos: la cara de culo llorosa de Cameron es bastante buena; también la de Miliband, en plan cerebrito desgraciado, pero la de Clegg se parece como un huevo a una castaña.

«Claro, jefe», responde Ponce con una sonrisa de satisfacción, recitando el número para que Franco lo grabe en el móvil. «No seguirás mosqueado conmigo, ¿eh, colega?»

«No. En absoluto», responde Franco.

Ponce le da un puñetazo juguetón en el hombro. «Guay. ¡Llámame, hermano! Y ya me dirás cuánto cuesta. ¡Tengo que hacerme con una mientras pueda permitírmelo!»

Mientras Chuck se aleja sonriente en dirección a su séquito sin que Franco aparte la vista de él, me acerco de nuevo al artista. «Así que ahora te codeas con los ídolos de Hollywood y las estrellas del rock, ¿eh?»

«Bah», responde, mirándome todo serio, «eso no son amigos.»

Vicky vuelve del tocador –vaya, el váter de toda la vida–, pero Melanie la intercepta y se ponen a hablar con otras dos mujeres. Aprovecho la oportunidad para hurgar en mi bolsa y soltarle un sobre a Franco. «Aquí está, colega.»

«No, no... No importa, tío.» Lo aparta como si estuviese intentando darle mierda de perro.

«Es tuyo, tío. El dinero según el valor actual. Vienen a ser unas quince mil cuatrocientas veinte libras esterlinas. Si quieres, podemos discutir el sistema de cálculo...»

«No lo necesito», dice negando con la cabeza. «Tienes que dejar atrás el pasado.»

«Eso mismo es lo que trato de hacer, Franco.» Saco el sobre. «Cógelo, por favor.»

De repente un notas con gafas de montura negra, que supongo que es su agente, viene a toda pastilla hacia nosotros. Es evidente que está entusiasmado, y le dice a Franco: «Sam DeLita acaba de comprar una obra por doscientos mil dólares! ¡El busto de Oliver Harbison!»

«Guapo», responde Begbie, completamente imperturbable, mientras escruta la multitud. «¿No ha venido Axl Rose?»

«Pues no estoy seguro», dice el tío, estupefacto por el palmo de narices que se ha llevado, «ahora lo comprobaré. Corren muchos rumores», añade mirándome. Franco nos presenta de mala gana. «Este es mi agente, Martin. Este es Mark, un colega de mi tierra.»

«Encantado de conocerte, Mark.» Martin me estrecha la mano con firmeza. «Os veo luego. ¡Hay que trabajarse la sala!»

Mientras Martin se aleja, Franco dice: «¿Ves? Tengo todo lo que quiero, colega. No hay nada que puedas hacer por mí. Así que guárdate el dinero».

«Pero me estarías echando una mano si lo cogieses. Serías tú quien hiciese algo por mí.»

La cabeza de Franco gira lentamente, formando una negación. Mira al otro extremo de la sala, saluda y sonríe a algunas personas. «Mira, me dejaste pelado y te perdono», me dice en voz baja. Hace un gesto con la mano en dirección a una pareja vestida en plan pijo, y el tío le devuelve el saludo. Es otro actor; actuaba en una película que he visto hace poco en un avión, pero no me acuerdo del nombre del tío ni del título de la peli. «Habría tomado las mismas malas decisiones de todos modos, eso solo tenía que ver con dónde estaba yo en aquel momento de mi vida.» Me suelta una sonrisita. «Pero he dejado atrás el pasado.»

«Ya, pues eso es lo que yo quiero», le digo, luchando contra mi exasperación.

«Me alegro por ti», dice en un tono no del todo sarcástico, «pero tienes que encontrar tu propio camino, colega. La última vez que intentaste hacerlo yo fui tu puto vehículo.» Se detiene, y su antigua frialdad le centellea en los ojos.

Me cauteriza las entrañas. «Franco, lo siento, tío, yo...»

«Paso de volver a caer en eso. Esta vez tendrás que apañártelas tú solo», y de repente sonríe y me da un puñetazo flojito en el brazo, casi como una parodia del antiguo Begbie. Me viene un flash: *este tío se está quedando conmigo.*

«No me jodas, tío... ¡Esto es perverso! ¡Que te estoy ofreciendo dinero, Frank! ¡Dinero tuyo!»

«No es mío, venía del trapicheo», dice con cara de póquer. Luego me pone la mano en el codo y me lleva hasta un cuadro de Jimmy Savile, al que nadie conoce en los Estados Unidos, hecho papilla en el suelo, fuera del bar Alhambra. Le han sacado los ojos y la sangre que brota de sus genitales le mancha la entrepierna del chándal blanco como pis rojo oscuro. Debajo figura el título:

ASÍ TRATAMOS A LOS PEDERASTAS EN LEITH
(2014, Óleo sobre lienzo)

Señala un punto rojo que le han puesto para indicar que se ha vendido. «Este sí es mío. Antes le partía la cara a la gente y me metían en la cárcel. Ahora lo hago y me pagan.»

Miro a mi alrededor, escrutando los retratos y los bustos que ha creado. Aunque confieso que no sé mucho de arte, tengo que decir que esta es la montaña de mierda más gorda que he visto en mi vida. Se está riendo cien por cien de esos capullos obtusos, ricos y mimados a los que seguramente les parece superguay hacerse con la obra de este exconvicto despiadado. Una buena jugada para ese capullo, pero, nos pongamos como nos pongamos, no hay ni un ápice de arte en hacer un molde de la cara de alguien para mutilarlo después. Observo a los ocupantes de la galería, que pasan de un cuadro a otro con el ceño fruncido, señalando, discutiendo. Hombres bronceados y mujeres de cuerpos puestos a punto en gimnasios, adornados con ropa buena, bien aseados, apestando a colonia cara, perfume y riqueza. «¿Tú sabes de dónde viene su dinero? ¿Del tráfico de drogas? ¡Pues del tráfico de personas, cojones!» Unas cuantas personas se dan la vuelta en respuesta a mi voz. Con el rabillo del ojo veo a un guardia de seguridad estirando el cuello. «Debe de haber alguna organización benéfica que te guste, algún lugar donde pueda entregarlo.»

«Cállate, tío.» Franco ahora parece estar disfrutando como un enano. «Te estás poniendo en ridículo.»

Siento que la incredulidad me deforma la cara. «Ahora me dices tú que deje de hacer el capullo en público: esto es lo último. ¡Venga, suelta el nombre de tu organización benéfica preferida, Franco, coño!»

«No creo en la beneficencia, Mark. Y llámame Jim, por favor.»

«Entonces, ¿en qué crees? ¿Qué, tengo que darles quince mil y pico a los Hibs?»

«Creo en cuidar de los míos, amigo.» Y asiente en dirección a su mujer, la californiana rubia de postal, mientras los altavoces resuenan de repente y Martin, el agente, se dirige a la parte delantera de la casa.

Vicky se acerca a mí. «¿Todo bien?», pregunta. «¿Qué es eso?» Señala el sobre que tengo en la mano.

Lo meto de nuevo en la bolsa y cierro la cremallera. «Intentaba darle a Frank algo que le debía, pero no quiere cogerlo.»

«Bueno, la verdad es que tiene una pinta muy clandestina. ¿Viene del tráfico ilegal de drogas?»

Franco se da la vuelta y yo no puedo mirarlo a la cara porque sospecho que ninguno de los dos sería capaz de mantener la compostura. «En Leith solo traficamos con los cheques de los subsidios», le digo.

Mientras miro de nuevo a Franco, oigo el sonido de unos dedos golpeando el micro y causando un chisporroteo estático que acalla a la multitud. Martin, el agente, se aclara la garganta. «Gracias por venir. Ahora me gustaría presentaros al director de esta galería y gran mecenas de las artes en la ciudad de Los Ángeles, Sebastian Villiers.»

Un tío canoso de cara colorada que recuerda al típico político yanqui de club de campo se pone en pie y abre la boca para soltar pura mierda sobre Begbie. Que si su «obra» es lo mejor que ha visto desde el pan de molde. ¡No puedo escuchar tantas chorradas! Lo único que quiero es irme a casa con Vicky. Creía que estaba saturado de sexo después de esta tarde. Pues ni de coña. La miro, y su sonrisa salaz me dice que está pensando lo mismo. Mientras nos alejamos, un DJ empieza a pinchar funk, y Franco y Melanie están bailando con soltura el tema de Peter Brown «Do You Wanna Get Funky With Me».

Joder. El colega. Bailando. Y al muy capullo se le da bien. ¿De verdad ese es el puto Francis Begbie? A lo mejor soy yo.

A lo mejor mis creencias sobre Begbie pertenecen a otra era. A lo mejor lo único que tengo que hacer es dejar que toda esa mierda pase, como ha hecho, a todas luces, *Jim Francis.*

6. SICK BOY: EN BUSCA DE EUAN MCCORKINDALE

El alcohol y las drogas son para la muchachada: llegados a los cincuenta, hay pocas cosas peores que una resaca o un bajonazo de éxtasis. Incluso con la licencia navideña, uno se siente débil, estúpido, y no queda otra que afrontar los hechos: los escasos atisbos de diversión que quedan por exprimir no justifican en modo alguno el posterior circo de los horrores.

Así que aquí estoy, en el hogar de los McCorkindale, apoltronado en un cómodo sofá frente a un televisor enorme de pantalla plana, al calor de una chimenea y con una tetera al lado. Estoy zapeando mientras intento mantener una actitud positiva. Fuera, en el jardín, veo a Ben hablando por el móvil con una sonrisa de oreja a oreja. Decido que me voy a quedar algunos días más después de que largue a Ben al sur, tras el derbi Hibernian-Raith. Yo estaba en contra de la independencia escocesa, pensaba que la cagaríamos por completo. Pero ahora no lo tengo tan claro: la energía y el optimismo de la ciudad me hacen pensar que nos las apañaríamos mejor sin los putos incompetentes del sur. Pienso en llamar a Jill, especulo sobre la posibilidad de crear una sucursal de Colleagues en Edimburgo; solo necesito reclutar algo de carne fresca y ponerla a punto.

Carlotta me distrae: está encima de mí, por detrás, marcando a su querido hermano. Obviamente, en su agenda del día figura un maridito perdido, el sinvergüenza que ha mancillado la honra de este hogar. Carlotta no piensa moverse ni decir nada, y yo no sé cuánto tiempo más puedo fingir que no está mirándome la coronilla. Ha sido su *modus operandi* desde niña. Siempre se le ha dado bien espesar el ambiente, aumentar la presión del aire mediante esa ira silenciosa. Elijo romper el hielo: «Hola, hermana. Aquí estoy intentando decidir qué veo. Ponen...». Cojo el mando, pulso el botón Guía TV y leo lo que aparece en la pantalla: «Una encantadora comedia romántica protagonizada por Audrey Tautou y que no es *Amélie*...».

«¡Ve a buscar a Euan ahora mismo! ¡Ve a buscar a mi marido!» Miro hacia arriba y veo que me está observando. Su voz tiene ese matiz preciso y controlador tan típico de ella.

La miro, abro las palmas y digo: «Hermanita, ahora no tengo tiempo para eso...», lo cual es un error, pues sus ojos se encienden con una pasión mediterránea asesina. «Aparecerá cuando...»

«¡VE A BUSCARLO!»

¿Qué podría ser peor que recorrer las frías calles de Edimburgo en el tiempo muerto entre Navidad y Año Nuevo? Pues quedarse aquí y aguantar a mi hermana llorando como una magdalena. Le digo que vale, y se larga dando zapatazos por las escaleras de madera. Estoy en el pasillo poniéndome el abrigo, la bufanda y el sombrero cuando aparece Ross con una mirada silenciosa que exige respuesta. De tal palo, tal astilla.

«¿Qué pasa contigo, crack? Mira a tu primo ahí fuera, seguro que está metido en algún lío de faldas.»

Entonces me doy cuenta de que el cabroncete ha cerrado los puños como buscando pelea. «Mamá dice que papá se lió con esa mujer por tu culpa», espeta con voz quejumbrosa.

¡Será deslenguada! ¡Y el capullo este tampoco se queda atrás! Bueno, pues ya que es tan espabilado, ahora se las va a ver cara a cara con los niños grandes. Lo miro directamente a los ojos y bajo la voz: «Tal vez ha sido culpa tuya, amigo», y veo que abre la boca con incredulidad. «Igual ha querido demostrar su hombría en vista de que estás hecho un mariquita y no pierdes la virginidad ni a la de tres.»

«¿Qué...? ¿Cómo...? ¿Quién te ha dicho...?»

«Tal vez deberías tener eso en cuenta también.» Me paso la bufanda por el hombro y empiezo a abrocharme el abrigo.

Parpadea con rapidez, al mismo ritmo al que le tiemblan los labios. «No deberías..., tú no...», intenta escabullirse, pero lo alcanzo y lo agarro por el brazo. «¡Suéltame!»

«Eso es, ve con mamaíta», digo con sorna. Eso lo hace detenerse en seco. «Si tu objetivo es seguir virgen toda la vida, adelante. Seguro que así lo consigues, no me cabe la menor duda.»

Ross agacha la cabeza. Como si estuviera mirando un mundo imaginario de Minecraft construido en el suelo.

«¡Levanta la cabeza!», le digo. «Sé un hombre, cojones.»

Se resiste. «Pero... Pero... Pero...»

Lo ayudo levantándole la barbilla. Lo obligo a mirarme a los ojos. «No eres capaz de pillar cacho. Bueno, no pasa nada. Lo entiendo. Sé lo importante que es.» Le suelto la cara. Noto que hunde el mentón un poco, pero sus ojos siguen clavados en los míos. «Tu madre no te va a ayudar a que folles, Ross. Y tu padre... menos todavía», le digo, y me siento un poco traidor. Pero nadie le pidió a Euan que se follara a Marianne ni que se desmelenara tanto con la cámara de vídeo. *Mira que es guarra la cabrona... Y de pronto me pongo cachondo pensando en sus andanzas de zorrita traviesa. Me la tendría que haber cepillado yo y no ese pichafloja.* «Pero yo sí», le digo, y veo que sus ojos se abren de repente. «Si quieres.»

Sí, a pesar de su desánimo, algo ha prendido en sus ojos. «Tú... ¿harías eso por mí?»

«Claro que sí», le doy un puñetazo en el brazo. «Para eso eres mi sobrino. Quiero que tengas una vida sexual plena, que seas capaz de hablar con las mujeres y de disfrutar de su compañía.» Lo llevo a un aparte junto a la puerta de entrada y le digo en voz baja: «No quiero que seas el típico mártir pajillero que no es capaz ni de decirle hola a la chica que le gusta», le digo y me regodeo en la cara de *jambo* ceporro que acaba de poner. «Yo tenía un amigo, Danny Murphy, muy buen amigo, que nunca pasaba a la acción», relato con tristeza. «Y cuando se hizo mayor, las cosas no le fueron bien. No quiero que te pase a ti nada de eso, amigo.»

Veo que mis deferencias lo ablandan un poco, pero todavía sigue receloso: «¿Y a ti qué más te da? ¿Por qué quieres ayudarme?».

«Bueno, yo tengo una ventaja considerable con respecto a tu madre y a tu padre.»

«¿Cuál?»

«Yo no te veo como un crío atontado. Para mí eres un chico normal que intenta abrirse paso en la vida, y entiendo que eso es lo más importante para ti en este momento.»

«¡Sí!», exclama Ross con gratitud. «¡Me alegro de que alguien me comprenda!»

Señalo hacia arriba con la cabeza y le pido que baje la voz, tras bajar yo la mía. «Por supuesto que te comprendo. ¿Tienes idea de a qué me dedico?»

Ross gira la cabeza para comprobar que la costa sigue despejada. Luego me mira y se muerde el labio inferior. «He oído a mamá y a papá hablar de eso. Es una agencia de chicas de compañía o algo así...»

«Exacto. Me dedico a hacer que la gente que se siente sola y frustrada conozca a miembros deseables del sexo opuesto. Ese es mi trabajo.»

«Podrías...»

De nuevo, bajo la voz un poco y señalo hacia las escaleras de madera. «Shh... Sí, podría», siseo. Oigo a Carlotta andando de aquí para allá, enfurecida, cerrando puertas con demasiado ímpetu y dando zapatazos sobre el parquet pulido. Miro hacia el jardín: Ben está terminando la llamada y, sin duda, está a punto de entrar y pedirme dinero. El chaval es un manirroto. La culpa es de la negligente indulgencia de esos cabrones de Surrey o, quizá, bien pensado, de su estudiado plan de humillar a Simon David Williamson, obligándolo a competir en un juego que jamás podrá ganar. «Lo que necesitas es una mujer experimentada que te guíe en la pérdida de tu inocencia.»

Ross me mira horrorizado. «Pero a mí me gustan...»

Lo interrumpo. «Ya, ya sé que a ti te gusta la típica guapita rompecorazones que se pavonea por los pasillos consciente de que es la supermodelo del colegio. Pero para cazar ese tipo de ganado necesitas hacerte con las armas adecuadas, y no hablo solamente de lo que tienes entre las piernas, que espero que sea una Williamson 22 y no una McCorkindale 13,5, no sé si lo pillas.»

La expresión de dolor en su rostro me indica que su arma es más del segundo tipo.

«No, colega, necesitas la confianza que te da la experiencia: tanto social como sexual. Eso es lo que te ofrece el tito Simon, catedrático en Ciencias del Folleteo. Ahora piénsalo bien. Y manda a tu madre a tomar viento. Esto es cosa de tíos. ¿Lo prometes?»

«Vale... Gracias, tío Simon», grita agradecido, y chocamos puños.

Justo entonces, Ben aparece por detrás de Ross y nos lanza una arrogante mirada de *qué coño estáis tramando*.

«¡Hombre, Benito *il bandito*! Estoy aquí hablando con tu *piccolo cugino*, menudo crack», y echo un brazo sobre los hombros del adolescente lleno de espinillas, «a ver si lo convenzo y se une a nuestro club.»

«¿A nuestro club?», dice Ben con ese acento apático y pijo del sureste de Inglaterra... *Dios mío, es uno de ellos. Mi hijo es uno de ellos.* «¿A qué te refieres?»

«Quiero que se haga forofo del Hibernian. Que nos apoye en el partido de la temporada con los poderosos Raith Rovers.»

«Ah, guay», dice Ben, completamente decepcionado, pero al darse cuenta de que tengo puesto el abrigo y la bufanda se espabila un poco. «¿Adónde vas?»

«Un recadito para tu tía.»

«¿Vas a buscar a papá?», suelta Ross. «Voy contigo.»

«No puedes venir, amigo», afirmo mientras oigo pasos bajando las escaleras.

«¡Ross!», ruge Carlotta desde la puerta. «¡Tú te quedas aquí con tu primo!»

Ross pone cara de desconcierto y desánimo, como diciendo «pero qué cojones he hecho yo para merecer esto».

Le guiño un ojo y parece que le sirve de consuelo. Es el mejor momento de quitarme de en medio. ¡Estoy hasta la polla de mierdas familiares! La Navidad es un puto dolor de cabeza y gracias a Dios (literalmente) solo es una vez al año.

Así que me lanzo a la búsqueda sin ninguna gana. La zarpa glacial del invierno me sacude la cara, las farolas despiden un brillo insípido. Las horas de luz son tan efímeras que esos rayos escasos y turbios en la oscuridad total resultan casi insultantes. Es curioso, pero cuando era más joven siempre quería largarme de aquí. Londres ofrecía un mar de posibilidades. Ahora siento una incomprensible y perversa lealtad hacia esta ciudad. Incluso considero la posibilidad de darme un paseo por Leith Walk, aunque con ello solo consiga invocar la desolación más absoluta. La única cosa peor que escuchar las palabras «SICK BOY, SO CAPULLO, ¿DÓNDE TE HAS

METIDO?» a todo volumen en un pub de mala muerte sería no escucharlas. Me alejo del centro, voy al Royal Infirmary, donde trabaja Euan. Llego al mostrador de recepción y llaman a Recursos Humanos en respuesta a mi consulta; posteriormente me informan de que el doctor McCorkindale estará ausente hasta el 6 de enero.

Total, que cojo el autobús y vuelvo al centro. Hace un frío de cojones, me escuece la cara y se me agrietan los labios por culpa del viento helado. Me meto en una parafarmacia Boots para comprar protector labial y condones.

Euan no es ningún huérfano desamparado, no tiene sentido ponerse a buscar por la estación de autobuses ni de trenes, así que opto por recorrer los vestíbulos de los hoteles. Al menos están calentitos. Euan tiene pasta de sobra, pero es rata como su puta madre –calvinista para más señas–, así que no me lo imagino en el Balmoral ni en el Caledonian. Lo más seguro es que haya optado por alguna cadena funcional, limpia y económica, así que me paso por varios hoteles de ese perfil: todos están llenos de capullos de ventas y marketing, pero ni rastro de podólogos del barrio de Colinton caídos en desgracia.

Aplicando la misma lógica, dudo que Euan haya acudido a una agencia de prostitutas de lujo. Más bien se habrá metido en alguna sauna, nervioso y excitado por la humillación potencial de que un compañero de trabajo lo descubra. Sí, creo que su subconsciente está ávido de drama. Me paso por un par de puticlubes, uno en el extremo norte de Leith y otro en New Town, y enseño la foto de Navidad que le hice a Euan con el móvil, pero nada, nadie parece reconocerlo.

Las instalaciones no pueden ser más horteras, ni la clientela más sórdida; todo es muy deprimente. El puticlub de East New Town se está cayendo a cachos, me recuerda a una oficina gubernamental de los ochenta. La recepción es de lo más insulsa, parece que vas a sellar el pasaporte en vez de a meterla en caliente. Me voy; estoy a punto de tirar la toalla por hoy, regresar con las manos vacías y enfrentarme a la ira de Carlotta, pero entonces oigo a alguien detrás de mí. Una voz que me exhorta: «Eh, colega, espera un segundo».

Me giro y me encuentro con lo que solo podría describirse como un grillado de pies a cabeza. El brillo de sus abrasadores ojos rasgados y su intensa mirada anuncian problemas, y de los gordos. Lleva un traje aparentemente caro pero por algún motivo en él parece cutre, como si se hubiera metido en la sauna con él. Sé quién es: un puto psicópata que regenta varias saunas; Terry hizo algún trabajillo para él no hace mucho. Esto no pinta nada bien. Cuando un extraño te llama «colega» con ese tono de voz, nunca lo es.

«Has estado preguntando por un fulano, ¿verdad?»

«Sí.» Tomo la iniciativa y le enseño la foto del móvil.

«Bueno, si te pones a jugar a los detectives en vez de avisar a la poli es porque ese tío no es trigo limpio», dice el capullo. Dios debió de forjar la cara de este desgraciado un día de estreñimiento máximo sudando la gota gorda en la taza del váter mientras reflexionaba sobre el significado de la palabra «rufián». No, no es la mejor obra del Creador, las cosas como son.

«El fulano ha tenido un problemilla de índole sexual», le explico. «Su parienta es mi hermana, y lo pilló echando una cana al aire. Lo echó de casa. Pero ahora quiere que vuelva. Pensé que igual se había ido de putas, eso es todo.»

Sus ojos achinados, maliciosos y entrometidos van continuamente de la pantalla a mi careto. Entonces dice de repente: «¡Ya sé quién eres! Sick Boy, ¿verdad?».

Quienes me conocen por ese nombre deben de ser los lerdos de sus amigos, concebidos a partir del repugnante coito entre hermanos mongolitos.

«¡Vaya! Hacía tiempo que no oía ese nombre.»

«Claro... Ahora andas por Londres, ¿no? Con Leo y el griego ese, cómo se llamaba...»

El corazón se me acelera un poco. Este tipo de palurdos gestados en un polvo intrafamiliar siempre tienen cerebros de mosquito y mentes cuadriculadas, programadas para no cejar jamás en su empeño. Como Euan esté liado con esta gente, no hay escapatoria posible, no me va a quedar otra que ayudar. «Andreas... Sí, y Leo, unos fieras. Pero todo eso es agua pasada. Ahora llevo una agencia de contactos respetable. Tenemos una aplicación...»

«Eres uno de los chicos de Leith», acusa, «tú eras del clan de Franco Begbie.»

«Sí», admito. Odio la forma en que estos cretinos usan el término «clan»; qué pereza, de verdad, tanto gansterismo. Y encima tengo que oír el nombre de Begbie, del puto psicópata ese; el muy capullo, con lo violento que era, se las ingenió para salir de la cárcel con el rollo del artisteo. La pesadilla está empeorando por segundos. Está oscuro, hace frío, tengo resaca y me muero por tumbarme en el sofá. Creo que prefiero los embistes verbales de Carlotta y su frialdad a estar en las desagradables inmediaciones de este capullo. Ahora el viento me está clavando gotas de lluvia helada en la cara.

«Pues me importa un carajo quién seas, tú no vienes a mi local a meter las narices. ¿Te enteras?»

«Bueno, no era esa mi intención. Como te he explicado, estaba buscando a mi cuñado. Es cirujano y...»

Lo siguiente que sé es que, en vez del azote del viento, lo que me llega es un puñetazo en la barriga que me parte en dos... Casi sin respiración, me acerco a la barandilla y me agarro. Hay gente andando bajo la lluvia, varias personas en la parada del autobús, peña fumando fuera del pub. ¡Pero nadie se ha dado cuenta, nadie, de que este cabrón me ha agredido!

Miro sus ojos despiadados. «Dame ese teléfono ahora mismo», dice, y señala al móvil que tengo en la mano.

«Mi teléfono... ¿Para qué coño...?»

«Que no tenga que pedírtelo dos veces.»

Se lo doy y me odio a mí mismo a la vez que intento recuperar el aliento. Las opciones de salir corriendo o de devolverle el golpe están por encima de mis posibilidades en este momento; bueno, en cualquier momento, la verdad. Este tío es un asesino.

Marca con toda tranquilidad su número en mi móvil, se llama a sí mismo y deja que suene. Me lo devuelve. «Ahora tenemos nuestros datos de contacto. Te haré saber si el fulano aparece. Entretanto, no quiero verte la puta cara por aquí a menos que recibas una invitación de *moi*. ¿Estamos?»

«Estamos.» Voy recuperando la respiración. «Gracias... Lo agradezco.» Pienso: *Como este hijo de puta tenga zorritas en condiciones, me las voy a llevar a todas a Colleagues Edimburgo mientras él se pudre en la cárcel de Saughton con su uniforme granate de cabronazo máximo y le rompen el ojete a base de bien. Por mis muertos.*

«Vale. Me llamo Victor, por cierto. Victor Syme», dice con un aire de maruja entrometida que da aún más miedo, y me pone la mano en el hombro. «Te haré saber si tengo noticias del... cirujano», paladea la palabra. «Y perdona por lo del puñetazo, pero es que con tanto capullo suelto es mejor marcar los límites desde el primer momento», dice sonriendo. «Pero si conoces a Leo y, por supuesto, a Frank Begbie, entonces no hay problema.»

Me alegro de perder por fin de vista a este capullo, aunque apenas he dado la vuelta a la esquina cuando recibo un mensaje de él.

No lo olvido, Vic S.

Viene acompañado de un emoticono: una cara sonriente que nunca me había parecido tan siniestra.

Doy con una cafetería de mala muerte, me siento e intento reanimarme un poco con una taza de té. ¡Puta ciudad! Tengo que pirarme de aquí ya. Y que le den a la independencia escocesa: a la primera de cambio acabaríamos siendo un país de mafiosos gobernado por escoria como el tal Syme. Es verdad: no hay forma de dejar atrás el pasado, por muy remoto que lo consideres. Y hablando del pasado, cojo y llamo a Terry: «Oye, colega, ¿qué me puedes contar de Victor Syme? Estuviste un tiempo trabajando para ese tío, ¿no?».

«Ahora no puedo hablar, compadre. ¿Por dónde andas?»

«Por Broughton Street», le digo. Debe de tener a algún desgraciado en el asiento trasero del taxi.

«Dame cinco minutos. ¿Dónde te veo?»

«En el Basement Bar.»

Voy al Basement y me acoplo en los cómodos asientos del fondo con dos botellas de *lager*.

Terry cumple su palabra y aparece. Por desgracia, me deja esperando tanto rato mientras charla con una camarera que tengo que llamarlo por teléfono. Pone cara de circunstancia y viene. «Mira que eres cortarrollos, Williamson. En serio.»

«Esto es importante, colega. Victor Syme. ¿Qué sabes de él?»

«Pues... estaba en España.» Terry le da un trago a la cerveza. «Los maderos andaban tras él, pero volvió el año pasado, Míster Intocable. Seguro que es un puto chivato. Fijo.»

Me niego a elucubrar en torno a mierdas de mafiosos locales. «¿De qué lo conoces?»

«Del colegio. Por aquel entonces era un pringado, lo llamábamos el Marica, ese era su mote. Al capullo le daban palos por todos lados; digamos que fue un talento tardío. Y desde que Tyrone murió se cree que es el Puto Amo.»

«¿Tyrone? ¿Cabeza Rapada?» No tenía ni idea. A Tyrone lo conozco desde que éramos niños. «¿Y qué le pasó al gordo?»

117

«Un incendio en su propia casa. Andaba en guerra con una banda de niñatos. A uno de ellos se lo cargaron en los muelles de Leith. Mucha gente cree que el Marica aprovechó la ocasión para hacerse con el territorio de los dos: de Tyrone y del chaval. Por lo visto tiene contactos en la Policía de Escocia, con gente de Europa del Este, de Londres y Manchester, todo dios le debe favores o, por lo menos, eso dicen. Lo mismo es todo mentira, vete tú a saber. Pero una cosa sí sé: el mamonazo huyó a España porque la poli lo estuvo buscando por la desaparición de una pava que trabajaba en la sauna. Yo me la pasé por la piedra, pero en plan colegas, eh, nunca he pagado por follar.» Terry me mira con una insistencia sombría.

«No dudo de tu habilidad para llevarte a una prostituta a la cama sin que exista transacción monetaria de por medio, Terry. Pero ¿has dicho que Syme se había dado a la fuga?»

«El capullo estaba de mierda hasta el cuello. Tuvo que dejar las saunas y esconderse en España. Y entonces, al poco, vuelve como si no hubiera pasado nada.» Terry mira a su alrededor. Baja la voz: «Se cree que soy su mayordomo. "Necesito un favorcito, Terry..."», dice, haciendo una imitación bastante aceptable del tono fachendoso de Syme. «Pero al final tendrá su merecido», dice Terry con una beligerancia huera. «Está mal de la cabeza, mejor no acercarse a él», advierte. «En fin... Y ¿qué tal la Navidad? ¿El típico rollo familiar?»

«Te puedes hacer una idea», digo pensando en mi cuñado, en su hijo y en todo el coñazo que me están dando porque los muy imbéciles solo saben pensar con la polla; luego cojo ocioso una revista olvidada que hay en la silla. Muestra una imagen de la actriz Keira Knightley, medio desnuda y con pose sensual, en un anuncio de perfume.

«Tremendo polvazo tiene», anuncia Terry.

«Pues vete al Caribe y hazte pirata», digo pensativo.

«Yo me voy a donde haga falta.»

Nos quedamos charlando un rato y Terry me lleva en taxi a casa de Carlotta. La noche está negra como un tizón: no me puedo creer que sean poco más de las ocho de la tarde, parece que son las dos de la mañana. Veo a Ben, de nuevo en el jardín, al teléfono, iluminado por una luz espectral. Probablemente esté hablando con alguna tía; no me dice ni ahí te pudras, cosa que me parece fenomenal. Por supuesto, el hecho de que aparezca sin Euan provoca otra rabieta en Carlotta. Le digo que he buscado en el hospital y en varios hoteles, pero ni palabra de las saunas, por supuesto. Parece que se calma un poco, pero luego, de pronto, otro ataque de furia se apodera de ella. «¿Qué le has dicho a Ross?»

«Nada», protesto, y me froto la barriga, todavía resentida, mientras me agacho para sentarme en el sofá, y justo entonces se me pasa por la cabeza que Syme, después de todo, podría llegar a hacerme un favor. Cuando se trata de capullos de este calibre, a veces es mejor asimilarlos –siguiendo la estrategia de los Borg en *Star Trek*– que enfrentarse a ellos o ignorarlos. El dolor me trae el recuerdo de Begbie haciéndome la vida imposible en el colegio, antes de hacerme coleguita de Renton, que era su mejor amigo. Básicamente me arrimé a Renton para que el psicópata de Begbie dejase de darme por culo. La cabeza me da vueltas. Carlotta pone ojos de loca. «Lo único que he hecho ha sido intentar que el hombrecito aprenda una lección de Euan. ¿Dónde está? Al único que veo fuera es a Ben.»

«En casa de Louisa», masculla, y entrecierra los ojos. «¿Que aprenda una lección de Euan? ¿De qué coño estás hablando?»

No sé qué leches le habrá contado el mamoncete, pero pienso devolvérsela a través de su querida madre. «Mira, lo que Ross ha visto es bastante traumático», admito, «pero quizá no tanto como debería haber sido.»

Carlotta me está mirando, no deja de soltar rayos y centellas por esos enormes ojos italianos que ambos hemos heredado de *la nostra mamma*. Pobre Louisa: ella se quedó con los ojillos furtivos y simiescos que tenía el viejo. «¿Qué quieres decir?»

«Es mi sobrino y lo quiero, así que no voy a chivarme, pero tengo motivos para pensar que Ross ha estado viendo porno duro.»

«¿Qué? ¿Ross? ¿Porno? ¿En internet?»

¡Ay, hermanita! Después de tantos años sigues cometiendo errores de principiante: el error de admitir la posibilidad. Cuando los defensas dejan un hueco es cuando hay que atacar, driblando y regateando como un argentino bajito. Piensa en Lionel. Piensa en Diego. «Además, creo que Euan se enteró y se quedó un poco trastocado. Ten en cuenta que se crió en el campo y que no tenía ninguna experiencia sexual antes de salir contigo...»

«¡Espera! ¿Euan te ha dicho eso?»

«Bueno, de una forma indirecta, ya sabes cómo somos los tíos, aunque ha sido más bien una deducción mía. No me dio ningún nombre ni ningún dato concreto, pero supuse que vuestra relación fue una especie de "Taylor Swift se lía con el gafotas conservador de Michael Gove"», digo sonriendo. «La comehombres y el empollón.»

Carlotta esboza una agridulce sonrisa de confirmación.

«Creo que él estaba en un momento vulnerable, por cumplir los cincuenta y todo eso, y Marianne, que es una mala pécora, se aprovechó de la situación para joderme a mí, para poner en jaque la única cosa que me importa.» La miro con toda la intensidad de la que soy capaz. «La familia.»

Carra niega con la cabeza. Lleva años escuchando variantes de esta misma cantinela. «No te creo», dice alzando la voz. «Entonces, ¿todo este lío es culpa de mi hijo?»

«No. Es culpa de la sociedad. Del incesante ritmo de los avances tecnológicos», arguyo, pero ahora tengo la sensación de que Carlotta ha robado el esférico fuera del terreno de juego con intención de marcarse un tanto. Si pudiera hacerle la zancadilla... «Pero Ross fue el conducto que usó el dolor para herir a esta familia. Nuestras costumbres sociales no están preparadas para seguir el ritmo que marca internet, la revolución digital, el iPad y la nube, de ahí nuestra disonancia cognitiva.»

Carlotta da un paso atrás. Me mira como si estuviéramos en un zoológico y yo fuera un espécimen peligroso en el lado equivocado de los barrotes. «Lo que eres es un capullo integral», jadea. «Te lo pasas pipa jodiéndole la vida a la gente.»

No se puede decir que la más joven de los Williamson se quede atrás en el marcador... «Mira, hermanita, señalar está muy feo. Y, además, no sirve de nada.»

Carlotta da un paso adelante y creo que me va a dar un puñetazo. Pero no, simplemente agita los puños como maracas. «¡Siempre dices que señalar está muy feo cuando eres tú el que tiene la culpa!»

Necesito sacarme algo de la manga ya. El ataque suele ser la mejor defensa. «Siempre estoy haciendo balance de mi vida, sobre todo en este momento tan reflexivo del año. ¿Soy inocente? No, ni mucho menos.» Cruzo los brazos sobre el pecho. Carlotta nunca ha llegado a la violencia física, pero estamos en mares emocionales jamás surcados. Decido subir el tono: «Pero, por favor, no me vengas con que todo es por mi culpa», suelto, y me pongo en modo indignación. «No me vengas con la mierda de que "todo el mundo es inocente menos Simon". Como táctica, tiene cierto atractivo *prima facie*, pero es demasiaaado hipócrita y facilona. ¡Venga, que no te has caído de un guindo!»

Carra tiene los ojos del mismo tamaño que los huevos de un rottweiler. «¿De qué coño estás hablando? Pero ¿en qué clase de mundo vives?» Respira débilmente y tiene palpitaciones.

Me dispongo a darle un abrazo. «Carra..., *la mia sorellina...*»

Ella me da un empujón con las dos manos. «MI MARIDO HA DESAPARECIDO Y MI HIJO ESTÁ HECHO POLVO», me grita pegándome puñetazos. Uno de ellos me alcanza debajo del tórax, justo donde me ha dado antes la mala bestia de Syme, y me tambaleo. «¡POR TU CULPA! ¡ENCUÉNTRALO! ¡TRÁELO A CASA!»

«Tranquila, hermanita, estoy en ello», cojo el teléfono y miro la lista de llamadas y el mensaje de Vic con el emoticono.

Entonces Carlotta, que está comprobando de un modo compulsivo los emails en su teléfono, empieza de pronto a gritar: «¡NO ME LO CREO!». Me mira, está en shock. «Es de Euan...»

«Eso es bueno, sabía que al final entraría en razón y daría señales de vida.»

«Pero el cabrón dice que está... ¡EN TAILANDIA!»

Justo entonces llega un mensaje de Syme.

¿Alguna noticia del cirujano?

Gimo en voz alta y los dos decimos al mismo tiempo: «¿Qué coño vamos a hacer?».

Entonces Ben aparece por detrás, con cara de satisfacción. No sé qué habrá oído de nuestra competición de gritos, pero se muestra lacónico al respecto.

«Esa mirada de enamoramiento me la conozco», digo burlón mientras Carlotta se va a regañadientes de la habitación. «¿Quién es la afortunada?»

«No soy de los que va contando sus andanzas amorosas por ahí.» El chaval me devuelve una sonrisa tímida. De pronto, me asalta el instinto protector de mandarlo de nuevo a Surrey, lejos de toda esta mierda que me rodea.

Cuando miro fuera, a la Royal Mile, veo un día claro y fresco. La taza tiembla y tintinea al colocarla sobre el plato; parece que tengo una enfermedad nerviosa. No puedo seguir metiéndome un vuelo de larga distancia tras otro, el desfase horario es devastador. Me he echado al coleto los comprimidos de zolpidem y alprazolam, además de los Valium, pero no me veo en condiciones ni de ponerle azúcar al té. No puedo seguir así.

Me ha costado separarme de Vicky. Los dos estamos con el subidón y la tontuna que suele darte cuando conoces a alguien que te gusta de verdad. Tal vez me haya enamorado en algún momento; quizá cuando se me ocurrió decir que nunca perdonaría a los extremistas musulmanes por el 11-S, porque desde entonces es mucho más difícil pasar droga y, en consecuencia, me complicaron un montón la vida, como representante de DJ que soy. Ella me miró con tristeza y me contestó que su prima trabajaba en el World Trade Center y había muerto en el ataque terrorista. Yo tragué saliva, horrorizado, y empecé a disculparme entre toses, antes de que ella se echase a reír y me soltase que estaba tomándome el pelo. Es difícil no enamorarse de una chavala así.

Ahora ella está en Los Ángeles y yo en un café del frío y gélido Edimburgo. La gente pasa, borrosa. El comercialismo global ha obligado a los escoceses a fingir que les gustan las Navidades, pero nuestros genes están programados para rebelarnos contra ellas. A mí me entra urticaria como me quede en casa con la familia más de dos días. El Año Nuevo es más nuestro rollo. Tampoco es que esté mirando demasiado por la ventana, porque la vista dentro no está tan mal. Marianne siempre había sido una chica muy atractiva, una rubia de aquí te espero, esbelta como un junco y de morritos gruesos; lucía una delgadez atlética y un culo como los bíceps de los superhéroes. Tenía el mundo a sus pies, pero la lastraba un defecto fatal: estaba encoñadísima de Sick Boy. Por supuesto, el muy capullo le había arruinado la vida. Pero era probable que ella supiese dónde estaba o, al menos, pudiese ayudarme a encontrarlo. Así que le pedí su número a Amy Temperley, una amiga común de Leith, y he quedado con ella en este café de la Royal Mile.

Mi pensamiento inicial es: joder, Marianne ha envejecido espectacularmente bien. Los genes escoceses y escandinavos no son de echar carnes, y su piel se mantiene excelente. Al principio está en guardia. No es de extrañar. Yo también, no te jode. Le mangué a Sick Boy más de tres mil doscientas libras, que le devolví en la época de las pelis porno. La devolución fue solo una tapadera para sacarle sesenta mil en 1998, cosa que ahora equivale a unos noventa y un mil. Pero solo lo hice porque intentó echarme encima a Begbie como venganza por dejarlo pelado al principio. Y también le birlé el original de la peli porno que hicimos. Es complicado. «¿Conque quieres devolverle el dinero?», pregunta Marianne dubitativa. «¿Después de todo este tiempo?»

Me parece que está a punto de mandarme a tomar por culo, así que añado: «Solo quiero dejar atrás el pasado y mirar hacia delante».

Se enciende una bombilla detrás de sus ojos. «¿No lo has intentado por Facebook?»

«Es que yo no estoy en redes sociales, pero aun así eché un vistazo. No lo encontré.»

Desliza el dedo por la pantalla de su teléfono y me lo tiende. «No está con su nombre. Esta es su agencia de acompañantes.»

La página de Facebook tiene un enlace a un sitio web: Colleagues.com. El texto, una mezcla de burdas indirectas sexuales al más puro estilo Monty Python y jerga de negocios ochentero lleno de eslóganes como sacados de campañas de motivación, no deja ninguna duda: es de su puño y letra. «Sick Bo... ¿Simon lleva esta agencia de acompañantes?»

«Sí», responde Marianne, al tiempo que coge su teléfono y lo mira.

A pesar de mí mismo, siento un destello cálido en el pecho, seguido por un arrebato de emoción. La dinámica entre Sick Boy y yo siempre tendía a la destrucción, pero pocas veces era aburrida. Por inexplicable que parezca, estoy impaciente por conocer los detalles. Entonces Marianne dice con cierta inquietud: «¿Te apetece una copa en condiciones?».

¿Me apetece una copa en condiciones? Estoy pensando en Vicky. Pero ¿qué somos en realidad? ¿Y si la conexión solo está en mi mente? Ni siquiera sé si le dolería y le ofendería que me acostase con otra persona, o si se reiría en mi cara por ser tan ridículo. Me oigo pronunciar la frase traicionera: «Podemos ir a mi hotel si te apetece».

Marianne no dice nada, pero se levanta. Salimos y caminamos codo con codo por Victoria Terrace; ella ametralla con sus tacones los adoquines de Grassmarket. Dejamos atrás un pub que habrá cambiado de nombre como un millón de veces, pero recuerdo las bandas que tocaban allí en mi juventud.

Dejar pelado a Sick Boy fue la otra razón (además de lo

del accidente de Begbie) por lo que pasé del club que regentaba y me hice representante. Con mi primer DJ, Ivan, me volqué. Y después, en cuanto lo petó, me lo birló un representante con aún menos escrúpulos y un Rolodex más grande. Fue una buena lección, y demostré que la había aprendido cuando vi a Conrad tocando en un club de Rotterdam. Lo medio representaba el hermano mayor de un amigo suyo. No tardé mucho en percatarme de que aquel tío era un prodigio. Podía hacer todo tipo de música dance. Hablé con él y me cercioré de que no se le caerían los anillos por crear éxitos pop, con los cuales yo podría liquidar algunas deudas gordas con bastante facilidad. Y, de hecho, así ha sido.

¡Por supuesto que no quiero darle un dinero ganado con el sudor de mi frente a Sick Boy! Pero si soy coherente con lo de la rehabilitación y el plan personal de expiación, también debería resarcirlo a él. Y a Segundo Premio, que entonces se negó a que le pagase. Se metió en la religión y nadie ha vuelto a saber de él. Le debo quince de los grandes, como a Franco. Pero el que me va a dejar sin blanca es el puto Sick Boy, con el pastón que le debo. De modo que, qué cojones, me merezco alguna compensación.

Cuando llegamos al hotel, finjo señalar el bar, pero Marianne dice con brusquedad: «Vamos a tu habitación».

No puedo hacerlo, joder, y sin embargo no consigo resistirme. Es Marianne, qué coño. La recuerdo de adolescente; beligerante y despreciativa conmigo, increíblemente bella y sexy colgada del brazo de un lascivo Sick Boy. Entonces tuve cero suerte con ella, pero ahora se me está poniendo en bandeja. A lo mejor todo es parte del proceso; a lo mejor necesitas exorcizar demonios pasados antes de poder mirar hacia delante.

Nos metemos en el ascensor y subimos a la habitación. Me avergüenzo, porque no han hecho todavía la cama y hay un olorcillo sospechoso. No recuerdo si me corrí ayer por la noche o no. Últimamente no me la casco tanto porque ya disfruto de sueños húmedos cuando estoy despierto. Y porque te invade una desidia solitaria y miserable cuando sueltas la leche después de masturbarte en una habitación de hotel; es algo que molesta cada vez más con la edad. Enciendo el aire acondicionado, aunque sé que en cinco minutos hará un frío que pela. «¿Quieres una copa?»

«Vino tinto.» Marianne señala una botella que hay sobre el escritorio, una de esas que siempre abres porque subconscientemente crees que son de regalo, pero nunca lo son.

La abro mientras Marianne se despatarra en la cama y se quita los zapatos de tacón con los pies. «Así que vamos a hacerlo, ¿eh?», dice, clavándome la mirada. En ese tipo de situaciones es mejor no hablar, así que empiezo a quitarme la ropa. Ella se incorpora y hace lo mismo. Estoy pensando que, aparte de mi ex, Katrin, Marianne es la chavala de piel más pálida en la que he puesto la vista. Por supuesto, la fabulosa arquitectura de una mujer nunca deja de excitarme y, en efecto, tiene un culazo espléndido, como vengo observando e imaginando desde mi juventud. Llegará el día en que la magnífica excitación que experimento desaparecerá, como la visión, el oído y la continencia; solo espero que sea lo último en extinguirse. Entonces me doy cuenta de que hay un problema. «No tengo condones...»

«Pues yo tampoco», dice Marianne en tono imperioso, tapándose con la mano el pecho, de un blanco inmaculado, «porque no voy follando por ahí. Hace meses que no me tiro a nadie. ¿Y tú?»

«Lo mismo», reconozco. Dejé de pasarme por la piedra a las jovencitas de los clubes hace varios años. En realidad siempre van detrás del DJ, y por lo general tú eres el premio de consolación. Lo que empieza como un estímulo para la psique al final acaba pisoteándote la autoestima.

«Pues entonces vamos a ello», dice, como si estuviera retándome a una pelea.

Así lo hacemos, y yo intento ofrecer lo mejor de mí, para que sepa lo que se ha perdido.

Después, tumbados uno junto a otro, la distancia de un océano y un continente que pensaba haber puesto entre Victoria y yo mengua de repente. La culpa y la paranoia me desgarran como si estuviese en la habitación de al lado. Entonces Marianne dice, con una risa cruel: «Has estado mejor de lo que pensaba...».

Eso sería un espaldarazo si sus expectativas no hubiesen estado a la altura del betún. Si yo seguía viéndola como la tía más guay de la escuela, me figuraba que ella siempre me vería como el pringado pelirrojo y socialmente desmañado. Estábamos condenados a esas percepciones de nuestros yoes de catorce años. No solo veo venir el «pero», la cosa es todavía peor: sé muy bien quién será.

«...pero no tan bien como quien los dos sabemos», prosigue, y sus ojos adquieren un aire distante. Noto que mi picha exhausta se encoge un poco. «Siempre me dejaba con ganas de más, y con la sensación de que yo podía haberle dado más a él. Me provocaba», concluye, y me mira con una sonrisa amarga que la envejece. «Siempre me ha gustado el buen sexo», comenta enroscándose como una gata en la cama. «Y él me daba el mejor.»

Mi polla desfallecida se encoge un centímetro más. Cuando hablo para romper mi calamitoso silencio, mi voz suena al menos una octava demasiado aguda. «Has dejado que te arruine la vida, Marianne. ¿Por qué?» Me obligo a bajar el tono. «Eres una mujer inteligente.»

«No.» Niega con la cabeza; sus estáticos rizos rubios vuelven a su posición anterior, semejantes a una peluca de nailon, como habían hecho cuando estábamos en el fragor de la batalla. «Soy una puta cría. En eso me ha convertido», declara, y después me mira. «Y está aquí. En Edimburgo, no en Londres. Ha venido para Navidades, el muy cabrón.»

Aquello era una revelación. Claro que estaba aquí: su madre, sus hermanas, el rollo de la gran familia italiana. «¿Sabes dónde?»

«Pasó la Navidad en casa de su hermana Carlotta, la pequeña. Pero su cuñado...» De repente parece incómoda. «Me los encontré por George Street. Simon me dijo que iba a llevar a su hijo al área vip del Easter Road para el partido de Año Nuevo.»

«Vale... A lo mejor me lo encuentro allí.»

Pero yo también soy un puto crío. Así que, cuando Marianne se va, me entero por la página web del Hibernian F. C. que el partido de Año Nuevo es contra los Raith Rovers, en casa. Eso es lo que nos queda ahora, en lugar del derbi. Me alegro de haberme librado de los Hibs, y hasta del fútbol, en los últimos veinte años, y de haberme convertido en un forofo de sofá. El Ajax fue de culo cuando empecé a seguirlo. De la Copa de Europa y la última temporada del estadio De Meer al fabuloso Arena y la puta mediocridad. Ni siquiera me acuerdo del último partido de los Hibs al que asistí. Creo que fue en el estadio Ibrox, con mi viejo.

Así que vuelvo a casa de mi padre, en Leith. Tiene setenta y cinco años y está lleno de energía. No tan lleno de energía como Mick Jagger, pero sí ágil y fuerte. Aún sigue echando de menos a mi madre todos los días, y a sus dos hijos muertos. También, sospecho, al que está vivo. Así que, cuando aparezco en su vida más allá de la llamada semanal, me lo llevo a comer marisco al Fishers de The Shore. Le gusta ese sitio. Ante la sublime sopa de pescado, le cuento que ahora Franco y yo somos colegas de nuevo.

«He leído sobre él», asiente papá. «Me alegro de que le vaya bien.» Agita la cuchara en dirección a mí. «Qué curioso, yo pensaba que el arte era más cosa tuya. Se te daba muy bien el dibujo en el cole.»

«¿Ah, sí?» Sonrío, un poco infantilizado. Adoro a este viejo pellejo. Le miro el pelo canoso, aplastado hacia atrás como si un oso polar le hubiese peinado con las garras, dejando a la vista el cuero cabelludo rosa, y me pregunto cuántas de sus canas serán culpa mía.

«Qué bien que hayáis superado todo eso», masculla. «La vida es corta; demasiado corta como para pelearse por dinero.»

«¡Cállate, viejo comunista!» No puedo resistirme a la tentación de reorientar sus opiniones políticas. «El dinero es lo único por lo que merece la pena pelearse.»

«¡Ese es el problema del mundo de hoy!»

¡Ya he cumplido mi misión! Nos terminamos una botella de Chardonnay, aunque él sigue un poco jodido porque pimpló demasiado whisky –igual que yo– el día de Navidad. Cuando empieza a quedarse medio grogui en la silla, llamo a un taxi y lo dejo en casa antes de dirigirme al hotel.

Mientras el coche traquetea por las calles oscuras, no puedo creerme a quién me encuentro pidiendo limosna en la acera, debajo de una farola. Para mi alegría, mezclada con inquietud, es Spud Murphy el que está allí sentado, a escasos metros de mi hotel. Le pido al taxista que se detenga, salgo y le pago. Después camino despacio en dirección a Spud, que lleva una gorra de béisbol con la marca de un taller mecánico, una chaqueta bomber de tres al cuarto, unos vaqueros y unas deportivas incongruentemente nuevas, con una bufanda y unos mitones. Está como doblado sobre sí mismo. A su lado hay uno de esos terrier enanos; no sé si es un yorkshire o un west highland, pero necesita un baño y un pelado como el comer. «¡Spud!»

Levanta la vista y parpadea un par de veces antes de que una sonrisa se le extienda por la cara. «Mark, no me lo puedo creer, estaba a punto de irme.» Se pone en pie y nos abrazamos. Desprende un olor fétido a sudor rancio, hasta el punto de que tengo que contener una arcada. Decidimos ir a tomar una copa, y nos dirigimos al bar del hotel. Spud es casi un vagabundo y va con un perrillo roñoso, pero yo tengo cuenta en esta choza, así que, a pesar de que la mirada de la camarera da a entender que no le hace ninguna gracia, lo dejan pasar. En realidad, es muy generoso por su parte, porque odio ser un capullo, pero el tío no ha apestado tanto desde que se cagaba en los pañales. Bueno, a lo mejor cuando era yonqui, pero seguramente mi propio olor enmascaraba el suyo. El bar no está muy lleno; nos situamos en una esquina oscura, algo apartados de los demás. El perro, que se llama Toto, se sienta en silencio a sus pies. Me pongo a pensar en lo raro que es que Spud se haya vuelto canino, porque siempre había sido un obseso de los gatos. Como era de esperar, empezamos comentando el fenómeno Franco, y le cuento que quiero saldar mis deudas con Sick Boy, Segundo Premio y con el artista. Que a uno tengo que encontrarlo, el otro ha desaparecido y el tercero no quiere el dinero que se le debe.

«A mí no me extraña que Franco no quiera la pasta, colega.» Spud sorbe un buen cuarto de su pinta de *lager*, mientras que Toto acepta mis caricias por debajo de la mesa. Es un chucho apestoso y desgreñado, pero simpático y dulce, y su lengua me lame los nudillos como papel de lija.

«¿Qué quieres decir?»

«Que esa pasta estaba maldita, o algo. El dinero que me diste fue lo peor que me ha ocurrido nunca. Un hartón de drogas, y el final de lo mío con Ali. No es que tú tengas la culpa de mi caída, colega», añade con amabilidad.

«Supongo que cada cual toma sus decisiones en esta vida, amigo.»

«¿De veras crees eso?»

Así que ahí estoy, discutiendo sobre el libre albedrío y el determinismo con un vagabundo; yo con una Guinness, él con una Stella. Y el debate sigue hasta mi habitación. «¿Qué otra cosa puedes creer?», pregunto mientras abro la puerta y me recibe el olor a sexo de la tarde, aunque Spud parece no darse cuenta. «Sí, es cierto que sentimos impulsos fuertes, pero podemos ver lo que son y adónde nos llevan, y por tanto resistirnos y rechazarlos», le digo, y de repente caigo en la cuenta de que estoy haciendo rayas de coca en el baño con mi tarjeta de acero inoxidable de Citadel Productions.

«¿No ves lo que estás haciendo ahora mismo?»

«No estoy en modo "resisto y rechazo" en este momento», le digo. «Estoy en modo "terminar la mandanga cueste lo que cueste". No tienes que seguirme si no quieres. Depende de ti», le digo, agitando un turulo de veinte libras. «Haz tu elección: esta es la mía.»

«Bueno..., solo por el rollo social», dice Spud con un pánico creciente que solo remite cuando le paso el billete que no volveré a ver. «Hace un montón de tiempo.»

Luego volvemos a salir y vamos a un par de bares, que es la única manera que tengo de librarme de él antes de que se me empiecen a cerrar los ojos y un bostezo casi me arranque la mandíbula de la cara, en plan pit bull. Me voy al hotel e intento dormir, aunque sea de forma intermitente.

Tengo la devastadora impresión de que la alarma suena diez minutos más tarde. Y esta es mi vida, esta puta locura. Ahora tengo que viajar de vuelta a Los Ángeles para el bolo de Conrad, luego volver aquí para el Hogmanay: llego justo la mañana del 31 para la fiesta y las campanadas. Después solo quiero encerrarme en Ámsterdam para pasar el invierno y trabajar un poco, pero tendré que volver a Los Ángeles para dedicarle tiempo a Vicky, si de verdad quiero que las cosas funcionen. Y, sobre todo, reflexiono, con una bola de autoasco pegada al pecho como un tumor, tengo que dejar de ser un picha brava.

Así que estoy en el vuelo nocturno, en dirección a esa puta plaga de la humanidad que es Heathrow y luego otra vez, en primera clase, rumbo a Los Ángeles. Los imbéciles de seguridad me han peinado la maleta buscando residuos de farla. Pero no hay ni un puto resto en mis tarjetas de crédito y tengo la tarjeta de visita como los chorros del oro.

El vuelo se me hace larguísimo con el puto Conrad, que viene desde Ámsterdam sentado a mi lado. Es una compañía aburrida, malhumorada y sin ningún encanto, y doy las gracias por el relativo aislamiento que suponen los habitáculos individuales. Conrad es básicamente un autista leve, un gordo consentido, pero creo que en realidad no es mal tío. Tengo que creerlo. Lo de Emily, que está en el Fabric, en Londres, es solo juventud y confusión, pero tiene buen fondo. Y luego está Carl. El más crío de los tres. Vaya tres perlas. Y para colmo, FRANCIS BEGBIE ha vuelto a mi vida y estoy buscando a SICK BOY.

En el aeropuerto de Los Ángeles, la mirada del gilipollas de inmigración es larga y escrutadora; va de mi cara al pasaporte, del pasaporte a mi cara. No mola. Es indicadora de que está a punto de decir algo. «¿Y cuánto tiempo lleva viviendo en Ámsterdam?»

«De forma intermitente, unos veinticinco años.»

«¿Y es usted representante en la industria del espectáculo?»

«Representante de artistas», admito, deprimido ante la falta de ironía de mi voz. Observo a Conrad, un par de puestos más abajo, tan campante, con sus dedos blandengues sudando sobre el cristal de huellas digitales como salchichas en una sartén.

«¿De grupos?»

«DJ.»

133

Se ablanda un poco. «¿Eso es como representar a grupos?»

«Más fácil. Artistas en solitario. Nada de equipamiento», declaro, y luego pienso en la excepción a toda puta regla, el puto neandertal de Ewart. «Reservar el vuelo, los desplazamientos y los hoteles. Organizar a la prensa. Luchar por los derechos de autor, pelear con los promotores por los bolos, la pasta...», despotrico, y consigo contenerme antes de añadir a la lista: *y drogas.*

«Veo que viene mucho por aquí. ¿Tiene pensado mudarse a los Estados Unidos?»

«No. Aunque tengo un apartamento en Santa Mónica. Así ahorro en hoteles. Paso mucho tiempo en Los Ángeles y Las Vegas por negocios.» Señalo a Conrad, que acaba de pasar y se dispone a recoger el equipaje: «Uno de mis artistas es DJ residente en el Wynn. Siempre viajo con el Sistema Electrónico de Autorización de Viajes. He solicitado la residencia permanente», y de repente pienso en Vicky, sonriendo al sol en la playa, «pero cuando la consiga tampoco viviré aquí todo el tiempo».

Me mira como sin mucha fe de que acepten mi solicitud de residencia.

«Uno de mis patrocinadores es David Guetta», le informo.

«Ajá», dice con aire lúgubre, y luego parece indignado. «¿Por qué no quiere vivir aquí de forma permanente?»

«¿Quizá por la misma razón por la que usted no quiere vivir en Ámsterdam? Me gusta su país, pero es demasiado estadounidense para mi gusto. Sospecho que a usted Holanda le parecería demasiado holandés.»

Se muerde el labio superior mientras hace alguna árida reflexión; a continuación se sume de nuevo en un catatónico aburrimiento y la brillante luz verde vuelve a encenderse; aprieto el dedo por enésima vez y me sacan otra foto. Un sello en el pasaporte y en el formulario de aduanas, y ya estoy de nuevo en la tierra de la libertad.

134

Lo primero que hago siempre que aterrizo en algún lugar es atosigar al promotor para que busque drogas. Si no conoces a ningún camello, mejor dedícate a otra cosa, joder. Le digo que es para los DJ, pero la mayoría de esos muermos de hoy no tocan otra cosa que no sea hierba hidropónica, aunque mi coetáneo N-Sign, Carl Ewart, es la excepción..., otra vez. Yo normalmente pillo blanca, solo para mantener el ánimo, cualquier cosa que me impida recordar que soy la persona más vieja del club, a no ser que esté con N-Sign. Me siento mal por los DJ viejos, se merecen más pasta por salir a esa humillación ritual noche tras noche: tíos que ya no bailan poniendo música para gente que sí. Por eso intento ser paciente con Carl. Hago el pedido al mensajero clandestino: cannabis, MDMA en polvo y cocaína. Conrad me está comiendo la oreja sobre diferentes tipos de cogollos en jerga técnica, así que lo derivo directo al experto.

Una vez hecho el trato, dice: «¿Y dónde está el farlopero de N-Sign? ¿Por qué sigues con él?».

«La vida, tío», digo encogiéndome de hombros. Debería decirle a Conrad que se meta en sus asuntos, pero tengo que evitar a toda costa que siga los pasos de Ivan. Y en realidad sí le concierne, porque le estoy cerrando bolos a Carl como telonero suyo.

Mientras esperamos a que nuestro equipaje salga por la cinta, llega un mensaje del colega: no de Carl, sino de –atención– Begbie.

¿Cuándo vuelves a Escocia?

Con él nunca se sabe si es el corrector o la dislexia.

Para el Hogmanay. Pincha N-Sign.

¿Os prestaríais tú, Spud, Sick Boy y Segundo Premio para un proyecto de arte? Quiero hacer moldes de vuestras cabezas.

No puedo contestar por ellos, pero cuenta conmigo. Ayer estuve con Spud, y a Sick Boy espero verlo en el Hogmanay.

Guay. ¿El 3 de enero?
Venga.

Conrad se coge un Uber al hotel, solo, después de que yo diga que voy a ver a mi novia. «Ay, pillín», sonríe.

Me dirijo al apartamento a encontrarme con Vicky, que está encantada de verme; yo a ella también. Pienso en Marianne, *¿en qué cojones estaría yo pensando?* A lo mejor era algo que tenía que ocurrir. Para sacármelo del cuerpo y poder avanzar en mi relación con Vicky.

Salimos a comer con sus amigos Willow y Matt, después nos vamos a casa y nos ponemos a follar como locos. Noto como un latigazo y Vicky también; paramos un segundo, pero decidimos seguir y terminar el polvo. Nos damos cuenta de que el condón se ha roto. Se me ha enrollado en la base de la polla, manchado de leche y espesa sangre menstrual; es su primer día de regla. Me siento aliviado pero, a pesar de todo, se toma la píldora del día después. «Quiero estar completamente segura; es que no tengo mucho instinto maternal», dice Vicky sonriendo con alegría.

Volvemos a desplomarnos sobre la cama, y durante un breve segundo oigo la voz persistente de Marianne: *no voy follando por ahí. Hace meses que no me tiro a nadie.* Si está al tanto de las andanzas de Sick Boy, no termina de convencerme, la verdad. Pero las afirmaciones elogiosas de Vicky ahogan el pensamiento. «Es genial estar contigo. He salido con chicos, chicos majos, pero chicos al fin y al cabo. Es genial estar con un hombre.»

Siento el vicio de la culpa. Siempre he disfrutado de ser un chaval y nunca me he esforzado por madurar. La madurez es una capa que no me sienta bien, que me aprieta; es como si me disfrazase de otra persona. No obstante, la euforia que siento rompe sus costuras: hay más de un tipo de hombre adulto. «Eres lo mejor que me ha pasado desde hace mucho mucho tiempo», le confieso. Compartimos una mirada en plan «guau»; el reconocimiento de estar metiéndote en algo con la sensación de que así tiene que ser.

Y luego, por supuesto, tengo que marcharme. Cuando vuelvo a Edimburgo, sin las pastillas relajantes, me siento irritable y extenuado. Por suerte, la coca que tiene Carl no está mal, y el hecho de jugar en casa le inspira una actuación decente en el Hogmanay. Además de a Marina y su novio Troy, tengo a un agitado Spud y a un jovial Gavin Temperly en la cabina del artista invitado principal. Uno está esquelético y el otro se ha puesto gordo como un trullo. En la cabina contigua está mi viejo colega Rab Birrell, con su hermano Billy, que antes era boxeador. Ambos tienen buen aspecto. Me alegro de verlos.

Luego hay una fiesta, pero no soy muy buena compañía, y no quiero acabar demasiado perjudicado delante de Marina, así que me excuso y me retiro pronto. Llego al hotel y duermo como un tronco hasta la noche siguiente. Entonces bajo a Leith y me voy a celebrar el Año Nuevo tomando una copichuela con mi viejo, que ha preparado *stovies* para darme la bienvenida; la cazuela de patatas estofadas huele que alimenta.

Después, otra siestita en el hotel y al día siguiente me voy a ver a los Hibs. Es sorprendente; aunque es un equipo de categoría inferior, me resulta más profesional e importante de lo que yo recordaba. El área de recepción parece sacada de un hotel corporativo, y hay más zonas vip, antes solo había una. «Deme el pase más caro posible», le digo a la mujer, que me mira como si fuese un payaso.

«Pero es solo para usted, ¿no?»

Me doy cuenta de que parezco el típico pringado que no tiene amigos. «Voy a encontrarme con el señor Williamson aquí, es una cosa de última hora.»

«Ajá... ¿Simon Williamson? Está en un grupo de seis. ¿Quiere usted incorporarse a su mesa?»

«De acuerdo.»

Saldo con la Visa y pongo rumbo a las escaleras. Al llegar a un comedor razonablemente lujoso, veo de inmediato a Sick Boy, que no ha cambiado demasiado, aparte de algunos rizos grisáceos, sentado con quien parece ser «Juice» Terry Lawson, aún con su pelo de mocho, y cuatro chavalines. Miro a Simon David Williamson, el caballero follador de los Banana Flats. Bueno, además de los toques plateados en la melena, es posible que tenga más entradas, pero, en general, se le ve bien. Lo estoy mirando cuando, de repente, se gira. Me clava la mirada, incrédulo, y luego, poniéndose en pie, vocifera: «Pero ¡¿qué coño estás haciendo tú aquí?!».

«El mundo es un pañuelo, colega», le digo, asintiendo en dirección a Terry. «Tez. ¡No has cambiado nada! Deben de haber pasado quince años, por lo menos», reflexiono, recordando que la última vez que lo vi fue cuando hicimos aquella película porno de tres al cuarto. Tuvo un accidente terrible en el que se fracturó la polla.

«Ya te digo», suelta con una sonrisa, y sabe a la perfección lo que estoy pensando. «¡Recuperado al ciento diez por cien!»

Intercambiamos bromas durante unos momentos, pero noto que Sick Boy bulle de furia; me coge de la muñeca y me lleva a la barra. Cuando llegamos, dejo caer el sobre ante él. Presenta cero objeciones y se lo apropia de inmediato. Mira el interior con socarronería, se lo acerca al pecho y se pone a contarlo con discreción; posa los ojos en el dinero, en mí y en la gente que nos rodea, en una parodia casi dickensiana de la avaricia furtiva.

Al final deja que sus ojos fulgurantes descansen sobre mí. Se me había olvidado el aire cruel, inquisitorio y acusador que desprende siempre su mirada. Con un mohín ofendido, declara: «No me dejaste pelado una vez, sino dos. Lo de la pasta lo puedo dejar pasar, ¡pero la peli! ¡Lo di todo en esa película! Tú y la zorra esa de Nikki y la puta creída de Dianne...».

«A mí también me la dieron con queso. Volví a Ámsterdam con el rabo entre las piernas.»

«¡Fui a buscarte allí!»

«Me imaginé que a lo mejor lo hacías, así que me marché de la ciudad durante un tiempo. La Haya. Era un poco aburrido.»

«¡Mira qué listo!», rezonga, pero tiene la mirada puesta de nuevo en el sobre. Está impresionado, y ni siquiera es capaz de ocultarlo. «Nunca pensé que me lo devolverías.»

«Está todo. Deberías haber ido tras Nikki y Dianne, ellas se quedaron con casi todo, pero he decidido compensarte en nombre de las dos.»

«¡No parece muy propio de ti! Debes de estar montadísimo. Todo ese rollo de Narcóticos Anónimos funciona con los putos ricos, que se creen que pagando pueden librarse de las miserias que han ido sembrando.»

Este tío no ha perdido nada de su soberbia natural. «Bueno, pues ya está. Si no lo quieres, no tengo ningún problema en recuperarlo...»

«¡Y una polla!»

«Genial, porque es tuyo. Ahora puedes ampliar Colleagues.»

Se le ponen los ojos como platos y su voz se convierte en un gruñido grave. «¿Qué sabes tú de Colleagues?»

Decido que no es buena idea mencionar a Marianne. «Solo lo que cuenta tu impresionante página web. Una empresa con "ambiciosos planes de expansión".»

«Hombre, claro, por supuesto. "Somos una empresa que intenta salir a flote como puede" no creo que impresione mucho», dice con una sonrisita, y echa una mirada despectiva al resto de los comensales de la zona vip.

Yo miro a Terry, que sigue en la mesa, muy interesado. Sick Boy se da cuenta, frunce el ceño y a continuación le da la espalda ostentosamente. Cuando está frente a mí, le explico: «Si miras en internet, el valor actual de sesenta mil libras de 1998 oscila entre ochenta y tres mil setecientas setenta y cien mil novecientas. Así que calculé la media usando una simple aplicación de calendario y me salieron noventa y un mil ochocientas libras».

«¡Podría haber sacado mucho más de haber podido invertir mi pasta a mi manera!»

«Es imposible predecirlo con seguridad. Las inversiones pueden subir o bajar.»

Se guarda el sobre en la chaqueta. «¿Y qué pasa con el original de *Siete polvos para siete hermanos*?»

«Y yo qué coño sé. Pero una peli porno de hace quince años no valdrá mucho.»

Suelta un gruñido y echa una mirada a su mesa. «Bueno, pues gracias por el dinero y por el puto tiempo y eso. Pero estoy en sociedad.» Señala la puerta. «Ahora lárgate.»

«Bueno, voy a tomar un poco de rosbif y a ver el partido, por lo menos la primera parte, si no te importa», digo sonriendo. «He comprado un pase vip y hace muchísimo que no veo a los Hibs en acción. ¿No te intriga ni un poquito saber por qué estoy haciendo esto ahora?»

Sick Boy pone cara de exasperación y asiente en dirección al grupo de Terry y los colegas. «Vale. De acuerdo. Pero no esperes que me trague el típico rollo de Alcohólicos Anónimos sobre superar adversidades, saldar deudas pendientes y mierdas por el estilo», dice, mientras nos dirigimos a la mesa y nos sentamos con los demás.

La alocución preventiva me resulta útil, porque por ahí era exactamente por donde había planeado empezar. Me presentan al hijo de Sick Boy, a su sobrino, y a los dos chavales de Terry. Todos parecen chicos majos y normales. Pero supongo que a esa edad nosotros también lo parecíamos, por lo menos a los extraños. La comida está bastante bien, un cómico cuenta unos cuantos chistes y luego el jefazo, Alan Stubbs, da su punto de vista sobre el partido, y después nos dirigimos a la tribuna a verlo desde unos bonitos asientos acolchados. Me duele un poco la espalda, pero no está tan mal. Estoy sentado junto a Sick Boy. «Bueno», dice con voz ronca, dándose un golpecito en el bolsillo interior, «¿a santo de qué? ¿Por qué? ¿Por qué ahora?»

El mediocampista de los Hibs, McGinn, parece bueno. Tiene un estilo inusual al correr, pero controla bien la pelota. «Me encontré a Begbie en un vuelo a Los Ángeles. Desde entonces lo he visto unas cuantas veces. Somos colegas de nuevo, más o menos. Lo invité a un club de Las Vegas donde pinchamos. Y él me invitó a su exposición.»

Podría haber sido Begbie, pero es más posible que sea «un club», «Las Vegas» y «exposición» lo que me asegura su atención completa. «¿Me estás diciendo que te juntas con ese psicópata? Después de lo que intentó hacer...» Sick Boy se detiene mientras los Hibs atacan la portería de los Raith, dirigidos por McGinn.

«No. Esa es la cosa. Que ha dado un cambio de tres pares de narices.»

Sick Boy esboza una sonrisita de alto voltaje. Señala una falta a un jugador de los Hibs y le da un codazo a su hijo. «Los carniceros de Kirkcaldy», suelta con un bufido. Luego se gira hacia mí: «¿La mierda esa del arte en la que se ha metido? ¿No pensarás ni por un segundo que ese chalado se ha rehabilitado de verdad? Se está quedando contigo. ¡Está esperando su momento para atacar!».

«No es la sensación que me da.»

«Pues entonces me alegro mucho por él.»

«Le ofrecí el dinero. Lo rechazó. El hijo de puta está casado con un bellezón californiano. Está hecho un padrazo, tiene dos niñas preciosas que lo adoran. Yo apenas veo a mi hijo.»

Sick Boy se encoge de hombros, pero me mira con comprensión. Su voz baja hasta convertirse en un susurro. «¿Me lo dices o me lo cuentas? Vale, nosotros dos no damos la talla como padres», dice, echando un rápido vistazo a su hijo, «¿y qué?»

«¿Cómo coño ha acabado Begbie siendo el caballo ganador?»

Sick Boy se mofa con ese desdén imperioso que nadie en mi vida ha podido igualar. «¡Tú tienes que estar forrado! Si no, no me estarías devolviendo esto.» Se da unos golpecitos en el bolsillo. «¿Clubes? ¿Las Vegas? ¡No me habrás contado todas esas mierdas para decirme ahora que eres pobre!»

Así que le hablo de mi trabajo y del éxito de DJ Technonerd.

«¿Que te estás montando a base de DJ de música electrónica? ¿Los capullos esos con cajas de ritmos y *stylophone*?»

«En realidad, no. Solo uno de ellos hace pasta de verdad. Uno es una causa benéfica. Llámame sentimental, pero siempre me ha gustado su estilo. La otra es una apuesta especulativa que no parece dar fruto. Ese dúo se lleva prácticamente toda la pasta que me da el otro y, como soy un imbécil, no los largo. Estoy buscando un cuarto y un quinto. Había pensado que, si en lugar de ser yo mismo DJ, conseguía cinco al veinte por ciento cada uno, sería lo mismo. De momento tengo tres.»

Mi revelación no parece conmover a Sick Boy. Es evidente que piensa que mis alegaciones de penuria no tienen otro objetivo que el de evitar a los moscones. «Algo he leído del holandés ese, Technonerd. Tiene dinero a espuertas. Si tienes el veinte por ciento de sus ganancias...»

«Vale, tengo una casa en Ámsterdam y un apartamento en Santa Mónica. No soy un muerto de hambre. Me queda algo de pasta en el banco, obviamente no la he invertido toda en saldar deudas contigo ni en tratamientos y cuidados para el chaval.»

«¿Qué le pasa al chaval?»

«Es autista.»

«Como el pequeño Davie..., ¿el gen tonto?», piensa en voz alta, en referencia a mi difunto hermano pequeño. Su hijo y su sobrino se giran a mirarlo un instante.

La ira se abre paso en mí; consigo contenerla y le echo una mirada de desdén. «Ya me estoy arrepintiendo de esto», digo señalando con la cabeza en dirección al sobre que le abulta el bolsillo.

«Lo siento», responde, y parece casi amable, «no debe de ser una papeleta fácil. Bueno, ¿y por qué has venido a arreglarme la vida ahora?»

«Quiero vivir. En plan, vivir de verdad», subrayo, y en mi cerebro aparece la cara de Vicky, risueña y apetitosa, sus ojos azules, apartándose unos rizos rubios aclarados por el sol que han escapado de su prisión. «No solo existir», añado mientras suena el silbato del descanso. «Limpiar toda la mierda del pasado.»

«O sea, que sí es un rollo rehabilitación.»

«En cierto sentido, sí. La carga de la gilipollez pesa demasiado.»

«Mi consejo: hazte católico. Tira de la confesión», me suelta. «Mejor unas moneditas en el cepillo que noventa mil del ala», dice, y me guiña el ojo, dándose un golpecito en el bolsillo.

Volvemos al interior durante el descanso para tomar el té, las cervezas y los pasteles de carne, que no están mal. Sick Boy y yo nos apoyamos de nuevo en la barra y seguimos charlando con aire conspiratorio. «Parece que te va bien. Mejor que a mí», se queja. «Viajando a todos lados. Yo nunca salgo de Londres si no es en vacaciones.»

«Pero si tienes un montón de chicas currando para ti...»

«La pasta la sacan ellas, no yo. Yo solo entro en contacto con ellas a través de una aplicación. No me vaciles, Renton. Tú eres el que tiene guita.»

«Me paso la vida metido en aviones, aeropuertos y hoteles, sin nada que hacer aparte de lamentarme por lo rápido que pasa la vida. Estoy malgastando el recurso más preciado, el tiempo, persiguiendo el sueño que el puto Begbie está viviendo», espeto de repente. «Y el tío se niega a que le devuelva su dinero. ¿De qué coño va?»

«No ha cambiado», suelta Sick Boy. «Solo se está quedando contigo. Begbie es incapaz de cambiar. Es un espécimen humano de lo más retorcido.»

«A mí me la suda lo que sea. Solo quiero librarme de mis obligaciones morales.»

«Nunca te librarás de tus obligaciones morales para conmigo, Renton.» Se da un golpecito en el bolsillo. «Con esta mierda no hay ni para empezar.»

«La película no tiene ningún valor.»

«Estoy hablando de Nikki. ¡Me arruinaste cualquier posibilidad de estar con una chavala que me traía loco!»

Nikki era una estafadora que nos la metió doblada a los dos. Y no me creo ni por un segundo que esa tía le importe una mierda. Es solo una forma de asegurarse futuras manipulaciones. «Despierta, amigo. Nikki nos jodió a los dos.»

Sick Boy parece tragarse algo desagradable, pero quizá no tan putrefacto como esperaba. Regresamos a nuestros asientos para la segunda parte.

«Oye, tengo que hablar de negocios contigo. Me hace falta una acompañante», digo, y veo que abre los ojos de par en par. «No es para mí», me apresuro a añadir. «Yo estoy intentando dejar de ser un miserable.»

«Seguro que te va divinamente.»

144

«Es para mi joven holandés. El DJ.»

Mira en dirección a su sobrino. «¿Es que estos retrasados no son capaces de echar un polvo por sí mismos?»

«¿A mí me lo cuentas, que soy su representante?» Le explico el problema. «Los tíos como Conrad no tienen habilidades sociales. Se dedican a fumar hierba y a masturbarse viendo porno. No pueden hablar con una chica ni acostarse con una persona de verdad.»

«Monstruitos ciberpajilleros. Tienen la cabeza jodida», susurra Sick Boy, mirando de nuevo a su sobrino, que ahora está jugando a un videojuego en el teléfono. «Producto del mundo en que vivimos.»

Suscribo lo que dice. El partido no está tan mal, y el hecho de que los chavales estén mirando pantallas en lugar de lo que está pasando en directo es síntoma de un claro error de base.

«Hasta nosotros estamos contaminados por nuestra inmersión en ese mundo», dice, dándome un codazo en las costillas, «y eso que aprendimos en estaciones de mercancías.»

No consigo ni pronunciar el nombre de la chica, pero se me cambia la cara al acordarme de mi picha virgen entrando en la ranura de su chocho. De que fui incapaz de mirarla a la cara mientras daba empujones contra su sequedad mientras Sick Boy me animaba sin demasiado entusiasmo. De que tenía los ojos húmedos de tanto concentrarme en los cristales rotos y la gravilla que había a nuestro alrededor. De la manga azul de su impermeable, sobre el que nos tumbamos, que no dejaba de golpearme la cara por culpa del viento. De un perro ladrando a lo lejos, y de un borrachín malhumorado que gruñó «putos críos, cada día son más guarros» al pasar por allí. «Sí... La estación de mercancías.»

«Seguirías siendo virgen si no te hubiese tomado bajo mi protección», replica entre risas, percibiendo mi incomodidad.

145

Estoy recreándome con regocijo en el repaso que le di a Marianne cuando el sobrino vuelve la cabeza. Se encuentra con mis ojos y luego aparta la mirada. Me inclino hacia Sick Boy. «Bueno, estoy seguro de que habría encontrado la salida del laberinto, pero gracias por instruirme en el sexo de manera inadecuada a tan tierna edad.»

Por alguna razón, eso le escuece. «¡Pues entonces no te quejaste!»

«Pero yo era un chico sensible. A los dieciséis o diecisiete habría sido el momento perfecto para mí. Pero a los catorce era demasiado joven.»

«Sensible..., ¿sensible en plan "puto ladrón que despluma a sus colegas"? ¿Así de sensible?»

No hay mucho que contestar a eso. Suena el silbato que da por finalizado el partido y los Hibs han ganado 1-0, lo justo para mantener viva la puja por el ascenso. Sick Boy guía a los chavales hasta la parte trasera del taxi de Terry. «Adelantaos, chavales. Decidle a Carlotta que no me espere para cenar, tomaré algo con mi colega.»

Los chavales, especialmente Ben, parecen decepcionados, pero no sorprendidos, cuando Sick Boy da un portazo y le tiende un billete de diez libras a Terry. «Anda y que te den, gilipollas, me queda de camino», dice Terry, y luego se asoma por la ventanilla para susurrar, sin que lo oigan los chavales: «De todos modos, me hace ilusión ir a saludar a tu hermana, tío. Llevo años sin verla. Seguro que está tan buena como siempre, y ahora que ha vuelto al mercado...». Guiña un ojo, se reclina en el asiento y pone el coche en marcha.

A Sick Boy se le salen los ojos de las órbitas. «Ella no ha vuelto al...»

Terry arranca, y toca el claxon triunfante.

«Qué cabrón», dice Sick Boy, y luego se ríe, «pero ojalá tenga suerte. A lo mejor catar a Lawson le despeja la cabeza. Ha echado al marido de casa. El día de Navidad recibieron un vídeo en el que salía zumbándose... ¿a quién? Pues a Marianne. ¿Te acuerdas de Marianne la doncella, de cuando éramos chavales?»

Llevo meses sin follar con nadie. Y una puta mierda. «Sí...» Asiento débilmente mientras cruzamos el parque entre las multitudes.

«Siempre ha estado pirada, pero ahora es una psicópata en toda regla. Se follaría a un perro apestoso de la calle. Ya le diré yo a mi cuñado que se haga unos análisis, sobre todo si consigue volver con mi hermana», canturrea mientras cruzamos Crawford Bridge. «¿Te acuerdas de las emboscadas que montábamos aquí, en nuestra época?», dice, y siento un picorcillo fantasma en los genitales. La paranoia hace mella en mí. *Vicky...*

Él sigue dándole a la lengua mientras continuamos por Easter Road. Todo parece estar lleno de vivos recuerdos. Bajamos por Albert Street. Yo estoy pensando en el piso de Seeker, donde pillábamos el jaco, en el Clan Bar de enfrente, que ahora está cerrado, y nos dirigimos a Buchanan Street, donde el pub Dizzie Lizzie's ha resucitado como garito un poco más pijo. De hecho, ahora tiene cerveza potable. La camarera me resulta conocida, y nos saluda con una gran sonrisa. «Lisa, cariño», dice Sick Boy, «dos pintas de esa fantástica *lager*, Innis & Gun.»

«Ahora mismo, Simon. Hola, Mark, cuánto tiempo sin verte.»

«Hola», respondo, recordando de repente de qué me suena.

Encontramos una esquina y le pregunto: «¿No será...?».

«La Terrible Consecuencia, sí, es ella», y compartimos una carcajada infantil. Se le quedó el nombre por un anuncio de lavavajillas. Una pija resacosa exclama frente a un fregadero lleno de platos sucios: «Me encanta dar fiestas, pero odio sus terribles consecuencias». La Terrible Consecuencia siempre estaba por ahí al final de todas las fiestas. Igual te la encontrabas sopa por el suelo, o en un sofá, o sentada, viendo la tele y tomándose un té, mucho después de que todo el mundo se hubiese largado. No era que quisiese follarse a los supervivientes, ni pimplarse los restos de alcohol, ni estaba esperando a que llegasen más drogas. Nunca llegamos a comprender cuál era su motivación.

«A lo mejor vivía con su madre y quería pasar fuera el mayor tiempo posible», decide Sick Boy. «¿Te la follaste alguna vez?»

«No», digo. Una vez me di el lote con ella, pero la cosa no pasó a mayores. «¿Y tú?»

Pone cara de exasperación y chasquea la lengua, en plan «no hagas preguntas estúpidas». Le insisto en que no tengo intención de ponerme ciego, porque el desfase horario me tiene jodido. Debería sentirme un puto vejestorio, pero resulta extrañamente reconfortante estar en Leith con Sick Boy. «¿Vienes mucho por aquí?»

«Bodas, funerales, Navidades, así que sí, un montón.»

«¿Y no sabes qué fue de Nikki? ¿O de Dianne?»

Pone unos ojos como platos. «¿Conque de verdad te la metieron doblada a ti también?»

«Sí», admito. «Siento lo de la película. Quién sabe lo que hicieron con los originales.»

«Los tiraron al fuego, sin duda», dice, y de repente estalla en una risa patibularia. «Ahí estábamos, dos estafadores barriobajeros de Leith, y aquellas burguesas sin corazón nos dieron una buena patada en el culo. Nunca fuimos tan espabilados como creíamos», cavila arrepentido. «Oye..., ¿Begbie me menciona alguna vez?»

«Solo de pasada», le respondo.

«Nunca se lo he contado a nadie, pero fui a ver a ese hijo de puta al hospital; después de que el coche se lo llevase por delante, cuando iba persiguiéndote.» Carraspea. «Estaba inconsciente, en una especie de coma o alguna mierda parecida, así que me dejé llevar y le solté unas cuantas verdades en la jeta. No te imaginas lo que pasó después.»

«¿Salió del coma, te agarró de la garganta y te la desgarró?»

«Pues estuvo bastante cerca, la verdad. El cabrón abrió los ojos y me agarró de la muñeca. Me cagué patas abajo. Esos putos ojos suyos eran un rayo del Hades...»

«Joder.»

«Se volvió a tumbar y cerró los ojos. Los del hospital dijeron que fue solo un reflejo. Se despertó un par de días después.»

«Si estaba en coma, no pudo enterarse ni de una palabra de lo que dijiste», apunto con una sonrisa. «Y, de haberle importado y haber podido, ya estarías muerto.»

«No estoy seguro, Mark. Que ese tío está grillado. Ve con pies de plomo. No sabes cuánto me alegro de no tener ya trato con él. Ya me han metido en bastantes aprietos las puñeteras obsesiones de esa ameba comepollas.»

«Pues agárrate que vienen curvas. Quiere hacer un molde de nuestras cabezas. De bronce.»

«Ni de coña.»

Doy un buen trago de *lager* y dejo el vaso sobre la mesa. «No mates al mensajero.»

La cabeza de Sick Boy gira lentamente al tiempo que entrecierra los ojos. «¡Yo no me acerco a ese puto psicópata ni aunque me paguen!»

8. «CABEZAS DE LEITH»

Mientras la canción «Honaloochie Boogie», de Mott the Hoople, retumba en una radio pequeña, ninguno de los tres hombres presentes se acaba de creer que está en la misma habitación que los demás. Un artista amigo de Francis Begbie le ha prestado su estudio, un ático situado en una calle secundaria de una zona de almacenes cerca de Broughton Street. A pesar de que un claro de cielo azul filtra luz a raudales a través del techo de cristal, dos pares de ojos inexpertos, los de Renton y Sick Boy, perciben la sala como un pequeño y sórdido espacio industrial. Consta de un horno y equipamiento industrial variado, dos bancos de trabajo grandes, sopletes de acetileno y bombonas de gas. Hay estantes en las paredes para almacenar materiales, algunos de los cuales tienen carteles de productos venenosos e inflamables.

El prolongado bostezo de Frank Begbie es la señal de que, al igual que Renton, está luchando contra el desfase horario de un vuelo transatlántico. Sick Boy parece inquieto, y no deja de mirar la puerta y la hora en el móvil. Al final ha venido con la idea de que, dado su asunto con Syme, puede ser conveniente que lo vean en compañía de Begbie. Pero ya empieza a parecerle un error. «¿Dónde está Spud? Segura-

150

mente se acabará de levantar de un puto banco en Pilrig Park, y, cómo no, es el que llega tarde.»

Renton percibe el nerviosismo de Sick Boy en presencia de Begbie. No ha intercambiado ni una palabra con él, aparte de un indiferente apretón de manos y un gesto de reconocimiento.

«¿Alguna noticia de Segundo Premio?», pregunta Renton.

Sick Boy se encoge de hombros como diciendo «a mí no me mires».

«Pensaba que se habría muerto de un coma etílico o, lo que es peor, que habría conocido a una tipa maja y habrían sido felices y comido perdices», sonríe Renton. «Se puso en plan santurrón conmigo la última vez que lo vi.»

«Pues es una pena», dice Franco, «porque iba a llamar esta pieza *Cinco chavales*. Quería representar el recorrido que hemos hecho.»

La palabra «recorrido», tan poco propia de Franco, hace que Sick Boy y Renton intercambien miradas vacilantes. Frank Begbie se da cuenta y parece a punto de decir algo, pero entonces entra Spud. Nada más fijarse en su silueta zarrapastrosa y exangüe, Renton siente que el agotamiento lo abandona. Aunque su rostro está marchito y la ropa que lleva es andrajosa, a Spud le centellean los ojos. Al principio sus movimientos son calculados, pero luego se fragmentan en sacudidas nerviosas e incontrolables. «Ya estamos», anuncia Sick Boy.

«Sick..., Simon..., cuánto tiempo. Hola, Mark. Franco...»

«Hola, Spud», dice Renton.

«Perdonad el retraso, chicos. Franco, me alegro de verte. La última vez que te vi fue en el funeral de tu hijo, ¿no? Un momento muy triste, la verdad.»

Renton y Sick Boy se miran de nuevo, pues es obvio que ninguno de los dos estaba al tanto de la noticia. Franco, en cambio, mantiene la calma. «Sí, Spud, me alegro de verte. Y gracias.»

Spud sigue parloteando mientras Renton y Sick Boy intentan averiguar qué drogas ha ingerido. «Sí, siento haber llegado tarde, tío, me he liado porque me he cruzado con un colega, Davie Innes, ya lo conoces, Franco; es *jambo*, pero en plan buen chaval...»

«No te preocupes, hombre», lo interrumpe Frank Begbie. «Ya te digo que te estoy agradecido por hacer esto.» Se vuelve hacia Sick Boy y Renton. «Lo mismo os digo a vosotros.»

A todos les resulta desconcertante oír a Franco expresar gratitud, y después se produce un silencio incómodo. «Me siento un poco halagado, Franco... Quiero decir..., Jim», tantea Renton.

«Puedes decir Franco. Llámame como quieras.»

«Pues entonces te podemos llamar Pordiosero, Franco», ríe Spud, mientras Renton y Sick Boy se quedan helados de terror. «Nunca te lo llamábamos a la cara, ¿verdad, tíos? Siempre estábamos cagados de decirte a la cara "¡Ahí viene el Pordiosero!". ¿Verdad?»

«¿En serio?», dice Frank Begbie, volviéndose hacia Renton y Sick Boy, que miran al suelo durante un instante insoportable. Después ríe con fuerza, una carcajada fanfarrona que les sorprende por su animada jovialidad. «Sí, a veces me ponía un poco tenso en aquella época.»

Se miran unos a otros y estallan en una catártica risotada colectiva.

Cuando se extingue, Renton pregunta: «Pero ¿para qué quieres hacer moldes de nuestros caretos?»

Franco se reclina en uno de los bancos de trabajo con gesto nostálgico. «Nosotros crecimos juntos, con Segundo Premio. Y con Matty, Keezbo y Tommy, que, obviamente, están fuera de combate.»

Renton siente un nudo en la garganta al oír aquellos nombres. Los ojos brillantes de Sick Boy y de Spud le revelan que no es el único.

«Ahora mismo mi arte se cotiza bien», explica Frank Begbie, «así que pensé en hacer una especie de obra autobiográfica de la juventud. Sí, quería llamarla *Cinco chavales*, pero creo que funcionará mejor si le pongo *Cabezas de Leith*.»

«Está guapo», afirma Renton. «¿Os acordáis de que hace mucho mucho tiempo había una chocolatina que también se llamaba Five Boys?»

«Ya no hay quien encuentre chocolatinas Five Boys. Hace siglos que no las veo», dice Spud con la mandíbula colgando. Con la manga se limpia un poco de saliva de la barbilla.

Sick Boy se dirige a Franco por primera vez: «¿Vas a tardar mucho?».

«Alrededor de una hora», responde Franco. «Sé que todos tenéis vidas muy ajetreadas, y que Mark y tú estáis aquí en una escapada breve. Seguro que tenéis encuentros familiares, así que no os voy a retener demasiado.»

La cabeza de Sick Boy se mueve afirmativamente y vuelve a mirar el móvil.

«No duele, ¿verdad?», pregunta Spud.

«No. Para nada», afirma Begbie, y les entrega un mono a cada uno. Se los ponen y se sientan en unos taburetes giratorios. Franco mete dos pajitas recortadas en las fosas nasales de Spud. «Relájate y respira con calma. Está frío», explica mientras empieza a cubrirle la cara de látex.

«Sí, está frío, y hace cosquillitas», ríe Spud.

«Intenta no hablar, Danny, quiero que se asiente bien», pide Frank justo antes de repetir el mismo procedimiento con Renton y Sick Boy. Después le pone a cada uno una caja de metacrilato de cinco caras. El borde de los receptáculos está a apenas unos centímetros de cualquier parte de sus caras y en la parte frontal tienen unos agujeros por donde asoman las pajitas. A través de unas ranuras en la parte inferior, Begbie desliza dos láminas que encajan con dientes convexos. Se conectan formando una base con un agujero que se ajusta bastante al cuello. «Esta es la parte que a la gente más le inquieta, es como una guillotina», suelta Franco, y a modo de respuesta ve tres sonrisas tensas. Tras comprobar que los tres pueden respirar sin problemas, sella los huecos con masilla, abre la parte superior de la caja y empieza a verter una mezcla que ya tiene preparada. «Os va a dar un poco de frío. Pesa, así que intentad sentaros derechos y con la espalda recta para que no os haga daño en el cuello. No tardará más que quince minutos, pero si os cuesta respirar u os resulta molesto, levantad la mano y abro el chisme.»

Mientras las cajas se llenan y la mezcla empieza a endurecerse, todos los sonidos de fuera –los coches de la calle, la radio, hasta la actividad de Franco– desaparecen de la conciencia de Renton, de Sick Boy y de Spud. Pronto lo único que sienten es el aire que entra en sus pulmones a través de las pajitas que sobresalen de los bloques llenos de yeso.

La amalgama se solidifica muy deprisa, y Franco quita las cajas de metacrilato. Observa a sus tres amigos: tres molleras bien duras, literalmente, sentados uno junto al otro en taburetes. De repente, siente un pinchazo en la vejiga y se va al baño. Al volver, en la pantalla del móvil aparece MARTIN como llamada entrante, así que contesta. «Jim, puede que tengamos que cambiar de sala para la presentación de Londres. Sé que te gusta la galería de siempre, pero han sufrido problemas estructurales, y el concejo les ha dicho que hasta que no los solucionen, no es apta para el público...» La voz suave y americana de Martin resulta hipnótica después del chirriante acento escocés que resuena en sus oídos, y Franco piensa en Melanie. Empieza a andar por el pasillo, mirando a través de una ventana sucia las callejuelas empedradas de abajo y el variopinto tráfico de peatones que corta entre Leith Walk y Broughton Street.

SICK BOY

Me pongo la mano en el regazo para disimular la creciente erección que siento. No quiero que Begbie se piense lo que no es —es más maricón que un palomo cojo, lo que pasa es que no ha salido del armario; a mí esto del arte no me sorprende tanto como a los demás—. Con la mente vuelvo a Marianne, le declaro amor eterno, la conquisto, la convenzo de que se deje follar por una pandilla de colegialas de su alma mater, Mary Erskine, con pollones ajustados con arnés. Ah, la pornografía y sus amenos relatos. Los echo de menos. Eso sí que es creatividad, Begbie...

RENTON

Qué relajante es esto... ¡De hecho, hace la tira de años que no me siento tan relajado! Aquí, sin hacer nada, salvo dejar que los pensamientos fluyan y serpenteen a su antojo.

Vicky... Lleva días sin decir nada, qué raro... No ha contestado ni a los correos ni a los mensajes de texto... Como si estuviera mosqueada o algo. ¿Qué coño habré hecho? No puede estar preñada, por mucho que reventase la goma, porque tenía la regla y, además, se tomó la pastilla del día después.

¿Se habrá enterado de lo de Marianne? ¿Se habrá dado cuenta?

Marianne me mintió al decir que no follaba con nadie, porque de hecho se cepilló al cuñado de Sick Boy. Y al propio Sick Boy, obvio. ¿A quién más?

Joder, qué poco aire entra por las pajitas... No puedo oír ni ver nada...

155

¡BEGBIE!

¡Estoy a su merced! ¡Podría cortarme el suministro de aire ahora mismo!

Venga, no jodas... Cálmate...

Como dicen en las pelis: si el hijoputa me quisiera muerto, ya la habría palmado.

Mantén la calma.

Me pica la polla, pero no puedo rascarme, porque no sé quién coño puede estar mirando...

SPUD

Es curioso, esto al principio era gracioso, pero se está volviendo chungo porque un agujero de la nariz estaba atascado y luego se ha cerrado del todo, con tanta coca y tanto esnifar... Qué mierda, tío..., y ahora el otro... Levanto la mano. ¡No puedo respirar!

¡Ayuda, Franco!

No puedo respirar...

Frank sigue al teléfono con Martin, que no para de hablar de la idoneidad de las salas para su exposición en Londres, pero Begbie se lleva la conversación al terreno que le interesa. «Si Axl Rose viera el puto catálogo, se lanzaría de cabeza por el retrato que hice de Slash. Tú mándaselo a su agente.»

«Vale, se lo mando a su agente, y, de paso, a su discográfica.»

«Llama a Liam Gallagher y a sus colegas, y a los de Noel Gallagher. Y a los de The Kinks, los hermanos Davies. Hay un mercado enorme en el negocio de la música en el que apenas hemos asomado la cabeza.»

«Yo me encargo. Pero, Jim, estoy pensando en el tiempo

que tienes, y me preocupa que los encargos se nos estén acumulando.»

«Tengo tiempo de sobra.»

En el taller, Danny Murphy, que está ciego, sordo y anosmático, se levanta del asiento aterrorizado, arañando el duro bloque de yeso-cemento que le envuelve la cara. Se tropieza con Mark Renton. Alarmado por el peso que se le viene encima, la pérdida de equilibrio y la caída del taburete, Renton tiene el reflejo de agarrarse y se golpea contra algo. Simon Williamson, al sentir un tremendo golpe en el costado, levanta las manos presa del pánico, intentando quitarse el pesado objeto que le cubre la cara.

Frank Begbie oye el sonido de los golpes y las caídas y cuelga el teléfono con brusquedad. Cuando regresa, se encuentra el estudio sumido en el caos. Spud, con las piernas y los brazos extendidos, yace inmóvil encima de Renton, que no deja de menearse, mientras que Sick Boy se ha desplomado en un carrito. Franco coge un cúter enorme de acero inoxidable y corta el bloque de Sick Boy por un lateral del cuello; su cara, llena de agradecimiento, queda liberada y puede llenarse al fin los pulmones de aire. «Me cago en la puta... ¿Qué coño ha pasado?»

«Algún capullo se ha puesto a hacer el gilipollas», dice Frank, con una voz que llena de terror a Sick Boy. Casi parece señalar el regreso de alguien muy temido cuya inminente presencia se intuye pero está aún por confirmar. Sick Boy lo percibe en los ojos que lo miran e inspeccionan la máscara de látex antes de dirigirse al bloque que ha dejado apartado para comprobar que el molde ha secado bien. «Estupendo», murmura Franco Begbie, inspirando, como si hubiera vuelto a ponerse en modo artista Jim Francis.

Franco levanta el cuerpo casi ingrávido de Spud de encima de Mark Renton. Se arrodilla y le ofrece las mismas atenciones a Renton que a Sick Boy.

«¿Le quito esto?», pregunta Sick Boy, señalando al bloque que cubre la cara de Spud Murphy.

«¡Déjalo!», le interrumpe Franco, y luego añade, con más suavidad: «Yo me encargo...», mientras abre el revestimiento de la cabeza de Renton.

Renton, jadeando e inquieto, logra respirar al fin, y siente el aire y la luz que se abre paso. Entonces ve a Frank Begbie inclinado sobre él con un cúter profesional. «¡NO, FRANK!»

«¡Cállate ya, que te estoy quitando esto!»

«Ah, vale... Gracias, Frank...», resuella Renton agradecido. «Algún gilipollas se me ha echado encima», suspira mientras Frank Begbie le quita el molde. Entonces Franco se dirige a Spud Murphy, que se ha convertido en un cuerpo delgado e inerte asomando de un bloque de cemento.

«A mí alguien me ha pegado», protesta Sick Boy, quitándose la máscara de látex de la cara.

«No ha sido culpa mía... ¡El tarugo de Spud se me ha echado encima! ¿A qué coño estaba jugando?» Renton se levanta y mira el cuerpo inmóvil en el suelo. «Joder... ¿Está bien?»

Frank Begbie no les hace caso y corta el bloque, luego lo separa de la cabeza de Spud. Arranca la máscara de látex. Le da una torta cordial en el morro, pero Spud no responde, así que Begbie le tapa la nariz e intenta reanimarlo haciéndole el boca a boca. Sick Boy y Renton se miran alarmados.

Frank se aparta en cuanto los pulmones de Spud estallan al volver a la vida; Murphy vomita por todo el suelo, luego empieza a babear cuando Franco lo gira y lo coloca de costado. «Está bien», anuncia Frank, y lo ayuda a sentarse y a apoyarse en la pared.

Spud toma una bocanada de aire. «¿Qué ha pasado...?»

«Perdona, colega, ha sido culpa mía. Puto teléfono.» Franco niega con la cabeza. «He perdido la noción del tiempo.»

Renton emite una risita repentina. Sick Boy es el primero en mirarlo, luego lo hacen Spud y Franco, y eso le obliga a preguntar: «¿Cuál ha sido el peor trabajo de tu vida?».

La risa retumba y la tensión se despega de ellos como un garañón reventando la valla de un corral. Hasta Spud, entre toses, acaba uniéndose. Cuando vuelve la calma, Sick Boy mira el móvil y se vuelve hacia Begbie. «¿Esto ya está?»

«Sí, gracias por vuestra ayuda. Si tienes que abrirte, adelante», dice Franco moviendo la cabeza, y luego se dirige a los otros. «Mark, Danny, me vendría bien que me echarais una mano.»

«¿Qué podemos hacer?», se pregunta Renton en voz alta.

«Ayudarme a hacer el molde de mi cabeza.»

Al oír eso, Sick Boy se siente tentado a quedarse un poco más. A continuación, ayudan a Franco a ponerse su propia máscara de látex. Al igual que hizo él con ellos, le meten la cabeza en la caja de metacrilato y empiezan a verter la mezcla de yeso y cemento dentro. El cronómetro está listo. Mientras el bloque se solidifica, Sick Boy hace como que se lo folla, lo cual divierte ligeramente a Spud y a Renton. Saben por experiencia que Franco ahora no oye nada, pero optan por permanecer en silencio.

A la hora señalada, cortan el molde. El artista liberado inspecciona sin prisa la hendidura de su propia cara en el bloque de cemento. «Buen trabajo, chicos, está perfecto.» De inmediato empieza a rellenar las cabezas de los moldes con barro. En cuanto se hayan endurecido, les explica, les hará los ojos a mano a partir de fotografías que toma de cada uno de ellos. Luego llevará los moldes a una forja especializada a que los hagan en bronce.

De repente, Sick Boy está fascinado y no tiene ninguna prisa por irse. Hablan en un clima más relajado, y cuando las cabezas por fin salen del horno, los tres se quedan muy sorprendidos, no por su propia imagen, sino por la de Frank Begbie. Tiene un no sé qué, sombrío y tenso, a pesar de los huecos de los ojos que habrá que añadir después. La cabeza tiene su aspecto de antaño: lleno de rabia psicótica e intenciones asesinas, y eso incluso antes de llenarle los ojos. Es por la boca: está torcida, formando esa sonrisa familiar y fría que no han visto en la versión de Jim Francis. Los deja helados hasta la médula.

El artista percibe el humor de sus modelos y el cambio de atmósfera en la sala, pero no tiene claro el origen del cambio. «¿Qué pasa, chicos?»

«Están muy bien», dice Renton con incomodidad. «Muy auténticas. Estoy flipado de lo reales que parecen, incluso sin los ojos.»

«Genial», sonríe Frank Begbie. «Y ahora, como prueba de mi gratitud, he reservado mesa en el Café Royal. A ponerse morados, que pago yo.» Entonces mira a Sick Boy. «¿Sigues con prisa?»

«Estaría bien ponerse al día como está mandado», cede Simon Williamson. «A condición de que Renton guarde el móvil diez minutos. Pensaba que yo tenía un problema, pero tienes que conservar ciertas habilidades sociales en la era digital, cojones.»

«Los negocios», dice Renton, a la defensiva. «Nunca paran.»

«Los negocios de Vicky, fijo», le chincha Frank Begbie.

La sonrisa artera de Sick Boy recorre a Franco y a Renton, hábil como los dedos de un carterista. «O sea, que tiene una novia de verdad y no ha soltado prenda. Siempre vuelve a su versión de los diecisiete años en estas ocasiones.»

«Venga, ya vale», dice Renton, tocando con la mano sudada el aparato que tiene en el bolsillo.

«Hablando de negocios, esto es por si los caballeros alguna vez están en Londres y necesitan un servicio de *escorts*», dice Sick Boy entregándoles tarjetas de visita de Colleagues. Después añade, dirigiéndose a Franco: «¡Y ahora a comer!».

9. SICK BOY: EXPANSIÓN/CONTRACCIÓN

Carlotta no deja de llamarme, a pesar de que he vuelto a Londres y desde aquí hay poco que pueda hacer por encontrar a su marido putilandés. Pero mi hermana es incansable, así que contesto a su llamada mientras voy desde la parada de metro de King's Cross hasta mi oficina. No puedo desatender Colleagues. El teletrabajo tiene sus limitaciones: como no estés al pie del cañón, la cosa se desmadra. Las chicas establecen sus propios vínculos con los clientes para librarse después del intermediario y hacer sus propios tratos. Y no hay nada que puedas hacer al respecto. Luego seguro que les dan un sablazo o discuten con los clientes, que vuelven a recurrir a mis servicios como si no hubiera pasado nada. Así que tienes que estar despidiendo y contratando continuamente. Y todo por una miseria. Ellas son las que ganan dinero de verdad.

Pero a Carlotta le importan tres cojones mis problemas empresariales y lo único que hace es llorarme al teléfono. «No puedo más, hir-mi-ni..., esto va a acabar conmigo», dice mientras me abro paso desde York Way hasta Caley Road entre esa plebe de pasmarotes esperando a que se ponga el semáforo en verde. A mi hermana se le ha ido la situación de las manos, lo que dice no tiene ningún sentido. Observo la decoración re-

161

cargada y chabacana de la calle; no alcanzo a comprender qué ha ocurrido con las casas de apuestas ni con el pub Scottish Stores, antaño centros de prostitución y droga: mi principal granero de clientes por aquel entonces. Días sombríos. Carra apenas es capaz de hablar; por fortuna, Louisa la releva al teléfono. «Está hecha polvo. Todavía no ha tenido ni una sola noticia de Euan desde que se fue a Tailandia.»

Pervertido de mierda. El cabrón presbiteriano le está cogiendo el gustillo al putiferio. «¿Alguien ha podido averiguar cuánto tiempo va a estar fuera?»

Louisa intenta sonar indignada, pero no puede evitar que cierta *Schadenfreude* se cuele entre sus palabras. Con dos hermanas como las mías, el concepto de sororidad solo puede entenderse como una cualidad de quita y pon. «Lo único que sabemos es que se pidió una excedencia y se compró un billete para dar la vuelta al mundo. Por supuesto, su primer destino era Bangkok.»

«Pero qué coño me estás contando», musito mientras cruzo la calle tras pasar por la antigua sala de billar –una discoteca de mierda hoy en día– y casi me quedo sin pulmón entre tanto humo de escape. Un mendigo solitario me acerca un vaso de poliestireno y me interpela esperanzado. Su rostro se retuerce formando una mueca huraña al ver que lo único que he echado en el vaso son monedillas sueltas. «Pero habrá dicho cuándo tiene planeado volver, ¿no?»

«Todo esto se lo contó en un correo electrónico», explica Lou alterada, «luego canceló la cuenta y cerró su página de Facebook. Incluso ha desconectado el teléfono, Simon. ¡Carlotta no tiene forma de ponerse en contacto con él!»

La oficina está ubicada en una bocacalle que hay detrás de Pentonville Road, en el lado del barrio que ha escapado al proceso de remodelación urbanística. Se trata de un inmueble antiguo y deteriorado cuyos bajos albergan la oficina de una empresa de microtaxis y un local de kebabs. El edificio tiene los días contados: la imparable gentrificación de la zona –cortesía de Eurostar– acabará con él. Entro y siento que los pies se me quedan pegados a la moqueta mientras subo unas escaleras tan estrechas que podrían estar en el local favorito de Renton en Ámsterdam.

Entretanto, Louisa ha conseguido que Carlotta se ponga de nuevo al aparato. Tanto ella como Ross y, por supuesto, la anciana madre de Euan –allí en su granja presbiteriana rodeada de vacas– están superpreocupados. Semejante cónclave de *drama queens* menopáusicas y aburguesadas tiene la osadía de decirme a mí, ¡a mí!, que no sé tratar a las mujeres.

Siento una bofetada de calor nada más abrir la puerta de la oficina. Me dejé la puta calefacción encendida, así que la factura de la luz va a ser desorbitada. Ahora mismo, en alguna parte, una pobre niña tercermundista debe de estar haciéndole una paja espectacular en un yate de lujo a algún usurero forrado gracias a sus dividendos en compañías eléctricas. Menos mal que tengo el dinero de Renton. Le digo a Carlotta que se calme y le garantizo que subiré la semana que viene. Le pregunto si es posible que Euan esté en contacto con alguien más, pero dice que ha hablado con todos sus compañeros de trabajo y que no tiene comunicación con ninguno. El cabrón se ha soltado la melena pero bien. Jamás pensé que tuviera huevos para eso.

Conseguir que mi hermana cuelgue me produce una sensación física similar a mear cuando llevas un rato muriéndote de ganas. Abro la ventana para dejar que entre aire frío; luego me quedo de pie ante el escritorio para ver el correo y la web. Varias chicas han dejado mensajes y fotos. Estoy recreándome con sus portafolios, haciendo llamadas para concertar citas, cuando VICTOR SYME aparece en el identificador de llamadas del móvil. Más que un mal presentimiento, me provoca una nauseabunda sensación que me convence de que el mundo ha llegado a su fin.

El delincuente sexual, con la cara de maleante que tiene, me comunica su deseo perentorio de conocer a mi «coleguita cirujano». Por supuesto, no me queda otra que soltar las alarmantes noticias. Y, como no podía ser de otra manera, él no se queda en absoluto complacido. «¡Llámame en cuanto aparezca! No me gustan las sorpresas», se queja.

Esa es una frase cliché que usan todos los gilipollas del mundo: *No me gustan las sorpresas.* Putos controladores compulsivos. Ahora la marihistérica de Syme se piensa que soy una especie de asistente personal del podólogo desaparecido. ¡Joder, pues ya tiene que tener mal los pies! «Ha huido del país, Vic, sospecho que está de expedición putañera.»

«Bueno, pues más te vale conseguir que vuelva.»

Cuando eres un capullo del calibre de Syme, no necesitas ser lógico, y mucho menos, razonable. «Verás, Vic, si supiera dónde está el mamón, ya habría ido en su busca y estaría arrastrándolo de los pelos para traerlo de vuelta. Pero no hay manera de dar con él.»

«En cuanto sepas algo, infórmame.»

«Serás el segundo en saberlo, después de mi hermana, su esposa.»

«Yo nunca soy el segundo en nada», dice Syme, y percibo su crueldad a través de la línea telefónica. Joder, el imbécil este no puede dar más grima.

«¿He dicho el segundo? Quería decir que mi hermana será la segunda», digo mientras examino el perfil de una tal Candy, de Bexleyheath, veinte años, estudiante de la Universidad de Middlesex, y me pellizco el capullo a través de los vaqueros negros y los calzoncillos. «Tú, por supuesto, serás el namberguán.»

«Cuento con ello», dice en tono cortante. «Y no pienses que por estar en Londres te vas a librar de mí», añade con esa voz petulante que tanto repelús me da. «Nos vemos.»

Antes de que pueda decirle adiós ya ha colgado.

10. RENTON: VENUS, VENERIS

No puedo ignorar durante más tiempo el picor y la secreción acuosa y blanquecina que me sale de la polla cada vez que voy a echar una meada. Me duelen los huevos, y para colmo tengo un intenso malestar abdominal. Regalito de Edimburgo. ¡Que Marianne seguramente cogió del puto Sick Boy!

El ambulatorio de enfermedades de transmisión sexual está en la parada de Weesperplein. Informo a Muchteld, que está sentada frente a mí y mira algo en el ordenador por encima de sus gafas, de que tengo que escaparme un par de horas. No reacciona en absoluto porque no hay nada sospechoso en ello. Lleva bastante tiempo conmigo. Cuando trabajábamos juntos en mi club nocturno, el Luxury, siempre estaba escaqueándome para pagarle a la gente en efectivo, o incluso encontrándome con algún socio para ponerme hasta el culo.

Nuestra sede está en el corazón del Barrio Rojo (muy apropiado), que durante el día hace gala de una extraña sordidez. Camino hacia Nieumarket disfrutando de la vigorosa brisa, con la idea de meterme en el metro y coger la línea 54. Dejo atrás a dos turistas borrachos del norte de Inglaterra que se hallan inmersos en la tarea de comerse con los ojos a la negra corpulenta del escaparate mientras sus amigos les meten prisa para que sigan andando. «Aquí hizo sus pinitos Jimmy Savile», le digo a uno. Me devuelven una réplica mordaz, pero me la pierdo porque un yonqui tembloroso me pide dinero, y le doy una moneda de dos euros. Se pira sin darme las gracias, menudo monazo lleva. No me lo tomo a mal, he pasado por eso, y sea cual sea la conducta que su estado le empuje a adoptar, la aceptará encantado. Tras apartar con las manos el sonido de una zanfoña, me dirijo al metro. La estación parece tranquila y aséptica en comparación con el caos de la superficie. Mientras entro en el pesado tren que me llevará dos estaciones más allá, pienso en Vicky y siento un tirón ominoso en el pecho.

Al bajar salgo a una luz brillante. Siempre me ha gustado esta parte de la ciudad, sin saber que la clínica de ETS tenía aquí su sede. El Nieuwe Achtergracht es uno de mis canales favoritos para pasear. Está lleno de curiosidades y además constituye una verdadera comunidad de casas barco; como queda fuera de las cuatro herraduras que forman el centro de la ciudad, los turistas casi nunca lo transitan. El ambulatorio está situado en un edificio feo y prefabricado de 1970 que hace esquina. Está unido a un bloque de apartamentos de ladrillo rojo y estilo ochentero que al menos intenta hacer un guiño a la herencia náutica de Ámsterdam con sus ojos de buey, que miran todos a la calle ajetreada. Al atravesar las puertas de abajo, hay una mampara oscura y ondulada, el biombo de la vergüenza, que curiosamente parece una vagina con los labios abiertos, como diciéndote: «¡Adelante, machote!». Pienso en todas las pichas roñosas y los coños pútridos de los folladores, inocentes y prolíficos, que la han atravesado, rumbo a la salvación, a menudo transitoria.

La doctora es una mujer joven, cosa algo embarazosa, pero las pruebas ya no se parecen a las del legendario pabellón 45 de Edimburgo, donde te metían la escobilla de laboratorio empapada en Dettol por el agujero de la polla. Nada más que muestras de sangre y meado, y un poco de algodón con las secreciones. Aunque sabe lo que es de inmediato. «Parece clamidiasis, cosa que, sin duda, nos confirmarán las pruebas dentro de un par de días. ¿Usa usted preservativos durante el coito?»

Joder...

Me he cogido una puta ETS por segunda vez en mi vida. A mi edad es más que vergonzoso; es totalmente ridículo. «Por lo general, sí», le digo. «Aunque ha habido una excepción reciente», y estoy pensando en Marianne.

«El riesgo de contagio de la clamidiasis, como con todas las enfermedades de transmisión sexual, se reduce en gran parte al usar preservativo, pero no se elimina del todo. Los preservativos no son infalibles, por muchas razones, y puede uno contraer alguna enfermedad de transmisión sexual a pesar de usarlos. A veces se rompen», dice.

¿Me lo dices o me lo cuentas? Ahora estoy pensando en cuando estuve con Vicky, en la polla asomando por la punta de la goma, y en el pánico que solo se le pasó al tomarse la píldora del día después. Joder.

A veces se rompen.

Es lo único que oigo mientras ella sigue contándome que la infección por clamidia puede extenderse si practicas sexo vaginal, anal u oral, o compartes juguetes sexuales... A pesar de que la mujer muestra desapego y profesionalidad, me siento como un adolescente al que le están leyendo la cartilla por imbécil.

Después voy al Café Noir, en la esquina de Weesperplein y Valckenierstraat. Decido no tomarme una cerveza y pido un *koffie verkeerd* mientras contemplo el caos en el que se ha sumido mi vida, que se debate entre la audacia social extrema y la cobardía, ninguna de las cuales he sabido desplegar en los momentos estratégicamente óptimos.

Ni siquiera necesito los resultados de la prueba para confirmarlo, porque al día siguiente me llega un correo:

De: VickyH23@googlemail.com
Para: Mark@citadelproductions.nl
(Sin asunto)

Mark:

He recibido malas y vergonzosas noticias. Supongo que sabes de lo que hablo, porque también te afecta a ti directamente. En las circunstancias presentes creo que es mejor que no volvamos a vernos, porque está claro que ahora lo nuestro no va a funcionar. Lo siento muchísimo.

Te deseo lo mejor,
Vicky

Bueno, pues ya está. Ya la has vuelto a joder. Das con una mujer genial que estaba pillada por ti y le pasas una puta ETS porque eres incapaz de mantenerla guardada en los pantalones y te tienes que tirar a pelo a una fulana solo porque Sick Boy se la ha pasado por la piedra durante años y a ti te daba envidia. Menudo saco de mierda estúpido, lamentable, inútil e incorregible.
Miro de nuevo el correo, y siento que algo en mi interior se parte en dos. Es como si mi cuerpo sufriese un shock, y se me humedecen los ojos. Me desplomo delante de la tele en casa, y dejo que los correos y llamadas se amontonen antes de borrarlos todos. Si es importante, ya insistirán.
Un par de días más tarde, la lúgubre misiva de Vicky se ve confirmada por los resultados clínicos. Vuelvo al ambulatorio y me recetan antibióticos; durante los siete días que dura el tratamiento no debo tener ningún contacto sexual. Tengo que volver a los tres meses para confirmar que estoy

168

limpio. La médica me pregunta por mis compañeras sexuales, quién es posible que me haya contagiado, y a quién es posible que se lo haya contagiado yo. Le digo que viajo mucho.

Estoy de nuevo sentado en mi piso, fumando hierba y sintiendo lástima de mí mismo. Deprimiéndome aún más por saber exactamente lo que voy a hacer para gestionar este revés: ponerme cieguísimo, luego recuperarme y volcarme en el curro. Repetir hasta morir. Esa es la trampa: que no hay un después. La vida no da ni un jodido respiro. No hay futuro. Solo existe el ahora. Que es una puta mierda, y no hace más que empeorar por momentos.

La noche siguiente Muchteld viene a mi casa con su compañero, Gert. También él ha estado conmigo desde los primeros días del Luxury, y traen bolsas de la compra grandes. Muchteld se pone a limpiar mientras Gert se lía un porro y se lanza a cocinar. «Tengo entradas para el Arena mañana.»

«No quiero ir al fútbol. Me pone triste.»

Muchteld tira varios cartones de comida para llevar a una bolsa de basura negra, levanta la vista y dice: «No me jodas, Mark, el fútbol no te va a poner peor. Vamos a ver al Ajax, luego comemos algo y charlamos».

«Vale», accedo, y llega un mensaje en mayúsculas de Conrad.

¿POR QUÉ NO CONTESTAS A MIS LLAMADAS NI A MIS MENSAJES? HAY UNA MOVIDA EN EL ESTUDIO CON KENNET. ¡ES UN GILIPOLLAS! ¡QUIERO QUE LO DESPIDAS Y NECESITO UN INGENIERO DE SONIDO EN CONDICIONES, COMO GABRIEL!

«Tíos», les digo sonriendo con el teléfono en la mano, «vosotros y ese puto gordo consentido, que nunca ha dejado de pensar en otra persona que no fuese él mismo ni durante un segundo, a lo mejor acabáis de salvarme la vida.»

«Querrás decir otra vez, *klootzak!*», se ríe Muchteld.

«Tienes que hablar con él, Mark, está bombardeando la oficina a llamadas. Cree que no te interesa el tema que está haciendo.»

«Vale», digo sin mucho entusiasmo.

Gert me hace una llave de cabeza y me frota con fuerza el cuero cabelludo. No puedo soltarme, es un oso.

«¡Oye, cariño, cuidado con el chaval! ¿Quién representa al representante? ¿Eh, Mark?»

Adoro a estos capullos.

Segunda parte

Abril de 2016
Emergencia médica

11. SPUD: LOS CARNICEROS DE BERLÍN

La gente puede ser rara que te cagas. Me refiero a que Mikey me ha estado dando la brasa porque no he tenido nunca un pasaporte. Y el pájaro me hace pillarme uno, y pienso: no tendría que ser así, lo de necesitar pasaporte, porque estamos en Europa. No veas qué coñazo, tío, he tenido que ir a Glasgow y todo a hacer papeleos y papeleos. Y encima no les valía cualquier foto. Luego, cuando al fin me dan el pasaporte y estoy preparado para la acción, ni rastro de Mikey. Me paso siglos buscándolo, y al final me encuentro al muy capullo en el Diane's Pool Hall con una panda de salvajes. «Ahora hay que esperar, tronco», dice.

«¿Quieres decir que se ha cancelado el curro? Me he gastado el depósito y todo», suelto, señalándome las zapatillas nuevas.

«Yo no diría que se ha cancelado, Spud, más bien se ha pospuesto. Así lo diría yo. Que se ha pospuesto hasta otro momento.» Y luego añade, levantando la voz un poco para que los demás mendas se enteren: «Vic Syme y yo tenemos que ultimar algunos detalles, eso es todo. Sé dónde encontrarte».

Así que me vuelvo a casa y miro el pasaporte. Hace semanas que estamos así. Yo todo emocionado y Mikey diciendo: todavía nada.

No puedo dejar de sacar el pasaporte del cajón. Mola, porque nunca he tenido uno. Pone Gran Bretaña e Irlanda del Norte y Unión Europea. Pero si Gran Bretaña deja de ser Europa y Escocia deja de ser Gran Bretaña, lo mismo me tengo que sacar otro dentro de nada. Un pasaporte escocés estaría guapo, lo mismo con el cardo en la parte de delante en vez del rollo ese de *Su Británica Majestad*, que suena pasado de moda, y encima es una copia de los Rolling Stones. Menudo pollo el Brian Jones, el que la palmó.

Me hace sentir que soy lo máximo: DANIEL ROBERT MURPHY. Un súbdito de Su Majestad la Reina. Aunque sea feligrés del rebaño de san Patricio, soy tan súbdito como cualquier *jambo* del oeste de Edimburgo o cualquier *hib* de la costa oeste. ¡Pero a esos pichones no les molaría la idea!

El caso es que han pasado las semanas y casi se me olvida la movida secreta del trabajito berlinés, porque voy tirando con una faena a tiempo parcial al volante de una carretilla elevadora en un almacén. No pagan mucho, pero está bien volver a currar y cobrar. Y encima me sobra tiempo para ir a pedir a Grassmarket. La primavera no está mal para andar de pedigüeño, porque la peña está en plan optimista, y me imagino que las chicas guapas de las oficinas que pasan a mi lado estarían impresionadas si supieran que voy a hacer un envío de material *top-secret* al otro lado del Telón de Acero, rumbo a la mística ciudad oriental de Estambul. Y quizá acabe encontrando un amor exótico en climas lejanos, como Sean Connery cuando hace de Bond. En las pelis antiguas de Bond, claro.

Luego, una tarde, Mikey aparece por mi esquina. «Ha llegado el momento», dice. Buah, tío, y yo me pongo supernervioso, y a él parece que no le hace gracia, porque se pone todo serio.

«Estoy listo, hermano», digo, poniéndome de pie. Pero no es verdad, porque estoy contento, ¿sabes? Ahora las cosas van mejor. Pero ya he pillado las primeras quinientas libras. «Tráeme el riñón, mamón», le digo en un ataque de nervios. Pero Mikey pone mala cara.

«Cierra el pico.» Mira a su alrededor, gesticulando para que lo siga a un pub. «Esto es serio, cojones. No quiero volver a oírte pronunciar esa palabra. ¿Entendido?»

«Sí, perdona, tío», le digo mientras le pongo la correa a Toto y cruzamos la calle.

«Me la estoy jugando por conseguirte este trabajo, Spud. No la cagues. Haz tu parte y todo saldrá bien.»

Así que una vez dentro del tugurio me pasa una cartera con los billetes de avión. Varios días después estoy en el aeropuerto, ¡y Toto viene conmigo! Le pedí a mi hermana Roisin que mirara en internet si podía venir en el asiento conmigo, ¡como es tan pequeñito! Resulta que puedo llevarlo en una cosa que se llama bolsa Sherpa, así que no he tenido que dejarlo en la bodega. Procuro que pese menos de ocho kilos, pero se pasa un pelín, así que estoy intentando que no beba mucho para que no pese de más. Pienso en la bolsa, y recuerdo que de crío veía una serie llamada *Owen, M. D.* en la tele sobre un médico jovencito en el campo galés, y su chucho se llamaba Sherpa. Pero la bolsa no puede llamarse así por ese perro, porque era muy grande y no habría cabido. Necesito su compañía, tío, porque nunca he volado antes y estoy emocionado pero nervioso que te cagas: lo mismo hay un terrorista en el avión con intención de liar otro 11-S. Qué suerte la mía si, ahora que las cosas me van bien, me hiciera trizas un zumbado porque teme que los yanquis se carguen a su familia. Además, tampoco me fiaba de nadie para que me cuidara el perro.

En el avión te dan de comer y una copita, así que me reclino y le digo a Toto, que va en la bolsa, a mis pies: «Esto es vida, colegui», pero no dice nada, solo gimotea, y la chavala sentada a mi lado se da cuenta y trata de consolar al enano.

«¡Qué gracioso! ¿Cómo se llama?»

«Toto», respondo. Mola esto de charlar en el aire, ¿eh?

«¡Oh, qué monada, como el de *El mago de Oz*!»

«Qué va, es por el grupo Toto, los que tienen la canción esa de África. Oí un *remix* muy guapo y pensé: pónselo al perro. Tiempo después un colega gay, Paul el Sarasa, me contó la conexión con *El mago de Oz*, ¿sabes?»

«Bueno, espero que los dos sigáis el camino de baldosas amarillas.»

«Pero esa de las baldosas, "Goodbye Yellow Brick Road", es de Elton John, no de Toto», le digo.

La chica sonríe al oír eso. He dado en el clavo, tengo engatusada a la tipa con la ciencia de la cultura, colega.

«Él...», digo, doblando la muñeca, «es como es. No es que yo esté en contra de nadie, vive y deja vivir, el amor es precioso, pero yo soy de esta acera, no sé si lo pillas.»

Ya me he pasado de rosca, tronco. Así soy yo. Algunos notas son capaces de sacar conversación a las piedras, pero yo no, ¿sabes? Me sonríe como diciendo «eres gilipollas pero inofensivo», que es la peor sonrisa que te puede echar una mujer. «Pues es una monada», dice, volviendo a tocar el hocico húmedo del perro a través de la telilla de la bolsa.

Y luego aterrizamos en Turquía, y el perro y yo nos ponemos en marcha y pillamos un taxi a Estambul, ¡menuda locura! El sitio está a tope, lleno de gente de aquí para allá. Como soy un tipo de piel blanca con un perro, voy a llamar la atención un pelín, así que guay lo de ir en taxi. Es como si hubiera un montón de hombres y poquísimas tías. Rents vino hace siglos, cuando estudiaba, y recuerdo que dijo que era como Leith, pero Leith ha cambiado muchísimo. Ahora hay mogollón de tías. Yo pensaba que las de aquí llevarían velos y lanzarían miradas seductoras con esos ojazos, como en los anuncios de las delicias turcas, llenos de promesa oriental, pero no es así para nada. Una pena, ¿verdad? Estaría guapísimo.

Pero esto está bien, lo de ser intermediario es la mejor forma de hacer dinero. A ver, no puedo seguir mangando por ahí. Cuando te haces más viejo, acabas desarrollando principios morales, y eso siempre apunta en dirección a no desplumar a la peña. No puedo seguir haciendo eso, tío. No puedo ir a casa de algún fulano a llevarme sus cosas, da igual lo que tenga. Puede ser algo que signifique mucho para él, en plan un recuerdo de un familiar muerto. No quiero cargar con eso en la conciencia. Ni de coña. Yo ya no me hago el agosto a costa de nadie.

He comprado papeo y estoy en la estación, esperando en el andén número tres, tal y como me dijeron; entonces un tipo viene hacia mí, vestido de cuero y con casco, y mira al perro. Me da una caja de cartón de la que sobresale un mango de plástico. Es como Toto de grande. El pollo no dice ni pío, me da la caja y un billete de tren y se abre. La caja pesa más de lo que parece, porque dentro hay otra caja.

El tren sale a las nueve, pero dejo que Toto salga y lo llevo a dar una vuelta para que haga sus cosas, y el tiempo se me pasa volando. Vuelvo, y está oscureciendo, y tengo que meter al perro en la bolsa para ir al chucuchú, y voy bien contento porque tenemos un compartimento solo para nosotros, así que lo dejo salir. Vamos repantigados rumbo a Berlín. Toto va en el asiento de enfrente, meneando la cabecita como si fuera de juguete, de esos que asienten por la ventanilla trasera de los coches, y vamos dejando cosas atrás a toda velocidad. Abro la caja de cartón y veo que la otra caja de dentro es blanca. Se parece a los minifrigoríficos o a los hornos microondas. Tiene botones y cosas encima. El riñón irá dentro. Me duermo un rato y me despierto cuando oigo venir a la tipa de los billetes. Estamos en Bucarest, así que meto a Toto en la bolsa Sherpa. Se queda ahí una barbaridad de tiempo. Pero no parece haber mucho jaleo en el tren.

Para cuando llegamos a Praga estoy muerto de hambre porque no he comido nada desde que papeé en la estación. He dejado a Toto fuera de la bolsa y le digo que se dé una vuelta mientras voy al baño a echar un pis, luego a investigar el vagón restaurante y comprar algo para mí y para el perro. Veo perritos calientes, y eso suena a canibalismo para el pobre Toto, pero obviamente no es así. La tipa habla bien inglés, y eso mola, porque ni de coña verás a una tipa hablando en alemán en la red de trenes de Reino Unido. A no ser que sea alemana. Aunque no creo que una pava alemana bilingüe se dedicase a desperdiciar su talento yendo y viniendo en un tren británico. Y mira que la peña tiene que hacer de todo para ganarse la vida hoy en día; hasta los cerebritos sobrecualificados tienen que pillar trabajos de mierda. Cosa que me convierte en un inútil total, tío. Pero ahora no. Ahora no me va tan mal: en casa tengo un trabajo a tiempo parcial en el almacén y aquí soy el agente secreto internacional en plena misión.

Cuando vuelvo al compartimento, no me creo lo que veo.

Toto ha volcado la caja. La ha tirado del asiento. Se ha abierto. Todos los productos químicos se han derramado por el suelo. *Oh, no, tío..., ¿cómo se ha podido abrir?* Y el riñón está fuera: se lo está comiendo. *Oh, no...* «Ay, Toto, colegui...»

Me mira. Lo tiene en la boca, se agita como si estuviera vivo. Lo toco, y está frío y huele a químicos.

Mi vida se ha acabado, colega, la he cagado a lo grande.

«¡Chico, suéltalo!», le digo, y él lo hace. Al órgano se le queda la marca de los dientes. Eso es una prueba. Lo recojo, y siento el frío en la mano... Pero no está congelado... Es como si me quemara los dedos. Le digo que se esté quieto, salgo, lo echo al váter del tren y tiro de la cadena.

¡Ahora no sé qué coño hacer! El resto del camino hasta

Berlín estoy cagado de miedo. Siento en mis entrañas una piedra del tamaño de un asteroide, y me dan sudores fríos. Me pregunto qué me hará Syme. Lo mismo me ahoga. O me quema. O me pone pinzas en los pezones. Y pienso: lo que sea, menos los ojos y los huevos. Y ni siquiera puedo echarle la culpa al pobre Toto, no es culpa suya: no tenía que haber dejado solo al perro. No tenía que haber tirado el riñón, pero tenía la marca de los dientes del perro. Cuando bajo del tren, sigo en shock, en pleno trance, y Toto sabe que algo va mal, así que va a mi lado sin dejar de mirar hacia arriba.

Como no pienso con claridad, voy a una carnicería de por aquí y compro un riñón para sustituir el órgano perdido. Luego voy al baño de la estación y hago el cambio. No se parece en nada al que ha mordido Toto. La forma y el color son diferentes: este es más bien como el marrón de la bandera de los *jambos*. De todas formas, lo pongo en la caja de hielo, y sé que se van a dar cuenta, pero así al menos tengo más tiempo para pensar en algo.

Pero no hay tiempo para pensar porque, cuando vuelvo a la plataforma, hay un tipo esperándome: otro motero que, curiosamente, se parece al de antes, pero no es el mismo. Este habla, parece más tranquilo. «¿Todo bien?»

«Sí, estupendo», digo, y se lo doy al colega, que se va sin comprobarlo y sin decir nada.

Supongo que no lo sabrán hasta que lo abran. Pero, si se coscan, yo tendré que reconocerlo, porque no estaría bien que le cayera el marrón al motero. ¡Espero que no le pongan el riñón a un niño ni nada de eso! Sería lo peor... Pero no, tranqui, que no harán eso. Seguro que se dan cuenta.

Voy en taxi al aeropuerto a coger el vuelo de vuelta. Pienso en quedarme aquí con Toto, pero no sobreviviría, no soy como Renton o Sick Boy, ellos pueden echar a volar sin más y todo les va que te cagas. Yo tengo que aguantar el chaparrón. Tengo que volver y enfrentarme a Mikey... Bueno, más que a Mikey, a los tipos que están por encima de él, como el pájaro de Syme, y a saber quién más. Miro a Toto, que no entiende qué ha hecho mal, y no es culpa del perro, pero no puedo evitar decirle: «Ay, Toto, ¿qué nos has hecho, colegui?».

12. RENTON: FOLLADJ

Nada más sentir la presencia de otra persona en el sobre –alguien que no debería estar allí–, me invade una mezcla biliosa de bochorno triste y subidón de autoestima. Y estamos, ejem, ¿dónde? Ámsterdam-Berlín-Ibiza-Londres... Que no estemos en Edimburgo, por favor, en Edimburgo no... Mieeerda... Ahí está ella, tan joven; y mis arrugas, mi papada y mis capilares rotos van a quedar totalmente expuestos al sol demoledor que se cuela por las persianas entreabiertas. Me lanza una mirada directa, con la cabeza apoyada en el codo, sonriendo, los ojos llenos de hambre, de una burla rapaz, los rizos negro azabache alborotados y el lunar en la barbilla. «¡Buenos días! ¡Estabas roncando!»

¿Qué cojones contesto? ¿Por qué estamos en Edimburgo? El cumpleaños de Ewart en el Cabaret Voltaire. Conrad, que parece más contento con el tema nuevo, aunque no me deja oírlo, se ofreció voluntariamente (para asombro mío) a venir a pinchar. Por supuesto, me di cuenta demasiado tarde de que su propósito era marcarse un pedazo de sesión de deep house, dejar flipando a la peña y así humillar a Carl delante de su propia gente. Funcionó. El joven maestro holandés se llevó todos los halagos mientras que Carl, llevado por la coca y la amargura, se largó con su amigo Topsy y compañía rumbo a una noche tediosa en algún antro del este de Edimburgo. Rab Birrell se quedó. También Juice Terry. Y Emily andaba por allí y su sesión también estuvo muy bien... Luego la recuerdo meneando las caderas por encima de sus plataformas de corcho y diciendo algo en plan mujer fatal, del tipo «tengo antojo de escocés»; yo solté una cursilería a modo de respuesta y de repente sus labios estaban sobre los míos, y luego... Hay que joderse.

Farla. Vodka. Éxtasis: os odio. Es muchísimo más joven que yo. Estaba bastante cachonda, y yo me dejé llevar. Joder, y tanto, como que anoche hice cosas que no hacía desde los treinta.

Hace unas cuantas semanas que me dieron luz verde tras los tres meses. No he tenido noticias de Vicky desde el incidente, aunque en ocasiones he querido llamarla para pedirle perdón. Se lo debo, aunque seguro que hace tiempo que ha pasado página. Pero me cuesta coger el teléfono para decirle *perdón por pasarte una clamidiasis*; no quiero que esa sea mi última conversación con ella.

Así que he hecho lo que mejor se me da en esta vida: aderezar una situación difícil con una decisión estúpida. Emily es mi puta clienta, joder. Salgo de la cama y me tapo con un albornoz del hotel, felizmente a mano.

«¿Adónde vas?», pregunta. «Vamos a pedir que nos traigan el desayuno. ¡Tanto follar me ha dado un hambre de lobo!»

«Me halaga de veras ser tu "hijo de un predicador" particular, Emily, pero no podemos seguir con...»

«¿De qué cojones estás hablando?»

«Dusty Springfield: "Son of a Preacher Man". Va del único chico capaz de hacer que la chavala se cruce de acera.»

Emily menea sus rizos oscuros. Adopta una expresión incrédula. «¿De verdad crees que esa canción habla de eso?»

«Sí. Es de una lesbiana que tiene una aventura heterosexual en secreto con "el único hombre capaz de enseñarle"...»

Una risa enérgica y desdeñosa surge de algún lugar de su interior. «Bueno, tío, pues tú no me has enseñado nada. Joder, Mark, que ya he tenido novios antes. ¡No te vayas a creer que eres el Henry Higgins de las pollas!», dice con una risita. «Starr es solo la segunda chica con la que salgo», y le tiembla el labio inferior un poco, porque le entran remordimientos.

Eso es. Me he vuelto a superar. Sigo creyendo –a pesar de las pruebas que demuestran lo contrario– que todas las mujeres del mundo poseen la capacidad de enamorarse de mí. Y que a lo mejor tienen que contenerse mucho para no hacerlo. Esa mentalidad, llamémoslo delirio si queremos, es uno de los mayores dones que poseo. Por supuesto, la desventaja es que tiendo a pasarme de la raya. «¿Así que es una fase?»

«Anda, Mark, vete a tomar por culo. ¿Cuántos años tienes? ¿Dieciséis? Se llama vida. Se llama 2016. No considero que la elección de compañeros sexuales sea binaria. Si alguien me resulta atractivo, me acuesto con esa persona. Eres un hombre interesante, Mark, no te infravalores, has hecho muchas cosas. El Luxury fue uno de los mejores clubes de Europa. Siempre contratabas a DJ mujeres. Gracias a ti, Ivan pegó el pelotazo.»

«Sí, y se largó en cuanto se hizo un nombre», le recuerdo.

«Tienes que volver a hablar más de música, Mark. Antes era tu auténtica pasión. Ahora solo escuchas los mixes que te manda el primer gilipollas con cuatro seguidores. Andas buscando el próximo bombazo en lugar de dejar que la música te lleve.»

Da tanto en el clavo que me asusto. «Ya lo sé. Pero soy un puto viejo y me siento imbécil dando vueltas por las sombras de un club nocturno lleno de yogurines.»

«¿Piensas que yo soy una yogurina?»

«No, claro que no. Pero tengo la edad de tu padre, soy tu representante y además tienes pareja», digo, pensando de repente, no en Starr, sino en Vicky, y luego intentando no hacerlo.

«Venga, no me sueltes la chapa de la mala conciencia.»

«¿Qué quieres que te diga? Me alegro de que nuestras existencias hayan intersectado como círculos de un diagrama de Venn entre los aplastantes bloques de inconsciencia que los rodean, pero...»

Emily me pone un dedo sobre los labios para callarme. «Por favor, Mark, el discurso del viejo sobre la muerte no; siempre esa triste y cansina conversión del sexo en muerte.»

«¿Con cuántos tíos mayores te has acostado?» Me arrepiento de inmediato de haber preguntado eso.

«Sean los que sean, seguro que son menos que las chavalitas con las que te he visto largarte del club.»

«No desde hace tiempo. Y nunca con una clienta: eso no está bien», replico, antes de añadir, con muy poco tino: «Y Mickey me mataría».

«Pero ¿qué cojones tiene que ver mi padre en todo esto? ¡Que tengo veintidós años, coño! ¡Eres tan raro como él!»

Joder, no tiene ni la mitad de años que yo. «Ya te diré yo como se entere», digo. Después me meto en el baño y cojo la maquinilla de afeitar.

«Vale, pues no se lo cuentes», dice a voces desde el otro lado de la puerta, «y yo no se lo cuento al tuyo. Porque tendrás padre, ¿no? Quiero decir, ¿está vivo todavía? ¡Debe de ser viejísimo!»

Me acerco la maquinilla al careto. Me miro en el espejo: un imbécil vacío que no ha aprendido una mierda. «Sí. Mi padre es un poco más viejo y está un poco más delicado que antes; tiene una pata chula, pero ahí sigue el tío.»

«¿Qué diría si supiese que te acuestas con alguien lo bastante joven como para ser tu hija?»

184

«Que me he acostado, una vez, por accidente y borrachera», recalco. «No le parecería muy bien, pero ya pasa de preocuparse por lo que yo hago.»

«Eso debería hacer mi padre. Da grima.»

«Solo quiere lo mejor para ti porque le importas», le digo. No me puedo creer que esas lamentables palabras hayan salido de mi boca, ni que esté defendiendo a Mickey, a quien parece que le caigo como el culo. Acabo de follarme a la chavala de todas las maneras posibles, y ahora solo me falta decirle que, como no estudie más, estará castigada.

Salgo del baño porque, por suerte, suena de nuevo mi teléfono y tengo que contestar. Donovan Royce, organizador del Electric Daisy Carnival de Las Vegas, que nunca, pero nunca, devuelve las llamadas. «¡Mark! ¡Qué pasa, tío!»

«Hombre, Don. ¿Qué hay del hueco para mi chaval?» Por el espejo del vestíbulo veo que Emily se enfurece. Pero también tengo que trabajar para mis chicos.

«Pues te seré sincero. El Electric Daisy Carnival y el Ultra, con la cantidad de gente que hay..., no son para N-Sign. El público es demasiado joven, no tiene la educación necesaria para su sofisticación.»

«Venga, Don. Está muy ilusionado con su regreso...»

«¡Mark, que es el puto N-Sign Ewart! ¡Que yo crecí follándome a las pibas debajo de su póster! Ese tío es una leyenda del house. No hace falta que me lo vendas a mí. Soy yo quien se lo tiene que vender a unos críos que tienen la capacidad de concentración de un pez. Que ni siquiera quieren bailar, sino darle puñetazos al aire, gritar y frotarse uno contra otro mientras llega otro fragmento de un tema de pop. No quieren ir de viaje con un viejo maestro. Buscan otra cosa.»

«Pues vamos a educarlos, Don. Tú siempre has creído en la causa.» Le echo una mirada a Emily, que se ha estirado hacia delante en la cama, con su larga y delgada silueta casi en una postura de yoga.

Una carcajada emerge del teléfono. «Tienes que estar desesperadísimo para jugar esa baza. Esto son negocios, colega, en plan "por desgracia, en este momento no podemos atenderle ni hacer nada".»

La conversación es deprimente de cojones. Pero es la verdad: Carl nunca figurará en los créditos de un EDC o de un Ultra a no ser que saque otro tema pop. Ironías del destino, ese capullo es capaz de hacer justo eso. Pero primero tendré que arrastrarlo a un lugar que ahora odia: el estudio. Vuelvo a mirar a Emily. «¿Y qué tal mi chica, Emily, DJ Night Vision?»

«Me gusta su rollo, pero no es lo bastante sexy.»

«No estoy de acuerdo», digo, picado de verdad. *Mis bolas destrozadas dicen lo contrario.*

«Vale, por ser tú; el Upside-down House, en horario de tarde. Dile que enseñe un poco de carne. Igual un poco de escote. Por lo menos tendrá tetas, ¿no?»

Me cago en la leche. ¿Quién es este gilipollas? Y encima el *Upside-down House; es el escenario más pequeño.* «Al anochecer. Wasteland. Le va como anillo al dedo.»

«En Wasteland no cabe ni un alfiler. Puedo darle un Quantum Valley siempre que haga trance.»

«Qué dices, colega, la chavala respira trance.» Le guiño un ojo a Emily, que no hace más que asentir a toda leche.

«De cuatro a cinco.»

«Dame una franja nocturna, colega, estírate.»

Se oye un fuerte suspiro al otro lado del teléfono y luego: «Puedo darte de siete y cuarto a ocho y media».

«Qué grande eres, tío; cuando te vea, recuérdame que te reviente el ojete hasta que se te salgan los ojos de las cuencas y se te queden colgando como si fuesen los huevos», le digo yo. *Acabo de devolverle a ese hijoputa la cosificación y la sexualización.*

«¡Guau! Gracias, creo...», responde.

186

Cuando cuelgo, Emily se pone en guardia. «¿Qué cojones ha sido eso?»

«Acabo de conseguirte un bolo en el EDC», le digo, como si no pasase nada, poniéndome la ropa. Lo que ocurre con los DJ, por lo menos con los míos, es que si les anuncias un bolo a bombo y platillo, lleno de entusiasmo, ellos pondrán el grito en el cielo porque no está a su altura. Pero si haces como si no pasase nada, se ponen a chillar de la emoción.

«¡El EDC! ¡Eso son palabras mayores!»

«Bueno, pero en el Quantum Valley, al principio de la noche, y tendrás que conformarte con trance», digo, fingiendo descontento.

«¡Pero si está genial! ¡El Quantum Valley es el mejor espacio del festival! ¡Eres la leche, Mark Renton!»

El truco está en gestionar las expectativas. «Gracias», respondo con una sonrisa, y el teléfono vuelve a sonar.

«¡Apaga eso y vuelve a la cama!»

«No puedo, nena, no creo que sea buena idea para ninguno de los dos. Si me follo a uno de mis DJ tengo que follármelos a todos. Se llama democracia. Y nunca se me ha dado bien cambiar de acera. Dejemos las cosas como están y hablamos luego», propongo, y el teléfono deja de sonar.

«¡No irás a decir que he follado contigo para conseguir el bolo!»

«No seas tonta: soy tu representante. Mi trabajo consiste en prostituirme metafóricamente para conseguirte bolos. Y si quieres trepar en el escalafón, fóllate a los promotores, no a alguien que te cobra el veinte por ciento de lo que ganas.»

Emily se desploma hacia atrás, dándole vueltas a lo que he dicho, y luego se levanta de un brinco. «Tengo una teoría sobre ti, Mark Renton», dice, arqueando una ceja burlona. Ya estamos: a todas las veinteañeras debe de venirles un tomo de Freud cosido al forro del bolso. «De joven estabas acomplejado por el rollo de ser tan pelirrojo, el vello púbico y todo, y encima te juntabas con un colega un poco más guapo, quizá con la polla más grande, y con más seguridad con las chicas... ¿Qué tal voy?»

«Frío, frío, ese no es para nada Renton, nena», le contesto mientras me pongo los zapatos y el nombre de Sick Boy aparece en el teléfono. «Sick..., vale. Me largo.»

«¿Adónde vas?», pregunta Emily.

«A trabajar para vosotros veinticuatro horas al día, siete días a la semana», le digo, dándole un golpecito al móvil y yendo hacia la puerta. Invité a Sick Boy a la función. Entró en escena y ahora me está ayudando a solucionar un problema de representante. Uno recurrente: conseguir que Conrad folle. Desde que zanjé mi deuda con Simon David Williamson, nos hemos convertido en colegas virtuales. Compartimos enlaces a vídeos de grupos antiguos, canciones nuevas y noticias cómicas sobre desastres sexuales y mutilaciones; en fin, los rollos psicóticos que difunde la gente hoy en día.

Sick Boy está esperando en el vestíbulo del hotel con una chica que no aparta los ojos del móvil. Es una morena bastante guapa, aunque tiene cierta dureza profesional en la mirada. Sick Boy está hablando por un teléfono mientras intenta mandar un mensaje en otro. «Sí, ya sé lo que dije, Vic, pero no me esperaba que el capullo se fugase a Tailandia... No tengo ni idea de cuándo va a volver, no contesta a los correos ni a los mensajes, ha desaparecido del mapa... Sí, es cirujano, Vic... Sí, sigo en Edimburgo. No puedo quedarme aquí, tengo un negocio esperando en Londres. ¡Sí, vale! Vale.» Cuelga con evidente nerviosismo. «¡Putos mongolos! ¡Me tienen rodeado!» La chavala le echa una mirada, y él recupera la compostura. «Tú no, cariño, tú eres el único resplandor en un panorama por lo demás permanentemente desolador. Mark, esta es Jasmine.»

«Hola, Jasmine.» Le tiendo la llave de la habitación de Conrad. «¡No le metas mucha caña!»

Ella coge la llave en silencio y se mete en el ascensor.

«No pongas ese tonito pegajoso», me riñe Sick Boy. «Esa mujer provee un servicio, así que trátala con respeto. Tengo pensado contratarla para una posible sucursal en Edimburgo. La mayoría de nuestras chicas tienen másteres en Administración de Empresas.»

Si esa chavala tiene un diploma de estudios superiores en Secretaría en el Stevenson College, entonces Spud es catedrático de Economía Global en la Harvard Business School. «¡Y tú vas a darme a mí lecciones de sexismo! Claro, y la semana que viene Fred West vendrá a disertar sobre la construcción de patios. Y luego Franco sobre arte.»

«No», dice Sick Boy, presionándose con los dedos las venas de las sienes. «Por favor, no.»

«Pareces estresado.»

«Tú también», replica él con agresividad, a la defensiva.

«Bueno, aparte de seguir con el puto desfase horario gracias al circuito Ámsterdam-Los Ángeles-Las Vegas-Ibiza durante los últimos cinco meses, de montar el bolo de cumpleaños para Ewart, de volar después a Berlín para la gran actuación del Tempelhofer Feld de mañana con un DJ al que no consigo encontrar porque anda perdido en algún lugar de Jambolandia», y me dan ganas de añadir *además de que mi novia me ha largado por tu puta culpa, mamón*, «estoy perfectamente. ¿Y tú?»

«Problemas del Primer Mundo», dice en tono pomposo. «Mi cuñado, a quien un psicópata está acosando para que le haga un trabajito, se ha largado a Tailandia, y ha abandonado a Carlotta y al niño. Y adivina a quién han estado dando la lata el colgado ese y la hermana durante meses.» Se da un golpe en la cabeza como hacían los viejos. «¿En qué momento me he convertido en la persona que saca las castañas del fuego a otra peña?»

«Solucionar las movidas de los demás es el marrón más desagradecido que existe», afirmo con empatía.

«Y mientras nosotros no hacemos más que dar vueltas como gilipollas, Begbie está tirado al sol de California», suelta Sick Boy con amargura. «Pero ¿sabes qué? Creo que a lo mejor tienes razón. ¡Ha pasado de ser un psicópata asesino a un mariquita del artisteo!»

13. BEGBIE: HARRY EL SUCIO

Al desgraciado por poco le da un infarto cuando entra en la casa y enciende la luz. Ahí estaba yo, sentado en una silla detrás de su escritorio, apuntándolo con su propia arma. La tenía en el cajón de arriba de su escritorio, a la derecha, ¡valiente retrasado! ¿Y este imbécil es madero? Cualquier chorizo de Edimburgo se lo comería con patatas.

«Pero ¿qué cojones?... ¿Cómo has entrado aquí?»

«¿De verdad quieres que te aburra con los detalles?», le pregunto. Agito un poco la pistola. El imbécil por fin se da cuenta de que la llevo. Y no le gusta. «Ahora, después de haber estado acosando a mi mujer, dame una buena razón para que no te dispare.»

«¡Eres un asesino de la peor calaña y Melanie debería saberlo!» Me señala con el dedo.

Este tío no es muy listo. «Esa es otra de las razones por las que sí debería dispararte. Te he pedido que me des razones para no hacerlo.»

El muy gilipollas se queda callado: lo que acabo de decirle tampoco le ha gustado un pelo.

«Se me ha ocurrido que deberíamos charlar un rato. A ver si me explicas por qué estás molestando a mi señora.»

Entorna los ojos negros de tal modo que no parece asus-

191

tado, sino más bien enfadado. Esa suerte que tiene el imbécil.

«Me han dicho que te gusta empinar el codo, ¿verdad?» Señalo la botella de whisky que he puesto sobre el escritorio, entre él y yo. «Tómate un traguito, hombre.»

El tío clava la mirada en mí; luego en la botella. Está loco por beber. Duda un par de segundos y luego se sirve un vaso. Se lo toma sin prisa pero sin pausa.

«Venga, ¡tómate otro! Siéntate.» Le señalo la silla. «Me tomaría uno contigo, pero lo dejé. Nunca lleva a nada bueno.»

El cabrón se queda atontado. Mira hacia el vaso vacío. Su vida, su estúpida vida de poli, se ha ido a la mierda por culpa del bebercio. La priva no entiende de policías o ladrones, lo único que quiere es mandarte al infierno. Yo lo sé mejor que nadie. El desgraciado de Harry está ahí como haciendo cábalas y, tras llegar a la conclusión de que no tiene escapatoria posible, se echa otro vaso y se sienta después de que yo se lo pida por segunda vez sin dejar de apuntarlo con el arma. Entorna los párpados y me mira de forma acusatoria. «Tú mataste a los vagabundos esos», afirma sin quitarme ojo.

Lo fulmino con la mirada y mantengo los labios sellados. Me asomo a su alma de poli. Todos son iguales, por mucho que en la tele se empeñen en vendérnoslos como grandes héroes. Yo lo único que veo es a una maruja cotilla y quisquillosa, un patán programado para servir a los demás.

Harry pestañea primero. Se aclara la garganta. «Eran unos mierdas, pero los mataste a sangre fría. A los dos tíos que amenazaron a Mel y a las niñas», afirma, e intenta poner de nuevo la puta miradita.

Puto impertinente. Respira. Uno... dos... tres...

Esos ojillos negros y brillantes. Como un puto hámster encerrado en una jaula, mirándote. Como el que teníamos en el colegio. Hubo un sorteo para ver quién se lo llevaba a casa durante las vacaciones. Cuando salió el nombre del ganador, todo el mundo empezó a decir «ooh» y «aah» y hasta al profesor se le cambió la cara. *¡Pobre Hammy, va a pasar el verano en casa de Begbie! ¡Esta será la última vez que lo veamos!* Y no les faltaba razón. El pobre animalillo de pelaje dorado no regresó al colegio. Fue por causas naturales –solo duran un año–, pero nadie se lo creyó. Todo el mundo pensaba que había acabado entre dos rebanadas de pan.

«No podías dejarlo pasar, ¿verdad? No podías dejar que... la policía... se hiciera cargo», sigue diciendo Hammy, perdón, Harry. «Porque eres así y eso es lo que haces. Has... has...» Su perorata se ralentiza hasta convertirse en un murmullo, y los párpados le pesan cada vez más.

«GHB, colega. Ácido gamma-hidroxibutírico, una droga de diseño con propiedades anestésicas. La usan los violadores. Pero no te preocupes, nadie te va a echar un casquete.» Suelto una pequeña carcajada. «Ni siquiera te voy a hacer daño. Solo voy a borrarte del mapa.»

«¿Qué...?» Los ojos se le cierran por momentos; la cabeza le pesa, cae hacia delante. Se agarra a los reposabrazos.

Cojo la manguera por la boquilla y la paso por encima de una viga. Empiezo a hacer un nudo corredizo y el desgraciado se queda mirando la manguera. Sus ojos decaídos intentan localizar de dónde viene, del jardín, a través de la ventana. Pim, pam, pum, puto asco de polis. El tío está casi roque, apenas se entrevé un resquicio de miedo en la confusión de sus ojos vidriosos.

«Agente de policía alcohólico se suicida tras ser suspendido del servicio», le explico al imbécil. «Nunca me han gustado los maderos, colega. Pensaba que solo me pasaba en Escocia, y que en los Estados Unidos sería otra cosa. Pero qué va. Odio a todos los polis. Da igual de dónde sean.»

Intenta levantarse pero se cae de la silla y se desploma en

la alfombra. Me acerco a él y le abofeteo los carrillos. Nada. El colega está fuera de combate. Limpio la pistola y vuelvo a dejarla en el cajón. Le pongo el nudo corredizo alrededor del cuello y lo subo de nuevo a la silla; por suerte no pesa mucho: un metro setenta y cinco y unos setenta kilos, un peso wélter, diría yo. La soga improvisada, que pasa por la viga y sale por la ventana, está atada al carrete de la manguera, el cual está atornillado a la pared del garaje. Antes lo he comprobado y debería aguantar bien el peso.

Abro la ventana y salgo al jardín. Me dirijo al carrete y empiezo a enrollar la manguera. Dentro veo que el capullo está volviendo en sí, moviendo la boca y esos ojos de loco que tiene: los párpados le pesan y hace lo posible por mantenerlos abiertos. Doy un tirón para obligarlo a ponerse de pie y el desgraciado levanta sin fuerza los brazos antes de agarrar la manguera y tratar de aflojarla. Se sube a la silla para ganar algo de holgura en la manguera que lo está asfixiando. El muy imbécil ha caído en la trampa: ¡ahí es exactamente donde lo quiero! Intenta tirar del nudo de la manguera una vez más antes de que yo la enrolle con furia, apretando la manivela con ambas manos; después aflojo y vuelvo a apretar haciendo que el alelado agente de la ley se ponga de puntillas.

«Conmigo no se juega, colega, ni con lo que es mío», le digo tras volver de nuevo adentro y pegarle una patada a la silla que tiene bajo los pies. Ahí está, balanceándose; parece que se le van a salir los ojos de las cuencas y tiene la lengua fuera. Me alegra oír sus gemidos moribundos: ya ha soltado bastante mierda por la boca. Luego oigo el sonido de algo que se rompe, como un chirrido, pero viene de fuera. Miro el carrete de la manguera y veo que está empezando a ceder por el peso.

Me acerco de nuevo a la ventana y la sujeto para quitarle presión al carrete. Después vuelvo con Hammy, el hámster de mierda; observo sus ojos nerviosos y protuberantes mientras intenta agarrarse a algo y farfulla, meciéndose y dando patadas. El tío está aguantando como un jabato, las cosas como son.

¡Venga, poli, muérete ya, joder!

Veo que el carrete se está doblando, así que intento cerrar la ventana para comprimir la manguera contra el marco y quitarle presión al carrete. Pero entonces, mientras me concentro en la tarea, oigo un crujido detrás de mí, como algo que se parte. Me doy la vuelta y veo que el puto techo se desploma delante de mis narices. La condenada viga se ha partido en dos y el tontopoli está en el suelo, cubierto de polvo y yeso, gateando en dirección al escritorio mientras intenta quitarse el nudo del cuello. A cuatro patas, ¡como un puto hámster! Es imposible que yo llegue antes que él, así que agarro la manguera y tiro de ella con las dos manos, intentando atraparlo como si fuera un pez; pero la manguera tiene demasiada holgura. Se ha puesto de pie y está llegando al escritorio: pone una mano en el filo, la otra va hacia el cajón donde he puesto la pistola... Ahora tengo la manguera tensa y doy otro tirón con fuerza... Pero el desgraciado ya ha abierto el cajón.

Suelto la manguera y el capullo se cae hacia delante, ¡tiene la mano en el cajón! Nada, no me da tiempo a llegar ni a abrir la ventana, así que me largo de allí a lo loco; me lanzo a través de la ventana, los cristales se rompen y caen en el césped. De inmediato me pongo de pie y echo a correr cagándome en la puta cojera que me dejó Renton.

Oigo un grito bronco y un disparo que rebota contra el garaje o alguna de las estructuras anexas. Nada más doblar la esquina, otro disparo; por suerte, suena lejano y yo no me voy a parar a comprobarlo. Este lugar está aislado, en mitad del bosque. Era perfecto para mi propósito, pero nada cómodo ahora que todos los planes se han torcido y, al final, soy yo el que tiene que salir por patas, porque un puto tarado me persigue con una pistola.

El coche está aparcado en un camino de tierra que serpentea colina arriba, a la sombra de un arbusto. Aunque no parece que nadie me persiga, me meto corriendo en el coche y me voy pitando de allí; no quito el pie del acelerador hasta que llego a la autopista. Al principio me preocupa que este capullo vaya a delatarme, pero, si lo hace, la cinta de Mel saldrá a la luz, y, en cualquier caso, no deja de ser su palabra contra la mía.

Voy conduciendo por la autopista; ya respiro con tranquilidad, pero sigo maldiciendo mi mala suerte. ¡Puta carcoma! Llevo vigilando la casa desde Navidades, pensaba que lo tenía todo bien planeado. Y lo único que he conseguido es granjearme un enemigo peligroso que está loco por coserme a balazos.

Pero, mirando el lado bueno, ahora tengo más ganas que nunca de joder a ese hijo de puta. Ahora es él o yo. Y seguro que yo no voy a ser, ni de coña, vamos.

Respiro con profundidad. Lenta y tranquilamente. Respira...

Eso es. De pronto siento que estoy temblando de la risa. Pensando en el careto que se le puso al cabrón cuando se estaba asfixiando: ¡qué momentazo! Hay que pasárselo bien con lo que uno hace, coño; si no, es mejor no hacer nada.

En el espejo retrovisor veo que el sol se pone sobre las colinas. Tampoco ha estado tan mal el día: por lo menos ha hecho buen tiempo. La verdad es que con este clima es imposible que el mal rollo te dure mucho.

14. SICK BOY: *BYE-BYE*, TAILANDIA

Salgo del edificio de Tottenham Court Road, y una mirada en dirección al cielo me muestra la imagen de acechantes nubarrones oscuros. Siento el aguijón del aire helado mientras saco los móviles del bolsillo interior de mi chaqueta de piel Hugo Boss. Todos los mensajes son descartables, menos uno, de Ben:

Acabo de llegar, nos vemos luego.

He intentado evitar Edimburgo a toda costa, pero no hay manera de darle esquinazo a esa ciudad. Maldigo la hora en que me dio por echar MDMA en la copa de ese obseso sexual, de ese ser tan pusilánime y autocomplaciente. Jamás habría podido prever que aquella travesura química me supondría meses de llamadas con una Carlotta desconsolada y con ese artero proxeneta apellidado Syme.

No hay nada que yo pueda hacer para que ese desgraciado vuelva de Tailandia. El puto presbiteriano de mierda se ha tomado un año de excedencia y está recorriéndose el mundo como si nada. *Es algo que tengo que hacer*, dijo en su último correo antes de ponerse completamente en modo offline. Dejar a su mujer y a su hijo acongojados de esa manera, castigándolos por sus nefarias fechorías. ¡Valiente hijo de puta! Llego al Soho tras sortear un sinfín de carreteras

197

bloqueadas. El IRA y el Estado Islámico nunca sembraron tanto caos en Londres ni lo desmoralizaron tanto como el actual hatajo de neoliberales que esquilma el planeta con sus proyectos de construcción y su exacerbada vanidad corporativa. Y, como no podría ser de otra manera, una lluvia fría y persistente empieza a salpicarme en la cabeza.

Mi hijo me ha pedido que quedemos para tomar una copa en un pub del que no había oído hablar jamás, un lugar anodino frecuentado por administrativos y turistas. Caigo en la cuenta de que últimamente apenas he pasado tiempo con él. Voy con remordimientos al entrar en el concurrido bar. Él ya se ha buscado un asiento en la esquina, donde dos pintas de Stella burbujean sobre una mesa de madera. Cerca hay una chimenea decorativa con una rejilla. Un agradable olor a abrillantador inunda el aire.

Intercambiamos saludos y Ben, que parece preocupado, de pronto fija en mí su mirada. «Papá, tengo que contarte una cosa...»

«Ya, ya, he sido un capullo egoísta. Pero es que no he dado abasto con el numerito que ha montado nuestra familia escocesa, con tu tío, que menudo campanazo ha pegado, y tu tía, hecha pedazos, en fin, que he tenido que...»

«¡No tiene nada que ver contigo! ¡Ni con ellos!», dice como si le faltara esto y nada para que se le agotase la paciencia. Tiene el cuello rojo y los ojos brillantes.

Esto me alarma un poco. Ben siempre ha sido un chaval temperado, taciturno, más en la línea de la flema inglesa, incluso de la estoicidad escocesa, que del temperamento italiano.

«Como ya te he contado, estoy saliendo con alguien.»

«Sí, la pava que te estabas cepillando, ay, pillín...»

«No es una pava...» Hace una pausa. «Es un tío. Soy gay. Tengo novio», y por el modo en que lo espeta sospecho que se trata de una cuestión a la que tiene que enfrentarse

198

con regularidad. Me mira y aprieta la mandíbula con beligerancia, como si esperase una contraofensiva por mi parte, como si yo fuese a perder los papeles y soltarle la mierda que seguramente le han soltado esos cabrones de Surrey.

Pero lo único que siento es una cálida sensación de alivio. Aunque no me lo habría imaginado jamás, estoy loco de contento; en mi fuero interno, siempre había deseado tener un hijo gay. Nada me habría repugnado más que tener con Ben la heterocompetitividad que mi padre tuvo conmigo. «¡Excelente!», canturreo. «¡Es genial! ¡Tengo un hijo gay! ¡Pero qué grande eres, colega!» Le doy un puñetazo de buen rollo en el hombro.

Me mira boquiabierto, con las cejas enarcadas. «Entonces, ¿no... no tienes ningún problema?»

Le pincho con un dedo. «Me estás diciendo que eres gay, cien por cien gay, no bi..., ¿verdad?»

«Sí, solo me van los tíos. Nada de chicas.»

«¡Magnífico! ¡Estas son las mejores noticias que me han dado en la vida! ¡Bravo!» Levanto mi pinta para brindar.

Mi hijo parece estupefacto, pero choca su pinta con la mía. «Pensaba que tú, bueno...»

Le doy un buen sorbo a la Stella y chasqueo los labios. «Seguramente habría estado un poco celoso si fueras bi porque tendrías más opciones de fornicio que yo», le explico. «Verás, yo siempre he querido ser bisexual. Pero con un tío no hay manera de que se me ponga dura. Ahora, si una tía se pone un consolador con arnés, no me disgusta que me lo...»

Ben empieza a aletear con los brazos y me corta. «Papá, papá, me encanta que te lo tomes tan bien, ¡pero no necesito saber tantos detalles!»

«Bueno, vale. En fin, que a mí me da lo mismo; tú juegas al rugby y yo al fútbol, diferentes reglas, diferentes ligas. No parece probable que vayas a venir a casa con un pibonazo con los pezones como los remaches del *Titanic* para ponerme celoso, que es lo que hacía yo con mi padre. ¿Y en Surrey cómo se lo han tomado?»

«Mamá está bastante disgustada, y la abuela... se lo ha tomado fatal. Casi no puede ni mirarme a la cara», dice con genuina tristeza.

Muevo lentamente la cabeza con indignación mientras siento cómo una bilis gran reserva me fermenta en las tripas. *Más le valdría cerrar el pico a ese chocho viejo. Cuando estuvo en la Toscana de vacaciones bien que se metió un buen trozo de carne italiana en barra, pero mira tú por dónde a su nieto primogénito le niega el mismo placer.* «Que les den a esos intolerantes: estamos en el siglo XXI. Tú folla con quien te salga de los cojones, pero, por favor, folla como si no hubiera mañana.»

Su rostro se ilumina de inmediato. «Eso por supuesto. De todas las formas imaginables. Todavía no me he mudado a su apartamento en Tufnell Park y los vecinos ya se están quejando del ruido.»

«Ese es mi chico», y le doy otro puñetazo afectuoso en el brazo. «¡Venga, zorrita soplanucas, ve a la barra y tráeme un Macallan's doble!»

Hace lo que le pido y los dos acabamos un poquito perjudicados. ¡Mi hijo es gay! ¡Pero qué puta maravilla!

De camino a casa, en el taxi, miro el móvil y hay un mensaje de Victor Syme:

Ven ya. He encontrado a tu fulano.

Pero ¿qué coño dice este? O Syme me requiere con urgencia por lo que sea, o Euan ha vuelto de verdad a Edimburgo. Un año de excedencia... Mis huevos peludos, ¡no ha durado ni cuatro meses! Tecleo:

¿Euan McCorkindale está en Edimburgo?

Sí. Ven cagando leches.

Mañana cojo el primer tren que pille. Nos vemos.

Una respuesta por parte de ese gusano habría sido demasiado cortés.

15. IR DE PUTAS NO TE TRAERÁ LA PAZ

Se da cuenta de que no evita pisar las juntas de los adoquines desde la niñez. Ahora lo hace con paso regular, disfrutando del ritmo de sus pies sobre las frías losas. Lleva zapatos de cuero calado: un calzado bueno y resistente para este tipo de clima. No como las zapatillas de deporte, incubadoras de enfermedades de pie. Ha perdido la cuenta de las veces que le ha dicho a Ross que no las lleve todo el tiempo. Siente una extraña dislocación, una sensación de estar en contacto completo con «el otro», con una de las muchas personalidades alternativas que reprimimos para cumplir con la vida cotidiana que hemos elegido. Siente un revuelo interno a causa del miedo y la euforia. Andar por esta ciudad tan familiar convertido en un hombre sin hogar es como recorrer nuevas calles en un mundo nuevo.

Cuando volvió a Edimburgo, se hizo con un teléfono y un correo electrónico nuevos. Quería llamar a Carlotta, pero no podía enfrentarse a la nueva humillación de haber sido incapaz de quedarse más de cuatro meses en Tailandia, después de haber declarado que estaría un año entero fuera. Al principio se sintió de fábula allí. La libertad. El cambio, estar en un sitio nuevo, y Naiyana, la chica con la que se lió. Pero la novedad desapareció pronto y la sustituyó un bajón emo-

201

cional. Echaba de menos a Carlotta y a Ross y añoraba el orden de su vida pasada. Ahora ya está de vuelta.

Euan McCorkindale todavía no sabe si volverá o no a sus obligaciones como podólogo en el Royal Infirmary cuando acabe su excedencia. Todo está aún en el aire. Tras instalarse en un hotel de una cadena económica pero limpia de Grassmarket, su siguiente acción fue reinstalar la aplicación de Tinder en el teléfono.

Después sale a pasear y se mete en una cafetería y se sienta enfrente de Holly, una recién divorciada de treinta y cuatro años con dos hijos. Ella dice que no quiere nada «demasiado serio» en este momento de su vida. Euan se da cuenta de que está vendiendo su imagen demasiado bien en este tipo de encuentros, aunque no necesariamente con mentiras —las mujeres suelen considerar que su trabajo como podólogo es lo bastante interesante y peculiar—, sino potenciando lo que ya tiene, amplificando sus cualidades. Durante un tiempo fue a clases de español con Carlotta para prepararse para un viaje. Después ella no quiso continuar, no les veía sentido. Como tiene previsto retomarlas, Euan se describe como «hablante de español». Y aunque solo haya jugado un par de veces con colegas del trabajo, se pinta como «jugador de squash». La vida es cuestión de percepciones, tanto de uno mismo como de los demás. Puedes infravalorarte o puedes reivindicar algo, poseerlo y hacerlo tuyo.

Holly es una gran candidata, pero Euan se va una hora y veinte minutos más tarde, con apenas un beso en la mejilla. *No les des todo a la primera: si están buenas y quieres follártelas más de una vez, crea expectativas. Luego cepíllatelas hasta sacarles el alma por la boca, que se queden con ganas de más.* Resulta de lo más desalentador que las palabras de Simon Williamson, tan extrañamente contenidas, resuenen en su mente. *¡Ese salido psicópata sigue guiando mis pasos! ¡Marianne tenía razón!*

202

El ánimo de Euan se hunde aún más, a pesar de que llega a calles más luminosas y cálidas. Se acerca el verano, el huésped más esperado de Escocia, el último en llegar y el primero en irse. Euan no tiene muy claro adónde va, pero lo sabe en cuanto llega. El mismo lugar donde estuvo el día anterior, un edificio en una calle lateral con un cartel naranja que dice SAUNA Y MASAJE SENSITIVO.

Por suerte, Jasmine, a quien visitó la tarde anterior, tiene el mismo turno. Esta vez lo lleva a la «suite especial para clientes preferentes». Resulta bastante impresionante. No hay cama, solo enormes cojines rojos de todas las formas y tamaños amontonados en el suelo e iluminados con focos. Hay una pantalla de televisión muy grande en la pared y, al otro lado, una cortina de terciopelo rojo de lo más teatral. Los cojines, a pesar de su decoración de bordados de oro, están ahí para facilitar diversas posturas sexuales. Algunos tienen forma de cuña, otros son rectangulares, y Jasmine sabe bien cómo sacarles partido. Euan está excitado, pero nota algo raro en el comportamiento de la chica. Jasmine parece tensa y preocupada; tiene la mirada distraída, teñida de inquietud, cosa que contrasta con la mujer entregada, alegre y eficaz que le prestó servicio el día anterior en una habitación mucho menos salubre. Se pregunta si será un error de protocolo visitar a la misma chica dos días seguidos, si eso lo marcará a ojos de ella como un ser desesperado, trastornado o ruin. Entonces percibe otra presencia en la sala. Se vuelve y ve a un hombre vestido de traje junto a ellos, con el rostro duro y artero, todo ángulos agudos. Aunque no hace calor, el hombre está sudando y se frota el cuello con un pañuelo. Euan se da cuenta de que ha estado detrás de la cortina roja, que ahora está abierta y revela un escenario pequeño. «¿Qué...? ¿Qué es esto...?», y cesa su actividad. Mira a Jasmine y luego al intruso amenazante.

«Siento la interrupción, pero ya tenemos bastante para

una grabación vip.» El hombre señala a una cámara de seguridad encima de la puerta con un piloto rojo que parpadea. Ni siquiera la había visto.

«¿Qué está pasando?» Euan dirige sus ojos a Jasmine, que no le devuelve la mirada. Tras desmontarla, ella se va a toda prisa de la estancia.

«¿Doctor Who? Bienvenido a la Tardis.» El hombre exhibe una sonrisa nefasta y acosadora. «Soy el dueño del local. Me llamo Syme. Victor Syme.»

«¿Qué quieres? ¿Esta es tu forma de hacer negocios?»

«Quiero que vayas a ver a tu cuñado. Al City Café de Blair Street. Tienes media hora. Él te contará todo lo que tienes que saber.»

La burlona firmeza de ese hombre lo hiere en lo más vivo. Guarda un lúgubre silencio, pero sus penetrantes ojos verdes dicen más que las palabras. En un intento de recuperar cierto control de la situación, Euan recurre a su voz profesional. «¿Por qué me has grabado? ¿Qué tiene esto que ver con Simon?»

«No me gusta repetir las cosas, doctor. Si me obligas a hacerlo de nuevo, vas a tener que decirme a qué servicio de urgencias prefieres que te mande», responde Syme en tono frío e inanimado. «Lo diré una vez más: City Café en Blair Street. Vete ya.»

Atenazado por su propio silencio, el podólogo desnudo recoge su ropa. Nota la constante mirada del proxeneta sobre él y siente alivio al salir.

De camino al City Café, el cerebro de Euan es un revoltijo de confusión. Con un violento nudo en el estómago constata que su terrible situación acaba de volverse aún más peligrosa. Se trata de un chantaje, no cabe duda. La idea de que Carlotta lo perdone es como una frecuencia de radio esquiva que su mente sintoniza solo de vez en cuando. A veces reina un silencio sepulcral, otras resuena un mar de infinitas y hermosas posibilidades. La confusión de viajar al extranjero, seguida de la ambivalencia de los últimos días, en Tinder y en las saunas, el incesante tránsito entre la euforia y la desesperación, todo eso de pronto parece un simple entrenamiento para el nuevo horror que aún queda por desplegarse.

Tenía que haberme pasado el año entero viajando por el mundo, irme de putas hasta reventar. ¿Por qué habré vuelto? Pero dar rienda suelta a sus más bajos instintos solo ha empeorado las cosas. *Quizá debería volver a trabajar,* piensa, *alquilarme un piso, ejercer de padre con Ross los fines de semana y vivir como un soltero fornicador,* una vida que sin duda sentía, bajo el umbral de la conciencia, que le habían negado sin motivo. Incluso con la intervención de Syme y la espantosa grabación, esto último sigue pareciéndole la línea de actuación más racional.

Pero debe pensar en Carlotta, su preciosa Carra... Aunque es obvio que ha quemado las naves en ese frente. Ha cometido errores fatales. Por mucho que quieran, su mujer y su hijo han visto aquellas imágenes perversas y horribles y ya no hay vuelta atrás. Hasta a él le dieron asco: la piel colgándole de los brazos, el cinturón de grasa en la parte baja del vientre, los ojos brillantes y saltones. Y luego había desaparecido de la faz de la tierra durante meses. ¡Y ahora van a volver a ver al padre y marido modélico, pero esta vez con una prostituta!

¡La madre que parió a Simon!

Entra en el City Cafe y siente rabia al ver, sentado a una mesa de la esquina, al hombre que le ha ocasionado todos los tormentos y le ha ofrecido una retorcida liberación. Simon David Williamson alza la vista y le sonríe con tristeza. Observa a Euan mientras le da vueltas al tazón de café americano que tiene en las manos.

«¿Qué cojones está pasando, Simon? ¿Por qué estás aquí?»

«Carlotta me pidió que te buscara», responde Simon Williamson. «Llevo viniendo aquí todos los putos fines de semana», exagera, «cuando debería dedicarme a mi negocio. Colleagues Londres y, posiblemente, Colleagues Manchester. Pero no Colleagues Edimburgo. ¿Sabes por qué? Porque así no hay manera de montar Colleagues Edimburgo...» Se detiene de golpe porque parece ver de verdad a Euan por primera vez. «Qué flacucho estás», añade, y le sorprende haberlo dicho con un marcado acento escocés.

«He estado de viaje», dice, incapaz de evitar un deje triste en la voz. «¿Cómo están Carlotta y Ross?»

«Te largas a Tailandia y no los llamas. Te esfumas de la puta faz de la tierra. ¿Cómo cojones te crees que están?»

Euan deja caer la cabeza, avergonzado y triste.

«Seguro que allí has estado todo el día de putas, y aquí tres cuartos de lo mismo.»

Euan alza la mirada hacia Simon. Se ve a sí mismo en los ojos de su cuñado, viejo y agotado, lastimoso y roto. «¡Y ahora tu amigo Syme me ha grabado en vídeo con una prostituta!»

Simon Williamson mira a su alrededor y se fija con acritud en el establecimiento y sus parroquianos. El City Cafe no ha cambiado, pero parece haber perdido su esplendor, y la clientela ha envejecido con él. Menea el teléfono. «En primer lugar, no es mi amigo», afirma de modo enfático. «Pero, sí, ha disfrutado mucho contándomelo. Le pedí que estuviera pendiente por si aparecías, pero no pensé que fueras tan tonto. O que él cayera tan bajo. Os he sobreestimado a los dos. Tenías que haberte quedado en Tailandia, joder.»

«¿Qué quieres decir?»

«Quiero decir que la has cagado a lo grande. Para ser un caballero, hay que ser discreto. Y esta vida, Euan, no es propia de ti...»

«Obviamente, es propia de mí porque es la vida que tengo ahora mismo.»

Williamson alza las cejas. «Sí, eso me ha contado Syme. Una autoridad proverbial en estos asuntos. Voy a parafrasear a James McAvoy en su papel de Charles Xavier en *X-Men: Primera generación*: "Ir de putas no te traerá la paz, amigo".»

Euan se enfrenta a los ojos de su cuñado con una mirada fría e implacable. «Voy a parafrasear a Michael Fassbender para dar la respuesta de Magneto: "No ir de putas nunca fue una opción".»

Sick Boy ríe con fuerza y se mece hacia atrás en la silla. «Hay que joderse, he creado un monstruo», dice; después se inclina hacia delante, con los codos sobre la mesa y la cabeza en los puños. Adopta un tono serio. «Nunca pensé que diría estas palabras, pero, por Dios, piensa en tu mujer y en tu hijo.»

«Eso he estado haciendo. Por eso no me he quedado en Tailandia. Necesito verlos...»

«¿Y qué pasa?»

«Pues que estoy intentando asumir el tipo de hombre que realmente soy y creo que están mejor sin mí. Siento esos deseos desde hace años. La diferencia es que ahora actúo en consecuencia.»

«Esa es una gran diferencia. Es una diferencia fundamental. Así que deja ya la mojigatería.»

«No sé si puedo dejar de ver a otras mujeres.» Euan menea la cabeza con tristeza. «Se ha desatado algo dentro de mí.»

Williamson mira a su alrededor. Hay un DJ al que recuerda pinchando música de la buena hace años, pero ahora está sentado en la barra, hecho polvo y medio borracho, dándole la chapa a un camarero más joven, elogiando la fastuosidad de Pure, Sativa, The Citrus Club y los Calton Studios. «Haz como los católicos.»

«¿El qué?»

«Mentir. Ser un puto hipócrita.» Williamson se encoge de hombros. «Nunca me he zumbado a tantas mujeres en mi vida como cuando estaba casado con la madre de Ben. Me tiré a la suegra, a la hermana pequeña... Si hasta me cepillé a la muy puta de la dama de honor la noche antes de la boda... Se la habría metido a su viejo si hubiese tenido coño. De hecho, a mí lo que me habría gustado es drogar al muy imbécil, someterlo a una operación de cambio de sexo para que fuese follable, luego lo habría convertido en mi putita y lo habría tratado con la punta del pie», declara, visiblemente excitado solo de pensarlo.

Euan comparte una carcajada de culpabilidad, sin duda una muestra de lo bajo que ha caído, antes de reflexionar con triste resignación: «Mi vida es una mierda...».

«Escucha, colega, tienes que volver y arreglar las cosas.»

«No es posible. Has visto el vídeo. Fuiste testigo de su reacción. Carlotta estaba que echaba chispas, hecha polvo y muy desilusionada», gimotea Euan, negándose a bajar la voz, a pesar de que dos parejas se han sentado en la mesa de al lado. La espuma sale de un rasgón en el asiento de cuero entre ellos.

«Estaba en estado de shock, so capullo», declara Simon. «La gente se adapta a todo. No estoy diciendo que tú seas el hombre perfecto para ella ni que ella vaya a estar cien por cien bien contigo, pero necesita verte. Han pasado meses. Ha tenido tiempo para procesarlo todo.»

Estas palabras proporcionan a Euan una pizca de consuelo. «Sí», acepta. «Tienes razón.»

«¿Y?»

«¿Y qué?»

«¿Quieres volver a la vida familiar normal?»

«Pues sí.»

«¿Y quieres seguir follándote a todo lo que se menea?»

Euan rebusca en su corazón. Temblando, mira a Simon. Asiente con tristeza. «Pero, gracias a tu amigo Syme, lo primero ya no es una opción.»

208

«Está claro que no podemos permitir que Carlotta vea ese vídeo», dice Simon. «O todo habrá terminado», y le pasa el teléfono a Euan, que se sorprende al ver una imagen de sí mismo follándose a Jasmine en la sauna, hace apenas treinta minutos.

«¿Cómo lo has...?»

«La tecnología va a matarnos a todos.» Williamson arruga el entrecejo, como si hubiese tenido un recuerdo desagradable. «Puedo hacer que Syme borre esos vídeos. Pero tienes que trabajar conmigo. Eso significa que tienes que hacerle un favorcito. Si no, dice que lo va a colgar online, y esta vez no solo lo verán Carlotta, sus amigos, Ross y sus compañeros de clase, sino todos tus colegas y pacientes. Se harán una idea del tipo de hombre que eres. Un error puntual es una cosa. Un mujeriego, pervertido en serie, exhibicionista y putero es otra muy distinta.»

Euan se recrea en su desgracia. Las imágenes con Marianne fueron devastadoras para la familia. Pero este vídeo lo vería el mundo entero. La credibilidad que ha construido con los años se iría a pique y quedaría humillado ante toda la profesión, sería un hazmerreír, un paria... Se esfuerza por dar sentido a su pesadilla. «¿Cómo? ¿Por qué? ¿Por qué yo? ¿Qué quiere Syme de mí?»

Su cuñado pasea la mirada por todo el bar y suspira.

«Ha sido culpa mía. Carlotta me pidió que te buscara y estuve enseñando tu foto por las saunas. Syme se enteró y vino a buscarme: quería saber por qué preguntaba por ti. Es obvio que al principio pensó que era poli, luego algún tipo de chivato. Le conté la situación y se me escapó que tienes conocimientos médicos, y en ese momento se mostró interesado. Entonces tú desapareces del mapa durante meses y yo me quedo aquí aguantando al puto payaso asesino, que se cree que estamos en el mismo barco. Luego vuelves y te descubre zumbándote a una de sus putas en la sauna. Marronazo.»

«Y él..., el tal Syme, ¿quiere que les eche un vistazo a sus pies?»

«Tiene un trabajo para ti.» Simon Williamson ve una cuadrilla de chavales jactanciosos que entra en el bar. Y dice con un acento fronterizo estilo lejano Oeste: «Algún trabajito médico, supongo». Al ver que Euan ni se inmuta, añade abruptamente: «Es todo lo que sé».

«Pero no acabo de ver cómo... ¡¿Cómo puedes estar haciéndome esto?! ¡Es chantaje! ¡Somos familia!»

Los rasgos de Simon Williamson parecen convertirse en fría piedra. Habla con un ritmo marcado. «Te voy a dejar una cosa bien clara: yo no te estoy chantajeando. Ojalá fuera así, por el bien de los dos. Un cabronazo muy peligroso nos está dando por el culo a ti y a mí. No tenías que haber ido a las saunas, Euan. Yo te podría haber proporcionado un buen...»

«¡Lo que tú proporcionas ya me ha arruinado la puta vida!»

«Mira, la hemos cagado los dos.» Simon se da una repentina torta en la frente. «Podemos acusarnos el uno al otro hasta el fin de los días o podemos intentar solucionarlo. Yo sugiero la segunda vía de actuación. Si no estás de acuerdo, te invito a discutir el tema contigo mismo. Yo paso.»

Euan se queda mudo ante la fría lógica de Simon Williamson.

«La cosa está jodida, pero tiene solución.»

«¿Qué quieres que haga?»

«Yo, personalmente, no quiero que hagas nada. Pero parece que el mierda este, y le llamo así con conocimiento de causa, necesita de tus habilidades médicas. Para qué, ni me lo imagino.»

Euan observa a su cuñado. «¿En qué clase de mundo estás metido? ¿Qué tipo de persona eres?»

Simon Williamson lo mira con ofendido desprecio. «Estoy tan desesperado como tú, y quien me ha metido en este mundo has sido tú y tus canas al aire.»

«¡Tú me pusiste MDMA en la copa! Todo esto empezó por culpa de las putas drogas...»

«¡Que os den por culo a ti y a tus problemas del primer mundo! Si todos los tíos casados que se ponen de éxtasis se follaran por el culo a la primera psicópata sexual que les sonriera, no quedaría ni una sola relación en toda Gran Bretaña que mereciera la pena. O le echas un par de huevos y solucionamos esto, o todo, tu familia, tu trabajo, tu reputación, se va a ir a la puta mierda.»

A Euan le empiezan a dar temblores. Sujeta con fuerza la copa de vodka con tónica. Se lo bebe de un trago. Pregunta a Williamson: «¿Qué tengo que hacer?».

16. DE ENTRE LAS SOMBRAS

Durante algún tiempo, figuras anónimas y sombras de identidades casi indistinguibles han estado atormentando a Danny Murphy. Salen de los pubs de Leith Walk para echarse un cigarro, pasean en pareja o en grupo por los lugares que él frecuenta, o lo miran amenazantes tras las ventanas sucias de algún autobús. Su corazón se encoge expectante cuando oye el eco de unos pasos acercándose por las escaleras, aunque luego se extingan en el piso de abajo, o pasen de largo rumbo a la planta superior. Pero, a medida que se suceden los días, va notando que cada vez le perturban menos. Los improbables supuestos de tranquilidad que había formulado y magnificado en su mente están empezando a ganar terreno. Quizá el motorista se estrellase y la caja se abriera, y se pensaran que eso estropeó el riñón. Quizá él no estaba en el punto de mira.

Una tarde, todo eso cambia. Mientras ve la tele en casa con el perro, oye los habituales pasos en la escalera. Pero esta vez hay algo en ellos, quizá el peso o el ritmo, que indican un propósito pavoroso. Toto tiene la misma sensación, pues mira a su dueño con pena y emite un gemido triste, casi inaudible. A Danny Murphy casi se le sale el corazón por la boca y suspira con alivio cuando abre la puerta al inevitable Mikey Forrester. «Mikey», dice.

A Forrester le llega la cara al suelo, o casi. Tiene las manos entrelazadas. «La has cagado por todo lo alto. Le has costado a mi socio Victor Syme una pasta gansa y...»

Como si lo hubiesen llamado a escena, un hombre aparece en ese momento detrás de Mikey, el cual le deja paso, como muestra de tímida deferencia. Mientras que lo de Mikey es puro teatro, Victor Syme exhibe un amenazante aire reptiliano y usa las palabras certeras de un hombre acostumbrado a este tipo de conversaciones. «¡Tú! Has intentado engañarme», dice señalando a Spud.

«Lo siento, tío», suelta Spud desesperado, dando un paso atrás mientras Forrester entra y cierra la puerta. «Fue un accidente. ¡El perro tiró la caja de hielo y se comió el riñón! Me acojoné, sí, pero te voy a compensar...»

«Ya te digo», dice Victor Syme, y seguidamente se dirige a Forrester. «O sea, ¿que este es el tío por el que ponías la mano en el fuego?» Mira el pasillo, examinando con asco el desorden. «Un yonqui de mierda.»

«Para serte sincero, no pensaba que estuviera tan mal, Vic. Pensaba que...»

«Calla la puta boca, Mikey.» Syme corta a Forrester con una mano levantada y cerrando los ojos, como si no se fiara de sí mismo ni para mirar a su supuesto compañero de negocios.

El atronador silencio de Mikey es la ominosa confirmación de que esto no va a acabar bien para Spud. Victor Syme se acerca a él como si se deslizara con ruedines, y lo arrastra hasta la ventana. «Bonitas vistas.» Observa la actividad de la calle, apenas perceptible por la cantidad de roña que tiene el cristal.

«Sí, supongo...», dice Spud, moviendo la cabeza bruscamente. Le sale sangre de la comisura de la boca. Ve que Syme se ha dado cuenta. «Es por el *speed*, lo necesito para no privar tanto.»

«Sí, las vistas de aquí dentro no son tan bonitas», dice con una sonrisa el proxeneta mientras mira al montón de botes vacíos de sopa de fideos chinos.

«Sé que las sopas instantáneas no son buenas y que no debería comerlas...»

«Tonterías, tienen todo lo que necesitas. Los chinos viven muchísimos años.» Se vuelve hacia Mikey. «Piensa en el maestro de *Kung Fu*.»

«Bueno, puede ser», dice Spud con una leve sonrisa.

«¿Qué ves ahí fuera, colega?», pregunta Syme, intentando imaginar cómo sería ocupar la mente de un hombre como Daniel Murphy, buscando entender cómo sería ver el mundo a través de sus ojos de ardilla, huecos e idos. El ejercicio lo llena de una repugnancia corrosiva y la sensación de que quitar de en medio a un pelagatos así constituiría un servicio a la humanidad. Pone un brazo sobre el hombro delgado y tembloroso de Spud y con la mano que le queda libre se saca suavemente una porra del bolsillo.

«No sé... Edificios, tiendas y esas cosas...»

Con un movimiento agresivo y predatorio, Victor Syme se aparta de un salto y sacude a Danny Murphy en la cabeza. Mikey Forrester, obligado a ser testigo, siente escalofríos de culpa y revulsión mientras el agresor murmura con los dientes apretados: «Y ahora, ¿qué es lo que ves?».

Spud emite un grito primario, abrumado por una arcada y por el dolor más espantoso, como si le hubieran abierto el cráneo, como si le estuvieran metiendo un clavo hasta el fondo del cerebro. Por suerte solo dura unos segundos; después siente que sale vómito de él y el suelo asciende a su encuentro.

Toto empieza a aullar y luego le lame la cabeza a Spud. La cara de Mikey se sonroja y le tiembla el labio inferior. Spud tiene los ojos en blanco, hundidos, y su respiración se ha convertido en un resuello suave pero audible. Syme coge al perro, que gimotea con tristeza. «Nunca he sido un hombre de perros», le dice a Mikey, cuyo rostro se ha vuelto de color gris fúnebre.

Una cortina de terciopelo rojo domina la gran suite subterránea del local que Victor Syme utiliza para sus negocios. El resto de la estancia sin ventanas, iluminada por una serie de focos de pie, está sembrada de cojines escarlata con bordados de cinta dorada. Yacen desperdigados sobre un suelo de tablones pulidos a chorro de arena. Otro elemento de la habitación: una gran pantalla plana de televisión fijada a la pared.

Victor Syme detiene de golpe las imágenes de la pantalla usando un mando a distancia. El dueño acaba de proyectar el vídeo de Euan McCorkindale en el que aparece realizando el acto sexual con Jasmine, y lo obliga a verlo en este silencioso purgatorio.

«¿Por qué me haces ver eso?», protesta el podólogo.

«Para hacerte saber, querido doctor», responde Syme, y su falso acento de salón de té en Morningside hace que Euan se estremezca, «que te tengo pillado por los huevos. Pero bueno, puedes librarte si juegas bien tus cartas.»

Euan no puede evitar caer en un silencio profundo y abatido.

Sick Boy, sentado en un rincón, se levanta de repente; mientras veía el vídeo iba soltando ocasionales suspiros desdeñosos que echaban sal a las heridas de Euan. «Estupendo. En fin, yo ya me voy, así dejo que los caballeros sigan negociando sus cosas, pues mis servicios ya no son necesarios.»

Una súplica trémula emana de la garganta de Euan: «No puedes irte...».

«De eso nada, tú te quedas aquí», secunda Syme de repente. «He oído hablar mucho de ti, amigo. Te vas a hacer cargo de este problema», exige a Sick Boy. «El que ha encontrado a tu cuñado he sido yo.»

«Sí, pero ahora lo estás chantajeando a él. Yo diría que estamos en paz.»

«Las cosas no funcionan así.» Syme casi se presenta a sí mismo como si tuviera que hacer cumplir a regañadientes las leyes opresivas propuestas por una tercera persona. «Sois vosotros los que tenéis que arreglar las cosas con tu hermana», añade mirando a Sick Boy, «y con tu mujer.» A Euan le dedica un guiño perturbador y perverso. «Y no vais a conseguirlo con este vídeo en circulación.»

«Por favor... ¿Cuánto quieres por él?», ruega Euan.

«Shhh», le acalla Syme. «Tu cuñado es el que entiende este mundo, doctor. Aquí tú eres un turistilla.»

«Que te den por el culo», dice Sick Boy con tono desafiante. «Yo no trabajo para ti.»

«Por supuesto que sí», canturrea Syme como si estuviera en una comedia musical navideña y descorre la cortina de terciopelo. Detrás aparece Spud, colgado boca abajo, atado y con una mordaza.

Sick Boy se queda sin aliento y da un paso atrás.

«Ahora depende de vosotros dos», dice Syme, y la lengua le asoma entre sus labios delgados y sin sangre. «Podéis salir de aquí. Pero si lo hacéis, se acabó lo que se daba para el tipo este.»

Euan echa la cabeza hacia atrás. «No tengo ni idea de quién es.»

Entonces Victor Syme muestra una tarjeta de visita de Colleagues que ha sacado del bolsillo de Spud y que obliga a Simon Williamson a admitir, en voz suave: «Yo sí».

«No te preocupes, que lo vas a conocer, doctor», dice Syme con un tono pomposo que a Euan le parece un mal presagio, al tiempo que esboza una sonrisa pálida y nociva que les hiela a los dos cuñados el alma. «Oh, sí, lo vas a conocer a fondo. Porque ahora tenéis trabajo que hacer.»

17. SPUD: CACHO DE CARNE

Voy andando por un cementerio, pero está cubierto de niebla. Veo lápidas, pero no leo nada en ellas. Toto está acostado junto a una tumba con las patitas sobre los ojos, como si estuviera lloriqueando. Me acerco e intento hablar con él, pero no mueve las patas. Leo la inscripción en la piedra. DANIEL MURPHY...

Joder, tío...

Entonces las patas de Toto bajan y veo que no es él, es un demonio con cabeza de reptil y me está mirando directamente...

Me doy la vuelta para huir pero los tipejos estos con las caras enormes y bulbosas me pegan una puñalada en las tripas...

¡¡¡¡¡NOOOOOO!!!!!

Cuando me despierto es como si la pesadilla siguiera, porque estoy en un sitio que no he visto nunca aunque me suena. Casi no puedo respirar. Un fuerte olor a pis me cosquillea las narices. Tengo que aguantar el dolor y el malestar que siento en las tripas para que la olla me obedezca las órdenes más básicas. *Abre los ojos borrosos. Que no se te vaya la lengua detrás del paladar...*

Joder, tío... Estoy en una cama, temblando como un pajarito. Tengo los ojos empañados como si estuvieran llenos de mierda, pero sigo parpadeando hasta que al final consigo enfocar. Hay una bolsa de plasma enganchada a un chisme de metal del que sale un tubo...

Qué cojones, colega...

No me puedo creer que el tubo este vaya directo a mi cuerpo, por mucho que el cerebro me diga que es cierto como la vida misma. Levanto las finas sábanas para ver adónde va el tubo, y lo sigo hasta una gasa que tengo en un lateral de la tripa. Pego un respingo. Me encuentro mal, me duele todo, y levanto la cabeza, intentando centrar la vista. Debajo de la pintura de color verde lima que cubre las paredes se intuye un papel pintado viejo. Y la moqueta granate del suelo está llena de manchas. El cuarto es setentero total, un viaje en el tiempo a los estudios y pisos de mala muerte que han servido de escenarios de todos los dramas del joven Murphy...

Siento náuseas y me tiembla el cuerpo... Joder, tío, esto me resulta muy familiar. El aire está rancio y viciado.

Oigo que alguien tose y de repente me doy cuenta de que hay más peña en la sala. Mikey Forrester está aquí, y el tal Victor Syme. Creo que me ha jodido pero bien. Menudo tiparraco, colega, su mal rollo llena la habitación. «Te has cargado algo de mi propiedad. Lo destrozaste. Lo dejaste inservible.»

«Fue un accidente...» Recupero la voz, todavía ronca, irritada, como si hubiera tragado cristales rotos. «¿Qué me has hecho...?»

Syme mira a Mikey, luego a los otros dos tipos que han salido de entre las sombras. ¡Uno es Sick Boy! El otro es el colega que vi cuando estaba colgado boca abajo, todo amordazado. «¡Si! ¿Qué ha pasado?» Tengo la voz áspera. «¿¡Qué ha pasado, Si?!»

Sick Boy se acerca con un vaso de agua. «Toma, Danny, bebe esto, colega.» Me ayuda a incorporarme y me lo pone en la boca. El agua tibia parece abrirse paso entre la baba reseca y los mocos que tengo en la garganta. Tuerce la boca, y sé que es por mi aliento. «Despacito», me dice.

«Os dejo para que lo pongáis al día», dice Syme a Sick Boy, y se va hacia la puerta. Gira el pomo y abre, pero se para y mira a Forry. «Procura que lo demás salga bien. Es tu responsabilidad, Mikey. No me decepciones de nuevo.»

Mikey está a punto de decir algo, pero parece que el pájaro se queda sin palabras, igual que yo, mientras Syme sale pavoneándose de la habitación.

Estoy cagado de miedo y aparto el vaso. Esto no está bien. Nada bien. ¿Y dónde coño está el perro? «Sick Boy..., Mikey..., ¿qué ha pasado?», digo.

Sick Boy y Mikey se miran el uno al otro. Sick Boy está detrás, y Mikey se encoge de hombros y dice: «Syme quería venganza por el riñón que te has cargado, así que se ha creído con derecho a quitarte uno a ti».

Me toco la herida. Miro el tubo. «No...»

«Era eso o...» Sick Boy se pasa la mano por la garganta. «Kaput. Hemos tenido que desplegar todo nuestro poder de persuasión, créeme.» Mira a Mikey. «Que te lo diga él.»

«Así es», asiente Mikey. «Has tenido suerte de que Syme tenga un receptor compatible contigo. Tenéis que coincidir, ¿sabes?»

«¿Queeé? ¡No me lo creo!» Intento incorporarme, pero me duele todo el cuerpo y no tengo fuerza en los brazos...

«Shhh, no hagas esfuerzos, colega», intenta arrullarme Sick Boy, echándome hacia atrás en la cama y dándome más agua. «Te lo ha quitado Euan», y hace un gesto en dirección al otro pieza, «que es mi cuñado, el marido de Carlotta, un médico cualificado. ¡Has estado en las mejores manos posibles, colegui!»

Y yo miro al tipo ese, pero él no me mira a los ojos. Está en plan evasivo, llevando la mirada de aquí para allá. Levanto la mano y le señalo. «Tú, ¿me has quitado el riñón?

¿Aquí?» Miro la absoluta suciedad que me rodea. «¡Eres un carnicero!»

«Me han arrastrado por la cloaca», dice el notas, negando con la cabeza, pero es como si no hablara con nadie. «Lo único que hice fue salir a tomarme una puta copa en Navidad, el día de mi cumpleaños...»

«¡LA CULPA ES VUESTRA!», grito, señalando a Mikey primero y luego a Sick Boy. «¡De vosotros dos! ¡Se supone que somos amigos! ¡Se supone que sois mis co-co-legas...», y siento las lágrimas cayéndome por la cara.

Esto es una puta mierda...

Mikey se gira avergonzado, pero no Sick Boy. No, él no. «Venga, va, échame la culpa. ¡El cabronazo de Syme iba a matarnos a todos! ¡A mí me ha metido en el ajo porque quiere vengarse de ti, porque le has hecho perder treinta mil libras con el dichoso riñón! ¡NO TIENE QUE VER UNA PUTA MIERDA CONMIGO!» Se golpea el pecho, furioso y con los ojos muy abiertos. Le tiembla la nuez cuando añade: «¡UNA PUTA MIERDA!».

«No lo sabía...», le digo. «Fue el perro, y no es culpa suya, no es más que un animalito... No entiende nada...»

«¿En qué coño estabas pensando al llevar al perro ese contigo? ¿Dejas un cacho de carne al lado del perro y te vas tan tranquilo?»

«Nada de esto tendría que haber pasado, Spud» Forrester apoya a Sick Boy. «No mencionaste que pensabas llevar al idiota de tu perro de viaje.»

«No tenía a nadie con quien dejarlo», digo con voz chillona. Entonces me da un ataque de pánico y miro a mi alrededor, acojonado. «¿Dónde está? ¡¿Dónde está Toto?!»

«Está bien», suelta Sick Boy.

«¿DÓNDE?»

«Lo tiene Syme en una de sus saunas. Las chavalas están haciendo de canguro. Lo tendrán a cuerpo de rey y estarán sacándolo a pasear todo el tiempo.»

«¿Cómo puedes dejar a un pobre perrito con ese hijoputa sanguinario? ¡Más vale que no le haga daño a Toto!»

«Toto es un seguro», dice Mikey.

«¿Seguro de qué? ¿De qué? ¡¡Qué quieres decir, Mikey?!»

Mikey no dice nada, pero mira a Sick Boy, que alza las palmas de las manos. «He sido yo, bueno, entre Mikey y yo hemos convencido a Syme para que no aplique el ojo por ojo. Nos ha costado lo suyo, el cabronazo es un sádico.» Mueve la cabeza de un lado al otro, y luego sonríe. «Pero en toda esta movida al menos hay alguna buena noticia.»

No me lo creo. «¿Qué? ¿Qué tiene todo esto de bueno?»

«Eshe riñón que Victor Shyme she ha llevado», empieza Sick Boy con su molesta voz de Bond, como si todo esto fuera una coña, «para un cliente... reshulta que al final no esh compatible con shu receptor.»

«¿Qué? ¿Dices que no hacía falta sacarlo?» Noto en mi propia voz que estoy lloriqueando. «¡Me lo habéis sacado para nada!»

«Sí, pero te lo podemos volver a poner.»

«¿Dónde...? ¿Dónde está?»

«En Berlín.» Sick Boy se mete la mano en la chaqueta, saca unos billetes de avión y los menea en mi careto. «Tenemos que ir a toda leche para que te lo vuelvan a poner. Estarás como nuevo, salvo por la cicatriz.»

«Como nuevo», murmuro para mis adentros con tristeza, mientras Sick Boy levanta una ceja mirando a Mikey Forrester y el matasanos llamado Euan se da la vuelta, diciendo algo tan bajito que no lo oigo.

«¿Qué ha dicho?» Le señalo. «¿Qué ha dicho el doctor?»

El tal Euan se vuelve y dice: «Hay que actuar rápido».

Yo suelto un quejido febril. Estoy ardiendo en el infierno, colega. Me siento fatal, no voy a llegar al avión ese rumbo a Berlín.

18. SICK BOY: DESENVAINAR EL SABLE

Acompaño a Euan, que no deja de fruncir el ceño, a su hotel y le advierto: «Nada de putas esta noche, amigo, haz el favor de dormir bien; mañana nos espera un gran día».

Euan se dirige exangüe y espasmódico hacia el ascensor que lo llevará a su solitaria habitación, en silencio. Yo vuelvo al creciente y próspero barrio de Colinton, a Villa McCorkindale, sin el hombre de la casa. Carlotta está pesadísima; tiene los ojos fuera de las órbitas –parece que le han arrancado las pestañas– y la mandíbula desencajada; cuando le veo la cara me acuerdo de aquella vez que me la encontré con sus amigas en el Rezurrection, el festival *rave* de Edimburgo. Joder, ¿cuánto tiempo hace ya de eso?

«Pero ¿cómo sabes que ha vuelto? ¿Lo has visto?»

«No», miento tras decidir que contarle la verdad solo serviría para comprometer aún más una empresa ya de por sí desesperada. «Pero tengo fuentes fiables que aseguran haberlo visto.»

«¿Quién? ¡Dime quién lo ha visto!»

«Varias personas. Se montó en el taxi de mi colega Terry.» Otra mentirijilla piadosa e inofensiva. «Saliendo del Filmhouse. Mira, por eso he venido, para encontrarlo.»

El brillo mate de sus ojos saltones me indica que Carlotta va hasta las cejas de lo que sea. Tiene el pelo negro grasiento y empiezan a asomar raíces en su melena, algo que jamás habría consentido antes. «Esto nos está destrozando...», alega, y su voz es como el chirrido de un ataúd abriéndose.

«Mira, lo que pasa es que estás estresada. ¿Por qué no te acuestas un rato?»

Sus labios se arquean hacia abajo y rompe a llorar. Me acerco a ella y se derrumba como una marioneta con los hilos cortados. Tengo que llevarla prácticamente en brazos a su cuarto: subo las escaleras, la echo en la cama y le beso la frente sudorosa. «Ya me ocupo yo, hermanita», le digo. Aunque está drogadísima, Carlotta sigue con cara de perro apaleado y me mira desde debajo del edredón como una fiera acorralada a punto de atacar. Qué alivio salir de allí. ¿A qué viene tanto melodrama? Me cago en todo, si todavía es una mujer de buen ver y podría encontrar pareja sin problemas. Encima, se quedaría con la casa y Euan le pasaría una manutención por el niño hasta que terminase la carrera, se independizase y empezase a trabajar en el apasionante sector de la venta al por menor. Entonces Carlotta podría reducir gastos y mudarse a un acogedor apartamento con un amante más joven, amén de hacer una escapadita sexual al año, a Jamaica tal vez, para desatrancarse las tuberías y mantener la pasión a flor de piel.

Nada más bajar las escaleras, Ross me tiende una emboscada; sus ojos implorantes se enciende entre un bosque de espinillas. Cada vez que veo al mamoncete me pregunta cuándo va a echar un polvo. Si se aplicasen debidamente las leyes de la selección natural, se quedaría virgen de por vida. Que es lo que tendría que haber hecho Renton. *Joder, esto me pasa por no respetar la naturaleza.* «Me dijiste que la próxima vez que vinieras.»

¡Salvado por la campana! Suena el teléfono, le hago un gesto para que se calle, salgo al jardín y atiendo la llamada.

¡Qué oportuno! Syme ha tenido al menos la decencia de echarme una mano con este asunto. «Ya tengo arreglo para tu problemilla», declara mientras me escondo tras el cobertizo, lejos de los ojos carroñeros del capullín que me está mirando por la ventana.

«Gracias, Vic», le digo al grano de pus con patas y empiezo a temblar del frío que hace fuera. «Te confirmo luego. Tal vez pueda darle solución con mis propios recursos. Aunque estoy algo apartado de la escena escocesa, todavía tengo una agenda de la que tirar», declaro mientras la putona de al lado, con sus tetazas, abre una ventana del dormitorio dejando que el «I Think We're Alone Now» de Tiffany se disperse en el aire. ¿Se me estará insinuando la muy zorrona?

Olisqueo la creosota del cobertizo mientras Syme murmura algo indescifrable. Podría haber sido un desdén o un halago. Ni lo sé ni me importa.

De modo que sucumbo a mi deuda de honor. Meto a Ross en un taxi —no el de Terry, ese hombre no tiene discreción alguna en lo que se refiere a la vida sexual de los demás— y nos dirigimos al mismo hotel en el que se quedó Rents; reservo una habitación en línea y llamo a Jill.

Poco después aparece Jill con una falda de tubo, un top de rayas blancas y negras, el pelo con un corte *bob* y pintalabios de color negro purpúreo. Los presento; los ojos de Ross tienen una erección, pero la expresión de ella roza el asco.

«Ni de coña», dice, me empuja a un lado y me susurra al oído: «¡Dijiste que era un empresario!».

Ross parece una especie de Aled Jones prepúber con la cara llena de granos que acaba de conocer a sus nuevos padres adoptivos: Fred y Rose West. «El chaval es un prodigio, una joven promesa, una especie de William Hague Júnior en la Conferencia del Partido Conservador.»

«No soy una pederasta», espeta Jill mientras los labios de Ross tiemblan.

224

«Las tías no pueden ser pederastas», le digo. «En la prisión de mujeres de Cornton Vale no hay ninguna ala reservada a depredadoras sexuales. Verás, es que aquí el amigo no ha desenvainado todavía el sable. Estamos hablando de un servicio social más que de otra cosa.»

«Vete a tomar por culo.»

«Pero bueno, guapa, qué poca profesionalidad», le reprocho mientras los ojos de mi querido sobrino se posan alternativamente en mí y en ella.

«Poca profesionalidad la tuya. Pensaba que Colleagues era una agencia de *escorts* de primera categoría, no un club de niñatos desesperados por echar un polvo», dice; luego se da la vuelta y se pira dando taconazos.

«Vale, vale», le digo a su figura en retirada, «podemos pensar en algo», pero Jill no me hace ni puto caso. De hecho, ya se ha largado.

Así que me veo obligado a hundirme de nuevo en el lodazal y aceptar la oferta de Syme. Es la única manera de cerrarle el pico al niñato. Ironías del destino, manda a Jasmine al hotel, la misma tipa que se folló el viejo de Ross. Supongo que hay cierta simetría poética en todo este asunto.

Jasmine examina a Ross. Mi sobrino es como un refugiado al que le enseñan su litera en Auschwitz.

«Voy a dejaros solos un rato», exclamo con una sonrisa.

Ross va a decir algo pero Jasmine lo coge de la mano.

«No pasa nada, guapo. Anda, háblame de ti.»

Esta tía sabe lo que se hace. Me largo al bar de abajo.

Y ya está; treinta y cinco minutos después, acompañado por mi tercera Stella –que va ya por la mitad– y *The Guardian*, veo a Jasmine bajar sola.

«Listo», dice. «Se está vistiendo.»

«Estupendo», le digo, y le doy otros veinte sobre la tarifa acordada. Me mira con un leve aire de decepción y se va. Si le llego a dar un billete de cien, me habría devuelto exactamente la misma mirada. Me faltó valor para decirle que era el hijo del tipo con el que había grabado el vídeo sexual, al cual está chantajeando su jefe en este momento.

Mi querido sobrino baja unos minutos después, aturdido y confuso. Es como si hubiera tenido la cabeza metida en una cuba de Clearasil toda la noche, lo juro. Como si, además de la lefa, le hubieran absorbido todo el pus.

«¿Prueba superada?»

Asiente, inexpresivo, y mete las manos en el bolsillo de su sudadera.

Salimos del hotel, cruzamos el puente de George IV y damos un paseo por The Meadows. Hace un día de primavera precioso. «Bueno, ¿y qué tal ha ido la cosa, colega?»

«Bien..., aunque no ha sido como yo esperaba. Al principio estaba nervioso, pero luego empezó a besarme y entonces...» Sus ojos se encienden, baja la voz y lleva la mirada hacia unos chavales que están jugando al fútbol en el parque. «Me chupó la polla. Me ha dicho que la tengo muy grande.»

Sí, sí, claro.

«Cuando se la metí y empecé a darle..., más por arriba que hacia dentro, me dijo que no se podía creer que fuera mi primera vez, ¡que tenía un don natural!»

Sí, sí, claro.

El sol está calentándolo todo, derritiendo la delgada capa de nubes. Ahora es más como verano. Saco unas Ray-Ban del bolsillo y me las pongo. Ross habla con un entusiasmo desenfrenado. «Que no se podía creer lo mucho que le había gustado, y que había conseguido que se corriera», exclama, y me mira con los ojos abiertos esperando mi aprobación mientras una mujer que va empujando un cochecito de bebé nos rebasa. «Que hacer el amor se me da genial y que cualquier chica se lo va a pasar en grande conmigo.»

¡Me cago en Dios, no sé qué le pagará Syme a esta muchacha, pero seguro que menos de lo que se merece!

«¿Le comiste el coño?»

La mandíbula de Ross parece tener un leve espasmo, una especie de recuerdo muscular. «Sí», dice, y se sonroja. «Me enseñó el bultito ese que está en la parte de arriba. En internet eso no sale nunca.»

«Porque te metes en las páginas equivocadas», le digo. «Pasa del típico porno para tíos. Entra en webs de lesbianas. Consejo número 1: las tres claves para ser un buen amante son bajarse al pilón, bajarse al pilón y bajarse al pilón. Consejo número 2: rodéate de mujeres, mujeres y más mujeres, joder. Trabaja con ellas. Métete en el mundillo de la peluquería, del bingo, de la limpieza, trabajos de ese estilo. Follar es una enfermedad asociativa. Consejo número 3: no hables, solo escúchalas. Y si hablas, que sea para interesarte por ellas, pregúntales educadamente lo que ellas piensan de esto o aquello.» Ross está a punto de decir algo y yo muevo un dedo en señal de silencio. «Tú escucha. Consejo número 4: evita la compañía de otros tíos; son el puto enemigo, seres inútiles y estúpidos. No son tus hermanos. No son tus colegas. No son más que obstáculos, y eso en el mejor de los casos. No vas a aprender nada de ellos, y se interpondrán en tu camino con sus putas mierdas.»

Observo cómo trata de asimilar toda la información.

Joder, tengo que fichar a Jasmine para Colleagues Edimburgo.

Hacemos una parada en una tienda y, para deleite de Ross, le compro unas zapatillas deportivas decentes. «La coartada para tu madre, por si te pregunta dónde hemos estado. Y también una recompensa por ser un fornicador de primera.» Le doy un codazo de buen rollo.

«Gracias, tío Simon», grazna el *gigolo* de Colinton, aún aturdido.

Cuando regresamos al rancho de los McCorkindale, Carlotta está ya despierta y le contamos que hemos ido a la tienda de deportes. Pero ella sigue dándole vueltas a lo de Euan, perdida en su propia desesperación. Esperemos que esta cuestión quede resuelta en breve. Compruebo el móvil. Por supuesto, tengo un correo de Syme con dos billetes de avión adjuntos, uno para Euan y otro para mí. Clase turista. Me meto en la web de la compañía aérea y cambio el mío por uno en *business* con cargo a la cuenta de Colleagues. Por supuesto, Carlotta sigue erre que erre, acechándome, intentando ver qué estoy haciendo. «Tengo una pista, mañana por la mañana será lo primero de lo que me ocupe», le digo.

«¿Qué tipo de pista?»

«Gente con la que he estado hablando. No quiero que te hagas ilusiones, Carra, pero quiero que sepas que estoy haciendo todo lo posible por encontrarlo.»

«No me dejes en ascuas.»

Le doy un suave golpe en la mejilla. «Como te he dicho, no es nada seguro», explico, y subo las escaleras tras optar por una retirada temprana.

Tras una noche de sueño bastante aceptable, me levanto en el frescor de la mañana y cojo un taxi hasta el aeropuerto. Sí, he quedado allí con Euan y con los demás para tomar un vuelo directo a Berlín. Le mando un mensaje a Renton:

¿Cuándo ibas a ir a Berlín?

Me responde casi al instante:

Ya estoy aquí. Tengo bolo esta noche en el Tempelhofer Feld.

Lo que son las cosas: cuando quería ajustar cuentas con Renton, no conseguía encontrar al muy hijo de perra ni a la de tres. Ahora, en cambio, nuestras estrellas están tan alineadas que no hay manera de quitármelo de encima.

Y allí están, en la terminal de salidas, puntuales como un reloj: Mikey Forrester, con una chaqueta marrón de pana Hugo Boss medio pasable y un maletín para el Mac colgado del hombro. A su lado está Spud, que parece un figurante de

The Walking Dead al que han rechazado por exceso de decrepitud. Murphy lleva una chaqueta verde medio raída y una camiseta del *Leave Home* de los Ramones que se está manchando de sangre y algo más, y eso que le han puesto un buen vendaje. Luego está Euan, igual de lerdo que siempre, algo apartado del resto, mirando ansiosamente el reloj. Tras pasar el control de seguridad, Mickey toma el turno de palabra y murmura algo sobre lo tarde que es.

«Tranquilidad, chicos», les digo, a pesar de que yo estoy de todo menos tranquilo; de hecho, no puedo estar más jiñado con respecto al cometido que tenemos entre manos. No obstante, el miedo es una emoción que no conviene expresar. Una vez que admites tenerlo, se propaga como un virus. Ha emponzoñado toda la vida política: quienes ostentan el poder llevan décadas inoculándolo en la población, convirtiéndonos en esclavos, haciendo que nos enfrentemos unos contra otros mientras ellos expolian el mundo a sus anchas. Como lo dejes entrar, estás perdido. Echo un vistazo a mis heterogéneos socios. «Parece que estamos todos.»

A Mikey se le cae el pasaporte y lo recojo. Al dárselo veo su nombre completo: Michael Jacob Forrester. «¡Michael Jaco Forrester! ¡Qué calladito te lo tenías!»

«Es Jacob, con *b*», protesta beligerante.

«Lo que tú digas», sonrío; arrojo mi bolsa a la cinta transportadora y me dispongo a atravesar el control de seguridad.

19. RENTON: EN BUSCA DEL PLATO PERDIDO

Nunca trabajes con un *jambo* del oeste de Edimburgo. La moral de una persona no puede salir indemne tras sumergirse en la mediocridad de las calles de Gumley, con esos bloques tan insulsos que ni siquiera causan desagrado, esos chalés aparentes pero cutres, y Gorgie-Dalry, un tumor que amenaza la ciudad, el paraíso de los bloques de pisos multitudinarios. Carl se esfumó después del cumpleaños y no había manera de dar con él. Al final lo encontré ayer en el club BMC, donde me hizo el favor de presentarme como «Es un puto *hib*, pero bueno» ante los ocupantes de aquel sórdido antro de maltratadores domésticos hasta arriba de farlopa y cerveza de tres al cuarto. Y lo peor es que tenía a Conrad y a Emily fuera, en la limusina, en Gorgie Road. Total, que cuando consigo meter en el coche a Carl, que aparte de las dos maletas de vinilos que pesan como su puta madre no lleva más que lo puesto y además desprende un olor entre váter atascado y cervecería local, el maestro holandés ruge: «¡Hueles que apestas! ¡Yo me siento delante!».

Así que culo gordo se sienta junto al conductor y yo tengo que meterme entre el maloliente Ewart y Emily, que no deja de sobarme el muslo. Carl no puede oler nada que no sea las sustancias rancias que obstruyen sus conductos y senos nasales, pero aún es capaz de mirar a Emily a través de una neblina alcohólica y somnolienta y dedicarme una sonrisita obscena y repulsiva. Luego se pone a cantar «Cumpleaños a mí», que acaba derivando en «Hearts, Hearts, Glorious Hearts» antes de quedarse frito.

«Puto segundón, siempre con las caras B», digo entre risas. El conductor de la limusina es *hib* y pilla el chiste.

Cuando llegamos a Berlín, Carl, que iba comatoso en el vuelo, vuelve a animarse de repente. Le pillo un par de camisetas de la tienda de Hugo Boss del aeropuerto. «Esta está chula», dice de una. Y, mirando a la otra, agrega: «Esta horterada no me la compraría ni mi madre». Se le levanta el ánimo cuando nos encontramos con Klaus, el promotor, en el bar del hotel. Como es veterano de la música dance, está flipando por el hecho de estar con Carl y nos invita de inmediato a farlopa. «¡N-Sign vuelve a la carga! Yo estuve en una fiesta a las afueras de Múnich. Una muy loca. ¡Un amigo tuyo... se subió al tejado!»

«Sí», dijo Carl.

«¿Cómo está ese tío?»

«Muerto. Poco después de eso se tiró de un puente de Edimburgo.»

«Vaya... Lo siento... ¿Por las drogas?»

«Todo en la vida es por las drogas, colega», dice Carl, haciendo señas para que le sirvan otra *lager*. La primera ni le rozó los labios, cayó de lleno en el depósito tóxico que hay en su interior. Este bolo puede salir como el culo.

Conrad empieza a quejarse porque su habitación es demasiado pequeña. El muy capullo está montando un numerito porque Klaus trata a mi paisano como si fuese una estrella. Y Emily está de morros porque el equipo de los chicos es mucho más importante que ella. Joder, estoy agotado y acabo de llegar. Este bolo va a salir como el culo.

El Tempelhofer Feld ocupa las instalaciones del antiguo

aeropuerto de Berlín, que cerró hace unos cuantos años. Están planeando convertirlo en un campo de refugiados. Actualmente alberga fiestas *rave* para niñatos, los exiliados culturales de la antigua, apergaminada y convencional sociedad capitalista que, incapaz de pagarles un salario digno, se dedica en exclusiva a chuparles la pasta a sus padres a golpe de deuda.

La terminal de la era nazi, considerada el edificio protegido más grande del mundo, es austera, imponente, lúgubre y preciosa. Sus hangares gigantes se curvan de forma imposible bajo un techo de vigas voladizas sin columnas. Desde que no hay vuelos está alquilada en su mayor parte, y uno de sus principales arrendatarios es la *Polizei*. Dos polis con ametralladora nos miran impávidos mientras nos internamos en el edificio con los bolsillos llenos de papelas de cocaína. Las oficinas están en un centro de control con cristaleras que dan a la gran pista y sus escenarios. Además de la pasma, las autoridades del tráfico aéreo de Berlín y la oficina central de objetos perdidos tienen aquí su sede. También hay una guardería, una escuela de danza y uno de los teatros de variedades más antiguos de Berlín. La peña que ha venido de fuera se queda boquiabierta ante esta extraña utopía que para los locales no tiene nada de especial. «Menuda choza», le reconozco a Klaus, que básicamente pasa de mí. Ahora que el festival ha dado comienzo se ha vuelto un puto fascista asocial que no hace más que dar órdenes a subalternos estresados. Me voy a comprobar que todo está en orden y me abro paso entre los fiesteros mientras la pista se va llenando. Un chavalito flaco al que nunca había oído se marca una sesión interesante. Le estoy pillando el punto. Me dirijo a la cabina del DJ, preguntándome si podré charlar con él al terminar, cuando veo que allí no hay mesa de mezclas. *Ewart. Este sitio no tiene mesa para vinilos. Mierda. Se me ha olvidado pedir platos.*

Vuelvo pitando al centro de control, de los nervios. Le

he dicho millones de veces a Carl que tiene que adaptarse a los nuevos tiempos. Él, por toda respuesta, se encoge de hombros y murmura algo en plan «ya nos las arreglaremos», normalmente mientras se prepara otra raya de coca. Seguro que Emily y Conrad no se acordarían de sus tarjetas SD y sus auriculares si yo no anduviese siempre detrás de ellos, pero son de otra época. De todos modos, la culpa es mía: tendría que haber mencionado esto en las cláusulas.

Nunca he tenido trato antes con Klaus, y le cuento nuestro problema con la mesa. Se ríe en toda mi cara. «¡Aquí llevamos más de una década sin platos de vinilo!»

«¿No tenéis ninguno aquí, en alguno de los escenarios?»

Me mira como si fuese retrasado y niega sin prisa con la cabeza.

«Me cago en la leche. ¿Qué hacemos?» La exasperación ha provocado que airee en público mis preocupaciones. Craso error. En este negocio hay que tragarse los miedos y las dudas. Siempre.

El organizador se encoge de hombros. «Si no podéis tocar, no podemos pagar. Otra persona hará la sesión.»

Carl, que está apostado en la larga barra de formica, ha oído el último diálogo y se acerca. El muy hijo de puta está ya hasta arriba de farlopa. Al menos eso vuelve superflua la siguiente pregunta que tenía pensado hacerle a Klaus. «Mark, tú eres representante, ¿no?»

Sé perfectamente dónde va a ir a parar todo esto, pero mi sino en esta vida es jugar este puto juego hasta el agotamiento. «Sí.»

«Pues represéntame, coño. Consígueme unos platos. No debería ser una misión imposible, esto es Berlín. Y aún queda mucho tiempo hasta la actuación. Ahora me voy a dar un voltio por el festival, a tomarme unas cuantas copas y a ver si me chupan la polla. Siempre me han gustado las pavas alemanas.»

Pues yo lo que me chupo es la ira, contra él, sí, pero también contra mí. Voy a ganar poca cosa protestando y dando rienda suelta a la impotencia, ya me ha pasado otras veces. Por mucho que me toque los cojones, el colega tiene razón. Mi trabajo es resolver problemas y en este momento tenemos uno bien gordo. Pero vaya, que menudo capullo. «Los DJ llevan sin usar vinilos desde que John Robertson era de los Hibs. Si hubieras evolucionado desde el puto 11-S, te habrías dado cuenta. Por eso tienes los brazos como un mono, de ir siempre con esas cajas. Lo único que necesitas es un USB, joder. Metes tu sesión en la mesa de mezclas, le das al *play* y te pones a mover los puños por el aire como un imbécil. En eso consiste ahora ser DJ. ¡Más tecnología y menos MDMA!»

Parece que Conrad y Emily se llevan mejor; buenas noticias: han estado trabajando juntos en el estudio. Aunque me preocupa tanto sigilo con respecto al tema. Espero que el puto gordo no esté cerrando un trato con otro. Se acerca, atraído por nuestra disputa, y menea la cabeza, ahogando una risita desdeñosa. «Qué poco profesional.»

Carl reacciona con un desprecio arrogante. «A lo mejor a otros les va ese rollo, hermano», dice mirándome, sin posar siquiera la mirada en la estrella holandesa, «pero eso no es ser DJ, al menos no para mí», canturrea a la defensiva. Pero está intentando esconder el hecho de que se siente avergonzado. Carl está cada día más como un pez fuera del agua y sé exactamente cómo se siente el pobre desgraciado.

Así que me largo del recinto y salgo a la calle, intento pillar algo de cobertura (cosa casi imposible con tanta gente enganchada al puto móvil) y ver si hay alguna tienda cerca que venda equipos de música. Al final aparecen las barras de cobertura en la pantalla y yo sigo andando en busca de algún barrio comercial, pero no parece haber nada en kilómetros a la redonda. El cielo se oscurece y está empezando a lloviznar.

234

Deambulo deprimido durante un rato, rumbo a un gran mercadillo.

No me lo puedo creer.

Por lo general veo menos que un árbitro escocés, al menos de lejos, pero la desesperación me ha concedido visión de rayos X. A quince minutos del recinto, en el mercadillo, hay un puesto de electrónica. Tengo que acercarme para confirmar que, detrás de frigoríficos de marca falsa, congeladores, amplificadores y equipos de música, ¡hay dos platos Technics de los antiguos! El corazón me va a mil por hora. Y lo que es aún más misterioso: ¡TIENEN AGUJAS Y CÁPSULAS! *¡Gracias, Dios! Gracias, Dios de la música dance de Edimburgo...*

Me acerco a un chaval que parece de Oriente Medio con una camiseta del Everton F. C. «¿Los platos funcionan?»

«Hombre, claro», responde. «Están como nuevos.»

«¿Cuánto?»

«Ochocientos euros.» Luce una expresión de extrema seriedad.

«Pero si son antiguallas», digo resoplando de risa. «Doscientos.»

«Son *vintage*», dice con total tranquilidad, arqueando las cejas, y estirando los labios para dejar al descubierto un par de incisivos de un blanco asombroso. «Setecientos cincuenta.»

«Ni de coña. Seguro que no funcionan siquiera. Trescientos.»

No se le altera ni un músculo facial. «Funcionan como si fuesen nuevos. Solo puedo bajar hasta setecientos. Parece usted nervioso, como si los necesitase de forma urgente. Debe considerar que le estoy haciendo un favor, señor.»

«Joder...» Escarbo en los bolsillos y cuento la pasta. Por suerte, los representantes siempre tenemos un buen fajo a mano en caso de que haya que sobornar a algún traficante, portero, taxista, segurata o madero. El mamoncete sonríe mientras me deleita con una serenata al coro de «Como nuevos, amigo mío, como nuevos...».

«Eres un puto mocoso manipulador y sin escrúpulos.» Le tiendo el efectivo y le paso mi tarjeta de visita repujada. «¿Has pensado alguna vez en hacer carrera en el mundo de la música?»

20. SICK BOY: EN *BUSINESS*

Ir en *business* es un placer total y absoluto. No tanto por las ventajas del servicio en sí, sino porque sabes que, durante las próximas tres horas, tu estatus es oficialmente superior al del resto. Acomodado en mi asiento, pongo cara de desprecio e impaciencia a medida que la plebe va desfilando en su paseíllo de la vergüenza hacia la tercera clase. Aparte de eso, es un lujo tener espacio y tiempo para pensar bien las cosas.

Al otro lado del pasillo hay un tío gay rubio con pantalón escocés apretado y camiseta azul de cuello redondo, hablando a voz en grito. La verdad es que me gustaría que Ben fuera un poco así. ¿Qué gracia tiene tener un hijo sarasa y que no sea irreverentemente afeminado? ¿Quién en su sano juicio querría llevar una insulsa vida heterosexual? La opresión es caldo de cultivo de luchas, que a su vez originan cultura, y sería una verdadera mierda que las maricas locas desapareciesen del mundo solo porque un hatajo de capullos estirados ha descubierto que la Tierra es redonda. Este chico, que tendrá unos treinta y cinco o así, tiene madera de estrella. Hasta los azafatos –que tienen pluma para dar y regalar– quedan eclipsados por su impúdica afectación. En aras de la deportividad, decido competir con él para ver cuál de los dos es el pasajero más refinado, extravagante e histriónico del avión. «Ardua tarea hacerse con un *apéritif* en este maldito vuelo.» Agito la mano lo bastante para indicar que no me faltan agallas, pero que también tengo la muñeca un poco floja.

La estratagema se vuelve contra mí cuando el soplanucas empieza a tirarme descaradamente los tejos al interpretar mis olimpiadas narcisistas como una forma de cortejo sodomita. «¡*Oh my God*, detecto sangre celta en ese acento!», exclama la reinona presa de la excitación.

«¡Por supuesto!», contraataco. «Supongo que es por el hecho de regresar al otro lado del Muro de Adriano por primera vez en mucho tiempo. Y yo que pensaba que mi Mel Gibson interior estaba muerto...»

«De eso nada, le aseguro que está vivito y coleando, sin el adorable tartán, eso sí.»

De repente aparece una azafata con copas de champán. «Un ángel misericordioso.» Me ventilo una al instante mientras cojo una segunda con la otra mano. «¿Le importa?»

La azafata sonríe con indulgencia.

«Va a tener que disculparme», me acerco la segunda copa de vino espumoso al pecho, «es que viajar me pone taaan nervioso.»

«Calle, calle», dice la reinona, y coge su copa, «yo sí que estoy atacado, que tengo a los perros en la bodega, dos labradoodles, y no están acostumbrados a viajar.»

Mientras apuro la copa de champán extra, el avión empieza a moverse, despegamos, y decido contarle a la mariquita loca la terrorífica historia de dos pit bulls que estaban en la bodega de un avión y uno acabó arrancándole la mandíbula inferior al otro. «El equipaje se movió y les cayó encima, y entonces empezaron a atacarse.» Me acerco y bajo la voz. «En estos vuelos no cuidan a los animales como es debido. Tiene seguro, ¿verdad?»

«Sí, tengo seguro, pero...»

238

«Pero el seguro no le devolverá a sus amigos peludos. Lo entiendo.»

Suelta un gritito de miedo cuando el avión se estabiliza y la señal del cinturón hace ping; yo me levanto para investigar qué tal andan las castas inferiores y dejo que el mariquita se quede rumiando la pesadilla en la que acaba de convertirse su vuelo.

La sección del avión correspondiente a la clase turista es el equivalente a un barrio bajo en el cielo. Spud está en el asiento de ventanilla, todo apretujado. Joder, ese zarrapastroso ejemplar del sur de Leith tiene cara de tener un pie en la tumba. Mikey está junto a él, tenso, y Euan va al otro lado del pasillo, absorto en sus pensamientos lúgubres y depresivos. Vaya mundo en el que vivimos: diez minutos cepillándote a una ramera por el culo y toda tu vida se va al garete.

«¿Cómo están los hombres del avión, los hombretones de verdad?», digo pestañeando de forma afectada; sigo en modo cancaneo gay a mil metros de altura. «Ahí están mis soldados rasos, aguantando como machotes en clase turista.»

«¡A mí no me hables!», grita Spud.

Shi ahora no quiere que le hable, verásh cuando she entere de todo el percal. «¡Pero si yo te he salvado el culo, so imbécil! A ver si te enteras de una vez: la cagaste tú, y mira que la tarea que te encargó el psicópata de Syme era fácil. Y tú...», me dirijo a Forrester.

«Yo soy su...»

«Lo sé, su socio.»

«Exacto», dice Forrester desafiante.

«¿Y cómo es que tú estás en *business*?», gruñe Spud. «¡Yo soy el que está enfermo!»

Al otro lado del pasillo, Mickey e incluso Euan salen de Villa Inopia y me lanzan una mirada acusatoria.

«Eh, ¿porque lo he pagado de mi bolsillo? En circunstancias normales habría estado encantado de compraros un billete en primera, chicos, pero el precio era prohibitivo. No podía cargarlo en la cuenta de la empresa, puesto que no sois empleados de Colleagues.» Hago una pausa. «Al fisco no le habría hecho mucha gracia y, francamente, no me apetece que venga un puto chupapollas a inspeccionarme: no, gracias.» Miro a Mickey. «Además, como socio distinguido de Repugnator Syme, pensaba que serías más del equipo de Kate Winslet que del de Leonardo.»

Chúpate esa, Forrester.

Vuelvo a clase *business* y la antigua reina de la vanagloria sigue aún callada y sumida en la aflicción. Como este mariquita acongojado apenas presenta ya interés para mí, opto por charlar con la azafata, la que nos trajo las bebidas. Creo que antes percibí en su mirada ese brillo sucio de folladora. Me pongo a hablar con Jenny, me la trabajo un poco y al final le pregunto si cree que tendría futuro una agencia de *escorts* masculinos como Colleagues para mujeres viajeras como ella. Dice que, en efecto, tiene posibilidades, e intercambiamos datos de contacto. El tiempo pasa de forma agradable, incluso cuando Jenny se ve obligada a ausentarse cada tanto para atender a los muermos malhumorados con los que comparto espacio. Entonces nos anuncian que vamos a aterrizar dentro de quince minutos. Así que me acerco un momento a tercera clase, ya que considero que es el momento adecuado para comunicarle a Spud la buena nueva.

El señor Murphy está en el séptimo sueño. Su cara, llena de legañas, mocos y babas, descansa sobre el hombro de Forrester, al que se le nota incómodo. Le doy un empujoncito para despertarlo y pega un respingo. «Daniel, *mein kompadren*, me temo que no hemos sido del todo francos contigo.»

Spud pestañea, se despierta y me mira confuso. «¿Qué... qué quieres decir...?»

Miro a Euan; tanto él como Forrester están tensos y preocupados. Me agacho en el pasillo y me giro hacia Spud.

«Digamos que nos hemos permitido una licencia poética para mantener la fortaleza mental del paciente y obtener su cooperación con el fin de completar la misión lo antes posible.»

«¿Qué...?», se toca la herida, «¿qué habéis hecho?»

«No te hemos quitado el riñón. No somos carniceros.»

Spud mira a Euan, y Euan se lo confirma: «Sigues teniendo tus dos riñones».

«Pero... ¿qué estoy haciendo aquí entonces? ¿Para qué vamos a Berlín? ¿Y esta herida de qué es?»

Sus agudos alaridos hacen que varias personas vuelvan la cabeza. Miro a Mikey y luego a Euan, me inclino hacia delante, susurro: «No es lo que hemos quitado, sino lo que hemos metido».

«¿Qué?»

«Jaco: unos cuantos kilos de heroína farmacéutica pura.» Me giro. Una gorda que tiene el oído puesto finge concentrarse en el jersey que está tejiendo. «Ahora mismo hay cierta escasez en Berlín. Parece ser que hubo una macrorredada hace poco.»

«¿Me habéis metido caballo?», balbucea Spud incrédulo; luego mira a Euan. Intenta ir a por mí pero Mikey lo retiene con firmeza en su asiento.

Mi cuñado es incapaz de mirarlo.

«En cuanto aterricemos me vuelvo derecho a Escocia.»

«Tú mismo, colega, pero yo no te recomendaría esa línea de actuación», subrayo; hago un barrido visual y me acerco a Spud un poco más. «Tus fluidos corporales van a romper dentro de poco las bolsas de látex, y todo el caballo va a filtrarse en tu cuerpo. Aunque menuda forma de dejar este mundo. Hubo un tiempo en que hubiéramos firmado donde fuese por morir así. Y aparte... Toto sigue en manos de Syme, ¿recuerdas?»

Spud se sienta de nuevo, boquiabierto y con los ojos

como platos, tratando de asimilar el horror y la impotencia que le provoca la situación. Me da lástima. Fue tonto por aceptar el trabajo, imbécil por llevar al perro y subnormal por dejarlo sin supervisión y muerto de hambre al lado de la mercancía. El castigo, no obstante, como siempre ocurre con aquellos que sufren la enfermedad de la pobreza, es completamente desproporcionado. «¿Cómo has podido hacerme una cosa así?», le grita a Euan. «¡Eres médico, joder!» Se abalanza hacia el pasillo en busca de mi cuñado dando puñetazos al aire.

Mikey lo agarra y lo obliga a sentarse de nuevo. «¡Tranquilo, Spud, que se te van a saltar los puntos!»

La vaca tejedora nos mira para asegurarse de que el comentario no va dirigido a ella. Seguro que, cuando termine el jersey de mierda, se lo endosa a algún sobrino o sobrina, garantizándole a la pobre criatura palizas rituales en el recreo por subnormalidad.

«No es culpa mía», implora Euan.

Intento por todos los medios que Spud entre en razón. «¿Tú te crees que esto es cosa nuestra? Syme nos ha puesto una pistola en la cabeza, Danny. Tú sabes mejor que nadie cómo se las gasta. Iba a matarnos a todos, a nuestras familias, a todo puto hijo de vecino que nos hayamos cruzado alguna vez en Leith. ¡Tienes que entenderlo!»

Mikey se da la vuelta. «Socio comercial», murmura intentando engañarse a sí mismo.

«Pero esto... Todo esto está mal.» ¡Lo que faltaba! Ahora mi viejo colega Danny Murphy de Leith se pone a lloriquear en el puto avión. «¡Todo esto está mal!»

Le pongo los brazos alrededor de ese conjunto de huesos llamado hombros. «Lo sé, amigo, tienes razón, pero podemos arreglarlo...»

«Sí, está mal, pero ¿quién ha sido el que la cagó con la entrega, el que nos ha metido en todo este lío?», gruñe Mikey de repente, y se gira hacia su devastado compañero de viaje. «Sick Boy y yo solo estamos intentando arreglarlo.»

«Habla por ti», le digo. «A mí me están chantajeando. Amenazando. Tu socio me ha obligado a tomar parte en esta puta pesadilla.»

Mikey se hunde enfurruñado en el asiento.

«Y tu forma de solucionarlo es... chantajearme a mí», murmura Euan.

La azafata –no la encantadora Jenny con la que estuve charlando antes, sino una arpía varicosa al servicio de la plebe y a la que los escasos pilotos heterosexuales se han estado follado durante décadas hasta dejarla seca, sin tener que engatusarla siquiera con una copita– está justo delante de mí, con su careto de malas pulgas pegado al mío. «Por favor, vaya a su asiento. Estamos a punto de iniciar el descenso.»

Hago lo que me pide y pienso que mi descenso empezó hace tiempo, cuando tuve la estúpida idea de volver a Edimburgo a pasar la puta Navidad. ¡Me cago en la zorra pirada de Marianne! Decido que se la voy a devolver con intereses.

Es un alivio pisar tierra firme, especialmente para la reinona loca, que no deja de preguntarle al personal del aeropuerto por sus perros mientras nos dirigimos a la parada de taxis. En el taxi intento quitarle hierro a la situación y cuento la historia del mariquita y sus labradoodles, pero la historia se vuelve en mi contra, pues solo consigo que Spud se acuerde de Toto. «Como le haga algo a mi perro, lo mato, me da igual», berrea Spud. Creo que Murphy sería muy capaz de intentar algo así.

En el taxi pasamos por una zona de almacenes derruidos y casuchas, imagino que la antigua Berlín del Este, y me asalta la sospecha de que la clínica no será demasiado salubre. Pero ni siquiera este mal presagio consigue prepararme –tampoco a Euan, cuya mandíbula se desencaja ante la incredulidad– para el templo de la absoluta podredumbre al que llegamos. Nos apeamos en el aparcamiento de un edificio abandonado de tres plantas; las ventanas de los bajos están rotas y tapadas con tablones. Mikey, con el maletín de piel colgado al hombro, señala hacia un viejo portero automático de aluminio. Presiono prácticamente todos los botones hasta que suena un débil zumbido que me permite abrir la pesada puerta empujando con el hombro. Dentro apenas se ve nada. Me golpeo las espinillas con algo y, una vez que los ojos se acostumbran a la oscuridad, consigo distinguir un inodoro con la tapa de una caja de embalaje sobre el cagadero. Miro a Mikey, que me confirma avergonzado con la mirada que, en efecto, se trata de la «silla de ruedas» que iba a estar disponible en el «hospital». Spud se sienta en ella a petición de Mikey, el cual lo empuja despacio por el pasillo vacío y fantasmal. Se oye el crujir de cristales rotos a medida que lo atravesamos. Ojalá tuviera una linterna; las ventanas cegadas apenas dejan pasar luz a través de los intersticios que hay entre la pared y los paneles de madera. Se trata de un edificio institucional, quizá una antigua escuela o un psiquiátrico. Euan no deja de susurrar un galimatías entre dientes. Es como ver al secuaz de Pierre Nodoyuna, Patán, intentando recitar *La plenitud de la señorita Brodie* de Muriel Spark.

Nos metemos en un montacargas que huele a meado estancado, del que te sale cuando tomas alcohol muy ácido, de garrafón. Hasta un lerdo como Spud es capaz de darse cuenta de que el sitio no mola. «Esto no es un hospital...», lloriquea mientras se oye el crujido del montacargas subiendo hasta detenerse súbita y violentamente en la segunda planta. Recorremos otro pasillo largo y oscuro. Aquí las ventanas no están tan mal, pero tienen tal cantidad de mugre que solo las que están rotas dejan pasar la luz. Mikey rebusca en su male-

244

tín y saca una llave en forma de «T» enorme que abre una maltrecha puerta de acero reforzado; me recuerda al antiguo chutódromo de Seeker, en la azotea del bloque de Albert Street. Entramos en una habitación sucia y lóbrega con un suelo de azulejos rotos que parece una antigua cocina industrial, menos por el hecho de que hay dos camas de hospital con somieres metálicos. Sobre una de ellas está tumbado un tío muy gordo con rasgos como de algún país de Oriente Próximo que lleva una camiseta interior repugnante. Se incorpora de un brinco en cuanto entramos. Parece algo molesto y a la vez culpable, y tengo la impresión de que hemos interrumpido una sesión masturbatoria. Luego esboza una amplia sonrisa. «Parece que tenemos visita...», se ríe entre dientes, y nos saluda con las manazas. «¡Soy Youssef! De Turquía.»

Mikey y yo nos presentamos al otomano; por las ojeras que tiene es evidente que se trata de otro paciente cualquiera. Mientras tanto, Euan, horrorizado, no deja de mirar a su alrededor. «Esto es horrible. Este lugar es insalubre... Parece... Parece una sala de tortura medieval en vez de un quirófano», jadea. «¡Yo no puedo trabajar en estas condiciones!»

«Pues no te queda otra, doctor, o el paciente es historia», le digo mientras saludo al tal Youssef.

«Sácame esta mierda», espeta Spud con los ojos desorbitados. Se levanta del inodoro, se tumba en la segunda cama y seguidamente se quita la ropa hasta quedarse en calzoncillos. «Ya.»

«Mira», le digo desafiante a Euan. «Danny Murphy. Ahí está el tío, con dos cojones que no caben en todo Leith. Así que tú hazme el puto favor de ponerte a su altura.»

«Yo... no puedo...», suplica Euan, mirándome a mí y luego a Mikey.

«Pero, vamos a ver, ¿tú no decías que sabías operar?

245

¿Qué clase de médico eres?», grita Spud, y luego pone cara de dolor.

«Soy cirujano ortopédico.»

«¿Qué?», pregunta Spud, y se incorpora.

«Podólogo, si prefieres llamarlo así», dice Euan con resignación.

«¿Cómo?» Spud me mira. «¿Has traído a un callista para que me opere? ¿Para que me quite una bolsa de jaco de las tripas?»

«Sí, Spud, pero no te preocupes.» Me arranco un pellejillo de alrededor de las uñas. «Euan fue quien te metió la bolsa, así que te la puede quitar también», le digo intentando tranquilizarlo. *Necesito un piti desesperadamente.* «Vale, Euan, ponle la anestesia a Danny.»

«Yo no soy anestesista», grita Euan indignado. «¡Es una disciplina que necesita especialistas cualificados! Me dijeron que habría un anestesista.»

«Yo soy el anestesista», sonríe Youssef. Se levanta, se dirige al lavabo para lavarse las manos, luego se salpica agua en la cara y elige una bata y una mascarilla del perchero. «¿Empezamos?»

Euan me mira. «No podemos... No puedo...»

Mi cuñado me está poniendo de los putos nervios. «Vale. ¿Sabes qué es lo que no puedes hacer? Lo que no puedes es ponerte a decir "no podemos, no podemos" como un puto maricón.» Me giro hacia el resto. «Si hay algo que no soporto en la vida son los capullos que se acojonan bajo presión. Sí, estamos hundidos en la mismísima mierda. ¡Así que pongámonos manos a la obra y salgamos de ella cuanto antes, coño!»

Euan se lo traga. Mira a Spud y va a por una bata quirúrgica. Mikey y yo nos ponemos también nuestras respectivas batas y mascarillas. Youssef empieza a administrarle a Spud la anestesia. «Todo saldrá bien, amigo.» Sus ojos grandes y oscuros sonríen por encima de la mascarilla.

Youssef es el único que me da confianza. «Eso es un tío, joder», grito mirando a Euan y a Mikey. «Sed hombres.»

Mikey se enciende un pitillo.

«¿Estás loco?», jadea Euan.

Mikey lo observa con rabia efervescente durante un segundo antes de apagarlo, mientras Spud me mira lleno de pánico, me agarra de la bata y me tira hacia él. «Prométeme una cosa... Si no sobrevivo, cuida de Toto.»

En eso mismo estaba yo pensando. «Ese puto chucho es el que nos ha metido en este lío. Más que tú. ¡Más que nadie!»

«Prométemelo», me suplica Spud lleno de miedo mientras se hunde en la almohada y pone los ojos en blanco antes de cerrarlos. A medida que se va quedando grogui, le digo en un tono relajante: «Sí...», luego añado con brusquedad: «claro». El tormento sigue reflejado en su rostro mientras se sumerge en un sueño profundo.

Ahora que está inconsciente, Mikey saca el tabaco.

«Pero...», empieza a decir Euan.

«Comparte tu alegría, Mikey.»

«Solo me queda uno.» Me enseña el palito de cáncer solitario que hay en el paquete.

«Joder.» Me cago en su puta madre y luego miro al resto del grupo. «El gran problema es que no le hemos dicho exactamente lo que Syme nos ha pedido que hagamos...»

«¡Esto es una locura total y absoluta!», brama de pronto Euan en dirección al techo.

Este tío está perdiendo el control. Y este no es para nada el mejor momento. «Mira, fue tu cipote presbiteriano, calvinista y putañero el que puso en marcha todo este embrollo.» Zarandeo a mi cuñado por los hombros. «¡Así que ni se te ocurra rajarte ahora!»

Euan se zafa de mi agarre y me da un empujón. «¡A ver si se te mete en la puta cabeza que yo no hago nefrectomías!»

247

Este tío tiene que calmarse, me cago en todo. «Los principios de la cirugía son genéricos.» Bajo la voz hasta que casi no se oye y saco el portátil del maletín de Mikey. «En You-Tube hay un vídeo muy bueno que explica cómo extirpar un riñón.» Euan no da crédito, sus rasgos se desmoronan. «Te puede venir bien como guía.»

«¿Un vídeo de YouTube? ¿Estás de coña?»

«No te preocupes, amigo», sonríe Youssef. «Yo tampoco soy anestesista en realidad.»

A pesar de lo desesperado de la situación, al oír esto siento cómo bulle dentro de mí una risa descontrolada.

«¿Qué...?», jadea Euan.

«Bueno, yo anestesiaba animales en el matadero de Baskent, en Ankara. Allí tenemos normas de calidad muy estrictas. Es el mismo principio, lo que cambia es la dosis. Lo justo para que se duerman un poco, ¡pero no para siempre! He hecho esto muchas veces y todavía no he perdido a nadie.»

A saber si este cabrón está de broma o no, pero, de momento, diría que sabe lo que está haciendo. En fin, Spud tiene pinta de estar echando un sueñecito, no de haberla palmado. Mikey ha encendido el portátil, el vídeo está puesto, nos saltamos los primeros minutos de preliminares. «Espero que esto le suene a algún estudiante de Medicina», le digo a Euan.

«Pero tengo que verlo entero, necesito tiempo.»

«No tenemos tiempo. Vas a tener que ver el vídeo a medida que operas.» Pongo el portátil sobre el pecho de Spud, blanco como la leche y plano como un panqueque, y me alegro de tapar esos pezones absurdamente rojos que parecen heridas. «Tutorial sobre la marcha.»

Euan mueve la cabeza con resignación mientras Mikey y yo sacamos los materiales e instrumentos que nos va especificando: bisturís, abrazaderas y torundas.

Observo cómo el acojonado podólogo quita las repugnantes vendas dejando a la vista una herida con muy muy mala pinta. Ahora me estoy jiñando yo también; siento cómo la tensión –afilada como esos bisturís– me atraviesa el cuerpo. Estoy tentado de gritar «no sigas», pero, llegados a este punto, no hay vuelta atrás. Llevarlo a un hospital no es una opción. Nos quitarían el jaco de Syme y nos meterían en la cárcel. Y luego está la otra cuestión, el auténtico motivo por el que estamos aquí...

Euan está abriendo los puntos, y de pronto me doy cuenta de que el puto portátil se está quedando sin batería. El indicador de alimentación de emergencia está parpadeando. «Mierda... Mikey, dame el cargador», grito. «Casi no queda batería.»

Mikey asiente, va al maletín del portátil. Luego me mira. *Mierda, no puede ser.* «¿Qué...?», oigo la palabra salir de mi boca. «¡No me jodas!»

«Me dijiste que me trajera el portátil. No dijiste nada de cargador ni de cables.»

«¡Me cago en Dios!»

«No puedo hacerlo», suplica Euan con esa voz de niñita que me pone enfermo.

«¡Venga, equipo, que lo vamos a hacer genial!», nos anima Youssef con entusiasmo.

«Espera, voy a llamar a Renton», grito. «Está en Berlín. El festival está a veinte minutos de aquí. Él siempre lleva el Mac encima.»

21. RENTON: EL CARGADOR

Ya resulta bastante estresante llevar los platos y supervisar a un técnico por suerte muy alemán mientras los conecta a la mesa de mezclas y al ampli, pero es que encima Carl ha desaparecido por la puta cara. Me giro y me doy de morros con el cabrón de Klaus. «¿Dónde está tu DJ?»

«Ahora viene», le digo mientras miro el teléfono. Lo de este tío no tiene nombre.. Intento llamarlo y al final le mando un mensaje:

Ven echando leches para acá, por favor, colega.

Klaus se aparta el largo flequillo de los ojos para que vea su cara de exasperación y se aleja. Conrad está al otro lado, con una gran sonrisa dibujada en el rostro, y Jensen, que llegó en un vuelo posterior, está a su lado. «Estará ya hecho polvo. Se habrá hinchado de cocaína y de alcohol y se habrá largado. Sin dejar de pensar en su mujer, que en esos momentos se estará follando a otro», dice con malicia mientras Jensen suelta una risita malevolente: «Está acabado. No tiene futuro».

Lo último que necesito son los rollos que se trae el capullo este, y AAAGGGHHH...

¡Para colmo, me está llamando Sick Boy! Debería ignorarlo, pero, por alguna razón, cojo la puta llamada. La razón es que el muy hijoputa no parará hasta que responda o le bloquee la llamada.

«Mark, es una larga historia, pero estoy aquí, en Berlín. Con Spud y Mikey Forrester.»

«¿Spud? ¿Forrester? ¿En Berlín? ¿Qué cojones?» Me oigo soltando un enérgico suspiro. «Vale, la respuesta es sí. Podéis entrar en la lista de invitados. Os dejaré pases para los tres en taquilla», digo en tono tenso y brusco. Lo que me faltaba.

«La cosa no va por ahí, pero, si todo sale bien, serán bienvenidos. Ahora mismo lo que necesito es que traigas el cable de tu portátil, el de alimentación, del Apple Mac, ¿vale?»

«¿Qué?»

«¿Es un Mac?»

«Sí, es un Mac, pero...»

«Necesito que lo traigas a la dirección que te voy a mandar por mensaje. Necesito que lo traigas ahora mismo, Mark», recalca. «La vida de Spud depende literalmente de ello.»

«¿Qué? ¿Spud? ¿Qué coño pasa con...?»

«Escucha, amigo. Necesito que lo hagas y necesito que lo hagas ahora mismo. No estoy de coña.»

Por el tono de su voz me doy cuenta de que lo dice en serio. ¿En qué cojones se habrán metido? Llega el mensaje con la dirección. Según mis rudimentarios conocimientos de Berlín, está bastante cerca. «Vale, voy para allá.»

Cojo el Apple Mac y le digo a Klaus que necesito un conductor porque ya sé dónde está Carl. A regañadientes le hace una señal a un gorila cachas que se presenta como Dieter; salimos del recinto y vamos al aparcamiento, donde nos metemos en un monovolumen y ponemos rumbo a la dirección indicada. Cruzamos el río y nos metemos en un laberinto de callejuelas adyacentes a una zona enorme de raíles y vías muertas en dirección a Tierpark.

Tras unos veinticinco minutos Dieter aparca delante de un edificio industrial antiguo y oscuro de tres pisos, situado en una zona desolada. El débil sol se oculta tras el edificio, casi sincronizado con nuestra salida del coche. Hay un silencio sepulcral. Da mal rollo, pero la cosa empeora cuando llamo a un interfono hecho polvo y después, tras dejar al conductor, entro y recorro un pasillo oscuro que huele a cerrado y tiene cristales desparramados por el suelo. Al final veo lo que parece un fantasma, y un escalofrío me recorre la espalda, pero es Sick Boy, vestido con una bata esterilizada de hospital y una mascarilla. Ahora siento aún más curiosidad por saber qué coño está pasando allí. «Rápido», dice, haciéndome gestos para que entre en un viejo montacargas.

«¿Qué cojones?»

Me lo explica, pero está como poseído y no me entero de nada. Me esfuerzo por seguirle el paso mientras avanza a toda prisa por el pasillo y abre una puerta de acero. Lo sigo al interior. Un tío al que no conozco, con acento escocés, me lanza una bata y una mascarilla. «Ponte esto.»

Mientras obedezco, miro por encima de su hombro y apenas puedo creer lo que veo. Un hombre inconsciente está tumbado en una cama; lleva una bata de hospital y en su pecho descansa un portátil. *Tiene una herida en el vientre, sujeta por pinzas quirúrgicas.* Y un suero enganchado, en lo que parece ser un quirófano improvisado...

Joder, pero si es Spud Murphy...

Mikey Forrester también lleva bata, como el puto gordo ese, y el escocés al que nunca he visto antes.

«Rents», dice Mikey asintiendo.

«Pasa el cable... El puto portátil está a punto de apagarse», murmura Sick Boy.

Le paso el cable; él lo enchufa y echa el vídeo para atrás. No me lo puedo creer. ¡Sick Boy y Mikey Forrester, ni más ni menos, operando a Spud Murphy!

«¡QUÉ COJONES!», grito. «¿Qué es esto? ¿A qué coño estáis jugando?»

«Hay que hacerlo, a este gilipollas le temblaban las manos», gruñe Sick Boy, señalando al tío del acento escocés. «¡Menudo cirujano de mierda! Quédate o vete, Mark, pero calla la puta boca, porque tengo que concentrarme. ¿De acuerdo?»

«De acuerdo.» Oigo que las palabras brotan de algún rincón oscuro de mi alma.

«Soy podólogo», musita el tipo en tono lastimero sosteniendo la pinza. Sick Boy tiene razón: le tiemblan las manos.

«Tú cógele la pinza, yo hago el corte», le dice Sick Boy a Mikey, que, atención, se está fumando un piti. Mikey lo mira y le tiende el cigarro. El gordo está colocándole bien la mascarilla a Spud. Esto es como entrar en una pesadilla, y durante al menos cinco segundos me parece estar aún en el puto concierto, puesto de algo alucinógeno, o sobado, soñando, en la habitación de hotel. Sick Boy le hace señas a Mikey, le quita el cigarro de la boca y le da una calada. «¡Vamos al lío!»

«¡Cuidado!», le dice el podólogo. «¡Le está cayendo ceniza en la herida!»

«COÑO», suelta Sick Boy. «¡Mikey, limpia al puto cabrón ese, pásale la gasa!» Tira el pitillo y lo aplasta con el tacón. «Con suavidad...», dice, supervisando a Forrester, que está hurgando en el interior de Spud, «es solo ceniza. Marlboro, bajo en alquitrán», añade. «Vale, ¿tienes la pinza por ahí, Euan? ¿La ves? ¿Está en el mismo sitio que en el vídeo?»

«Creo... creo que sí...», farfulla el tal Euan.

«¡Menos creer y más saber! ¡Que estudiaste Medicina! ¡Y Cirugía, me cago en todo!» Los ojos de Sick Boy arden por encima de la mascarilla. «¿Está en el mismo sitio que en el vídeo o no?»

«¡Sí!»

«Vale. Voy a cortarlo... ahora..., ¿vale?»

«No sé, yo...»

«¡Te digo que sí! O nos quedamos aquí todo el día o corto de una puta vez. ¿Es aquí? ¡En el vídeo parece que sí! ¿Es aquí, Euan? Dime algo, joder.»

«¡Vale! ¡Sí!», chilla Euan.

«¡Ahí va!»

Aparto la vista, apretando el culo; después me doy la vuelta y Sick Boy hace la incisión y sujeta las pinzas. Y, dado que no brota sangre como de una fuente, debo presuponer que la cosa está funcionando.

«¡Sí! ¡De puta madre!», ruge Sick Boy. «Ahora hay que sacar la mierda esta. Mikey, alcánzame la caja...»

Forrester lleva un carrito junto a la mesa de operaciones. Encima hay una cosa que parece un frigorífico en miniatura. Con las largas pinzas quirúrgicas, Sick Boy extrae una cosa resbaladiza del cuerpo de Spud... Hay que joderse, parece una peli de ciencia ficción, de esas de marcianos que se apoderan de los cuerpos, porque la cosa esa culebrea cuando la suelta en la caja. Me dan arcadas pero consigo contener el vómito. Siento las piernas débiles y temblorosas, y me aferro al respaldo de una silla buscando apoyo.

Mikey sella la caja y me pilla mirándola. «El último grito en tecnología, Mark. Es un sistema de recogida de órganos. Yo pensé que sería una neverilla como la tuya para mantener la movida fría, pero qué va, es un rollo supersofisticado. ¡No sabes la cantidad de favores que he tenido que hacer para conseguir esta preciosidad!»

«¿Qué significa esta... esta puta distopía en plan ciencia ficción? ¿Qué cojones le habéis sacado? ¿QUÉ COÑO ESTÁ PASANDO?»

Sick Boy asesta un puñetazo al aire mientras el tal Euan empieza a atender a Spud. «¡PUES QUE NOS HE SALVADO EL CULO A TODOS, COMO SIEMPRE!», grita, y luego señala a Euan. «¡Sutura! ¡Cose al capullo este! ¡Rápido!»

«¡Eso estoy haciendo!», refunfuña Euan. Entonces se vuelve hacia mí, con los ojos agónicos por encima de la mascarilla. «A mí me han metido en este fregado por tomarme una copa en Navidad. Me echó éxtasis en la copa...»

«¿Éxtasis? Pero ¿qué co...?»

«¡Eso es! ¿Por qué no echarle la culpa de todo a Simon?», replica Sick Boy, pero está eufórico, como si hubiese marcado el gol de la victoria en la final de la Copa. «¡Echarme a mí la culpa es la nueva costumbre, por lo que veo! ¡Pero soy el único que ha tenido los cojones de solucionar este puto embrollo! ¿Y no lo he solucionado? ¡El cirujano Simon!» Y, señalándose, se pone a cantar «Like a Virgin», pero cambiándole la letra: «Ci-ru-ja-no... Es-mi-primera-incisión...».

A mí me da vueltas la cabeza. Me llegan llamadas y mensajes de Klaus, de Conrad... y ahora de Carl, pero me importa una mierda. Estamos allí sentados, observando a Spud, que está inconsciente y cadavérico, más blanco que el papel, mientras el tal Euan le cose el pedazo de raja que tiene en el vientre.

«¿Qué hay en esa caja? ¿Qué le habéis extraído?»

«Un riñón», dice Sick Boy. «Tenía un tumor.»

«Porque esa es vuestra especialidad, cirugías para salvar la vida a la gente, ¿eh? ¿Qué problema hay con los hospitales? ¡A tomar por culo!», digo levantando los brazos. «¡No quiero saberlo!»

«Es por una buena causa, amigo», dice Sick Boy.

«Una buena causa para Spud, ¿eh?»

Sick Boy parece venirse abajo por un momento, y me echa una mirada avergonzada. «Pues, aunque no te lo creas, sí. Lo cual demuestra la extensión del marronazo en que nos hemos metido.» Y, palmeando la caja blanca, dice: «Pero aquí está nuestro billete de salida».

Forrester y el turco han estado hurgando en una nevera de acero inoxidable, yo pensaba que en busca de equipamiento médico, pero vuelven con unas botellas de cerveza alemana. Mikey las abre y las hace rular. A mí me tiemblan las manos al coger una.

«¿Hay farla?», me pregunta Sick Boy.

«Sí, bueno...»

«Pues ya estás preparando.»

En estos momentos no puedo pensar en ninguna razón para no ponerme ciego y quedarme así para siempre. «¿Quién quiere?»

Forrester asiente. También el turco, a quien finalmente me presentan como Youssef. El tal Euan aparta la vista, así que preparo cuatro en una mesa de acero inoxidable.

«Podía haber sido cirujano. Si hubiese tenido los estudios necesarios, vaya», prosigue Sick Boy. «Pero dicen que los cirujanos son fríos y mercenarios.»

Me cuentan lo que ha ocurrido, y no me lo puedo creer. Al parecer, Sick Boy y Euan –el médico, que resulta ser el cuñado de Sick Boy– tienen alguna movida con un gánster llamado Syme. «¿Y qué cojones vais a hacer con el riñón de Spud?», pregunto en voz alta.

«Se lo debe a Syme», explica Mikey.

«Va a donar un riñón... ¿por dinero? ¿Al tal Syme?»

«Más o menos. Digamos que estropeó uno de Syme. No del propio Syme, sino uno que Syme había comprado», me cuenta Mikey.

«¡Me cago en todo! ¡Vosotros estáis mal de la cabeza!»

Sick Boy me echa una mirada lúgubre. «Y lo peor es que todavía no le hemos dicho nada a Spud...»

Entonces oigo la voz áspera que surge de la cama destartalada que hay detrás de nosotros: «¿Decirme qué?».

22. BLUES POSOPERATORIO

El monovolumen gira, se cala y arranca de nuevo por las atestadas calles de Berlín en plena hora punta. Mark Renton va delante junto a Dieter, el conductor, y está hablando en voz baja al teléfono. Spud Murphy, al que han tenido que llevar en brazos al vehículo, va en la parte de atrás, apenas consciente. Flanqueado por el equipo médico, compuesto por Youssef y Euan, intenta febrilmente dar sentido al último giro que ha dado la espantosa saga de los últimos días. Extrapola este dantesco espectáculo a su vida en general. Trata de encontrar el punto de inflexión, el momento en el que todo se fue al carajo. Mira a Renton, su pelo rojizo con algunas canas, y piensa en el dinero que su amigo le dio hace tantos años. Volvió a llevarlo por el camino de la droga del que rara vez se ha apartado desde entonces. «Contádmelo otra vez...», ruega a Simon Williamson, Michael Forrester, Euan McCorkindale y al turco al que solo conoce como Youssef.

«Pues que ahora solo tienes un riñón», confirma Sick Boy con tono sombrío. «Era la única manera de que pudieras compensar a Syme.»

«Pero ¿cómo?» Spud toca la herida vendada. Le duele. A pesar de los analgésicos que le han dado, su cuerpo arde de dolor.

Mikey, que va sentado en los asientos intermedios con Sick Boy, explica: «Syme lo necesitaba fresco, y traerlo aquí era la mejor forma de hacerlo. La movida del jaco ha sido por aprovechar el viaje. Dos pájaros de un tiro».

«Entonces no me metisteis... el jaco... dentro...»

«Sí.» Mikey levanta una bolsa de plástico manchada de rojo llena de polvo blanco. «Dos pájaros de un tiro, ya te digo», insiste. «Por aquí hay sequía, y Syme conoce a un tipo, así que...»

Spud no puede hablar. Menea la cabeza lentamente y se recuesta de nuevo en el asiento. A Euan le recuerda a un muñeco de trapo. El podólogo se siente obligado a hacer una declaración de inocencia a su paciente. «Yo solo me he metido en esto porque nunca me había liado con otra mujer...»

«Tú», dice Spud señalándolo, «estás casado con su hermana...» Sus ojos se clavan en Simon Williamson.

«Sí, Carlotta», asiente Euan con tristeza.

La mirada de Spud se llena de nostalgia. «De chavala... era preciosa...»

«Lo sigue siendo», dice Euan, adoptando el tono patibulario de Spud.

«¿La quieres?»

«Sí», contesta Euan con lágrimas en los ojos.

«¿Y qué pasa conmigo?», empieza a gimotear Spud. «¡No volveré a estar con una tía! ¡Llevo años sin echar un polvo! ¡Todo se ha acabado para mí y no he llegado a empezar siquiera!»

Sick Boy se vuelve hacia Spud. «Si lo que te preocupa es eso, ya te lo busco yo, así que no jodas.» Después frunce el ceño a Euan. «Estoy acostumbrado a ayudar a retrasados que no consiguen follar.»

«Claro que sí», le replica Euan con ironía. «Eres un chulo de mierda. ¡Qué negocio tan noble!»

Simon Williamson responde furioso:

«Sí, bueno, tú y el cretino de tu hijo no os quejasteis tanto cuando se la estabais clavando a las putas».

El colapso que se produce en las entrañas de Williamson tras hacer esta reflexiva revelación se refleja en la expresión de su cuñado. Euan parece haberse estrellado contra una pared de ladrillo. La boca se le abre, silenciosa y estupefacta. Después inspira y le asoman las venas del cuello. «Ross... ¿QUÉ HAS HECHO CON ROSS?», ruge, y su voz crepita en su garganta.

«¡Le eché una mano! ¡Algo que tenías que haber hecho tú!»

«¡Serás depravado! ¡¿A tu hijo también le buscaste una prostituta antes de la edad de consentimiento?!»

«No me lo ha pedido nunca, porque no lo necesita», declara Williamson, pensando repentina y mordazmente en su hijo chupándole la polla a otro hombre. «¡Ha recibido una educación correcta!»

«¡Pues seguro que no gracias a ti! ¿Sabes que lo que has hecho con mi hijo es ilegal? ¡Es abuso de menores! ¡No jodas, es pedofilia!»

«¡Que te den por culo! El mocoso me suplicó que le buscara una tía. ¡Ahora está más feliz que una mosca en la mierda! ¿Y dónde estabas tú cuando él necesitaba consejo para desvirgarse? ¡En Tailandia, de putas! ¡Serás hipócrita, si no lo has visto desde Navidades!»

Euan deja caer la cabeza entre las manos. «Es verdad... Estamos perdidos... El ser humano está perdido... No tenemos disciplina, solo sabemos escuchar a tiranos malhablados y mentirosos que nos castigan o recompensan por lo que hacemos... Estamos perdidos...»

«¿Alguien tiene un piti?», pregunta Mikey.

Youssef saca un paquete, le da uno a Mikey y otro a Sick Boy. Mikey enciende el mechero.

«Aquí no se fuma», advierte Dieter, el conductor.

«¿Cómo?», suelta Mikey cabreado.

«Si quieres fumar, ve andando.»

Mikey y Sick Boy se aguantan, y el primero mira el GPS en el móvil. Siguiendo instrucciones de Mikey, aparcan en una vía de acceso, cerca de unas tiendas, justo antes de un cruce muy concurrido. Entonces Mikey, tras entregarle la caja frigorífica a Sick Boy, que se la pone en el regazo, se enciende el cigarrillo justo antes de marcar un número. Renton intenta hablar, pero Sick Boy le pide que guarde silencio, a ver si pilla algo de la conversación entre Mikey y Syme. «Todo bien, Vic. Sí, Vic. Las condiciones eran higiénicas, Vic.»

Entonces oyen el rumor de una moto que se acerca y que no tarda en aparcar a su lado.

«Ya está aquí, Vic. Tengo que dejarte, pero misión cumplida.»

Sick Boy se apoya en el respaldo, aliviado y aún agitado por la tensión, con la caja frigorífica en el regazo. Spud le grita: «¡Dame la caja! ¡Es mi riñón! ¡Es mi riñón!».

Sick Boy no le hace ni caso y le pasa la caja a Mikey y al motorista por la ventana. «Es de Syme, Spud», le dice, mirando hacia atrás. «Si no se lo damos, estamos jodidos.»

«¡No se lo doy hasta que recupere a Toto!», chilla Spud horrorizado cuando Mike Forrester y el motorista meten la caja en el portaequipajes de la moto. El motorista arranca y se va a toda velocidad, adentrándose en cuestión de segundos en el tráfico de Berlín y la luz tamizada de la tarde.

Mikey vuelve a subir y Renton le hace una señal con la cabeza al gorila petado de esteroides que parece nervioso. Este arranca el coche y pone rumbo al festival. Spud, tumbado en el asiento trasero, sigue quejándose, como si aún estuviera grogui por la anestesia, o quizá por la fiebre, piensa Renton con preocupación. «Es mío... Devuélvemelo... Mi perro... Tengo que encontrar a mi perro... Mikey... ¿Qué le ha hecho Syme a Toto?»

«Dice que está bien, Spud, que lo están cuidando...»

Spud intenta asimilar esto y decide que prefiere creerlo. Tiene que creerlo.

«Te he conseguido algo mejor que un riñón, Danny», dice Sick Boy con sobriedad. «Te he dado la vida.»

Renton mira hacia atrás, a Sick Boy, y menea la cabeza mientras el vehículo recorre las calles de Berlín. «No sé de qué va esto, pero lo que sí sé es que ninguno de estos tíos es DJ N-Sign Ewart», le dice Dieter a Renton con una mirada intensa.

Renton se lleva la mano a la cartera y saca más euros del fajo. «Sí, me ha escrito un mensaje para decir que vuelve solo. Esto es por las molestias», y le hace entrega de los billetes. Dieter se queda mirándolo dubitativo un instante, pero después se mete el dinero en el bolsillo.

«¿Qué pasa... qué pasa con mi riñón?», balbucea Spud.

«Se lo van a dar a una niñita en Baviera», chismorrea Mikey. «Me refiero al riñón. Le vas a salvar la vida, colega. La cría lleva ni se sabe en diálisis. ¡Deberías sentirte bien!»

Pero ahora Spud no puede ni hablar. Tiene los ojos cerrados, la cabeza en el respaldo del asiento, y respira entre dientes a resoplidos fuertes y agudos.

Lo dejan en el hotel de Renton con Euan y Youssef. Cuando Renton, Sick Boy y Mikey se disponen a irse, el pánico se apodera de Spud. «¿Adónde vais?»

«Tengo un bolo, tío», dice Renton. Mira a Sick Boy.

«No te preocupes, Danny», lo arrulla Sick Boy. «Euan y Youssef», dice, señalando con un gesto al pseudoanestesista turco, «se encargarán de cuidarte. Estás en las mejores manos, de verdad. Euan te ha limpiado toda la herida y te va a dar algo para el dolor. Dentro de nada estarás durmiendo como un crío. No tiene sentido que nos quedemos.» Sick Boy mira a Mikey Forrester, que asiente.

«Pero vais a volver...»

«Claro que sí, hombre», dice Renton. «Tú ahora intenta planchar la oreja. Ha sido una experiencia muy traumática.»

«Sí», vocea Sick Boy. «El descanso es la mejor medicina.»

Para cuando el trío llega al festival, Renton está tan hecho polvo como Sick Boy y Mikey Forrester, pero mucho menos pedo. Los observa chocar los cinco mientras Sick Boy grita: «Los cirujanos han hecho el trabajo duro, chaval. Mejor dejar que los cuidadores de segundo rango se ocupen ahora. ¡Ya no se requieren nuestras habilidades especiales, así que esta noche lo celebramos!».

Mientras Renton intenta sacar fuerzas de flaqueza, Sick Boy y Mikey se abren paso hasta el bar de invitados que está detrás del escenario principal. Sick Boy levanta la mano. «Anda que no le he hecho dedos a tías, y estos hablándome del pulso y el tacto que hace falta para ser cirujano. ¡Aficionados de mierda!»

«La verdad es que yo me estaba cagando encima», asiente Mikey, agarrando dos botellas de cerveza.

«¡Pero teniendo en cuenta la magnitud del marrón, hemos dado la talla con creces, no como el pijo licenciado de mierda!», grita Sick Boy triunfal cuando chocan las botellas. Tres chicas que hay cerca se fijan en él al percibir el eufórico poder que destila.

Hace apenas unos segundos, a Renton le daba todo lo mismo, pero ahora ha vuelto a ponerse en modo representante. Se fija con alivio en que Carl está presente, sentado en un sofá debajo de un póster gigante de Depeche Mode. Pero algo no encaja. El DJ parece abatido, y Klaus, que está en la barra cerca de Sick Boy y Mikey, está claramente enfadado.

Renton se sienta junto a su DJ. Va a hablar, pero Carl lo hace primero. «No puedo hacerlo, tío.»

«¿Cómo?», dice Renton, sorprendido de lo mucho que le importa. «¿Te refieres al bolo? ¿Por qué? Es tu oportunidad para volver a la escena DJ.» Por el rabillo del ojo ve a

Conrad y a Jensen, que han estado revoloteando junto a la nevera y la mesa, comiéndose la pizza que ha traído el repartidor y acercándose a él poco a poco.

«Le he perdido el punto, Mark», confiesa Carl con tristeza. «Te agradezco mucho todo lo que has hecho por mí», y se señala el pecho, «pero N-Sign está acabado, colega.»

Conrad ha puesto la oreja, avanza de un salto y señala al compungido DJ. «Ya te había dicho yo que era un borracho, un drogata y un saco de nervios que no sirve para nada», dice a Renton riéndose.

Carl se da la vuelta y gimotea, como si estuviera a punto de echarse a llorar. A Renton le llega al alma, y lanza una mirada reprendedora a su gallina de los huevos de oro.

Conrad vuelve a reírse; luego dobla un trozo de pizza para poder metérsela con más facilidad en la boca. Le cae grasa roja en la camiseta. Un asesor de imagen llega corriendo y la frota con un paño mojado.

«Bueno, pues ya está», dice Renton con triste resignación, hablando con Carl pero dirigiéndose a todos los presentes. «Me he gastado una fortuna en este puto bolo y no nos van a pagar, lo mismo incluso nos denuncian.»

Klaus observa expectante. Su rostro serio y la tensión de su postura confirman lo dicho.

Sick Boy reprime una carcajada cuando de repente Carl se echa a reír con mucha fuerza. Señala a Renton. «¡Te lo has tragado, puto *hib* cateto!» Después se levanta de un salto y se dirige a Conrad: «¡En cuanto a ti, bola de sebo inútil, ahora vas a ver a un DJ de verdad!». Se dirige a Klaus. «Espero que tengas un buen seguro, chaval, porque la peña se va a quedar muerta.»

«Sí, esa es buena.»

Conrad está boquiabierto. Deja caer el plato de papel y la pizza al suelo, y luego se dirige a Renton. «¡No puede hablarme así!»

«Es un gilipollas», suspira Renton aliviado. «Un gilipollas integral.»

Carl se va a la cabina tras despedirse con un gesto del DJ saliente. Piensa en Helena, en la suerte que tuvo al estar con ella. Pero ya no hay lágrimas por haberla cagado. Piensa en su madre y en su padre, en lo que le dieron y en su sacrificio. Ahora no hay tristeza, solo una llama ardiente que prende en su interior, un deseo de que los dos se sientan orgullosos. Piensa en Drew Busby, John Robertson, Stephane Adam y Rudi Skacel cuando ruge al micrófono: «¡BERLÍN! ¿ESTÁIS PREPARADOS?».

La multitud lo recibe con un rugido salvaje y cacofónico cuando les pincha «Gimme Love», su primer éxito, en una auténtica declaración de intenciones. Después sigue con una sesión hipnótica. Tiene al público comiendo de la mano, animadísimo, y al final se queda pidiendo más. Se marcha mientras le corean «N-SIGN...», pasa de la mirada perpleja de Conrad y se acerca a Mark Renton con los cinco dedos levantados en una mano y haciendo la peineta con la otra. Por una vez, Renton no puede estar más contento ante este gesto irritante.

«La bomba sexual de Stenhouse», le susurra al oído.

«Ya lo creo», le responde Carl.

Conrad le sigue en el escenario, pero se muestra tenso y desmoralizado al ver que parte del público se marcha enseguida. Se recupera parcialmente cuando pone dos de sus grandes éxitos antes de tiempo, pero no parece contento y el público presiente su desesperación. Renton es quien sale al rescate, animando en silencio a su estrella desde el lateral con los pulgares levantados mientras el nervioso DJ mira en su dirección.

De pronto, Sick Boy está pegado al hombro de Renton con una cerveza en la mano, meneando una bolsita de coca y señalando con la cabeza al baño. «El desgraciado está jiñado vivo», le dice. «¡Habría que verlo sacando un riñón!»

«Seguro que se lo comía», ríe Renton, y lo sigue. «No le viene mal ser segundo plato por una vez. El público aquí es más viejo, son amantes del house con solera. Es gente que disfruta de la buena música. Y se acuerdan.»

Llegan al baño. Sick Boy prepara unas rayas, mira a Renton y siente un extraño amor-odio que no puede explicar. Ninguno tiene ganas de bronca; más bien se sienten animados y profundos. Cuando Renton esnifa una raya, Sick Boy dice: «¿Sabes? He estado pensando en una forma para que pagues a Begbie lo que le debes».

«No hay manera. El cabrón me tiene a su merced. No lo va a aceptar. Sabe que estoy en deuda con él para siempre y eso me mata.»

Sick Boy coge el turulo y arquea una ceja. «Sabes que va a montar la exposición en Edimburgo, ¿verdad?»

«Claro, vamos a actuar en ella.» Renton abre ligeramente la puerta del baño para mirar a Conrad, luego se fija en Carl, que está echándose unos bailes con Klaus y varias mujeres, incluida Chanel Hemmingworth, la periodista de música dance.

Cuando cierra la puerta, Sick Boy se mete una raya y después se incorpora. «Unos días antes de eso va a subastar *Cabezas de Leith*.»

Renton se encoge de hombros y se mete otro tirito. «¿Y?»

«Compra las cabezas. Sube la puja, gana la subasta, paga una barbaridad por ellas.»

Una sonrisa ilumina la cara de Renton. «Si pujo por ellas y las compro por más de lo que valen...»

«Lo fuerzas a aceptar el dinero. Así te quitas el peso de encima, le devuelves la pasta al cabronazo y no le debes nada.»

«Mola», sonríe Renton mientras mira el teléfono. «Hablando del rey de Roma», dice, mostrándole un mensaje de Franco que acaba de llegar.

Tengo entradas vip para la final de la Copa en Hampden para ti, Sick Boy y Spud.

Con los ojos como platos, Sick Boy dice: «Y ahora el mamonazo de Begbie ha hecho un acto de bondad sin que nadie se lo pida por primera vez en su puta vida. ¡Vaya día!».

«Bueno, pero es que él es así ahora, el señor "Pedazo de pan"», dice Renton.

23. BEGBIE: CHUCK «CHULOPUTAS» PONCE

Recuerdo cuando conocí al colega; por aquel entonces yo estaba en la cárcel. Me sorprendió bastante que una gran estrella de Hollywood viniera a vernos a la puta trena. Pero mira tú por dónde, el tío quería que yo lo ayudara a prepararse el papel de tipo duro para una peli. Tenía que hacerse con el acento escocés porque estaba basada en una novela policiaca que un director europeo de cine independiente quería llevar a la gran pantalla. Parece que el capullo que lo escribió se forró a base de bien, pero a mí nunca me han gustado esos libros. El típico rollo donde los polis siempre quedan como los grandes héroes.

Los maderos nunca son los grandes héroes.

Lo primero que hice cuando vi al tipo –muy guapo, sí, pero un retaco–, con su chaqueta de cuero y el pelo negro repeinado hacia atrás, fue hablarle en plata. Le dije que en los Estados Unidos su nombre debía de ser lo más, pero que Chuck Ponce[1] sonaba a coña en Gran Bretaña. Le dije que aquí estaba quedando como un panoli con esa carta de presentación. Por supuesto, él estaba al tanto de todo el rollo; me dijo que su nombre real era Charles Ponsora, y sí, sa-

---

1. *Ponce* significa «chulo, proxeneta» en inglés británico. *(N. de los T.)*

bía que en el Reino Unido significaba otra cosa, pero que ya no había vuelta atrás. Su agente le había dicho que su nombre era «demasiado latino» y que jugaría en su contra a la hora de conseguir papeles de hombre blanco de clase alta. Igual que Nicolas Coppola se convirtió en Nicolas Cage, Charles Ponsora pasó a ser Chuck Ponce.

Así que trabajamos juntos en la cárcel; su trabajo consistía en escuchar todo lo que yo y otros de los chicos soltábamos por la boca. Grabamos cintas con el *coach* del colega, un supuesto experto en acentos escoceses que en realidad no tenía ni puta idea. Un inútil, vaya. Le conté a Chuck cosas de la vida en el talego, o cómo imponerte a tipos como Tyrone. Pero se ve que el muy mamón no me hizo ni puto caso, porque en la peli su acento seguía sonando ridículo, algo así como si el jardinero escocés de *Los Simpson* se hubiera pasado cinco años metiéndose caballo en algún antro de Leith. Con todo y con eso, el chaval tenía algo, te miraba como si te estuviera escuchando de verdad, como si fueras especial. Se le llenaba la boca con grandes promesas, dijo que seríamos *brothers* para siempre. ¡Y que nos volveríamos a ver en Hollywood!

Eso dijo él.

Luego pasaron seis años y no supe nada del menda, ni siquiera cuando salí del trullo. Ni siquiera después de pedirle a mi agente que lo invitara a las exposiciones, a mi boda, y al bautizo de mi niña mayor, Grace. Y eso me enseñó que los actores son unos putos mentirosos, y que los mejores mentirosos son los que se creen su propia mierda. Pero resulta que hace varios meses el colega se presenta en una de mis exposiciones. Aparece como si nada, con su pequeño séquito. Y me suelta que quiere un busto de Charmaine Garrity, su exmujer, pero con determinadas mutilaciones.

Le dije que prefería tratar el tema de mis honorarios de una forma más confidencial. ¿Te parece si quedamos y nos tomamos un cafetito? Total, que Chuck me ha llamado y nos hemos ido en mi coche a San Pedro, y ahora estamos paseando los dos por el borde de los acantilados. Aunque tiene vistas al puerto, es un buen lugar para hablar en privado, sobre todo este flanco, tan desértico y escarpado, con la marea lamiendo las rocas grises de abajo. Le estoy contando lo mucho que me gusta el sonido de las olas al romper, de las gaviotas graznando. «De niño iba mucho a Coldingham. En Escocia. Acantilados con rocas abajo, como aquí», le digo. «Mi madre siempre me decía que me alejara del borde», sonrío. «Por supuesto, yo nunca le hacía caso.»

Chuck se acerca con una enorme sonrisa en el careto. «¡Seguro que no, tío! ¡Yo era igual que tú! Siempre tenía que bailar al borde del maldito acantilado», y se dirige hacia el filo. Cierra los ojos. Extiende los brazos. El viento le levanta el pelo. Luego vuelve a abrir los ojos y mira hacia las rocas de abajo. «Yo también era igual que tú. No lo podemos evitar, *bro*, bailamos en el filo y entonceeeeeeeeeeeeeeeeeeessssss...»

Mi amistoso empujoncito en la espalda manda a Chuck directo al vacío; su voz se convierte en un grito que va perdiendo intensidad hasta disolverse. Luego, nada. Me doy la vuelta, me alejo del borde y siento el sol en la cara; pestañeo y levanto la mano para taparme los ojos. Respiro profundamente y me acerco de nuevo al acantilado para ver el cuerpo destrozado sobre las rocas. Me acuerdo de Chuck al final de *Lo llaman asesino* mientras observo cómo la marea lo va cubriendo de espuma. «Me estaba quedando contigo, colega. Claro que le hacía caso a mi madre. Y tú tendrías que haberle hecho caso a la tuya.»

Tercera parte

Mayo de 2016
Deporte y arte

24. RENTON: LA FIESTA DEL 114.º CUMPLEAÑOS

A pesar de que nos marchamos temprano de Edimburgo, la interminable limusina va a paso de tortuga por la M8. Seguro que es la carretera principal más triste entre dos ciudades europeas. Un coleccionista le dio a Franco billetes para la final de la Copa. Afirma que no ha sido una molestia para nada; es solo un regalo. Sick Boy parece el más entusiasmado; el muy hortera ha alquilado la limusina para llevarnos al desolado cementerio de sueños del sur de Glasgow. A mí no me hace demasiada ilusión, y además estoy preocupado por Spud, que se encuentra en un estado deplorable a pesar del tratamiento. «Pero no me lo iba a perder», suelta una y otra vez.

Franco es el único que no sabe cómo ha acabado Spud de esa guisa, y siente curiosidad. «¿Me vais a contar qué coño ha pasado?»

«Esto... Ejem... Una pequeña infección de riñón, Franco», dice Spud. «Tuvieron que extirpármelo. Pero bueno, como solo se necesita uno...»

«Normal, colega, después de tantos años metiéndote de todo...»

Por cierto, que Sick Boy y yo nos estamos dando un caprichito a base de champán y perico, mientras que Spud y Begbie se abstienen por razones de salud y de estilo de vida respectivamente. El chófer es un tío legal y además va a recibir un buen pellizco por hacer como si no pasase nada. Yo quería comentarle algo a Franco, y me acuerdo de repente. «Qué movida más rara lo de Chuck Ponce, ¿no? ¿Te acuerdas de que fue a tu exposición?»

«Ya, menuda faena», asiente Franco.

«Me gustó la película *Cumplieron su misión*», murmura Spud.

«Una mierda», replica Sick Boy, aspirando una raya. «*A puñetazo limpio: Los Ángeles*, esa sí que era buena.»

Spud reflexiona. «Esa es en la que fingía ser un boxeador alienígena, aunque en realidad era un mutante con superpoderes...»

«Sí.»

«Hay que ver, un tío con tantas razones para vivir», digo, encogiéndome de hombros. «Qué rara es la vida.»

«A mí siempre me pareció que tenía sus desventajas», comenta Franco. «Digo lo de los actores, el estrellato y ese rollo. Dicen que hacerte famoso te deja como congelado en la edad que tengas. Y él fue un niño prodigio. Así que, en parte, nunca llegó a crecer.»

Me contengo para no decir *es como estar en la cárcel mucho tiempo*, pero él me mira con una sonrisita, como si supiera lo que estoy pensando.

«¿Y qué coño hacía ese imbécil con un nombre como Ponce?», suelta Sick Boy. «¿Es que nadie le dijo que estaba haciendo un ridículo espantoso?»

«En los Estados Unidos no significa nada», dice Franco meneando la cabeza, «y era una especie de abreviatura de su nombre verdadero. Luego, cuando se hizo famoso, todo el mundo se lo comentaba. Pero para entonces digamos que la peña ya lo conocía por Ponce.»

«Esas cosas pasan», digo yo, y les cuento lo de que un colega mío de la industria de la música dance había conoci-

274

do a Puff Daddy. «Y le preguntó si no se daba cuenta de que en Inglaterra su nombre significaba "homosexual pedófilo".»

«Ya te digo», dice Sick Boy. «¿Es que nadie asesora a esa peña?»

Cuando llegamos al estadio, me convierto de repente en un manojo de nervios. Me doy cuenta de que el Hibernian es como la heroína. Una vez me chuté después de haberlo dejado durante años y me entró un monazo terrible por todos los chutes que me había metido en la vida. Ahora siento cómo me persiguen todas las decepciones vividas en estas gradas, en estos asientos, no solo de los partidos a los que fui, sino de los que me he perdido durante las dos últimas décadas. Y encima juegan contra los putos hunos, los Rangers, el equipo de mi padre.

Además, no me puedo creer que sea posible asistir a un partido importante de fútbol con Begbie y sentirse tan relajado a pesar del potencial de violencia. En lugar de escrutar la multitud, como era su antiguo *modus operandi*, tiene los ojos clavados en el campo. Cuando suena el silbato, es Sick Boy el que está inquieto; el tamborileo de sus dedos me pone los nervios de punta. Se niega a sentarse, y se queda de pie en el pasillo a pesar de los gruñidos que se oyen detrás y de las miraditas de las camareras. «Nunca nos dejarán marcharnos de aquí con la Copa. Lo sabéis, ¿verdad? Simplemente no va a pasar. El árbitro habrá recibido estrictas órdenes de los masones para asegurarse de que... ¡QUÉ CABRÓN EL STOKES!»

¡Estamos todos dando botes, absolutamente enloquecidos! A través del humo rojo de una bengala que ha caído tras la portería de los Rangers advierto que Stokes ha marcado. Su mitad del estadio permanece inmóvil. Nuestra mitad es un mar de olas verdes, menos el pobre Spud, que no se puede mover y se queda sentado, santiguándose.

«¡Ponte de pie, melón!», grita un chaval por detrás, despeinándolo.

La cosa tiene buena pinta. Los Hibs están jugando bien. Yo miro a Franco, a Sick Boy y a Spud. Estamos con ellos en cada chute al balón. Está yendo todo muy bien. Está yendo demasiado bien: tiene que ocurrir. Las cosas se ponen negras. Miller iguala el marcador y yo me quedo clavado en el asiento, desesperado, hasta que el árbitro pita el descanso. Me pongo a lamentarme por las cosas que podría haber hecho en mi vida (y no hice); pienso en Vicky y en cómo lo jodí todo, mientras voy al baño con Sick Boy. Está petado, pero conseguimos un cubículo para meternos farlopa. «Si los Hibs ganan esto, Mark», dice mientras prepara dos rayas bien gordas, «nunca volveré a portarme como un gilipollas con una mujer. Ni siquiera con Marianne. Por su culpa se ha montado todo este lío con Euan, y, a través de él, con Syme. Lo curioso es que esta vez he sido yo quien ha intentado llamarla. Normalmente es ella la que llama, no puede esperar; tiene las bragas en los tobillos en menos de lo que ha tardado Stokes en marcar. Pero es obvio que se ha hartado de mis jueguecitos. Y lo raro es que la echo de menos», dice mientras sus ojos sueltan un triste destello.

No quiero explayarme en la cuestión Marianne. Sick Boy la trató como a una mierda durante años, pero siempre hay una extraña admiración posesiva en su voz cuando habla de ella. «Sé a qué te refieres», declaro. «Si los Hibs ganan la Copa, intentaré arreglar las cosas con la mujer a la que estaba viendo en Los Ángeles. Me gustaba de verdad, pero la cagué, como tú», me lamento. «Y me haré cargo de Alex.»

Nos damos la mano. Parecemos gilipollas, y es lo que somos: dos gilipollas encocados en un baño supeditando sus futuras acciones vitales al resultado de un partido de fútbol. Pero el mundo está tan jodido que parece una manera de proceder tan racional como cualquier otra. Luego volvemos a bajar, y el puntito de la coca no nos ha abandonado todavía cuando un chute de Halliday salido de la nada los pone por delante en el marcador. Por enésima vez, un tío de detrás de nosotros apremia a Sick Boy para que tome asiento. Begbie empieza a controlar su respiración. Esta vez Sick Boy obedece, y se sienta sujetándose la cabeza con las manos. Spud suelta un gruñido de dolor, tan intenso como el que lleva sufriendo últimamente. Solo Begbie parece despreocupado; ahora rezuma una confianza extraña y serena. «Los Hibs tienen esto bajo control», me dice con un guiño.

Un mensaje de mi padre, que está viendo el partido por la tele:

¡TRANQUI! WE ARE THE PEOPLE ;-)
Viejo capullo glasgüense.

«No sé para qué nos ilusionamos», refunfuña Sick Boy. «Ya te lo he dicho, los Hibs están condenados a no ganar nunca esta puta mierda. Y todavía les queda el típico penalti de última hora de los Rangers. Nos van a ganar 3-1, está cantado.»

«Cállate la puta boca», ordena Begbie. «La Copa es nuestra.»

Tengo que admitir que estoy con Sick Boy. Así es el mundo. Lo cierto es que estamos destinados a no levantar nunca esta Copa. Me invade la desesperación porque tengo que coger un avión a Ibiza a las seis de la mañana desde el aeropuerto de Newcastle para reunirme con Carl, que tiene un bolo en el Amnesia. Al menos sobaré un poco, porque parece que nos acostaremos pronto. Anda que no se va a cachondear de nosotros, con el rollo de que llevamos desde 1902 sin ganar la Copa, y lo de que nos ganaron 5-1 en 2012. Y ahí está, ya en mi teléfono:

¡JAJA! ¡PELELES! ¡SIEMPRE IGUAL! HEARTS, HEARTS, GLORIOUS HEARTS, 5-1, 1902.

De repente me siento muy deprimido. Sin embargo, los Hibs no se dan por vencidos. McGinn hace un par de entradas, se le nota que está tirando del equipo para que se metan de nuevo en un partido que se les está escapando. Los forofos de alrededor siguen en pie de guerra, aunque un poco desanimados. Luego se le presenta otra oportunidad a Stokes, pero paran el tiro.

«Otra vez se nos escapa por los pelos. ¿Cuántas van ya, joder?», gruñe Sick Boy, de nuevo de pie a pesar de las protestas, en dirección al banquillo de los Hibs, mientras Henderson se coloca para lanzar un córner. «Menos mal que follo y me drogo como si no hubiera un mañana, porque como tuviese que esperar a que este puto equipo de mantas me diese alguna alegría... ¡STOKES! ¡CABRONAZOOO!»

¡Nuevo gol! ¡Ahora ha sido un remate de cabeza de Anthony Stokes tras un pase cruzado de Henderson! ¡La cosa se pone interesante! «Vale», anuncio, «yo me voy a meter una rula.»

Begbie me mira como si estuviese loco.

«Lo hago porque estoy cagado de miedo», le explico. «He salido de este estadio como un puto desgraciado demasiadas veces en mi vida: aunque perdamos, me niego a que me vuelva a pasar. ¿Alguien se apunta?»

«Venga», dice Sick Boy, y da media vuelta en dirección a los tíos de detrás. «¡No me volváis a pedir que me siente porque no me da la gana!» Se golpea el pecho con aire agresivo.

«Dame una pasti.» Spud se apunta. «Ojalá pudiese ponerme en pie...»

«Yo paso de esa mierda», dice Franco. «Y tú», dice dirigiéndose a Spud, «debes de estar loco.»

«Es que estoy muy nervioso, no lo soporto, Franco. No me importa morir... Pero cuida de Toto por mí.»

Tres de cuatro no está mal. Van coleto abajo. Estoy de pie, junto a Sick Boy.

No creo haber seguido nunca con tanta tensión un partido. Estoy esperando que el vaticinio de Sick Boy se cumpla y llegue el penalti obligatorio de los Rangers. Aunque el árbitro ha estado muy bien hasta ahora, seguro que se lo está guardando para los últimos minutos, los más intensos. Son todos iguales...

Halaa... Qué pasada...

De repente siento la agradable sensación de que algo se derrite en mi interior y noto un arrebato de euforia mientras miro a Sick Boy; de perfil, su cara se retuerce mientras deja escapar un extraño y doloroso rugido de alegría; el tiempo se detiene y ¡ME CAGO EN LA PUTA, LA PELOTA ESTÁ EN LA PORTERÍA DE LOS RANGERS! Henderson consiguió otro córner, alguien lo mete de un cabezazo, y ahora todos los jugadores están encima de David Gray mientras la multitud pierde completamente la cabeza.

Sick Boy tiene los ojos tumefactos. «¡EL-CA-BRÓN-DE-DA-VID-GRAY!»

¡ZAAAAAAS!

Un menda al que no conozco se me sube de un salto a la espalda, y otro tío me besa la frente. Tiene el rostro empapado de lágrimas.

Agarro a Sick Boy, pero él se suelta, lleno de malhumor y agresividad. «¿Cuánto va a durar?», grita. «¿CUÁNTO VAN A TARDAR ESOS PELELES EN ROBARNOS LA PUTA COPA?»

«La Copa es nuestra», repite Franco. «¡Tranquilizaos, putos retrasados!»

«Estoy tan nervioso que creo que se me han saltado los puntos», se lamenta Spud, mordiéndose las uñas.

Suena el silbato y, para mi sorpresa, el partido ha terminado. Abrazo a Spud, que está llorando, y luego a Begbie, que está dando saltos, eufórico, con los ojos como platos, y golpeándose el pecho, antes de obligarse a inspirar profundamente. Nos dirigimos a Sick Boy, que se zafa de nuevo de la arremetida de mi brazo para ponerse a saltar; se gira hacia nosotros, con los tendones del cuello tensos, y proclama: «¡QUE LE DEN A TODO EL MUNDO! ¡ESTA PUTA COPA LA HE GANADO YO! ¡YO! ¡YO SOY LOS HIBS!». Echa una mirada a los cabizbajos forofos de los contrincantes, que están a escasas filas de nosotros, en la otra mitad de la sección norte. «¡MENUDO HACHAZO LES HE METIDO A ESOS HUNOS!» Y se precipita pasillo abajo hacia la valla, mezclándose con la multitud, que se va filtrando poco a poco antes de desbordar la frágil red de seguratas que protege el terreno de juego.

«Gilipollas», dice Begbie.

«Si me muero ahora, Mark, no me importa mucho, porque he visto esto y no pensaba que fuese a presenciar algo así», solloza Spud. Llevaba una bufanda de los Hibs cubriéndole los hombros huesudos, pero se le ha caído con las celebraciones.

«No vas a morir, colega. ¡Pero, mira, si lo hicieses, no te falta razón, no importaría una mierda!»

No quería decir eso exactamente, y el pobre Spud me mira horrorizado. «Pero quiero ver el desfile de la victoria, Mark... Por el Walk...»

La mitad *hib* del campo está abarrotada de hinchas. Varios cruzan a la otra mitad para burlarse de los forofos de los Rangers, algunos de los cuales se pican y les plantan cara. Tras unas cuantas escaramuzas, la poli se interpone entre los aspirantes a camorristas. En la parte de los Hibs, los forofos están celebrando con alborozo el fin de una sequía de ciento catorce años. Los polis intentan despejar el terreno antes de que empiece la ceremonia de entrega de la Copa. Nadie tiene prisa por irse, y la peña se dedica a arrancar los postes y el césped para llevárselos de recuerdo. Se hace esperar, pero es fantástico: la gente, eufórica, empieza a entonar un popurrí de canciones de los Hibs mientras se suceden los abrazos entre completos desconocidos. Es difícil distinguir entre caras nuevas y viejos amigos, todo el mundo está como en trance. Sick Boy regresa con un puñado de césped en la mano. «Si hubiese tenido esto el otro día, te habría plantado un poco dentro», le dice a Spud, señalándole la barriga.

Parece que pasan siglos, pero ¡al final sale el equipo y David Gray levanta la Copa! Todos nos ponemos a cantar el «Sunshine on Leith». Me doy cuenta de que, tras tantos años de separación, es la primera vez que Franco, Sick Boy, Spud y yo cantamos esta canción juntos. Individualmente, ha sido el pan de cada día en bodas y funerales durante años. ¡Pero aquí estamos, todos desgañitándonos, y me siento genial!

Cuando salimos del estadio, eufóricos, al sol de Glasgow, se hace evidente que Spud está bien jodido. Lo metemos en la limusina rumbo a Leith, con la bufanda de los Hibs alrededor del cuello. De remate, Sick Boy le dice: «¡Si das el otro riñón, a lo mejor ganamos la Liga Escocesa!».

Veo que Begbie se cosca, pero no dice nada. Nos vamos a un pub abarrotado de Govanhill y conseguimos que nos sirvan. Todo el mundo está como en un estado de ensueño disociativo. Como si hubiesen echado el mejor casquete de sus vidas y todavía les saliesen chiribitas de los ojos. Luego vamos a unos cuantos pubs del centro de Glasgow. El tren de vuelta a Edimburgo es una fiesta, y el centro es un despiporre, pero cuando llegamos a Leith Walk la cosa es sencillamente increíble.

Yo he pedido que me recoja un coche a las tres y media en casa de mi padre para llevarme a Newcastle, desde donde cogeré el vuelo de las seis y cinco para Ibiza. No me importa irme, porque tengo plena confianza en que la fiesta seguirá cuando vuelva. Tengo un montón de mensajes de Carl. Van marcando su escalada: desde la negación a la hostilidad, la aceptación y por fin el beneplácito que confirma lo excepcional de la ocasión.

¿QUÉ COJONES?

¡QUÉ PUTA POTRA!

¡YA ERA HORA, GILIPOLLAS!

¡NOS HABÉIS JODIDO LA MITAD DE LAS CANCIONES!

A TOMAR POR CULO, HABÉIS JUGADO BIEN.

Me acerco a casa de mi padre a recochinearme, pero el puñetero huno está en la cama, haciéndose el dormido. No me atrevo a despertarlo, no vaya a ser que sea verdad. Escribo «Glory Glory to the Hibees», el himno del Hibernian, en un trozo de papel y lo dejo en la encimera de la cocina para que lo vea. Pero no me puedo quedar; me voy de nuevo a Leith al encuentro de los colegas, y empiezo por el Vine.

Sick Boy y yo nos estamos dando un homenaje de perico junto con un montón de peña más. Mientras la noche transcurre entre risas y chascarrillos, un océano de caras desfila por ella como si fuese un carrusel; algunas olvidadas desde hacía tiempo, otras muchas que me suenan, llenas de un regocijo intenso que forma un flujo incesante de cordialidad. Decido dirigirme a Begbie mientras está de buen humor y hacer un último intento antes de poner el plan de Sick Boy en acción. «El dinero, Frank, deja que te lo devuelva. Lo necesito.»

«Ya hemos hablado de esto», dice, y sus ojos se vuelven tan glaciales que me atraviesan a pesar del pedo que llevo. Pensé que se le habría olvidado esa forma de mirar. Y está claro que no recordaba hasta qué punto me helaba la sangre. «La respuesta va a ser siempre la misma. No quiero volver a hablar del tema. Nunca. ¿De acuerdo?»

«Vale», respondo mientras pienso: *Bueno, yo le di su oportunidad.* Ahora voy a tener que verlo a él, a Sick Boy y a Spud, además de a mí mismo, todos los putos días porque las *Cabezas de Leith* van a ser mías. «Las siguientes palabras que oirás de mí son las siguientes», digo mientras me levanto y me pongo a cantar a voz en grito: «TENEMOS A MCGINN, A SÚPER JOHN MCGINN», una canción de los Hibs.

Franco sonríe con indulgencia, pero no se une. A él nunca le ha ido lo de las canciones de fútbol. Sick Boy sí me acompaña con entusiasmo, y nos damos un abrazo emocionados mientras que la cancioncilla circula por enésima vez en el bar. «Te perdono todas las putadas que me has hecho», afirma, ciego como un piojo. «No me perdería estos momentos por nada. Tenemos suerte», dice girándose hacia Franco, «suerte de ser de Leith, ¡el mejor sitio del mundo, joder!»

Hace años, oír este discurso de los labios de Sick Boy (algo impensable entonces) habría llenado de euforia a Franco; ahora, en cambio, apenas se encoge de hombros. La vida es rarísima. Hasta qué punto seguimos siendo iguales, hasta qué punto cambiamos. Joder: estas últimas dos semanas han sido una puta montaña rusa. Ver a Spud en un quirófano improvisado con las entrañas colgando y que Sick Boy y Mikey Forrester le quitasen un riñón fue una locura, pero nada que ver con el inesperado flipe de ver a los Hibs ganar la Copa de Escocia en Hampden. Nos dirigimos a Junction Street y a la parte baja de Leith Walk, de nuevo rumbo al centro. Debemos de haber visitado todos los bares de Leith. Begbie, sin asestar ningún puñetazo ni tocar la bebida, dura hasta casi las dos de la noche, momento en que se mete en un taxi y regresa a casa de su hermana.

Nosotros seguimos, y después llamo al coche para que venga a buscarme a la parte baja de Leith Walk, que nunca he visto tan abarrotada; hay un ambientazo increíble. Es mucho más que una Copa; es como una catarsis mágica para toda una comunidad que venía arrastrando una herida invisible. No puedo creerme el enorme peso psicológico que me he quitado de encima, porque durante muchos años he creído que ni los Hibs ni el fútbol me importaban un pimiento. Supongo que tiene que ver con quién eres y de dónde vienes; una vez que has realizado esa inversión emocional, puede permanecer latente, pero nunca desaparece del todo y tiene consecuencias en el resto de tu vida. Me siento genial, y espiritualmente conectado con todos los *hibs*, incluido este chófer al que nunca había visto. Lo que de veras necesito es sobar, porque el subidón de las drogas se me está pasando y el agotamiento está llamando a la puerta de este ciego increíble, pero el colega sigue hablando del partido, palmeando con euforia el techo del taxi y tocando el claxon en la noche vacía conforme atravesamos la A1 desierta.

Estoy ya comatoso cuando entro en el avión, y a pesar de las fiestas que hacen a mi alrededor las hordas que van en viajes organizados, soy presa de un profundo sopor. Tres horas después me bajo, con los ojos legañosos y la napia goteando a pesar de su congestión; Carl, que ha llegado una hora antes de su vuelo de Gatwick, me está esperando en el aeropuerto de la isla mágica.

«¿Dónde está el coche?», pregunto grogui.

«Que le den al coche: nos esperan unas copas en el bar.»

«Llevo toda la noche despierto, tío, necesito sobar un rato. Me he pasado el vuelo en coma y...»

«Que le den a sobar. Acabáis de ganar la Copa, so melón. ¡Ciento catorce años!» Carl está dividido entre una abyecta desesperación y una felicidad ilusoria que no consigue precisar. Pero lo intenta. «Os odio, hijos de puta, y es el día más raro de mi vida, pero hasta yo quiero celebrarlo. Después del coñazo que os hemos dado con el 5-1, os lo merecéis.»

Pienso en el coñazo que le daba yo con el 7-0 a mi hermano Billy, y a mi pobre colega Keezbo, el de Fort House. Caigo en la cuenta de que seguramente a ellos no les importaba tanto como a mí. Solo espero que no me tacharan de retrasado aburrido, que es lo que yo pensaba de Carl. ¡Aun así, mi viejo no se va a escapar, aunque se lleve la chapa más tarde!

Nos dirigimos al bar. Tardo dos cervezas y un par de rayas, pero ya no me siento para nada cansado.

«Gracias, tío», le digo. «Lo necesitaba, esto me mantendrá despierto el tiempo suficiente para aguantar en tu bolo; seguro que lo petas, como en Berlín.»

«Todo gracias a ti, Mark», dice con los ojos vidriosos por la emoción mientras me aprieta el brazo. «Tú creíste en mí cuando ya no lo hacía ni yo.»

«¡Pero luego igual Conrad necesita terapia!»

«Un guantazo bien dado es lo que necesita ese capullo arrogante. Bueno, a ver, una para el coche», dice tras pedir dos medias pintas de vodka puro.

«No me puedo beber eso...», protesto, a sabiendas de que es exactamente lo que voy a hacer.

«Anda y que te den, peso pluma. ¡Ciento catorce años!»

Salimos trastabillando hacia el coche, y el sol nos ciega. Al chaval no le ha hecho mucha gracia que lo hayamos hecho esperar, y nos dice que luego tiene otro trabajo; está claro que nos está engañando para que nos estiremos y le demos un extra. Carl se está puliendo el vodka puro como si nada. Eso se llama suicidio por alcohol, no hay nada social en ello. «Colega, el bolo es dentro de un rato. A lo mejor tienes que ir más despacio.»

«Hace ocho putos años que no vengo a Ibiza. Antes venía todos los veranos. Y además estoy ahogando mis penas. Los Hibs han ganado la Copa, eso te cambia la vida, joder, si me la cambia hasta a mí.» Niega con la cabeza, desesperado. «Cuando era joven, a pesar de estar rodeado de *jambos*, todos mis colegas eran de los Hibs: los Birrell, Juice Terry... y ahora mi representante. ¿Qué cojones pasa aquí?»

«Yo te convertiré, amigo. Aléjate del lado oscuro, Luke.»

«¡Anda y que te jodan! ¡Ni de coña!»

El sol me ciega y estoy atrapado con ese puto vampiro albino que encima es *jambo*; los haces de luz parecen atravesarlo como si fuese transparente. Casi puedo verle todas las venas y arterias de la cara y el cuello. Es un viaje de cuarenta minutos. Me paso hasta el último segundo ciego. Para cuando llegamos al hotel, quiero sobar. «Necesito dormir.»

Carl saca una bolsa de coca. «Tú lo único que necesitas es otro pequeño reconstituyente.»

Así que subimos al bar que hay en la azotea del hotel. Es

un día previsiblemente bueno. Despejado y cálido, pero la brisa es fresca. En cuanto el perico se pone a luchar contra un tapón de mucosa para subirme por la tocha, suena el teléfono y en la pantalla aparece el nombre de Emily. Siento una punzada por dentro que me dice que algo no va bien; descuelgo. «¡Cariño!»

«¡Ya te daré yo cariño!», gruñe una voz masculina con acento *cockney*. *Mickey. Su padre.* «A mi niña la han dejado tirada en el aeropuerto. ¿Y tú dices que eres representante? ¡Porque a mí esto no me parece representar!»

Mierda.

«Mickey..., ¿estás en Ibiza?»

«Me subí a un vuelo desde las islas Canarias para darle una sorpresa. Menos mal que se me ocurrió, ¿no?»

«Sí, colega, lo solucionaré. ¿Puedes pasármela?»

Unos refunfuños y después la voz cambia. «Bueno, ¿y?»

«Esto... ¿Todo bien, cariño?»

«¡No me vengas con lo de "cariño", Mark! ¡No ha venido nadie a buscarme!»

Mierda... «Lo siento. Es la puta empresa, no vuelvo a trabajar con ellos. Ahora los llamo. Es indignante, joder. Supongo que eso no te sirve de mucho, pero será mejor que vayas al hotel y luego comamos», digo; consigo tranquilizarla y terminar la llamada. Joder, se me olvidó mandarle a Muchteld un correo a la oficina. Otra vez. Como en Berlín, con los platos de Carl. La coca me está dejando el cerebro con más agujeros que un queso suizo. Pero los Hibs han ganado la Copa, así que ¡que le den por culo a todo!

Carl me mira, sondeándome con perplejidad. «¿Te la has follado? ¿A la pequeña Emily? ¡Eres el FollaDJ!», se ríe.

«Por supuesto que no, es mi clienta. Sería poco profesional», digo pomposo. «Y además es demasiado joven para mí.» Al pensar en Edimburgo, siento el rugido de la coca. Fue un terrible error de cálculo por parte de ambos. Especialmente por la mía. Pero a tomar por culo; estuvo de puta madre. Y fue solo sexo. Y había condones. Nadie salió malparado en ese polvo en concreto. «Yo no soy como tú, Ewart.»

«¿Qué se supone que significa eso?»

«Que no puedes follarte a todas las chavalitas que se parecen a Helena, pensando que eso te va a devolver la ilusión de vivir», digo mientras espolvoreo un poco de farla en mi piña colada.

«Qué cojones...»

«Acéptalo, tío, las relaciones no se nos dan bien. Es lo que hacen los seres humanos. Luego, en el mejor de los casos, aprendemos que nuestro comportamiento narcisista y egoísta le toca las narices a la otra parte. Así que eliminamos esa conducta.» Remuevo la bebida con la pajita de plástico y doy un sorbo.

Me clava la mirada; es una puta botella de leche con ojos. «¿Conque tú la has eliminado, eh, colega?»

«Bueno, yo... intento proporcionar...», estallo en risas y él también, «... un servicio de representante profesional a mi atractiva cartera de clientes...» Vamos soltando risitas hasta que empezamos a reírnos tanto que apenas podemos respirar. «Pero luego vienes tú y lo jodes todo al justificar mi mal comportamiento, *jambo* de mierda...»

«Menudo representante...»

«¡Calla, que este año has sacado trescientos mil! ¡Después de cargarte tu proyecto de banda sonora y pasarte ocho años fumando hierba sentado en un sofá, sin trabajar de DJ! Trescientos mil por poner discos en clubes nocturnos, colega.»

«No basta», responde Carl, y habla completamente en serio.

«¿Qué? Entonces, ¿qué coño quieres?»

«Ya te lo diré cuando me lo des», dice con una sonrisa, y no está de broma. «¿Te apetece un poco de DMT?»

«¿Qué?»

«¿Nunca te has metido DMT?»

Me da vergüenza, porque es la única droga que no he probado. Nunca me había llamado. Los alucinógenos son drogas para niñatos. «No... ¿Mola el subidón?»

«La DMT no es una droga social, Mark», afirma. «Es un aprendizaje.»

«Me pillas un poco mayor para experimentar con las drogas, Carl. Y lo mismo podría decirse de ti, colega.»

Treinta y ocho minutos después, estamos en una habitación de hotel con una botella de plástico de litro agujereada que se llena de humo a causa de la droga que arde en el papel de aluminio de la boca; el humo desplaza el agua, que sale de la botella y cae gota a gota en un barreño. Cuando acaba, Carl quita el papel de aluminio del cuello de la botella, y yo lo rodeo con los labios. Esa mierda me raja los pulmones como si fuese crack. «Según Terence McKenna, tienes que dar tres chupadas», me insta, pero yo me siento ya abrumado. La cabeza me va a mil por hora y tengo la sensación de estar abandonando físicamente la habitación, a pesar de seguir allí. Sin embargo, continúo, debido a la sensación de falta de peligro y la pérdida de control que se suele experimentar cuando te metes una droga nueva, sobre todo una que se apodera de ti hasta este punto. Así que me esfuerzo por que me llegue a los pulmones.

Me reclino en la silla y apoyo la cabeza en el respaldo con los ojos cerrados. Aparecen unas formas geométricas de colores brillantes que bailan ante mí.

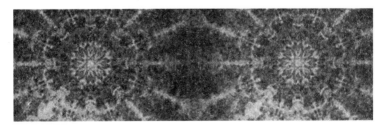

Abro los ojos y Carl me mira con gran asombro. Todo en el mundo, desde el objeto más trivial de la habitación hasta él, se ve realzado. «Es la visión 4-D», me dice. «No te preocupes, volverá a la normalidad dentro de quince o veinte minutos.»

«¿No me la puedo quedar? Nunca he tenido tanta profundidad de percepción», le digo con una sonrisa, y luego empiezo a farfullar: «Estaba feliz solo de existir, tío. Una satisfacción extraña, la sensación de que era algo conocido, de que lo había visto antes. Eso hacía que no me asustara de las cosas raras que veía.»

«Es una locura. ¿Has visto a los enanos de Lego? ¿Una especie de gnomos de jardín en plan tecno y acid house?»

«Sí, los seres pequeñitos; parecían alternar entre una presencia física, clara y verdadera, casi digital, y una forma espectral. Estaban contentos de verme, se notaba, pero sin frivolidades ni aspavientos.»

«¿Tú estabas contento de verlos?»

«Sí, esos capullines eran algo distinto. Y ¿sabes lo más raro? Nada de bajón. Siento el cuerpo y la mente como si no hubiese tomado nada. Podría salir a correr o irme al gimnasio ahora mismo. ¿Cuánto ha durado el viaje? Deben de haber sido por lo menos veinte minutos, quizá cuarenta...»

«Menos de dos», me informa Carl sonriendo.

Así que nos quedamos allí charlando durante horas. La conclusión principal es que ese lugar es la respuesta a los grandes dilemas que nos planteamos, a la sociedad humana, a lo individual y lo colectivo. Te dice que ambas cosas son soberanas, y que nuestra política de disociar ambos aspectos es completamente fútil. Que todos estamos conectados a una fuerza mayor, pero a pesar de ello conservamos nuestra singularidad única. Ya puedes ser todo lo individual o colectivo que quieras. Están tan integrados que dicha cuestión, que ha atormentado a filósofos, políticos y religiosos de todos los tiempos, cesa de existir. Y, sin embargo, al mismo tiempo, nunca dejo de ser consciente de que soy Mark Renton, un organismo humano que respira, sentado en un sofá de la suite de un hotel de Ibiza, y de que mi amigo Carl está en la habitación; solo tengo que abrir los ojos para encontrarlo.

Quiero que todo el puto mundo se entere de esto. Luego Carl me pasa una papela de coca. «No quiero farla, Carl. No después de esto.»

«No es farla, es ketamina. Tengo que tocar luego y no quiero empezar a darle a esto, así que cógelo.»

«Hay que joderse, ¿es que no tienes voluntad?»

«No», contesta.

Y me guardo la papela.

25. SICK BOY: TODO QUEDA EN CASA

No quiero que este viaje tan increíble acabe. Ha cambiado la vida tal y como la conocemos. «Es el momento de que dejes a un lado todo aquello de lo que creías estar segura en este mundo, hermanita», le digo a Carlotta mientras el autobús del Hibernian se abre paso lentamente entre multitudes histéricas y neuróticas, pero agradecidas, que no dejan de bailar y gritar: «Arriba John McGinn» y «Stokes, eres el puto amo». «Tienes que estar con él», le imploro, y dirijo la mirada a Euan, que está a escasos metros de ella, en la esquina de la calle, junto al desflorado Ross y su nervioso amiguito, con el que seguro que está fardando.

El favor que le he hecho a ese niñato llorica no es ninguna tontería. No tardé en darme cuenta de que lo único que importa en la vida es impresionar a las mujeres. El tipo duro, el bromista, el intelectual, el cultureta, el empresario adinerado, cada cual se lo curra a su manera, pero en última instancia lo que quieren todos es follar. Lo más fácil es ser el *fucker* desde el principio y cortar por lo sano con todo ese rollo tan cansino. Le he transmitido ese conocimiento a mi sobrino pajillero, y encima, de gorra. Ahí están Ross y su lerdo camarada, los muy chaqueteros, con sus bufandas del Hibernian al cuello y la barbilla llena de granos, escrutando la multitud en busca de chavalas.

Pero la pobre Carlotta, mi excéntrica *sorellina*, tiene lágrimas en los ojos. «Me ha hecho daño.» Empieza a llorar y parece que está cantando una puta canción country; ahora, por lo menos, se dedica a mostrar su herida en vez de esconderla tras una armadura de antidepresivos.

«Le eché MDMA en la copa, hermanita.» Le coloco un mechón de pelo oscuro detrás de la oreja y cargo la mirada de sentimiento. «Euan no hacía más que hablar de ti, y entonces esa loca cínica que solo quería vengarse de mí lo sedujo.» Le pongo las manos sobre los hombros.

«Alegra esa cara, guapa», grita, sin que nadie se lo pida, un gordo borracho embutido en una camiseta del Hibernian que marca todas y cada una de sus lorzas. «¡Que hemos ganado!»

Sonrío de mala gana a esa masa informe. No soporto ver a un hincha de los Hibs con sobrepeso: hazte de los putos Hearts si no tienes autocontrol ni respeto por ti mismo. «¿Te acuerdas de Marianne?», la insto a que recuerde. «La que se presentó en casa una vez con un bombo, vino con su viejo y empezó a soltar una retahíla de acusaciones. Por supuesto, al final se deshizo del bebé.»

Carlotta me mira con desdén, pero no me aparta. «Creo que sí. Otra tía más a la que trataste como una mierda.»

No la suelto, solo permito que la presión de mis manos se transforme en un agradable masaje sobre sus tensos hombros. «Siiií... No estoy libre de culpa, claro que no, pero ella tampoco se quedó atrás. En cualquier caso, deja que la pague conmigo», imploro, «y no con un sólido pilar de la comunidad médica de Edimburgo.» Pongo fin al masaje, aparto las manos y le levanto la cabeza. «Hasta ahí llega su rencor. Sabe que la familia es lo único que me importa.»

Carra respira profundamente, le echa una mirada a Euan y luego clava en mí unos ojos enajenados. «Pero salía follándosela por el culo en un vídeo, Simon», grita atrayendo la atención de varios *hibbies*. Alguien profiere alguna obscenidad sobre Tavernier y Stokes ante la que tengo que reprimir una risa. Esbozo una sonrisa elogiosa al grupo de hinchas, pero enseguida se distraen a medida que el autobús se acerca y los cánticos se intensifican. La multitud nos rodea y nos empuja, así que me llevo a Carlotta hacia la esquina de la calle, más cerca de donde está Euan. «No fue más que interacción genital y drogas. No había amor en la ecuación. Yo lo único que vi fue...», estoy a punto de decir: «la lamentable técnica de un fornicador *amateur*», pero al final atino a articular: «un pajote sobredimensionado. Anda, Carra, ve con él», le suplico señalando a Euan. «Lo está pasando igual de mal que tú. Su vida también está patas arriba. Tenéis que sanar. Juntos podéis sanar.»

Carlotta frunce los labios y se le llenan los ojos de lágrimas. Entonces se da la vuelta, se dirige a Euan y, mientras David Gray levanta la copa entre los eufóricos aplausos del público antes de pasársela a Henderson, le coge la mano a su atribulado maridito. Él la contempla; en sus ojos también hay lágrimas; yo, entretanto, le digo a mi queridísimo sobrino y al pánfilo de su compinche que se vengan conmigo. Ross observa asombrado cómo sus padres lloran como magdalenas. «Cosas de la vida, colega», le digo, y le revuelvo un poco el pelo.

¡El niñato este no tendría que estar follando con putas! Si dejó de subirse a los árboles hace dos días, como quien dice. Quizá Renton tenía razón y ha sido un error por mi parte meterlo en el mundo del folleteo y proyectar mis propias depravaciones adolescentes en semejante novicio. Yo estoy hecho de otra pasta: a su edad, mis testículos estaban llenos de vicio y tenían más pelos que la cabeza de un hurón.

Este desfile dominguero del día después es una auténtica maravilla. La multitud está formada por una adorable mezcla de familias y borrachos que llevan en pie las últimas treinta y seis horas y cuya única tregua sin alcohol fueron los hermosos noventa y cuatro minutos que duró el partido.

294

Veo un montón de caras conocidas. Se me acerca la Ciclostatic (todo dios la ha montado pero no se menea ni a la de tres). Su rostro conserva ese toque de colegiala pasota de Leith Academy. Lleva un cigarrillo colgando del boquino y un bolso al hombro con la correa medio raída; en combinación con su mirada vacía, me hace pensar que tal vez no llegue a casa con él al final del día. Aunque lo cierto es que no parece que este día vaya a tener fin. «Anda, qué casualidad verte por Leith, Simon», dice. No sería capaz ni por asomo de acordarme del nombre real de la Ciclostatic, pero sí recuerdo que yo fui el único de aquella manada de desvergonzados que se daba cita en la estación ferroviaria de mercancías que la trató con r-e-s-p-e-t-o.

«Hola, preciosa», digo, en vez de su nombre, y le planto un beso en la mejilla.

«Vaya locura, ¿eh?», dice en un tono alto y estridente. El olor a lefa rancia de todas las pollas que ha chupado a lo largo de su vida me sacude como una especie de fuerza cósmica, lo juro, y se instala en algún anaquel de mi psique. Pero a pesar de que no tengo la más mínima intención de echarle un polvo, me alegro de verla —esto de haber ganado la Copa de Escocia magnifica todas las experiencias— y le mando un mensaje a Renton:

¿Qué tal Ibiza? Me he encontrado con la Ciclostatic por Leith Walk. ¡Qué tiempos aquellos! ¿Te acuerdas de ella?

Echo un vistazo a sus amigas tratando de determinar si alguna figura en mi chorboagenda, pero una desesperación tóxica nivel radiación de Chernóbil empieza a emanar de la Ciclostatic, así que me quito de en medio. Aprovechando la trivial intervención de una de sus compañeras, decido desmarcarme y ponerme a hablar con una chica bastante guapa de cara ovalada que parece estar al margen del grupo. A pesar de que está preñadísima, es obvio que lleva un ciego importante, además de un minivestido ridículamente apretado y sexy. Todo indica que a esta tía le gusta el cachondeo. «Tu vestido es perfecto. A pesar de dejar tan poco a la imaginación, demanda una cantidad de atención enorme. Una combinación ganadora.»

«Es un día especial», dice sosteniéndome la mirada, y me dispensa una amplia sonrisa que deja ver sus dientes.

Siento una punzada en los huevos. «¿Has ido?»

«No, no quedaban entradas.»

«Qué pena. Ha sido increíble.»

«Imagino», sonríe de nuevo aniquilando las defensas de mi libido con sus brillantes dientes blancos y su mirada intensa y oscura. «Lo he visto en la tele.»

«Mira, eso es lo que me gustaría hacer ahora, verlo tranquilamente en la tele con un par de latas de cerveza. Estoy harto ya de tanta gente», afirmo, y echo una mirada al caos que me rodea evitando los voraces ojos de la Ciclostatic.

Se mira el bombo de reojo. «Sí. Yo también.»

«Te invitaría a mi casa, pero vivo en Londres. He venido a ver el partido y a visitar a la familia.»

«Vente a la mía si quieres, vivo aquí al lado, en Halmyres Street.» Señala hacia el Walk. «Tengo cerveza y el partido se puede ver entero en YouTube. Lo puedo poner en la tele.»

Miro en dirección a su barriga. «¿Y no se molestará tu novio?»

«¿Quién dice que tenga novio?»

«Mujer, por sí solo no creo que haya aparecido», sonrío.

«Para el caso, es lo mismo », dice y se encoge de hombros. «Un rollo de una noche en Magaluf.»

Y de este modo nos alejamos del grupo de la Ciclostatic y nos dirigimos hacia su casa abriéndonos paso entre la multitud. De entrada no deja que se la meta, pero si James Dyson pudiese emular su poder de succión en el próximo modelo de aspiradora, el cabrón se haría de oro por segunda vez. Vemos el primer gol de Stokes, luego avanzamos al final, a los últimos diez minutos de euforia. Le estoy acariciando la barriga, pero me detengo cuando recuerdo lo que yo mismo le dije a mi viejo con respecto a su fascinación por el bombo de Amanda, mi ex, cuando estaba embarazada de Ben. Le dije al cabrón de mi padre que tuviese al menos la decencia de esperar a que el crío naciese antes de empezar a abusar de él.

En fin, que empezamos a liarnos a modo de celebración, ella acaba cediendo y nos vamos al dormitorio. La tumbo en la cama, le abro las piernas y empiezo a darle por detrás. No me he follado a una tía en un estado tan avanzado de preñez desde mis ex, y he de confesar que la novedad me está complaciendo. Hay algo grotescamente hermoso en el aspecto formal de todo esto. Después nos quedamos dormidos y el sueñecito me sienta genial, pero me despierto de repente, como cuando sueltas todo el alcohol en una sola meada y se te pasa el ciego de un tirón. Ella sigue tumbada a un lado, así que me levanto y le dejo una nota, un poco contrariado porque no me he quedado con su nombre. A ver, que ella me lo dijo, pero han sido demasiadas emociones.

Eres estupenda x

Se merece otro polvo cuando suelte al crío, *yeah*. Además, podría valer para Colleagues Edimburgo, si es que puede endosarle el niño a su madre.

Por desgracia, se despierta de un sobresalto. Se incorpora en la cama. «Hola... ¿Ya te vas?»

«Ha sido genial, me ha encantado conocerte», le digo, y vuelco parte de mi peso en la cama, envuelvo su mano con la mía y la acaricio mientras la miro a los ojos.

«¿Volveré a verte?»

«No. No volverás a verme», le digo con tristeza y sinceridad. «Pero es por tu bien.»

Empieza a llorar, luego se disculpa. «Perdona... Es que

has sido tan bueno... Mi vida se está yendo totalmente a la mierda. He tenido que dejar el trabajo. No sé lo que voy a hacer.» Se mira el bombo.

Le alzo el mentón y le doy un tierno beso en los labios. Mi mano descansa en su abultado vientre. Contemplo sus ojos llorosos al tiempo que dejo que los míos se empañen al recordar injusticias infantiles infligidas sobre mi persona. «Problemas del primer mundo. Eres una mujer guapa, saldrás de esta mala racha y dejarás atrás este camino que tanto miedo te da. Alguien te querrá, porque eres el tipo de persona que da amor allá adonde va. Pronto me olvidarás, o no seré más que un recuerdo, agradable pero borroso.»

Empieza a temblar entre mis brazos y las lágrimas surcan sus mejillas. «Sí... Bueno, tal vez», balbucea.

«Las lágrimas son las preciosas gemas del alma femenina», le digo. «Los hombres deberíamos llorar más; yo no lloro nunca, nunca», miento. «Pero está bien que lloremos juntos», y siento cómo mis propias lágrimas acuden justo a tiempo, grumosas y espesas, junto con moquillos de farla. Me pongo de pie y me limpio la cara. «Esto no me pasa nunca... Tengo que irme», le digo.

«Pero... Esto es... Pensaba que habíamos tenido como un...»

«Shh... Todo está bien», la arrullo, me pongo la chaqueta y salgo de la habitación mientras ella emite escandalosos sollozos.

Me voy del piso, bajo las escaleras dando saltitos, ufano y satisfecho con mi actuación. Una entrada memorable siempre está bien, pero no hay nada como la despedida emocional, dejar a la otra parte hecha pedazos, con una lacerante sensación de pérdida. Así es como se quedan con ganas de más.

Con todo el caos, tengo que echar a andar en dirección al estadio Meadowbank antes de encontrar un taxi y regresar a casa de Carlotta y Euan. Me meto en el catre otra vez a eso de las seis de la mañana. Es lunes por la mañana, pero como no me puedo dormir, me pongo a ver el partido y me lo trago entero dos veces. Primero en la BBC y luego en Sky: en esta última es muchísimo mejor. La radiotelevisión del imperialista Estado británico está plagada de unionistas lacrimosos sin pretensión alguna de imparcialidad que no dejan de quejarse porque a su equipo preferido le han dado un repaso del quince. Llamo a dos mujeres que están en Edimburgo –una de ellas es Jill– y a otras tres que están en Londres para decirles que estoy locamente enamorado de ellas y que tenemos que hablar de nuestros sentimientos. Curioseo el constante flujo de rostros de Tinder mientras revivo los dos golazos de Stokes y el del capitán, Sir David Gray, una y otra vez. Lo mejor de todo es que los hunos se han pillado tal pataleta que ni siquiera han salido a por sus medallas de *losers* ni han concedido ninguna entrevista. Lo que significa que solo los Hibs aparecen en pantalla: regodeo absoluto a salvo de intrusiones indeseadas –aunque seguramente cómicas– de pringados. Los tertulianos y comentaristas no lo pillan: cada vez que oigo el término «deplorable» con ese tono lastimero y ladino en boca de esos mequetrefes para hacer referencia a la invasión del campo de juego por parte del público, siento que lo único que consiguen es engrandecer la proeza. Esta es la victoria de Leith, de los barrios obreros, de los Banana Flats, de los escoceses italianos. Digo esto porque, para mí, los Hibs son de origen italiano más que irlandés. Hibernia significa «Irlanda», pero en latín. De modo que el origen real del club es anterior tanto a Escocia como a Irlanda.

Me llama Renton y respondo. «A menos que tengas droga de la buena, pon fin a esta conversación ahora mismo», le digo, porque he quedado con Jill para echar un polvo. La leche, procedente de alguna fábrica situada en el pequeño anexo de cielo que hay en lo más recóndito de mi fuerza vital, se me está acumulando en los huevos. También necesito hacer varias gestiones telefónicas para conseguir algo más de farla. Un buen tirito no me vendría mal.

«No quiero poner fin a la conversación», dice Renton. «No te lo vas a creer.»

«Los Hibs acaban de ganar la puta Copa de Escocia después de ciento catorce años. ¿Qué más puede sorprenderme ahora?»

La respuesta llega un par de días después, cuando Renton vuelve a Edimburgo. Nos ha convocado a Begbie, a Spud y a mí en la espaciosa y elegante suite del hotel donde se aloja. Luz tenue, muebles de lujo, y el capullo dice que no es rico. Tiene montada toda la parafernalia encima de una mesita árabe, y yo no doy crédito, a este colega se le está yendo la pinza. ¿Qué quiere ahora, que nos pongamos a fumar crack en pipa?

«¿Qué significa DMT?», pregunta Spud, que sigue teniendo muy mala cara.

«Danny Murphy es un Tarugo», le digo. «Tendría que haberte abierto esa raja a pollazo limpio cuando estabas sedado. Así, al menos, me habría divertido un poco contigo», y hago como que me follo su herida, quizá un poco más fuerte de la cuenta.

«Quita, que duele.» Spud me da un empujón y veo que Begbie me está mirando. Luego a Spud y después a mí otra vez. Su mirada no es tan psicótica como en los viejos tiempos, pero aún retiene cierto aire de admonición que me amilana. Es lo que tiene la coca. A veces te pone en situaciones comprometidas.

«Frank, ¿tú vas a querer?», le pregunta Renton.

«Ya te lo he dicho, he dejado toda esa mierda», dice Franco. «Yo solo tomaba coca y alcohol, pero ahora nada de nada.»

«Si te soy sincero, Frank, esto no es una droga. No es nada social. Es un experimento», subraya Renton.

«Tú eres artista, Frank», intervengo e intento convencerlo de manera sutil. «Tienes que verlo como una nueva frontera que explorar. Dicen que es una experiencia visual increíble.»

«Las cabezas de Leith», sonríe Renton.

Todas las miradas están puestas en Begbie. El artista emite una débil risita reptiliana. «De acuerdo. Pero por motivos estrictamente artísticos.»

«Ese es mi Frank.» Renton empieza a preparar el DMT siguiendo, según parece, las instrucciones del puto *jambo* drogata de Ewart. «Con esto te explota la cabeza, pero, al mismo tiempo, te sientes de lo más relajado. Mi teoría es que te lleva a un momento previo al nacimiento, o posterior a la muerte, y a lo largo del proceso es posible ver la mortalidad humana como una especie de bisagra, y creo que...»

«Cállate la puta boca, Renton», le digo. «He probado todas las drogas menos esta. Oírte es como empezar a ver *Breaking Bad*, llegar a la última temporada y que venga un subnormal y te cuente lo que pasa en el último episodio.»

«Eso, Mark, esta conversación mejor después de la fumada, colegui», dice Spud.

Me pido ser el primero en probar la puta botella. Como tengo pulmones de fumador, seguro que lo tolero mejor.

UN...

DOS...

TRES...

¡VAMOS, JODER! AVANTI!

Me reclino, me disuelvo y aparezco en otro sitio...

Siento que la droga me está abandonando, que se acaba. El viaje ha terminado y sigo en el sofá. Veo a Renton, a Spud y a Begbie en 4-D, como dijo Mark antes; todo es más nítido, la percepción de profundidad es muchísimo más intensa. Están apilados uno tras otro y parecen translúcidos, me recuerdan a las ventanas de una interfaz gráfica. Renton me está mirando del modo en que un científico observaría a un chimpancé al que acaba de suministrar una droga nueva.

Miro a Spud, que no deja de pestañear, intentando enfocar la mirada en algún punto.

«Guau, tío...», susurra Spud. «¡Qué locura!»

«Ha sido una puta pasada», suscribo. En esta vida casi siempre hay que ir de guay, mostrarse indiferente incluso. Cuestión de dignidad. Pero hay ciertos momentos en los que tienes que rendirte al poder de la situación. Esos momentos son muy escasos: tu primera erección matutina –no, es coña–, el nacimiento de tu primer hijo, o cuando los Hibs ganan la Copa de Escocia. Y este también ha sido uno de esos momentos, sin duda.

¿Qué coño acaba de pasarme?

«Joder, ya te digo», dice Renton, y empezamos a intercambiar experiencias, centrándonos en las similitudes: las formas geométricas y los colores, los hombrecillos, la positividad y la ausencia de amenazas, la sensación de que una inteligencia superior te acoge y te guía. Luego pasamos a ver las diferencias; mientras yo subo por la ladera de una montaña nevada y llego a la cima como un cohete, Spud describe una estancia con forma como de útero, muy caliente, dice que iba bajando escalones y que la idea de descenso era la sensación predominante...

... No puedo evitar pensar con engreimiento que es típico del tontolnabo de Murphy que lo manden a una puta mazmorra mientras que Súper Simon se dedica a subir montañas y a surcar cielos azules. Begbie sigue callado, está empezando su viaje espacial. Renton, cuyo artero ratonerío es más evidente que nunca gracias a mis nuevas capacidades visuales, dice: «Pues yo, en el viaje que tuve con Carl, vi cómo las paredes se caían como tablones y aparecía un cielo azul y claro. Me subí como en una llamarada que me llevó hasta la estratosfera». Suelta por la boca el aire que estaba reteniendo.

Miramos a Begbie, que ha abierto los ojos y está frotándoselos. Es obvio que tiene la visión por capas que tuve yo antes, aunque en menor medida, y parece que está volviendo ya a la normalidad. «¿Qué has visto, Franco?», le pregunto.

«Nada, un mojón», dice. «Colores muy vivos y luces parpadeando. Solo ha durado un par de minutos. Valiente puta mierda.»

Renton y yo nos miramos. Seguro que está pensando lo mismo que yo: *¿Y este tío es artista? Mis cojones.*

«¿Te has tragado la tercera calada?», le pregunta Renton.

«Claro, coño. Si me pasaste tú la botella.»

«¿Spud?»

«No me encuentro bien, tío, pensando en todas las cosas malas que he hecho», dice agitado. «Por eso estoy tan enfermo, Mark, pero yo nunca...»

«No pasa nada, tío, relájate.» Renton intenta serenar sus devaneos mentales.

Me dirijo a Begbie. «Pues yo he experimentado muchas más cosas aparte de las luces brillantes, Franco. Ha sido una puta pasada. He tenido la sensación de fundirme con todos y cada uno de los miembros de la raza humana, era como si nos moviésemos todos a la vez pero, al mismo tiempo, cada uno de forma independiente.»

«¿Habéis visto los enanitos de Lego?», pregunta Renton.

«Sí, pero los míos eran más esféricos. No tanto como las caras sonrientes de acid house, pero de la misma hornada, sin duda. Es difícil de explicar. Parecía tan real, pero ahora es imposible expresar con palabras todo lo que he visto.»

«Yo salí disparado», dice Renton. «Me subí en unas llamaradas que me llevaron directamente al cielo. Podía sentir el viento en la cara, el olor del ozono en el aire. ¿Alguno ha estado como de invitado en un banquete, en plan la última cena? Eso es bastante frecuente.»

«No», le digo, y miro a Spud.

«No, tío, yo bajé por unas escaleras y ya está, llegué a un sótano, pero no daba miedo, era agradable, se estaba calentito, era como volver al útero.»

«Franco, ¿ninguna imagen de la última cena?», insiste Renton.

«Qué va», dice Franco; parece molesto. «Ya te he dicho, luces parpadeando y nada más.»

Entonces Spud dice: «No me encuentro bien, en serio...».

«¿Te duele la cabeza?», pregunta Renton.

«No... Sí... Estoy mal, me noto mareado», y se levanta la camiseta. La herida está húmeda, le está supurando. Spud gime, pone los ojos en blanco, se desploma en el sofá y pierde el conocimiento.

Mierda...

Estoy enfermo, tío, enfermísimo en el hospital, y Franco ha venido a verme, y es una grata sorpresa, porque él no es de esos, y no lo digo por faltarle ni nada. Vaya, que no tiene pinta de preocuparse por la gente. Aunque bueno, se ha buscado a una tipa de California y tiene a su prole, la de ahora, no la de antes, y parece que sí se preocupa por ellas. Así que supongo que eso hay que tenerlo en cuenta. Sí, hay que ser justo y decir que el tigre ha pasado de despedazar a sus presas en mitad de la selva a quedarse ronroneando en un cestito delante de la chimenea. Me dice que llevo inconsciente veinticuatro horas. «Sí», le digo. Me han limpiado la herida y me la han vendado, y me han puesto antibiótico en el gotero; meneo el brazo y miro la bolsa que tengo conectada a él. «No me acuerdo de nada», le digo. «Pensaba que era DMT de esa.»

«Escucha, colega», dice Franco, «sé que hay algo sospechoso con lo de tu riñón. No voy a darte la brasa. Pero si ha pasado algo, puedes contármelo. No voy a tomar el camino del guerrero para ajustarle las cuentas a nadie. Esos días ya han pasado, mi mundo ya no es ese para nada.»

«Sí... Ya lo sé, Franco, eres un hombre nuevo y tal. Qué locura la otra noche, ¿verdad?»

«Sí», dice Franco, y luego admite. «Fingí que no me había subido la DMT. Fue un viaje que flipas, pero no quería que Renton lo supiera. Sick Boy y él juntos: siempre me han tocado los cojones cuando se ponían a largar sobre drogas, drogas y más drogas todo el puto tiempo. En fin, que cada cual se meta lo que le dé la puta gana, pero no es necesario hablar del tema todo el santo día.»

«¿Qué viste, Franco?»

«Ya vale, colega», dice Franco con un leve aire de advertencia.

Pero ahora Franco es más accesible, y tengo licencia por mi estado de invalidez, así que le aprieto un poco más las tuercas. «¿Qué quieres decir?»

«Que no quiero hablar de ello», dice. «Es personal. Está en mi cabeza. Si no puedes mantener en privado lo que tienes en la cabeza, estamos jodidos.»

Yo iba a decir *pero nosotros te lo hemos contado a ti*, aunque al final solo digo: «De acuerdo, pajarón. ¿Cuándo te vuelves a Estados Unidos?».

«Pronto, tío. Esta semana es la gran subasta, y la exposición será la semana que viene. Melanie va a venir y queremos pasar un poco de tiempo sin las niñas, a pesar de lo mucho que queremos a esos angelitos. Nos vamos a quedar en casa de mi hermana Elspeth. Todo está yendo bien.»

«¿Qué tal Elspeth?»

«Bien...», dice. «Bueno, no tan bien, pero creo que no son más que cosas de mujeres, ya sabes.»

«Sí, mola tener familia. Yo solo tengo a Toto, pero ahora está con mi hermana. Andy, mi hijo, está bien, pero vive en Manchester. Es abogado.» Oigo el orgullo rompiéndome la voz. Todavía me cuesta creerlo. Ha sacado la inteligencia de Alison. «A veces viene a ver a su madre... Te acuerdas de Ali, ¿verdad?»

«Sí. ¿Está bien?»

«Está de lujo. Es profesora, ¿sabes? Se buscó a otro después de mí, tuvo otro hijo, otro niño.» Siento que me ahogo. Pude haber vivido una vida mejor. Perdí el amor. Eso duele. Duele en sitios donde no llega nada más. «Sí, ahora estoy solo con Toto. Estoy preocupado, porque mi hermana no cuidará de él si algo me pasa. El médico ha dicho que se me paró el corazón y que estuve muerto cuatro minutos.»

«¿Tiene que ver con lo del riñón?»

«Pues no, pero sí. Me ha debilitado pasar por todo eso y me ha afectado al corazón.»

«Lo del riñón...», dice, y vuelve a mirarme. «¿Me vas a contar qué ha pasado? Te juro que quedará entre nosotros.»

Se me ocurre una idea y lo miro. «Vale, pero primero tienes que contarme tu viaje de DMT.»

Franco inspira con fuerza. «De acuerdo, pero que no salga de aquí, ¿entendido?»

«Claro, tronco.»

Los ojos de Franco parecen agrandarse. No es la primera vez que lo veo así. Cuando éramos niños y vimos un perro muerto en Ferry Road. Era un labrador gold. Al pobre animal lo había atropellado un coche o un camión que iba a los muelles. En aquella época la gente no cuidaba bien de los perros. Se pillaban un perro y luego lo dejaban suelto todo el día por ahí. A veces los pobres cachorros montaban manadas en Pilrig Park, algunos se volvían agresivos, y entonces los de las perreras municipales los cazaban y los sacrificaban. A todos nos dio pena el perro muerto, en plan ahí tirado, con el vientre abierto, la cabeza reventada, tripas y sangre desperdigadas por la carretera. Pero recuerdo los ojos de Franco, estaban muy abiertos y llenos de inocencia.

Como ahora. Se aclara la voz. «Estoy sentado a una mesa y estamos unos cuantos, todos comiendo buen papeo de platos enormes. Yo presido la mesa. El sitio es de una opulencia que te cagas, en una especie de edificio gubernamental del viejo mundo.»

«¿Cómo la última cena de Jesús? ¿Lo que decía Rents?»

«Sí, supongo que sí. Pero todo eso de la última cena es anterior a la Biblia y la cristiandad. Viene de la DMT, que los humanos ya se metían antes de que nadie pensara en Cristo.»

A la peña de la parroquia de Stella Maris o a los de la iglesia de Leith del Sur no les gustaría oír eso. «Hala... O sea que los cristianos son unos puritanos fisgones que observan a la peña ponerse ciega de droga y van tomando nota de todo...»

«Supongo, colega», dice Franco. «En cualquier caso, lo que me llamó la atención de la gente sentada a la mesa es que estaban muertos.» Me mira. Su mirada es rara.

«¿En plan zombis?»

«No, en plan gente que ya no está con nosotros. Estaba Donnelly. Y Big Seeker. Y Chizzie el bestia...»

Vale, ya pillo por dónde va. *Los mató a todos.* Yo sabía lo de Donnelly y Seeker, y estuve con Chizzie justo antes de que le cortaran el cuello, pero nunca pillaron al tipo que lo hizo... Seguro que había más... «¿Cuántos había?», pregunto.

«Seis», prosigue Franco. «No es que estuviera lanzando cohetes por estar con esa gente, pero todos estaban bien. ¿Y sabes qué he sacado de aquello?»

Lo miro, totalmente lleno de esperanza por el mundo. «¿Que la gente es guay y que deberíamos llevarnos bien?»

«No. Para mí significa que nadie se va a molestar, aunque los jodas bien jodidos. La próxima vida es demasiado grande como para calentarse la cabeza por lo que hacemos en esta.»

Pienso en cómo aplicar eso a mi vida. Sí, la he cagado, pero quizá no importe. Supongo que a Franco le funciona, y puede que tenga razón. «Quizá sea una buena forma de ver las cosas, tío», le digo al pollo.

27. LA SUBASTA

Mientras las multitudes de turistas infestan la ciudad, Edimburgo, como de costumbre, juega al despiste con unos pocos días gloriosos de primavera. Después llega el consabido giro de ciento ochenta grados: los típicos nubarrones que descargan chubascos fuertes y repentinos. Los ciudadanos y los recién llegados pasean con la cara tensa, como si les hubieran engañado, algunos un poco perdidos, quizá necesitados de un amigo. Nadie siente eso tanto como Mikey Forrester, que responde gustoso a la llamada de Simon Williamson para quedar en un bar insulso cerca de la estación de Waverley. Mikey se siente agraviado: cree que ha evitado la lluvia mientras va andando por Cockburn Street y Fleshmarket Close, pero de repente le cae el aguacero encima y, para cuando llega al pub, está calado hasta los huesos.

Williamson ya está allí, apostado en la barra, mirando a los demás ocupantes de la taberna con desprecio supino. Mikey lo saluda con un gesto de la cabeza y se acerca. Sick Boy despierta emociones extrañas en él. Envidia su efecto sobre las mujeres, esa habilidad tan natural para llevárselas a la cama que no lo abandona por más que pasen los años. Mikey tiene la creencia de que, si observa a la gente lo suficiente, puede identificar sus habilidades y apropiarse de ellas.

Como estrategia de vida, le ha proporcionado un éxito escaso, pero la tiene tan interiorizada que no consigue deshacerse de ella.

Sick Boy ha pedido una Coca-Cola Light, y a Mikey, sin siquiera preguntar, le ha pedido un vodka con tónica.

«¿Cómo vamos, Miguel?»

«Tirando. ¿Qué tal Spud?»

«Un poco chungo», dice Sick Boy, explicación que se queda un poco corta, y acepta las bebidas que ha pedido al camarero a cambio de unos billetes, «pero los médicos dicen que se pondrá bien. Oye...», prosigue, llevándose a Mikey al fondo del bar y acercándose mucho a él. Mikey percibe el olor de ajo crudo en su aliento. A Sick Boy le gusta comer bien. Supone que habrá estado en el Valvona & Crolla, o quizá sea por la comida de su madre o de su hermana. «Tengo que hacerte una propuesta. Podría ser lucrativa.»

«No me hace falta», dice Mikey Forrester a la defensiva.

«Déjate de chorradas, Mikey», responde Sick Boy, añadiendo a toda prisa: «No estoy aquí para juzgar a nadie. Seamos sinceros, todos nos jiñamos vivos con lo de Syme, y con razón, pero para nuestra eterna vergüenza».

Mikey está a punto de intervenir para protestar, pero no se le ocurre qué decir.

Sick Boy continúa: «El caso es que ya no lo tenemos en la chepa. Y sé cómo mantenerlo lejos de tus negocios y asegurarte de que siga estándote agradecido».

«¡Pero si somos socios!», protesta Mikey, cerrando los puños en un ademán sobreactuado.

«Tranqui, tronco», susurra Sick Boy para que baje la voz. Simon piensa que lo mismo no ha sido buena idea quedar en ese lugar. A fin de cuentas, en pocos sitios se dan cita tantos soplones de los bajos fondos como en los alrededores de las estaciones de tren; de hecho, hay un chandalero gordo con la cabeza rapada que parece borracho y muy interesado en su conversación. Mikey reconoce su insensatez asintiendo con brevedad y se acerca más a Sick Boy.

Simon David Williamson sabe que no se le da una patada a la muleta de un hombre sin ofrecerle antes un recambio. «Como quieras, pero mi propuesta podría ser muy ventajosa para ti. Obviamente, todo esto te lo digo en confianza. ¿Quieres escuchar o me voy?»

Tras darle un repaso rápido al bar con la mirada, Mikey Forrester sorbe un trago de vodka y hace un gesto afirmativo.

«Permíteme una pregunta: ¿a quién teme Syme?» Sick Boy alza las cejas. Sabe cómo captar la atención de Mikey, solo tiene que situarlo en el centro de un dramón emocionante. Al apelar a su consejo estratégico con esa frase, da a entender que Mikey tiene un estatus muy elevado en el submundo de la ciudad. La expansión de las pupilas de Michael Forrester y su giro de cuello le indica a Sick Boy que ha pulsado el botón correcto.

Mikey sigue hablando en voz baja. «A nadie. Por lo menos desde que Tyrone el gordo ya no está en el mapa. Nelly no va a ir contra él. Ni los Doyle. Se han repartido el pequeño imperio de Tyrone. Y la panda de jóvenes no está preparada, sobre todo desde que se cargaron a Anton Miller.»

Sick Boy solo sabe lo básico del panorama delictivo de Edimburgo, y también procura mantenerse lejos del londinense. En general, le disgustan los matones. Solo le interesan las mujeres, y le resulta difícil mantener relaciones con casi todos los hombres, incluso a un nivel somero, durante un periodo de tiempo largo. Y los que muestran más interés por la cambiante jerarquía del poder, en lugar de por la dulce música del amor, le aburren sobremanera, aunque es demasiado astuto como para que se le note el desprecio. «Estaba pensando en cierto psicópata de Leith que ambos conocemos bien.»

«¿Begbie?» Forrester ríe antes de bajar de nuevo la voz.

«Está en los Estados Unidos, es un artista, ya no está en ese mundo.» Y mira a su alrededor, además, fijándose en que el cabeza rapada gordinflón se ha acabado la copa y se ha ido. «Seguro que Syme y él son íntimos, es lo que pasa siempre con este tipo de gente.»

«Syme es del oeste, Begbie siempre estaba en Leith y en el centro, se juntaba con Tyrone, Nelly, Donny Laing, toda esa peña. Son círculos diferentes. A Syme le van las prostitutas, y eso no ha sido nunca el negocio de Tyrone. Él era más de préstamos, cobro de deudas y extorsión», explica Sick Boy, pensando: *Todo esto es una bobada: los zumbados siempre se conocen entre ellos y cierran filas contra los ciudadanos a los que depredan.*

Pero la narración resulta lo bastante convincente para Mikey, que la acepta y asiente con aire conspirador.

«Begbie ha vuelto a Edimburgo para una subasta y una exposición», explica Sick Boy, y luego añade: «Renton y tú nunca habéis sido demasiado amigos, ¿verdad?».

Históricamente, Mikey Forrester no se había llevado bien con Renton. La razón era bastante banal. Mikey estuvo mucho tiempo pillado por una mujer que se lo cepillaba a cambio de drogas gratis. Después, Renton disfrutó una cópula desinteresada con ella. Esto mosqueó muchísimo a Mikey, que se pasó años dando muestras de hostilidad. Pero el tiempo le había dado perspectiva y ya no le guardaba ningún rencor a Mark Renton por aquel incidente. De hecho, sentía un pelín de vergüenza por haber dado tanta importancia a un asunto que ahora parecía tan insignificante. «Nos ayudó en Berlín.»

«Eso no os convierte en amigotes.»

Forrester mira con tristeza a Sick Boy. No puedes desdecir las cosas que dices con los años. Pasarte de bocazas solo te hace parecer más débil. «Es un traidor de mierda que roba a los suyos.»

Sick Boy pide más bebidas a gritos, esta vez uniéndose a Mikey en el vodka con tónica. «¿Qué te parecería si te dijera que sé un modo de joder a Renton y caerle en gracia a Begbie?», dice insinuante. «Hasta tal punto que te granjearía el respeto de Syme y te facilitaría la vida. Te pondría en una situación que te permitiría ser su socio de igual a igual. ¿Qué me dices?»

Mikey es todo oídos. Por supuesto, nunca alcanzará la igualdad en su asociación con Syme, pero Sick Boy sabe que la obstinada vanidad de Forrester siempre contemplará esa idea como posible. «¿Qué propones?»

Sick Boy intenta no fijarse en el asco que le produce el aliento de Mikey. Es como si hubiera estado haciendo gárgaras con menstruo. Se distrae preguntándose si a Mikey le gustará comer coños, si lo hará esos días del mes y si luego se cepillará los dientes. «Lo mismo Renton se da cuenta de que el arte de Begbie le va a salir más caro de lo que imaginaba, sobre todo si algún cabrón puja contra él. Está decidido a comprar la obra, así que no hay forma de que el tipo permita que otro le gane.»

«Y entonces...»

«Entonces tú te pones a pujar. Lo dejas sin blanca. Begbie saca un montón de pasta con todo esto y Renton se queda desplumado, porque pagará mucho más de lo que tiene previsto. Y todo gracias a Michael Jacob Forrester.» Señala a Mikey. «Y en cuanto el Repugnator Syme se dé cuenta de que tú eres el puto amo y que estás congraciado con Begbie, el de la reputación sanguinaria, te tratará con un poco más de r-e-s-p-e-t-o. ¿Lo pillas?»

Mikey asiente despacio. «Pero no tengo dinero para pujar por obras de arte.»

«Renton te va a ganar en la subasta.»

«Sí, pero ¿qué pasa si se echa atrás y gano yo?»

«Yo lo pago», dice, pensando en el dinero que le ha dado

Renton. «Pero si dejas de pujar en la cantidad que acordemos, eso no va a ocurrir.»

Mikey alza la copa y da un sorbo. Tiene sentido. O quizá no. Pero lo que sí consigue —y Sick Boy da en el clavo al estimar que Michael Jacob Forrester no podrá resistirse— es colocarlo en el ojo de un inminente huracán del que el submundo edimburgués hablará durante muchos años.

La subasta tiene lugar en el interior de un templo pseudoateniense de cuatro pilares de piedra gris y con las típicas ventanas arqueadas de New Town. Considerada una de las salas de subastas más hermosas del Reino Unido, el edificio está embutido en un laberinto de callejuelas entre East New Town y la parte alta de Leith Walk.

Por dentro es un cruce entre iglesia vieja y teatro. El escenario, con los bienes subastados atrás y el atril delante, es la pieza central de una estructura en forma de U que rodea el salón. Tiene el suelo de madera parcialmente cubierto por una alfombra gigante de estampado color rubí sobre la que hay unas cincuenta personas sentadas en sillas doradas y rojas alineadas a la perfección. En los laterales hay palcos sustentados por pilares de hierro forjado bajo los cuales toman asiento funcionarios que levantan acta de todo lo que ocurre.

La sala es un hervidero de conversaciones animadas. Entre los presentes hay algunos coleccionistas importantes, reconocibles por ser objeto de comentarios y miradas reverenciales. El aire es denso y está un poco viciado, como si alguna de las vetustas obras y los colectores del pasado hubieran dejado un perfume persistente. Cerca de los ricos ostentosos hay varios tíos rapados que ocupan posiciones diversas en la jerarquía del hampa local. Jim Francis, el artista antes conocido como Frank Begbie, está al fondo de la sala con su agente, Martin Crosby, mirándolos con afectuoso desdén. «Ahí están mis chicos. ¡Han venido a ver la pasta que se trinca el mamón de Franco con el rollo del arte!»

Martin asiente, pero en realidad solo entiende la estructura de lo que Jim ha dicho. Cuando vuelve a su tierra, el acento de su cliente se vuelve mucho más marcado. Martin llegó el día anterior en avión de Los Ángeles y hasta el día de hoy siempre había afirmado no sufrir desfase horario.

De repente, Frank Begbie no da crédito a sus ojos: Mark Renton está sentado en la parte delantera. Se acerca y se sienta a su lado. «¿Qué haces aquí? Pensaba que no te interesaba el arte.»

Renton se vuelve para mirarlo. «He pensado en pujar un pelín por *Cabezas de Leith*.»

Frank Begbie no dice nada. Se levanta y vuelve junto a Martin, que habla con Kenneth Paxton, el director de la galería londinense con la que Jim Francis tiene un acuerdo. Franco interviene sin miramientos por el protocolo.

«¿Cuál es el pez más gordo?»

Martin Crosby lanza una mirada de disculpa al galerista, como diciendo «artistas...», pero le cede la palabra a Paxton. «El tipo ese, Paul Stroud», anuncia con calma el dueño de la galería, y señala a un hombre gordo, calvo y con barba muy poblada que está sudando un traje de lino y se abanica con un sombrero. «Bueno, no es el coleccionista, pero es el representante y comprador de Sebastian Villiers, lo cual es una gran noticia.»

«Seb es uno de los principales coleccionistas de la obra de Jim», le dice Martin a Paxton, y también al artista, como si quisiera recordárselo. «Si quiere *Cabezas de Leith*, será suya.»

La sorpresa de Frank Begbie aumenta al ver a Mikey Forrester allí cerca. Sus ojos van de Renton a Mikey; ambos están claramente incómodos. Mikey sin duda es consciente de la presencia de Renton, pero no al revés. *¿Qué coño está pasando aquí?*

318

El subastador, un hombre delgado con gafas y barba afilada, señala los cuatro bustos montados en un aparador. «Nuestra primera pieza en la subasta de hoy es *Cabezas de Leith*, del aclamado artista de Edimburgo Jim Francis.»

Mark Renton, en primera fila, reprime una carcajada que surge de algún lugar en sus vísceras. Mira el grupo de personajes, algunos de los cuales le suenan remotamente, y se da cuenta de que no es el único que se está partiendo de risa. Renton mira la cabeza de Sick Boy. Se parece bastante, pero los ojos son demasiado serenos. Se da la vuelta para comprobar si su viejo amigo ha aparecido; a pesar de haberle asegurado que no lo haría, duda que Sick Boy pueda resistir la vanidad de ver su propia imagen expuesta.

«Una es un autorretrato», prosigue el subastador, «las otras tres son representaciones de sus amigos de la infancia. Todas son de bronce fundido. Se venden como conjunto, no como piezas individuales, y me comunican que el precio de salida es de veinte mil libras.»

Una paleta de puja se alza. Es de Paul Stoud, el agente del coleccionista Sebastian Villiers.

«Veinte mil. ¿Alguien ofrece veinticinco?»

Mark Renton, vacilante, levanta su paleta despacio, como si esta acción pudiera atraer la bala de un francotirador. El subastador le señala. «Veinticinco. ¿Alguien da treinta?»

Renton vuelve a levantar su paleta, provocando miradas extrañas y algunas risas.

El subastador baja sus lentes por la nariz y mira a Renton. «Caballero, no puede pujar contra sí mismo.»

«Lo siento... Soy novato en este juego. Me he puesto un poco nervioso.»

Esto genera una serie de carcajadas entre los apostadores, que se acallan en cuanto Paul Stroud alza su paleta.

«Sube a treinta mil.»

«Treinta y cinco.» Renton alza la mano.

«¡CIEN MIL!», dice un grito desde el fondo de la sala. Es Mikey Forrester.

«La cosa se está poniendo seria», afirma el subastador, mientras Frank Begbie mantiene la calma y Martin Crosby se coloca en el borde de su asiento.

Venga ya, tienes que estar de coña, piensa Renton. Después llena sus pulmones de aire. *Que le jodan. No me va a ganar esta vez.* «¡CIENTO CINCUENTA MIL!»

«¿Qué coño está pasando?», pregunta Frank Begbie a Martin Crosby.

«¡Qué más da!»

Stroud interviene meneando la paleta. «¡Ciento sesenta mil!»

Renton vuelve a la carga. «¡Ciento sesenta y cinco mil!»

Forrester grita: «¡Ciento setenta mil!». Y luego se muere por dentro cuando ve que Renton duda, parpadeando como un pequeño mamífero ante los faros de un coche.

«Ciento setenta y cinco mil», grazna Renton.

«Oigo ciento setenta y cinco mil», dice el subastador, mientras mira a Stroud, que se dirige a la salida empapado en sudor, intentando coger cobertura en el móvil como un loco. «A la una... A las dos... ¡Vendido al caballero de la primera fila!», y señala a Mark Renton.

La euforia y el desánimo batallan dentro de Renton. Es casi cinco veces lo que estaba dispuesto a pagar, ¡pero ha ganado! *Cabezas de Leith* le pertenece. Y ahora está en la más absoluta ruina. De no estar tan empeñado en su misión, y de haber sabido el dolor que le ahorraba a un rival del pasado con su última puja, Renton se habría callado. Estando las cosas como están, Mikey Forrester, muy aliviado, inspira con fuerza. Se acerca a Renton. «¡Bien hecho, Mark, ha ganado el mejor!»

«Mikey, ¿por qué cojones estabas pujando?»

«Lo siento, tronco, tengo que abrirme», sonríe Mikey, dejando paso a Frank Begbie y marcando el número de Sick Boy mientras sale a toda prisa.

Renton se propone seguirlo, pero lo interceptan otros asistentes para darle la enhorabuena. Mira las cabezas y, durante un segundo, cree que la de Sick Boy está sonriendo. Renton sigue intentando llegar a la salida, pero Franco lo detiene y le da la mano. «Enhorabuena.»

«Gracias... ¿Por qué coño estaba Forry apostando?»

«Estoy tan perdido como tú.»

«¿Quién era el otro que pujaba?»

«Se llama Stroud. Trabaja para un tal Villiers, un gran coleccionista. Ha debido de sobrepasar el límite acordado y debía de estar intentando llamar al jefe para subirlo. Pero tú has salido victorioso.»

«Sí, bueno, y ¿para quién estaba trabajando Forrester?»

«Para alguien que me aprecia mucho y quiere que me haga de oro. ¡No hay muchos de esos en Edimburgo!» Franco ríe, mirando a Renton, y entonces se lo piensa. «O...»

«O alguien que me odia y quiere que me arruine. Esa lista es un poco más larga.» Renton suelta un suspiro largo y tenso, mirando de nuevo las cuatro cabezas y fijándose en una en particular. «Sick Boy es el único que sabe lo mucho que quería comprar las cabezas. Era el único modo de saldar nuestra deuda.»

Frank Begbie se encoge de hombros.

«Bueno, pues ya tienes lo que querías. Las *Cabezas de Leith*. Me alegro por ti», dice, apretando los labios. «Si no se te ofrece nada más...»

«¿Qué tal un "gracias"?»

Para sorpresa de Renton, el rostro de Begbie parece vaciarse de vida, al tiempo que un pensamiento oscuro cristaliza tras sus ojos. «He cambiado de opinión. Quiero que me devuelvas la pasta. Quince de los grandes.»

«Pero... si...» Renton tartamudea de incredulidad. «¡Estoy arruinado! ¡He pagado una fortuna por las cabezas! ¡Era mi forma de devolvértelo!»

«Has comprado una obra de arte.» El tono de Franco es muy lento e intencionado «Es tu decisión. Ahora yo quiero que me devuelvas el dinero. El dinero de la venta de droga de entonces.»

«¡No me jodas, no lo tengo! ¡Ahora no! Acabo de dejar pelada la cuenta del banco para comprar...» Mira las cabezas y se obliga a no decir *esa mierda pinchada en un palo.* «¡Acabo de comprar las cabezas!»

«Bueno, pues qué jodienda para ti, ¿eh?»

Renton no da crédito a lo que está oyendo. «Pero somos amigos, Franco. En Los Ángeles... En el final de la Copa... Hemos compartido una experiencia muy intensa..., los cuatro..., con la DMT...» Se da cuenta de que está diciendo tonterías al mirar en esos ojos de insecto que no contienen nada más que fría deslealtad.

«Sigues siendo un puto drogata, ¿eh, tío?» Frank Begbie, imperturbable, se regodea de la cara de pasmarote que se le ha quedado a Renton. «En la subasta se estipula que las cabezas estarán disponibles para el comprador después de la exposición de la semana que viene. Así que dile a Martin adónde quieres que te las manden y él se encargará.» Hace un gesto en dirección a su agente. «Ahora tenemos una mesita reservada para almorzar en el Café Royal. Te invitaría a venir, pero es mejor que la relación sea profesional hasta que me pagues el dinero que me debes. Hasta entonces.» Sonríe; después se vuelve hacia su agente y chocan los cinco.

Renton, aturdido, sale y baja por Leith Walk. Distingue una escúter roja para personas discapacitadas avanzando hacia él. Hay un perrito sentado en el cesto delantero. Lo conduce Spud Murphy.

«Pero ¿qué cojones...?»

«Está guapo, ¿eh, gorrión? Una Pride Colt Deluxe. Alcanza los doce kilómetros por hora. Me han dejado alquilarlo en la Seguridad Social. Iba al centro, al hotel, para verte». Le entrega a Renton una chaqueta bomber de Hugo Boss. «Te la dejaste en el hospital cuando me llevaste.»

«Gracias...» Renton toma la prenda y mira hacia una cafetería italiana que hay enfrente. «¿Te apetece una taza de té, colega?»

28. BEGBIE: HISTORIA DEL ARTE

El capullo está de pie frente a la enorme chimenea de mármol gris. Levanta una ceja, luego la copa, y me mira. Melanie, que está sentada a mi lado, lleva un vestido marrón claro con la espalda descubierta y un agradable perfume de lavanda. «Todo un éxito de subasta», nos dice Iain Wilkie, el famoso pintor de Glasgow, actualmente «exiliado», según sus propias palabras, en el próspero barrio edimburgués de New Town. Su esposa, Natasha, cuyas curvas intentan zafarse del corto vestido negro que lleva puesto, me arroja una sonrisita. La tipa llena mi copa de San Pellegrino. Todos son colegas de Mel, del mundo del artisteo, y a mí no me queda otra que hacer un pequeño esfuerzo. Preferiría estar en el club de boxeo, con los chicos... Aunque bueno, igual no. Eso de que cuando dejas atrás tu antigua vida te mudas a una nueva es un mito. En realidad, a donde te mudas es al puto limbo.

Lo que echo de menos es estar en el taller, a lo mío. Para mí, el rollo de las exposiciones, las subastas y las cenas es un coñazo mortal. Yo lo que quiero es pintar, esculpir, estar con Mel y con las niñas. Ir a la playa, hacer un pícnic de vez en cuando, cosas así. Eve, la pequeña, es un caso. Me parto con sus ocurrencias. Grace también, pero ha salido más a su madre. Cuando me quitan todo eso, el trabajo y mis niñas, entonces es cuando empiezan a tentarme las antiguas distracciones. Qué ganas me han entrado de partirle la cara a alguien, me cago en todo.

El tipo este, Wilkie, está diciendo no sé qué mierdas: que si necesita beber, que si no lleva una tajada monumental encima no puede expresar su creatividad... Es una pulla velada al hecho de que yo soy el único abstemio de la reunión: todo el mundo se da cuenta. Natasha me echa más agua mineral con gas en la copa. Si llega a ser alcohol, su marido estaría ya en el Royal Infirmary con la mandíbula dislocada.

«Yo prefiero la vida sin beber», le sonrío. «El alcohol solo me lleva a sitios adonde no quiero ir.»

Natasha sonríe de nuevo. Sé que le podría echar un polvo si quisiera. Esta gente... En fin. Son como son. Ella me ve como el salvaje e indómito Frank Begbie, lo puto más de lo más, nada que ver con el «niño malo» del arte escocés, que es el título que tiene el mariquita petulante ese. Más bien tenía. Antes de que yo llegara. Ahora lo único que quiere es que seamos supercoleguis.

«Por aquí está un poco seca la cosa», dice Wilkie apurando lo que quedaba de vino.

«Voy a por un par de botellas», les digo. «Traeré uno bueno, ahora soy experto en caldos; Mel siempre me manda a comprar cuando se le acaba», le guiño un ojo.

Así que me voy y bajo a la licorería. Un tienda pija en un puto sótano. Cojo varios Cabernet del Valle de Napa que parecen bastante aceptables; es lo que suelen tomar Mel y sus amigos en California. Estoy dentro, pagando, y oigo cierto ajetreo que viene de fuera. Salgo enseguida, subo los escalones y cuando llego arriba, a la oscura calle, veo a dos veinteañeros ahí dando voces. Uno de ellos grita: «¿Qué te crees, que te tengo miedo? ¡Te reviento cuando quieras, chaval!».

El otro parece más calmado, con más autocontrol, y un poco menos borracho. «Pues venga, vamos allí», y señala hacia un callejón y se van. Y entonces pienso: *Eso es, de puta madre... Estos dos moscardones van directos al puto templo de la araña.*

Voy detrás de ellos; efectivamente, hay un intercambio de puñetazos y el tipo que está menos borracho deja al bocazas tumbado en el suelo. Está encima dándole a base de bien, reventándole la cara. El bocazas tiene las manos en alto y está gritando: «¡VENGA, TÚ CALIÉNTAME, QUE LUEGO TE VOY A MATAR, CABRÓN!».

Dejo la bolsa con las botellas de vino en el suelo, apoyada contra la pared, y me pongo justo detrás de ellos. «¿Para qué quieres que te caliente si luego lo vas a matar? ¿Eres imbécil o qué?»

El chaval que está más sobrio se da la vuelta, me mira y dice: «¿Y a ti qué te importa? ¡Vete a tomar por culo si no quieres cobrar tú también!».

Le sonrío y veo que le cambia la cara; paso por delante de él y le meto una patada en la boca al otro, al del suelo, que empieza a gritar. Entonces el primero se levanta de un salto y se prepara para pelear conmigo. «¿Qué coño estás haciendo? Esto no va conti...»

Le doy un patadón en los huevos y el tío se pone a gritar de dolor. Está hecho un ovillo e intenta salir a cuatro patas del oscuro callejón y volver a la calle iluminada. «Eh, eh, eh, aquí nadie se va a ninguna parte...» Lo cojo por el pelo y lo llevo a rastras junto a su colega, sobre el empedrado. «Pídele disculpas a tu amigo.»

«Pero si tú... ¡le has metido una patada en la cara!»

Cojo la cabeza del amigo y se la estampo contra la pared, dos veces, y le abro una brecha con el segundo golpe. «Discúlpate.»

Parece que lleva una buena cogorza, y le aparto el pelo

para no mancharme la ropa de sangre. «Darren..., lo siento, colega», suelta entre gemidos.

El tal Darren intenta ponerse de pie apoyándose en la pared. «¿De qué coño va todo esto...?»

«Métele un puto puñetazo en la cara», le digo, sin soltarle el pelo al otro.

«No...»

Le golpeo la cabeza contra la pared una vez más. El chaval está jiñado vivo. Y le suplica a su colega, al que hace apenas un minuto estaba reventándole la cara: «Tío..., hazlo, Darren..., ¡hazlo y ya está!».

Darren mira hacia atrás. «Ni se te ocurra salir corriendo», le advierto. «¡Dale un puñetazo, joder!»

«¡Hazlo! Hazlo y nos piramos de una vez», suplica el otro.

Darren le pega un puñetazo a su colega. No le ha dado muy fuerte que digamos. Me acerco a Darren y le doy un golpe en toda la cara. Un gancho precioso, y el tío se cae de culo. «¡Venga, subnormal! ¡Levántate y pégale con dos cojones!»

Darren se pone en pie. Está llorando y tiene la mandíbula hinchada. Sigo sujetando con fuerza al otro chaval por el pelo; siento cómo tiembla, parece una puta hoja.

Miro a Darren. «¡Venga, joder, que no tenemos toda la noche!» Darren mira a su colega con tristeza y culpabilidad. «¡Se me está agotando la paciencia! ¡Dale fuerte y no te lo pienses más!»

Darren le pega un buen puñetazo a su colega, con estilo, en todo el careto. Suelto al colega y lo empujo contra Darren, los dos se caen al suelo, uno encima de otro, y empiezo a darles patadas a los dos. «¡No me seáis maricones, joder, lo que tenéis que hacer es apoyaros el uno al otro!» Al instante pienso que no tendría que haber dicho eso, podría considerarse un comentario homófobo. Hoy por hoy no puedo andarme con tonterías. Tengo un montón de amigos gais en

California. Es que aquí, en cuanto me descuido, empiezo a recuperar los malos hábitos.

Están en el suelo, gimiendo, con las caras amoratadas, y veo cómo el otro, que tiene los ojos ensangrentados y costrosos, mira a su amigo Darren.

«Daos los mano», digo. «No está bien que los amigos discutan. Daos la mano, venga.»

«Vale... Por favor... Lo siento...», dice el menos borracho. Extiende la mano y se la da a Darren. «Lo siento, Darren...», dice.

Darren, cuyo ojos son como dos bulbos morados con una puñalada en cada uno, no sabe si el que le ha dado la mano he sido yo o su amigo. «No pasa nada, Lewis, no pasa nada, tío... Vámonos a casa y ya está...», balbucea.

«DMT, colegas; si no la habéis probado, os la recomiendo. Todo esto da igual, no es más que una fase de transición», les digo.

Me alejo y los veo marcharse juntos, gimoteando, ayudándose mutuamente para mantenerse en pie. ¡Coleguitas de nuevo! ¡Esa ha sido mi buena acción del día!

Cojo la bolsa con las botellas de vino y respiro de forma lenta y regular antes de irme del callejón. Ha llovido hace poco y los arbustos están húmedos, así que aprovecho para limpiarme la mano y me quito toda la sangre que puedo. Para cuando salgo del callejón ya no soy Frank Begbie. Soy el célebre artista Jim Francis, que se dispone a volver a la palaciega casa de mis amigos Iain y Natasha en New Town a rencontrarse con su esposa, Melanie.

«Por fin has llegado, nos estábamos preguntando por qué tardabas tanto», dice Mel cuando entro por la puerta.

«Bueno, es que me ha costado decidirme.» Pongo las botellas sobre la encimera de la cocina y miro a Iain y a Natasha. «Tienen una variedad asombrosa de vinos para ser una tienda local.»

«Sí, el tipo que la abrió, Murdo, tiene otra sucursal en Stockbridge. Su mujer Liz y él hacen escapadas de enoturismo todos los años, y solo tienen productos de viñedos que han probado personalmente», añade Iain.

«¿En serio?»

«Sí, y la diferencia se nota, la atención a los detalles.»

«Bueno, tendré que creerte. Ahora mismo soy un muermo, como he dejado todos los vicios que tenía...»

«Pobre Jim», sigue diciendo la zorrona de Natasha, borracha como una cuba. Si no quisiera a mi mujer y a mis hijas, probablemente me la pasaría por la piedra. Pero no comulgo con ese tipo de comportamiento, no cuando estás casado. Hay gente a la que eso se la trae al pairo. Pero no es mi caso. Le paso un brazo a Melanie por los hombros, como diciéndole a la Natasha esa que se vaya a pastar.

Entonces me dirijo al baño a echar una meada y me lavo las manos, no sea que alguien se dé cuenta. Tengo algunos rasguños en los nudillos, pero por lo demás no hay problema. Vuelvo y me acomodo en el sofá, satisfecho tras mi chute de adrenalina. Pero para que todo vuelva a la normalidad necesito estar en mi taller y ponerme a trabajar de una puta vez. Porque no puede ir uno por ahí moliendo a palos a la gente. Aparte de que está feo, te puedes meter en líos.

29. TARUGOS EN UNA EXPOSICIÓN

Los expertos de arte de Edimburgo se muestran inusitadamente nerviosos y cohibidos al entrar en las prestigiosas Citizen Galleries del casco antiguo. El edificio presenta un ajado exterior victoriano con una fachada decorativa, pero es un espacio cómodo, moderno y funcional, con tres plantas de techos altos, paredes blancas y suelos de pino, un ascensor central y escaleras de incendios de acero. La fuente de malestar de los amantes del arte es el resto de la clientela, y no el local. Se hallan en la novedosa coyuntura de compartir espacio con hordas de tíos rapados, llenos de tatuajes y con sudaderas Stone Island, de esos a los que tal vez escruten con disgusto desde sus coches familiares al pasar por los estadios de Easter Road y Tynecastle, o por Meadowbank o Usher Hall cuando hay algún combate de boxeo importante.

Estos dos Edimburgos rara vez conviven en la misma zona el tiempo suficiente como para que se produzca una polinización cruzada seria, pero ahí están, paseando por la galería de la planta intermedia, para ser testigos de la exposición del trabajo de uno de los hijos más infames de Leith, Jim Francis, más conocido en la zona como Franco Begbie. Sorprendentemente, son los pijos, en su propio terreno, quienes se lanzan enseguida a por las copas gratuitas, mientras que los

330

de las gorras de béisbol se quedan agazapados, quizá inseguros respecto al protocolo. Entonces Dessie Kinghorn, un veterano de la pandilla de hooligans del Hibernian, pasea hasta la barra, mira al nervioso camarero y pregunta: «Eh, colega, ¿esto es gratis?».

El estudiante, que paga sus deudas animosamente con un cuarto de docena de trabajos, no quiere discutir sobre los pormenores, de modo que se limita a asentir. Kinghorn agarra una botella entera de vino y un puñado de cervezas y le grita a un grupo de cabezas rapadas que se han atrevido a acercarse a la barra: «¡Barra libre, hijos de puta!».

A continuación se produce una estampida. El grupo burgués se agolpa a un lado de la sala de un modo que los hooligans más veteranos no habían visto desde los noventa. Y en ese preciso instante, el hombre del momento, el artista Jim Francis, entra con su mujer Melanie. Los amantes del arte se lanzan sobre ellos, dándoles la enhorabuena, mientras el contingente de matones mira con confusión los bustos y cuadros expuestos, y comprueba las etiquetas con los precios y las posiciones de las cámaras de seguridad y los guardias.

Mark Renton ha llegado antes con Carl Ewart y Conrad Appeldoorn, que ha estado persiguiendo las bandejas de plata de los camareros. A pesar de que hay algunos rostros conocidos, Renton se siente más seguro detrás de la improvisada cabina de DJ montada para la fiesta posterior. Ha dejado su cuenta bancaria temblando para comprar *Cabezas de Leith*, que está expuesta al fondo de la galería, y luego Franco le ha dado el toque de gracia al pedirle otras quince mil libras que no tiene. Las inútiles cabezas de bronce le devuelven la mirada desde sus pedestales. La expresión de cada una de ellas, incluida la suya, le grita *gilipollas*.

«¿De verdad tengo esa cara tan chunga?»

«Eres clavadito, colega», dice Carl Ewart, observando la apiñada multitud. «Hay mogollón de chochos en estas movidas de arte, ¿eh, Rents?», prosigue, quitándole las palabras de la boca a su representante. Los dos han pasado demasiado tiempo en clubes y han visto a demasiadas mujeres jóvenes, sexys y hermosas con cohortes masculinos feos como ellos solos, así que ya no creen en la justicia social. Pero Renton ha distinguido entre las burguesas mecenas de Edimburgo un arrogante aplomo más propio de capitales como Nueva York o Londres.

«Ver tal cantidad de pijas buenorras un martes por la tarde solo puede significar que la independencia está a la vista.»

«Estas tías no van a antros como el Busy Bee ni el Centurion, eso está claro», concede Carl. «Me sorprende que Sick Boy no esté haciendo contactos...», empieza a decir, pero se detiene cuando ve a Simon David Williamson en el centro de un escuadrón de bellezas ataviadas de elegantes vestidos. «Olvidad lo que acabo de decir. Y mirad...»

Renton no soporta mirar a Sick Boy, que no ha hecho ningún intento por hablar con él desde la exitosa pero catastrófica subasta. *Toda esa pasta. Todos esos viajes. Habitaciones de hotel. Clubes. Tinnitus. ¡Todo para el mierda de Frank Begbie! Y todo por culpa del cabrón de Williamson, menudo hijo de puta.*

Carl ha visto a Juice Terry charlando con una del equipo de *catering.* «Terry no tiene aspiraciones sociales, solo sexuales», reflexiona Carl. «Entra en una sala y no ve más que coños. Punto final. Se concentra en uno y si le manda a la mierda, pasa al siguiente...»

«En cambio, para Sick Boy», exclama Renton, siguiéndole la bola a Carl, «un chocho no es más que un artefacto, un conducto que le lleva a un premio superior: el control de la mente de la mujer y después de su bolso. Coño, mente, bolso, esa ha sido siempre su trayectoria. Llevárselas a la cama es el fin último de Terry, pero es solo la primera etapa

332

para Simon. Es un mamón.» Renton vuelve a fijarse en su viejo amigo.

Le di al hijoputa noventa y una mil libras y me ha engañado para que me gaste otras ciento setenta y cinco en los bustos de bronce de Begbie. ¡Y ahora, para colmo, el canalla de Begbie quiere otros quince mil cuatrocientos veinte!

Renton se siente mareado, casi enfermo. Sus náuseas aumentan cuando oye a Sick Boy afirmando con sinceridad: «Motown clásico, Motown clásico, Motown clásico», en respuesta a una pregunta sobre sus preferencias musicales. «Ojito a las palabras "Motown" y "clásico"», añade, por si acaso ha resultado ambiguo.

«Es un cabronazo», empieza Renton antes de sentir el codo de Carl dándole en las costillas. Su cliente señala una aparición que está en la puerta de entrada, y mira con espantado asombro.

«Por el amor de Dios», dice Renton, «ese merluzo debería estar en la cama.»

Spud Murphy se dirige hacia ellos entre tambaleos, coge una copa de la bandeja de un camarero y mira al joven como si esperara que se la fuese a quitar en cualquier momento. «Mark... Carl... Estoy hecho una mierda. Este riñón no está funcionando bien. Es como que me cuesta mear...»

«No deberías beber, Spud, ahora solo tienes uno para cargar con todo. Es hora de bajar el ritmo, colega.» Renton mira a su viejo amigo con preocupación. «Pareces colocado. ¿Te has metido algo?»

«Te seré sincero, colega, en la chaqueta que te dejaste en el hospital había una sorpresa y el caso es que me la he quedado... Me acabo de poner unas rayas... Un poco fuertes, tío...»

«Joder... Eso no es coca, Spud, es ketamina.» Renton se vuelve hacia Carl. «La mierda que me diste, ¿te acuerdas?»

«De nada, Spud», dice Carl.

«Bueno, más vale que vuelva a casa entonces, he dejado la escúter fuera...» Spud se dirige a Renton. «Pero échame un cable, tío...»

Contrariado, Renton se saca un billete de veinte libras de la cartera.

Spud lo agarra agradecido. «Gracias, tronco. Te lo devolveré con creces cuando..., bueno..., más tarde.» Su cabeza se mueve en círculo. «Pero no voy a irme sin despedirme de Franco... Aunque me pesan las piernas un montón, tío, como si estuviera nadando en melaza», dice, y luego se aleja de ellos.

Renton está a punto de ir tras él, pero Carl le dice: «No, déjalo. Que Franco se ocupe. A ti te necesita un cliente. Cuéntame otra vez el rollo de Barna...».

Mark Renton sonríe y observa con alegría maliciosa cómo Spud Murphy se desplaza por la sala en dirección a Francis Begbie con la dificultad de un zombi. Los aficionados al arte que pululaban en torno a la estrella se desperdigan como bolos derribados en una bolera cuando Spud se acerca a su objetivo.

Franco lo saluda con los dientes apretados. «Hola, Spud. Me alegro de verte aquí. Pero ¿seguro que estás bien? ¿No deberías irte a casa?»

«Ahora me voy a casa... Solo quería ver... la exposición. Anda que no es raro, Franco», dice Spud, abriendo la boca como si le hubiera dado una apoplejía, «como que los Hibs ganen la Copa o que yo pierda un riñón. Qué locura...»

«El mundo está lleno de sorpresas», responde Franco. «Las tornas están girando. Hay que aprovecharlo, colega.»

«A ver, me alegro por ti, Franco, no me malinterpretes...»

«Se agradece, amigo.»

«Porque has cambiado de verdad, tronco... Lo tienes todo y te lo mereces.»

«Gracias, Spud, me alegra oírte decir eso.» El artista inhala profundamente, intentando controlar el resentimiento que le produce que lo encasillen como Franco Begbie y tratando de mantener algo de gratitud en la voz. Hay que joderse, era el artista Jim Francis, de California, con su mujer y su agente. ¿Por qué no pueden tratarle como tal? ¿Qué coño les pasa?

«Sí, mira cuánto has cambiado...», insiste Spud.

«Gracias», repite Franco. Se fija en la multitud, que gira y parlotea, sin apartar los ojos de sus cuadros y esculturas. Todos, excepto el chalado que tiene delante. Busca el modo de mejorar su compañía; a ver si puede encasquetarle a Spud a algún pringado.

«Sí, ya no tienes la misma mirada, ¿te acuerdas de los ojos de asesino que tenías?» Spud hace una demostración intentando entrecerrar sus ojos bulbosos. «Ahora hay amor puro en esa mirada.»

«De nuevo, gracias», dice Franco, con la mandíbula apretada y haciendo señas a Melanie.

«Te lo noto cuando miras a tu mujer... Está buena, Franco, si no te importa que te lo diga.» Spud siente un bache bajo los pies, como si el suelo de madera fuera irregular, pero se endereza. «Parece una mujer amable, Franco... Es guay cuando pillas a una tía de buen ver... y que además es buena. ¿Te ha hecho ser mejor persona, Franco? ¿Es esa la respuesta? ¿El amor?»

«Supongo que sí, Spud.» Frank Begbie aprieta el puño con el que sostiene el vaso de agua con gas.

«Yo estuve enamorado de Alison. Era algo bueno... Era lo mejor del mundo. Pero no conseguí que durara, ¿sabes? ¿Cómo lo has hecho, Franco? ¿Cómo lo has conseguido tú?»

«No lo sé, colega. Suerte, supongo.»

«No, es más que suerte, Franco», dice Spud, y su voz se quiebra de emoción. «Tiene que ser guapísimo. Y el éxito.

Como si te hubieras topado con un talento oculto. ¿Lo pillas? Ese es mi problema», se lamenta. «Yo no tengo talentos de los que presumir.»

Frank Begbie respira hondo de nuevo. Ve la oportunidad de introducir la ligereza que tanto necesita. «Eras un excelente ladrón de casas, y las tiendas tampoco se te daban mal.»

Spud cierra los ojos, los vuelve a abrir un par de segundos después y luego absorbe la extrañeza de la sala. «Sí, y ya sabes adónde me llevaron esos talentos», dice. «Pero a ti te ha ido bien, y a Mark le ha ido bien, a pesar de que eso ya lo supiéramos, porque fue a la universidad, y Sick Boy... Siempre que haya chicas a las que explotar, se las arreglará. Pero ¿cómo lo has conseguido tú, Frank? ¿Cómo es posible que Frank Begbie..., Frank Begbie... haya llegado a volar tan alto?»

«Mira, tío, ya te lo he dicho», dice Franco con impaciencia, «pasa y punto. Conoces a la persona adecuada en el momento adecuado, te anima un poco, encuentras algo que te gusta hacer...»

Siente alivio cuando Martin se acerca a ellos. Su agente es un hombre con mucho autocontrol, pero sus ojos resplandecen y sus pupilas están dilatadas de emoción. Señala a un lienzo grande en una de las paredes. Representa a un hombre atado a unas vías del tren. «¡Marcus Van Helden acaba de comprar *Sangre en las vías* por un millón, Jim! ¡Un cuadro!»

«¿Libras o dólares?»

«Pues dólares. Pero es más del doble del precio de cualquier obra que hayas vendido.»

«La galería se queda la mitad, así que es medio millón. Tú te quedas cien mil, quedan cuatrocientos. Ciento cincuenta de impuestos y el resultado es un cuarto de millón de dólares, unas ciento ochenta mil libras.»

336

Martin frunce el ceño. Le cuesta mucho entender la mentalidad de su cliente. Lo que se llevan los demás parece preocuparle mucho más que su sustanciosa remuneración. «Bueno, así es la vida, Jim...»

«Sí, así es.»

«Es solo una obra y pone el listón alto para el resto. Te consolida como artista de calidad a ojos de otros coleccionistas.»

«Supongo», dice Jim Francis sin entusiasmo mientras se acercan al cuadro, seguidos por el tambaleante Spud. El cuadro muestra una silueta ensangrentada atada a una vía del tren. «Se parece que te cagas a Mark», canturrea Spud con emoción.

«Sí, un poco», concede Franco de mala gana, y mira a Renton, que está junto al escenario. «Pero no pensaba en él. Habrá sido el subconsciente.»

«Tío, esta galería de arte... es que te cagas de pija y me daba mucho palo venir. Así que me he metido ketamina, ha sido la única forma de atreverme a entrar», les anuncia Spud a Begbie y a Martin, y de repente se dirige a las escaleras de acero.

Franco mira a Martin como pidiendo disculpas. «Es un viejo amigo, está pasando una mala racha.»

En vez de bajar a la salida, Spud, cuya mente ya ha sucumbido por completo a un limbo desierto, va dando tumbos hasta la planta superior. La sala es igual que la de abajo, pero está vacía.

¿Dónde está todo el mundo?

Apenas es consciente de que ha cogido una manguera de la pared. Empieza a desenrollarla. La mira. La tira. Abre el grifo y luego se marcha, sin advertir que está saltando por el suelo como una serpiente desquiciada, disparando un chorro de agua a presión. Va dando tumbos de vuelta a la escalera de incendios y de pronto siente que se cae, pero no en plan guay como en el viaje de DMT; una jabalina de pánico atraviesa la droga que lo anestesia y de forma instintiva alarga los brazos para estabilizarse y detener su caída agarrándose a una tubería. Siente que vuelve a caer lentamente cuando su agarre se desprende de la pared. Luego se parte, y Spud se precipita un par de escalones al tiempo que un torrente de agua fría chorrea por las escaleras desde el conducto.

Con la ayuda del pasamanos, Spud logra ponerse en pie. Desciende las escaleras, casi ciego, siguiendo la música. Por poco tira a un camarero cargado con una bandeja. La gente se queda sin aliento y se aparta mientras Renton sale corriendo desde el escenario para interceptarlo. «Qué cojones, Spud.» Agarra a su amigo por los escuálidos hombros y le pone una copa de champán en la mano.

«El sistema, Mark..., nos ha vencido a todos, Mark.»

«No, colega. Estamos invictos. Que le den por culo al sistema.»

Spud suelta una risotada de hiena mientras Renton lo ayuda a sentarse en una silla junto al escenario. Carl N-Sign Ewart está pinchando soulful house mientras varios conocidos de Franco –boxeadores, matones exfutbolistas, colegas del trullo, trabajadores de la construcción y taxistas– empiezan a mezclarse con las más libertinas del grupo de amantes del arte; por el contrario, los más presuntuosos corren al guardarropa como los pasajeros del *Titanic* a los botes salvavidas.

Renton intenta convencer a Conrad, que parece aburrido, de que pinche un poco. Más tarde tiene el gran bolo del SSEC. «Todavía es pronto. Ponte un rato.»

«No pagan.»

«¿No puedes hacerle un favorcito a tu representante?»

Conrad mira a Renton como si estuviera loco, pero pese a todo se levanta, y Carl se alegra de dejarle paso. El joven neerlandés obeso pincha un tema que es recibido con vítores, y el representante le da una palmada en la espalda. «¡Sigue así, maestro holandés!»

Entonces Conrad le grita a Renton: «Hay una tía que está buenísima». Señala a una joven que bebe agua a un lado de la pista de baile. Tiene unos pómulos increíbles y unos ojos verdes hipnóticos.

«Tú sigue. Ya me encargo yo de presentártela. ¿Vas a poner tu último tema?»

«Invítala a venir al SSEC. Si viene, no hace falta que vengas tú», dice con una sonrisa, y luego cambia de tono, volviendo a fruncir el ceño de modo petulante y quisquilloso. «¡El mundo entero y tú oiréis mi último tema cuando yo lo diga!»

«Vale.» Renton se concentra en lo positivo: es como un pase para librarle de la cárcel. Mientras Conrad vuelve al trabajo, Renton y Carl van a donde está Juice Terry, que los saluda con abrazos. «¡El albino ha vuelto a la ciudad! ¡Y Rent Boy también!»

«Te quiero, Terence Lawson», dice Carl.

«¡Esbelto Lawson! ¿Fuiste a la final?», pregunta Renton.

«Tenía la entrada y todo, pero al final se la metí hasta los huevos a una chorba.»

«Qué grande eres, Tez», dice Carl.

«Pues sí, vi el partido por la tele mientras la taladraba por todos lados. Me la estuve zumbando en el sofá y luego en la cama atada al cabecero de metal con una bufanda de los Hibs. Lo mejor de los dos mundos. Cuando los pringaos marcaron el 2 a 1, mantuve la presión hasta que Stokes empató. Seguía dale que te pego cuando Gray marcó el gol de la victoria. Con el silbato final cogí aire y la puse perdida de lefa. ¡El mejor polvo de mi vida!»

Renton se ríe, luego hace un gesto con la cabeza hacia el objeto de deseo de Conrad. «¿Quién es esa?»

«Antes era la putita de un mafioso, pero yo la saqué de

ahí y la metí en el mundo del porno», dice Terry. Empieza a contarle a Renton algo bastante reciente de una guerra de pandillas. El jefe de un grupo joven había muerto, igual que Tyrone y Larry, dos conocidos de Franco.

A Renton, Carl y Juice Terry se unen Sick Boy y los hermanos Birrell: Billy «Business» Birrell, el exboxeador, y Rab, el viejo amigo de Renton, que escribió el guión de la peli porno que hicieron. Spud sigue en la silla con la cabeza inclinada, los ojos en blanco y baba en la comisura de la boca. Franco está cerca con Melanie, hablando con algunos invitados. Renton oye a su viejo amigo decir «Estoy deseando llegar a casa» con un acento más californiano que caledonio. Entonces piensa que también su acento se ha atenuado a lo largo de sus años en Holanda. Sick Boy también ha adoptado una ubicuidad metropolitana, arrogante y deprimente, a pesar de que Leith esté permeando de nuevo en su tono. Solo Spud, piensa mirando al infeliz desplomado en el asiento junto al escenario, sigue siendo el de siempre.

Nadie se da cuenta de que el techo se está hundiendo. Sick Boy evita el escotazo de la tía que se le ha puesto delante y mira por encima del hombro de ella a Marianne, que lleva un vestido azul. Ha llegado con un hombre y una mujer más jóvenes. Terry se separa y va directo hacia ella. *Le está lanzando una batería de preguntas, la típica técnica Lawson...*

«Disculpa», dice Sick Boy a la mujer pechugona, y cruza la sala rumbo a donde Terry y Marianne conversan.

Renton se fija en cómo Sick Boy separa a Marianne de un airado Terry y la lleva a la escalera de incendios. Justo cuando desaparecen, el techo se desploma y una cascada de agua se precipita al suelo.

«Proteged las obras», grita Martin, quitando un cuadro de la pared.

Todo el mundo se queda helado por la sorpresa; luego la gente echa a correr para evitar el agua y los escombros del techo o para intentar retirar las obras de arte. Frank Begbie permanece impasible. «Si hubiera un incendio en un bloque en Wester Hailes y una familia estuviera atrapada en las llamas sin posibilidad de salvación, los bomberos vendrían aquí primero a proteger las obras de arte. No lo entiendo.»

«Es un barrio *jambo*», dice Renton. «Yo sí lo entiendo.»

Mientras Franco se ríe, Renton aprovecha la oportunidad. «Una pregunta, Frank», y tose con urgencia. «El dinero..., los quince mil... ¿Por qué ahora? ¿Por qué lo quieres ahora?»

Frank Begbie tira de Renton y se lo lleva a donde Melanie, que está ayudando a Martin y a un empleado a retirar *Sangre en las vías*, no pueda oírlos y dice: «Bueno, pues después de reflexionar bastante, he pensado que tienes razón. Nos va a ayudar a todos a avanzar. Así nos olvidamos de todas las mierdas del pasado, ¿no?».

«Pero... es que... he comprado las cabezas. Por un valor altísimo. Deberíamos estar en paz.»

«No, tío, has comprado arte. Eso dice en la factura de la venta. No tiene nada que ver con nuestra deuda.»

«Eso es un golpe bajo... Por favor, Frank, estoy haciendo lo que puedo, tengo que...»

«Ni golpe bajo ni golpe alto. Yo ya no doy golpes. Nos robaste a todos y con el tiempo te has ofrecido a compensarnos. Se lo devolviste a Spud. Se lo devolviste a Sick Boy y luego volviste a robarle.»

«¡Pero le he vuelto a pagar!» Renton se encoge al oír su propia voz, que suena a grito agudo e infantil.

«De todas formas, decidí no tocar ese dinero. Y después intentaste manipularme comprando los bustos, a pesar de que no te interesan un comino.»

«¡Estaba intentando que cogieras lo que te corresponde!»

«No lo has hecho por eso», dice Franco, al tiempo que

retumban sirenas en el exterior. «Querías sentirte mejor contigo mismo. Poner la cuenta a cero. La típica soplapollez de Alcohólicos o Narcóticos Anónimos.»

«¿Tiene que haber una dicotomía..., una separación..., una diferencia entre las dos?», protesta Renton. «¿Tienen que ser cosas diferentes?»

«Sé lo que es una puta dicotomía», le corta Franco. «Ya te lo he dicho, superé la dislexia en la cárcel y sigo leyendo desde entonces. ¿Te creías que te estaba tomando el pelo?»

Renton se traga su propio silencio condescendiente. «No», logra decir.

«Demuéstrame que esa fue tu motivación. Demuéstrame que lo has hecho pensando en mí.» Franco inclina la cabeza hacia un lado. «Haz las cosas bien. ¡Devuélveme el dinero!»

Y Frank Begbie se va, dejando que la mente de Renton se desenrolle a través del tiempo y los continentes, en mitad del caos creado por Spud. El propietario de la galería contempla la escena con odio e indefensión mientras Martin ayuda al personal a retirar las últimas obras de arte. Conrad está disgustado porque ha entrado agua en el equipo de DJ y se ha puesto a dar voces. Carl no entiende su reacción; al fin y al cabo, lo único que hay suyo son los auriculares y la tarjeta USB. Los bomberos y los fontaneros llegan con una prisa casi indecente, los de mantenimiento se ponen manos a la obra y los invitados suspiran, gimotean y parlotean. Fuera, la alarma de incendios sigue chillando como una *drama queen*, a pesar de que hace rato que las cosas parecen estar bajo control. Renton está clavado en el suelo, con un pensamiento único ardiéndole en la mente: *Begbie sabe que estoy pelado. Me ha vuelto a ganar. No puedo dejar que eso pase.*

Y luego está el tema de Sick Boy, que le ha costado

todo, que se ha marchado con Marianne. Begbie se habría contentado con veinte mil por los bustos, pero Sick Boy, por medio de Forrester, le ha tendido una trampa para desplumarlo. Es inaceptable.

Tenía que ir a la ridícula exposición de Begbie por cojones. Estaba loco por ver cómo se le descomponía el careto a Renton después de que Mikey –bajo la influencia de un servidor– pujase por la absurda obra de Franco, ocasionando de este modo el descalabro financiero del pelirrojo. Por supuesto, esa cabeza de bronce no se parece en nada a mí. Sí, los pómulos marcados, la sólida barbilla y la noble nariz están presentes, pero no consigue plasmar mis ojos de intrépido corsario. Por si fuera poco, Franco, con su temperamental virtuosismo, remató la faena al decidir que, después de todo, sí quería que le devolviese el dinero de la droga. Sal en las heridas de Rent Boy, y un toque de sutileza que jamás habría asociado al nombre de Frank Begbie. Mikey me dijo que la cara que puso el sucio traidor de Renton fue un poema. Lástima habérmela perdido.

En la galería, Renton mantiene las distancias y aparenta indiferencia, pero se nota que mi presencia lo incomoda. Se pasea por las instalaciones con Ewart y el holandés seboso. Todo esto, sin embargo, no es más que un aperitivo que precede al plato fuerte: el motivo principal por el que he venido es para ver a Marianne, cuya presencia flota en la exposición como una grácil ánima ataviada con un vestido azul. Va acompañada de dos jóvenes, un chico y una chica, muy guapos los dos, pero superficiales y prescindibles: los típicos que podrías encontrarte haciendo cola para entrar en el bar de moda de George Street. No sé si el chaval es su amante o el noviete de la muchacha; en cualquier caso, Juice Terry lo aparta fácilmente de un codazo en cuanto entra en acción.

Así las cosas, está claro que no hay tiempo que perder. Me desentiendo de mis indeseables socios y me dirijo corriendo hacia ellos. «Terry... Si me disculpas un segundillo... Marianne, tenemos que hablar.»

«¿Ah, sí?» Me lanza la mirada gélida y mordaz que siempre me provoca una punzada justo detrás de los huevos. «Anda y que te follen.»

«Venga, tío, espera tu turno.» Terry me mira con ojos de asesino.

Pero Marianne no aparta los suyos de mí. Se sabe de memoria estas falaces parrafadas de seducción. ¿Cuánto tiempo más puedo seguir con esto? ¿Cuántas veces más podré conseguir que me crea? Siento el poder del *pathos* machacándome por dentro mientras nos visualizo a los dos como víctimas de una enfermedad terminal, con apenas meses de vida por delante. En mi cabeza suena un popurrí de «Honey» de Bobby Goldsboro y «Seasons in the Sun» de Terry Jacks, al tiempo que el tono de mi voz se vuelve bajo y profundo. «Por favor», exhorto. Mi ruego es agónico. «Esto es importante, en serio.»

«Más te vale que así sea», espeta, pero lo cierto es que ha entrado por el puto aro.

«Más te vale, sí, más te vale», dice Terry con rabia mientras agarro de la mano a Marianne, que sigue algo reacia, y salimos por la escalera de incendios. *Tremendo bloqueo acaba de hacerle Williamson a Lawson. El audaz oriundo de Stenhouse estaba convencido de que iba a marcar, pero no contaba*

345

con el defensa central italiano, el *Pirlo de Leith*, que ha aparecido de la nada y le ha hecho un bloqueo justo a tiempo.

Estamos en la escalera de incendios y Marianne me lanza una mirada afilada. «¿Y bien? ¿Qué coño quieres?»

«No puedo dejar de pensar en ti. Cuando me tiraste la copa a la cara en Navidad...»

«Te merecías eso y más. Por cabrón. Por tratarme como a una mierda.»

Inhalo más aire y siento cómo la abstinencia de la cocaína me provoca temblores. «Sabes por qué hago eso, ¿verdad? ¿Por qué me siento atraído por ti y luego te rechazo?»

Marianne continúa en silencio, aunque parece que se le van a salir los ojos, como si le estuvieran metiendo una polla por el culo. Pero no el irrisorio pene presbiteriano de Euan, sino el enorme miembro tamaño férula papal de un macho salvaje, ¡de un buen semental italiano!

«Porque estoy loco por ti», digo con seriedad. «Siempre lo he estado, siempre lo estaré.»

«Vaya, pues tienes una forma bastante peculiar de demostrarlo.»

Qué defensa más chapucera... Se presenta la oportunidad de marcar un tanto. Le acerco la mano a la cara, le aparto su melena estática para acariciarle la mejilla, la miro con profundidad a los ojos, y los míos se humedecen. «¡Porque estoy cagado de miedo, Marianne! Me da miedo el compromiso, me da miedo el amor.» Pongo la mano sobre su hombro y empiezo a arrodillarme. «¿Conoces la canción "I'm Not in Love" de 10cc? El tío que la canta dice que no está enamorado, pero en realidad sí lo está, hasta las trancas; lo que pasa es que no quiere admitirlo bajo ningún concepto. Esa es mi canción para ti», digo y observo cómo su rostro se enciende involuntariamente. «¡Yo soy ese tío! Me da miedo la intensidad de lo que siento por ti.»

«No me jodas, Simon.»

«Mira, sé que quieres pasar de mi puto culo y no te culpo. Sé lo que te estás diciendo a ti misma: ¿a qué viene todo esto, por qué de pronto tiene los huevos de actuar de acuerdo con sus putos sentimientos?» La miro. «Bueno, la respuesta eres tú. Tú has estado ahí siempre. Has creído en mí. Me has demostrado tu amor a lo largo de todos estos años, incluso cuando mi miedo me impedía devolvértelo. Bueno, pues eso ya se ha acabado. Ya estoy harto de huir y de esconderme.» Me hinco de rodillas, a sus pies, y saco el anillo. «Marianne Carr... Sé que te has cambiado el apellido», añado porque he olvidado el actual, «pero para mí siempre serás Marianne Carr, ¿quieres casarte conmigo?»

Me mira, está totalmente en shock. «¿Esto va en serio?»

«Sí», le digo, y rompo a llorar. «Te quiero... Siento todo el daño que te he hecho. Y pienso estar hasta los restos compensándote por ello. Esto es real, tan real como la vida misma», le digo, y la imagino repitiéndole la frase a sus amigas en algún bar de vinos de George Street. *Dijo que era real, tan real como la vida misma.* «Por favor, di que sí.»

Marianne me clava la mirada. Nuestras almas se derriten como caramelitos de anís en una boca caliente –su boca caliente– y pienso en la primera vez que follamos, cuando ella tenía quince y yo diecisiete (en aquella época te tachaban de asaltacunas más que de pederasta), y en todas las veces en que la he seducido, y ella me ha seducido a mí, a lo largo de las últimas décadas.

«Dios... Soy una imbécil, pero te creo... Sí, sí», suspira, y es como si un torrente de agua bajase por las escaleras y me empapase las piernas y los pies.

«Pero ¿qué coño?» Me pongo de pie y ahí está Renton. Me miro la humedad de los pantalones y luego estiro los brazos. «¡Mark! ¿A que no sabes qué? Acabo de...»

Su cabeza vuela hasta mi cara...

31. RENTON: CUENTAS PENDIENTES

Mi frente aterriza en el puente de la nariz del muy hijoputa con un golpe que me sabe a gloria. Intenta agarrarse a la barandilla de un manotazo que resuena como un gong por toda la escalera, pero no puede evitar la caída. Contemplar a ese gilipollas dando tumbos escalera abajo, casi por partes, como uno de esos muelles de juguete de los noventa, es un hermoso panorama. Acaba aterrizando hecho una masa arrugada sobre el frío rellano de la escalera metálica de incendios, empapado por el agua que corre en cascada. Durante unos segundos el miedo se apodera de mí: espero que no se haya herido de gravedad en la caída. Marianne baja a atenderlo y le sujeta la cabeza, mientras le chorrea sangre de la nariz torcida, como de dibujo animado, y le cae sobre la camisa azul y la chaqueta beis. «Qué cojones, Mark», me grita, con los ojos enloquecidos de rabia.

Doy un paso hacia delante. Estoy a punto de arrepentirme hasta que lo oigo protestar: «Qué ataque tan cobarde..., tan indigno...».

«¡Pues peor es que te roben ciento setenta y cinco mil, hijo de puta!»

Marianne, con la punta de la nariz roja, ruge enseñando los dientes: «Pero ¡¿cómo has podido hacer algo así?! ¡Que yo no siento nada por ti, Mark! ¡Que fue un polvo de una noche! ¡Y encima me pegaste la mierda esa!».

«¿Cómo...? ¿Que yo te...?»

Sick Boy se levanta trastabillando. Tiene la nariz torcida y desfigurada. Me siento de nuevo inquieto, como si hubiese encontrado un tesoro escondido para destruirlo después; en su recién inaugurada situación de deforme, es fácil distinguir que la exnoble napia era un importante foco de carisma. Ahora el desastre que tiene en medio de la cara suelta gruesos chorros de sangre sobre su ropa y el suelo metálico abollado. Sus ojos vidriosos rebosan rabia concentrada, y saltan de mí a Marianne. «¿DE QUÉ COJONES VA ESTO?»

Un puñado de aficionados al arte pasan de puntillas junto a nosotros, tensos y acobardados.

¿Marianne quiere decir que yo le pasé...? Vicky... ¡Joder, seguro que le he pasado una ETS a Sick Boy! Es hora de ahuecar el ala. «Os dejaré solos para que podáis daros explicaciones, tortolitos», les digo, y regreso al caos. La puerta se abre de repente y casi me da en la cara: otro grupo de clientes me adelanta chapoteando en el agua.

De nuevo en la exposición, todos muestran preocupación menos Begbie, al que al parecer se la suda la posibilidad de que sus obras salgan dañadas. El agua sigue corriendo por las paredes, pero él está allí de pie con la sonrisa de satisfacción –sí, satisfacción– que solía lucir justo después de haber causado estragos en un pub o en la calle. Ha pasado de ser el tío tenso que se vuelve loco por nada al capullo al que le resbala todo. Busco a Conrad, solo para confirmar que el obeso holandesito, en efecto, se ha esfumado en la limusina con una modelo porno, M8 abajo, en dirección al local donde tiene el bolo. Luego me las piro por la otra salida, con el fin de evitar a Sick Boy y a Marianne. Atravieso la multitud que se marcha y me interno en la noche tranquila para caminar hasta mi hotel. Paso junto a Spud, aparcado en la acera, desplomado sobre el manillar y la cesta de su escúter para discapacitados. Está sumido en un profundo sueño. Si lo despertase ahora, lo pondría en un peligro mayor, puesto que intentaría conducir esa cosa hasta su casa. Será mejor que lo deje. Serpenteo por las cuestas medievales de la ciudad hasta llegar a mi habitación de hotel.

Tras un sueño profundo y reparador, me levanto a la mañana siguiente y veo a Conrad sentado con aquella preciosidad de ojos verdes a la mesa del desayuno. Quien piense que el dinero y la fama no son afrodisiacos debería mirar la pareja que forman ese bellezón y el blandiblú. Les dirijo un gesto de asentimiento y una sonrisa, y me siento solo a un par de mesas de ellos. Odio los bufés de desayuno, así que pido las gachas con frutas del bosque que aparecen en la carta. Hablo por teléfono con mi banco de Holanda para comprobar el estado de mis finanzas en un *crescendo* furioso de holandés e inglés, y me pasan de un empleado especializado a otro. Contemplo a Conrad, que deja a su chica tres veces ni más ni menos para rellenarse el plato; huevos revueltos, beicon, salchichas, budín negro, *scones* de patata (eso es culpa mía, yo le canté sus alabanzas), judías, tomate, pan tostado y bollería –*pain au chocolat,* cruasán–, y, casi como perversión, una ración de fruta fresca y yogur. Luego, mientras la modelo no deja de darle a la lengua hablando de adicciones, él se lo ha zampado todo y yo sigo colgado del teléfono, intentando averiguar cómo me van a dar mi dinero. Bueno, ya no es solo mío. Me faltan tres mil y tengo que arreglar el descubierto, pero me autorizan el dinero que le debía a Franco.

Ahora necesito ir al Banco de Escocia, donde han realizado el giro, así que le digo a Conrad que tengo una emergencia y que nos vemos allí al cabo de una hora para coger el vuelo a Ámsterdam. El banco está a un paseo en dirección a New Town, y no hay taxis hasta Mound, que está prácticamente al lado. Me entregan el dinero, las quince mil cuatrocientas veinte libras sobre las que Franco ha cambiado de opinión. Y eso encima del dineral que solté por los putos bustos, que pronto estarán camino de Ámsterdam. Es ese dinero, a pesar de ser una cantidad más pequeña, el que me ha dejado sin blanca. Y encima, Franco no quiso darme un número de cuenta; pidió que se lo pagase en metálico. Así que estoy peladísimo, y mis únicas propiedades son los pisos de Ámsterdam y Santa Mónica; sin duda me veré obligado a vender uno de los dos. Pero Frank Begbie, o Jim Francis, o como se llame el colega, me ha lanzado el guante y yo lo he recogido.

A petición mía quedamos en un café en el puente de George IV. Ya está allí cuando llego, con gafas de sol y una chaqueta Harrington azul, sorbiendo un café negro a medio terminar. Me siento con mi té y deslizo el sobre por encima de la mesa, hacia él. «Aquí está todo: quince mil cuatrocientas veinte.»

Durante un segundo pienso que va a echarse a reír y va a decirme que estaba de coña. Pero no. «Perfecto», dice, embolsándose el dinero y levantándose. «Creo que aquí acaba nuestro negocio», concluye, como un personaje de culebrón, y el muy capullo, sin más, se larga por la puerta sin volver la vista.

Algo en la cavidad de mi pecho cristaliza, se petrifica y se hunde en mis entrañas. Me siento algo más que traicionado. Me doy cuenta de que así es como Franco se había sentido a lo largo de todos estos años, y que quería que yo experimentase la sensación total y completa de rechazo. De repudio. De ser desechable. Inútil. De veras pensaba que éramos algo más que eso. Pero él también lo pensaba entonces, a su puta y perversa manera. Bueno, el muy cabrón me ha ganado, y ha salido victorioso tras ponerme frente al capullo superficial que una vez fui, o que quizá sigo siendo. Ya ni siquiera lo sé. No sé una puta mierda.

Solo que me doy cuenta de que no tenía forma de ganar. Aparte del miedo, estaban los remordimientos: con el paso de los años, acabaron jodiéndome un montón. Los de Franco no existirán siquiera y, por tanto, no le darán malas noches. A ese tío no le importa la gente. Sigue siendo un psicópata, solo que de otro tipo. Quizá no sea físicamente violento, pero sí emocionalmente frío. Menuda cruz se ha echado encima la pobre Melanie. Por lo menos yo he terminado con él. Me he jodido por completo en el proceso, pero ya he terminado para siempre con ese capullo.

Me echo hacia atrás en el asiento, vacío por completo, pero libre por fin, y compruebo los correos en el teléfono. Hay uno de la amiga de Victoria, Willow...

De: willowtradcliffe@gmail.com
Para: Mark@citadelproductions.nl
Asunto: Vicky

Hola, Mark:

Soy Willow, la amiga de Vicky. No sé si te acuerdas, nos vimos un par de veces en Los Ángeles. Solo quería decirte que Vicky está pasando un mal momento. No sé si te has enterado, pero su hermana murió la semana pasada en un accidente de tráfico en Dubái. Vicky está en Inglaterra, y el funeral es dentro de dos días, en Salisbury. Ya sé que tuvisteis un desencuentro –no sé cuál fue la causa–, pero ella te echa de menos, y sé que agradecería que te pusieses en contacto con ella en este momento tan difícil.

Confío en que este correo no te parezca impertinente ni fuera de lugar.

Espero que estés bien. Matt te manda un saludo; siguió tu consejo y se inscribió en el curso de escritura de guiones.
Un saludo,
Willow

Me cago en la leche...

Llamo a Conrad y alego una emergencia personal. Le toca los huevos, pero qué le vamos a hacer, tendrá que volver solo a Ámsterdam. Pillo un vuelo a Bristol y un billete de tren para Salisbury.

32. EN EL PUNTO DE MIRA

El trabajo estaba hecho, y Jim Francis, enriquecido y satisfecho, se permite relajarse y disfrutar de su primer viaje en primera clase. Sin duda, le miman a uno. Ahora será duro volver a clase turista. Pero rechaza las copas de cortesía ofrecidas por la sonriente azafata. Piensa que la bebida gratuita puede convertir cualquier ocasión en un potencial baño de sangre. Por ejemplo, con el ejecutivo gordo con cara de tomate que va sentado en frente de él, tan detestable y engreído, que no deja de exigir de todo a la azafata. Una cara como la suya reventaría de un solo puñetazo bien dado. Y esos dientes postizos blanqueados se soltarían con mucha facilidad con un buen gancho a la mandíbula. Lo mismo estaría bien clavarle algo, como una batuta, en ese cuello lleno de manchas solares, y contemplar con fruición la sorpresa de esos ojos saltones mientras la densa sangre sale a chorros desde la arteria carótida, poniendo la cabina perdida. Jim Francis o, más bien, Francis Begbie, ensalzaría con sus actos la orquesta de gritos y chillidos de pánico.

A veces echaba de menos la priva.

Aun así, el vuelo se hacía largo. Dilatado y agotador como siempre. Un asiento en primera clase lo hacía más soportable, pero no cambiaba lo que era. Sentía su poder reductor. Dejándolo seco. La cárcel era más sana. ¿Cómo podía la gente vivir así? *Renton: siempre metido en estos putos aviones.*

Melanie va a su lado y muestra un nerviosismo atípico. A Jim Francis le preocupa, pues admira y toma fuerzas de su calma y serenidad natural. Mientras ve una película, siente que la mirada de ella va del Kindle al perfil de él. «¿En qué estás pensando, Jim?»

«En las niñas», responde él. «Tengo ganas de verlas. No me gusta estar lejos de ellas, aunque hayan sido unos pocos días. No quiero perderme ni un segundo de verlas crecer.»

«Me da mucho miedo traerlas de casa de mi madre, sabiendo que él sigue vigilándonos.»

«Seguro que se ha calmado», dice Jim con voz tranquila cuando la obscena imagen de Harry con la cara morada, ahorcado en la manguera y con la lengua fuera, aparece de golpe en su cerebro. «Además, tenemos la cinta. Se comportará; verá el error en sus acciones y buscará tratamiento. Yo pensaba que ya iba a Alcohólicos Anónimos.»

«No estoy tan segura.»

«¡Oye! Tú eres la liberal, la que tiene que ver lo mejor en las personas», ríe él. «¡No dejes que un tipejo débil y penoso cuestione tus creencias!»

Pero Melanie no está de humor para que la chinchen. «¡No, Jim, está obsesionado! Es un enfermo mental.» Sus ojos se abren mucho. «Podríamos mudarnos a Los Ángeles. Incluso a Nueva York. A Miami. El panorama artístico está genial por allí...»

«No, no nos va a hacer huir», dice Jim Francis fríamente, con una voz que les preocupa a los dos, pues es una voz del pasado que ambos conocen bien. Se apresura a retomar su tono transatlántico neutro y prosigue: «No hemos hecho nada malo. Yo no he hecho nada malo. Santa Bárbara es tu casa. Es mi casa».

Sin duda el viaje a Escocia ha estado lleno de acontecimientos. *Renton intentando hacerse el listo comprando* Cabezas de Leith. *Bueno, pues ya las tiene, ¡y a qué precio! ¡Ojito con lo que deseas, Rent Boy!* Jim deja que su relajación triunfal se transforme en sopor con ayuda de las opciones de entretenimiento del vuelo: la película de la Guerra del Golfo de Chuck Ponce titulada *Cumplieron con su deber*, la recomendada por Spud.

Ponce interpreta a un oficial de las fuerzas especiales de la marina que se escapa de una prisión iraquí y llega a un campamento en el desierto donde el enemigo tiene retenido a un equipo de voluntarios. Se infiltra en el recinto y descubre que las armas de destrucción masiva tan difíciles de encontrar están almacenadas allí. Se enamora de una de las voluntarias, interpretada por Charmaine Garrity. Sigue una secuencia de mucha acción en la que el actor acaba colgado del ala de un avión, lo cual demuestra que Chuck tenía gusto por las alturas. Pero en la vida real era fundamental tener esas pantallas verdes, los arneses y a los dobles de acción. Jim se duerme justo después de la frase más memorable de Chuck, cuando, alargando las palabras, habla con un general iraquí: «Dile a tu jefe, Sadam Husein, que a este americano no le gusta la arena en el pavo y que está decidido a llevar a esta buena gente a casa por Acción de Gracias».

En el aeropuerto recogen la ranchera del aparcamiento para largas estancias y Jim se pone al volante durante el trayecto de dos horas hasta Santa Bárbara. Recogen a sus hijas y a Sauzee, el bulldog francés, en casa de la madre de Melanie y siguen su camino agradecidos. Melanie conduce este tramo, y Jim va en el asiento de al lado. Grace está encantada de estar con ellos, igual que Eve, la pequeña, aunque esta se queda mirando a Jim con un aire de reproche. «No me gusta cuando te vas, papá. Me da rabia.»

Jim Francis se vuelve hacia su hija. «¡Oye, pitufa moco-sa! ¿Sabes qué tienes que hacer cuando te enfades por algo?»

Eve niega con la cabeza.

«Respira hondo y cuenta hasta diez. ¿Puedes hacer la prueba?»

La niña asiente, cierra los ojos y llena agresivamente los pulmones de aire. Melanie y Jim intercambian una sonrisa cuando la ranchera abandona la autopista 101.

Esa noche, tras meter a las niñas en la cama, la fatiga se apodera de ellos. Melanie, sentada con su marido en el sofá, le aprieta la mano y declara: «Estoy muy orgullosa de ti. Has llegado muy lejos. No tanto por el dinero, aunque nos abre muchas puertas. Ahora podemos ir a donde queramos».

«A mí me gusta estar aquí», insiste Jim. «Santa Bárbara es una ciudad estupenda. A las niñas les encanta. Les encanta ver a tu familia. A Grace le va muy bien en clase, y Eve irá pronto al colegio. No te preocupes por Harry, va a entrar en razón. Y tenemos la cinta.»

A Harry se le daba bien la vigilancia. La noticia del re-greso de la familia Francis le provocó nervios y entusiasmo a partes iguales. No se había atrevido a volver a la casa, prefi-rió ir al colegio de la hija mayor y quedarse fuera esperando hasta que la recogió Melanie en vez de la abuela de la niña. Harry dio marcha atrás para rodear el barrio, y descubrió que Jim también estaba allí. Osó echar un vistazo por el re-trovisor cuando este pasaba, y lo vio, quieto como un muer-to, mientras vigilaba a un cachorro que cagaba en el césped de la casa. Tomó la vía que serpenteaba junto al bloque de casas donde se encontraba el hogar de los Francis y después aparcó. Saltó la barrera y se adentró en el arbolado callejón sin salida que colindaba con el patio trasero de la vivienda; una vez allí, fue gateando con una bolsa de cuero a la espalda, en cuyo interior llevaba el rifle de asalto. Desde arriba todavía oía el ruido del tráfico en la autovía. Aquel era el lugar perfecto, a cierta distancia de su objetivo, detrás de un roble pequeño, escudado por el denso follaje.

Sacó el rifle, lo montó y colocó la mirilla. Su corazón se aceleró cuando vio, asombrado, que su presa estaba en el jardín trasero. Harry miró a Jim Francis por la mirilla cuando se agachó para coger a una de sus hijas, la más pequeña, la que más atención requería. Para su sorpresa y fría aversión, se dio cuenta de que había llevado el punto de mira a la regordeta cabeza de su hija menor. Ese disparo era el que más les dolería a Francis y a ella, a Melanie. El deseo de apretar le produjo mareos y sintió que le temblaba el rifle cuando, con mucha fuerza de voluntad y concentración, apartó el dedo del gatillo.

No, no, no...

A las niñas no. Ni a él tampoco, al menos hasta que obligara a Melanie a ver lo que Francis era en realidad. Hasta que le confesara que había matado a aquellos hombres en la playa. Matar era fácil. Pero poco satisfactorio. Venganza, justicia y redención absoluta: aquel era el camino hacia el estado de gracia, y Harry tenía que luchar por alcanzarlo.

De nuevo apuntó a Francis cuando la niña corrió al interior de la casa. Su presa tenía la mirada perdida en la lejanía. Incluso a esa distancia, y a pesar de que Harry estaba entrenado en el poder de la muerte, el hijoputa ese tenía algo que le ponía los pelos de punta. Sintió una presión en el cuello, pero solo era un recuerdo. El aumento de pulsaciones, en cambio, era real.

Podrías disparar y punto...

El sol estaba casi en su cénit. Pronto la lente de la mirilla brillaría entre la maleza, y Francis lo vería con aquellos ojos intensos que funcionaban como un radar. Harry bajó el arma, la guardó en la bolsa y se la echó al hombro. Trepó por la ladera, saltó la barrera para regresar a la vía de acceso. Se subió al coche y condujo hasta la autopista.

El comportamiento de su enemigo había convencido a Harry de que solo había un modo de resolver aquello. Cuando atacara, tenía que ser definitivo, y Jim Francis dejaría de existir. Pero no bastaba con eso. Ella tenía que saberlo, claro que sí, Melanie tenía que saber exactamente con qué se había casado, tenía que saber que su vida era una mentira sórdida y patética.

Cuarta parte

Junio de 2016
Brexit

33. RENTON: VICTORIA'S SECRET

El tren entra en la estación de Salisbury. Salgo y me despido de los dos soldados con los que venía charlando durante el breve viaje desde Bristol. Hemos intercambiado historias; yo les conté lo de mi hermano, que voló por los aires en Irlanda del Norte hace ya tres décadas. Nada más contarlo me sentí mal, como si los dejase en pleno bajón. Según te vas haciendo viejo tienes que luchar más para no ser socialmente inapropiado, porque uno se vuelve propenso a estallidos emocionales narcisistas. Los chavales eran majos y el hecho de que fuesen de uniforme es la prueba constante de que un Estado nación no es un constructo amable si no eres rico.

Estoy nervioso, porque no he obtenido respuesta al mensaje que le envié a Victoria para decirle que iba de camino a Salisbury y en qué tren venía. Le dije que la vería en el crematorio. Estoy pensando que a lo mejor Willow no lo ha pensado bien y el tío que le pasó los bichitos es la última persona a la que quiere ver en el funeral de su hermana. Pero, para mi sorpresa, me está esperando allí, en el andén de la estación. Ahora parece más menuda, más pequeña y asustada. Las circunstancias le han arrebatado su viveza. El rubio californiano ha dado paso a un moreno inglés. Parece tanto sorprendida como aliviada cuando la rodeo con mis brazos. Era o bien eso, o tocarle la mano y decir algo demasiado frío. «Ay, Vic, cuánto lo siento», le susurro al oído, y su cuerpo tenso se relaja en mi abrazo; eso me indica que he acertado. Y pensar que venía ensayando clichés del tipo *¿qué tal lo estás llevando?* Es irrelevante, porque las lágrimas que le corren por la cara y los sollozos que la ahogan proporcionan toda la información necesaria. Es como abrazar un martillo neumático de los que se usan para agujerear carreteras. Así que lo único que puedo hacer es esperar hasta que remitan un poco y luego proponerle al oído que vayamos a tomar un té.

Levanta la vista con los ojos arrasados. Ha hecho bien en no ponerse rímel. Sus labios se curvan hacia abajo en una extraña parodia infantil de la tristeza, algo que no había visto antes en ella. La cojo del brazo y, al salir de la estación victoriana de ladrillo rojo, lo primero que veo son las hermosas agujas de la catedral que domina la ciudad. Me lleva a un salón de té para turistas situado en una serpenteante calle comercial. Es un sitio recargado y con el techo bajo donde dos mujeres, una un poco más mayor, del tipo encargada decidida, y la otra, más joven, como en periodo de prueba, charlan y se afanan detrás del mostrador. Pido té y unos *scones*, y nos sentamos lejos de la ventana a petición de Vicky. Por supuesto: no querrá que la vean así en su ciudad natal. «No hacía falta que vinieses hasta aquí por mí, Mark», dice en tono lastimero, y se le quiebra la voz.

«Pues mira, no estoy nada de acuerdo en eso», le digo. Joder, me echaría encima todo el dolor del mundo en este momento solo para aliviar un instante la tristeza que la asfixia. No puedo creer que haya dejado pasar tanto tiempo sin verla.

«Lo siento», dice, luchando por contener las lágrimas, mientras su mano cruza la mesa para aferrarse a la mía. «Esto es una gilipollez horrible, y además, de lo más vergonzoso.»

Se obliga a inspirar profundamente, hasta que el aire le llega a los pulmones. Su voz aún suena débil, como si saliese de algún sitio mucho más profundo de lo normal. «Estuve un tiempo con un tío, un tal Dominic...» Se detiene porque la chica joven aparece nerviosa con el té y los *scones* que he pedido y los pone sobre la mesa. Le sonrío y percibo la mirada de desaprobación de la encargada, que me observa como si yo pretendiera poner a la chica a hacer la calle.

Cuando se va, Vicky prosigue. «Dominic y yo teníamos una relación abierta, pero ya lo sabes... Y él no usaba protección...»

Joder... No me lo creo... Vicky no, mi rosa inglesa no..., mi rosa clamidiosa...

«Y tú no estabas, y como no habíamos hablado, en plan definir dónde iba la cosa...», dice mirando hacia abajo. «Yo notaba que había algo entre nosotros, pero no sabía si me pasaba de presuntuosa...»

Qué cojones, colega, me cago en todo... El salón de té es terriblemente inglés, con su cortinaje, sus aperos de labranza falsos y sus juegos de té de delicada porcelana fina. Me siento como si fuésemos dos barritas de explosivo en un molde de flan. «No tenemos que hablar de esto ahora, cariño», le digo, pero sé que aunque quisiera no podría detenerse.

Vicky niega con la cabeza y esboza una sonrisa tensa, sin oír del todo lo que he dicho. «En fin, que me pasó algo, me trajo un regalito de Tailandia...» Vicky levanta la vista.

Le está costando muchísimo esto. Es horrible verla así, pero si supiese qué alivio supone para mí oírlo, después de pensar que el regalito se lo había traído yo...

«Fue antes de que tú y yo estuviésemos..., bueno, lo que sea...», prosigue mientras se muerde el labio inferior. «No lo sabía, Mark. Te lo pasé, ¿verdad? Sí. Lo siento.»

Deslizo la silla junto a la de Victoria, la traigo hacia mí y le paso el brazo por los hombros. «Cosas que pasan, cariño.

Una visitilla al médico, una semana de antibióticos y ya está. No es importante.»

«Es la primera vez en mi vida que he cogido una enfermedad de transmisión sexual. De verdad», dice, con los ojos abiertos de par en par y la palma de la mano en el corazón.

«Por desgracia yo no puedo decir lo mismo», confieso, «aunque hacía mucho tiempo. Ya te lo he dicho, estas cosas pasan. Y no puedo señalarte con el dedo porque hayas estado con otra persona. Mi instinto es salir corriendo cuando los sentimientos empiezan a ganar intensidad.»

«Pero tú dijiste que estuviste con esa mujer, Katrin, bastante tiempo. A lo mejor no tienes tanta fobia al compromiso como crees», dice con generosidad.

«Era una relación emocionalmente estéril, y sospecho que eso nos venía bien en aquella época», le explico mientras veo que la encargada me mira como si fuese un rottweiler que acaba de cagar en el césped de su jardín. «Y luego llegó Alex, que tenía ciertas necesidades, así que me quedé más tiempo del que debía, intentando que la cosa funcionase.»

«Ojalá no te lo tomaras tan bien... Quiero decir, le pasas una clamidiasis a un tío y él te dice que no importa... Pero sí. Sé que por eso no me llamaste más.»

«No... Yo también estuve con otra persona», admito. «Alguien del pasado. No fue nada y, como tú dices, las cosas todavía no estaban claras, pero pensé que había sido yo quien te la pasé a ti.»

«Ay, Dios, vaya par», boquea con algo parecido al alivio. Me pregunto si se cree lo que le he dicho o piensa que me lo estoy inventando para hacerla sentir mejor. «¿Cómo es que...? ¿Fue Willow...? ¿Sabe lo de la ETS?»

«Sí, fue ella, y no, no sabe lo de los bichitos. Ya te lo he dicho, esas cosas pasan. Fue un accidente tonto. Tu hermana, cariño... Eso es lo que importa. Lo siento.» Abrazo con fuerza a Victoria. Entonces siento una sacudida, porque me vienen Marianne y Emily a la mente, mientras mis dedos se entrelazan dolorosamente con los suyos.

«Eres de veras un buen tío, Mark», dice Vicky, arrancándome de mi propia angustia latente. Esto es una puta montaña rusa. Ni siquiera puedo hablar. Pensé que hacerse mayor facilitaría las cosas. Y una mierda.

Sus ojos grandes y atormentados. Quiero sumergirme en ellos. Apenas he reaccionado al peor cumplido que se le puede hacer a alguien como yo: *un buen tío.* Cuando mis oídos de Leith oyen eso, siempre lo interpretan como eufemismo de *capullo*, aunque ella no iba por ahí. A veces uno tiene que superarse a sí mismo. Pasar de las voces que lleva toda la vida oyendo en su cabeza. De toda la mierda que has dejado que te defina: la ignorancia, la certidumbre y la reticencia. Porque todo eso no son más que gilipolleces. No eres más que un trabajo en curso hasta el día que te caes de este mundo porque has sido señalado por la muerte. «Te quiero.»

Vicky levanta la cabeza y me mira; sus lágrimas irradian alegría y dolor. De la nariz le sale una burbuja de mocos que estalla. Le paso una servilleta. «¡Ay, Mark, gracias por decirlo tú primero! Echaba tanto de menos verte. ¡Joder, te quiero mucho, y pensaba que la había liado mogollón!»

Soy un inútil a la hora de encajar elogios y esto es lo mejor que puedo hacer. Respondo con humor para reducir la insoportable tensión y el rapto asfixiante que siento en mi interior. «Si te refieres a los mocos que se te acaban de salir, pues sí, la has liado bastante. Si te refieres a ti y a mí, me temo que no te vas a escapar tan fácilmente.»

Vicky acerca su cara preciosa, enrojecida y sollozante a la mía, y los besos de sus labios me abrasan el alma. Noto el sabor de la secreción salada que le sale de la tocha y gotea sobre nuestros labios, y me encanta. Nos quedamos allí sentados durante un buen rato, sin pensar siquiera en la evidente vigilancia de la encargada, y hablamos sobre su hermana.

Hannah trabajaba para una organización humanitaria en África y estaba de vacaciones en Dubái cuando se produjo el accidente en el que murió. Un conductor que iba por el carril contrario sufrió una parada cardiaca, perdió el control y colisionó de frente con ella, matándola en el acto. La ironía es que él sobrevivió y consiguieron reanimarlo; solo sufrió heridas leves. Vicky mira el reloj, y es evidente que ha estado posponiéndolo. «Deberíamos ir hacia el crematorio», dice.

Pago a la chavala joven y le dejo una buena propina. Esboza una sonrisa de gratitud, y la encargada vigila nuestra marcha con expresión adusta, al más puro estilo Thatcher. Fuera, atravesamos el Queen's Gardens, junto a las herbosas orillas del río Avon. «Qué bonito es esto. Ojalá hubiese más tiempo para poder ver Old Sarum y Stonehenge.»

«Cariño, vamos a tener que continuar este romance en Los Ángeles, porque se te ha puesto un acento tan fuerte que apenas te entiendo.» Se ríe y mi alma se inflama.

«¿Verdad? Es que últimamente he venido mucho por aquí, a ver a algunos antiguos amigos.»

«Yo estoy temiendo el encuentro con los míos, porque también eran los amigos de Hannah.»

Joder, ojalá pudiese cargar con el dolor de Vicky, pero ese es el elemento narcisista del discurso amoroso. No es tuyo, no puedes apropiártelo. Lo único que puedes hacer es estar ahí.

A lo mejor es una observación algo insensible, pero Salisbury tiene el crematorio más guay que he visto nunca, con sus paredes imitando un tablero de ajedrez y su torre. Mientras los asistentes se van saludando, dejo que Vicky se ocupe de la lúgubre tarea de charlar con ellos y demás. Un asistente que advierte mi interés por la arquitectura me explica que fueron los escandinavos quienes diseñaron el espacio. Para mí es más alegre que lúgubre, y me recuerda a los viajes de DMT, como una plataforma de lanzamiento a la próxima vida. Sin embargo, el funeral es una mierda, porque la muerte prematura de una persona joven siempre lo es. Por supuesto, yo no conocía a Hannah, pero las manifestaciones de pena y sufrimiento son lo bastante reales como para demostrar que se trataba de una mujer admirable y muy querida. Hablan del trabajo de Hannah en el Voluntary Service Overseas, que culminó en varias ONG de Etiopía y Sudán, antes de trabajar para una organización sin ánimo de lucro por los derechos humanos con sede en Londres. El tipo de persona a la que un gilipollas integral que nunca había hecho nada por nadie en su puta vida, y menos por sí mismo, le pegaría la desdeñosa etiqueta de «buenista». «Ojalá la hubiese conocido. Es como si echase de menos no haberla conocido», le digo a Vicky.

En su lugar, conozco al resto de la familia de Victoria y a sus amigos. Salta a la vista que su madre y su padre están hechos polvo, como si les hubiesen arrancado todo; sus ojos muestran una esencia vital enflaquecida, enmarcada en una palidez cenicienta. Yo he perdido a dos hermanos y a mi madre, pero aun así siento que no me hago a la idea del tremendo camino que tienen por delante hasta que vuelvan a algún tipo de normalidad. Vicky ayuda, y se aferran a ella como lapas. Advierten el lazo que nos une y no parece disgustarlos. Seguramente les gustaría que yo fuese algo más joven. Bueno, normal, a mí también.

Como suele pasar en los funerales, me da por pensar en la gente que conozco. En que tengo que pasar más tiempo con ellos. Tardo unos dos minutos en poner a prueba este propósito cuando enciendo el teléfono después del servicio en la capilla ardiente. Vuelvo a leer el antiguo correo de Victoria. No me estaba mandando al carajo, estaba presuponiendo que yo lo haría por haberme pasado los bichitos. Después veo tres llamadas perdidas de un número fijo de Edimburgo. Lo primero que pienso es: *mi padre*. Tiene buena salud, pero ya no es un chaval. Las cosas pueden cambiar en un abrir y cerrar de ojos. Cuando vuelve a sonar el mismo número, contesto mientras contemplo a Vicky y a sus padres dando la mano a la gente que se marcha.

«Mark, soy Alison. Alison Lozinska.»

«Ya lo sé, Ali. Te he reconocido por la voz. ¿Cómo estás?»

«Yo bien. Te llamo por Danny.»

«¿Spud? ¿Cómo está?»

«Nos ha dejado, Mark. Murió esta mañana.»

Joder.

Spud no.

Mi viejo compañero de desventuras no, Spud, con su nariz mocosa no... Berlín... Qué cojones...

Siento que mi interior se rompe en pedazos. No me creo una palabra. No me lo trago. «Pero... si estaba mejor...»

«Ha sido el corazón. Han dicho que se había debilitado a causa de la intoxicación que siguió a la donación de riñón.»

«Pero si... Joder... ¿Qué tal tu hijo...?» Se me enciende una bombilla con el nombre. «Andy..., ¿cómo se lo ha tomado?»

«Se siente fatal, Mark. Cree que debería haber ayudado más a su padre.»

«No podía ser el padre de Spud, Ali. No le correspondía.»

Ali guarda silencio un largo rato, y me pregunto si ha colgado. Cuando voy a hablar, suena de nuevo su voz. «Por lo menos, me alegro de que Danny hiciese algo bueno con su vida, y de que donase el riñón para salvar a la niña esa.»

Está claro que esa es la versión que se ha difundido, así que mejor me callo. «Sí, fue estupendo lo que hizo. ¿Cómo...? ¿Qué pasó...?»

«Tuvo un ataque al corazón grave hace unos días que

casi lo mata, y los médicos dijeron que era posible que sufriese otro. Oye, Mark, Danny dejó algo para ti. Un paquete.»

«Vuelvo mañana», digo, y veo a Vicky acercándose a mí. «Mira qué cosa, ahora mismo estoy en un funeral en Inglaterra. Tengo que dejarte. Te llamo luego y nos vemos mañana.»

De repente estoy en sintonía con el funeral. Ya no soy un turista de paso por el desconsuelo ajeno, sino que bullo en mi propia burbuja emocional. Regresamos a la ciudad, al King's Head Inn, donde se va a celebrar la recepción, que, con el despiste que tengo, no soy capaz de dejar de llamar el *after*. Llevo demasiado tiempo en Clubilandia. Tras un poco de charla trivial con los asistentes, Vicky me dice: «Necesito un poco de aire. Ven, vamos a dar un paseo por Fisherton Street».

«Por donde tú quieras», le respondo, y la cojo de la mano.

Cuando salimos, empiezo a hablar de Spud. Me disculpo de inmediato, y le digo que me doy cuenta de que no es el momento de Spud ni el mío, pero es que acabo de enterarme y ha sido un duro golpe. Se lo toma bien; me empuja hacia el umbral de una tienda de lanas y me abraza con fuerza. Susurro: «No voy a decirte que sé cómo te sientes, porque no es verdad. Mi hermano Billy y yo teníamos una relación muy diferente de la que tú mantenías con Hannah. Pero éramos jóvenes cuando lo perdí. Me gustaría pensar que, si hubiese vivido, con el paso del tiempo habríamos estado más unidos», le digo. No me puedo creer lo que estoy diciendo. No entiendo por qué hago ahora, después de tantos años, el duelo de Billy, tanto como el de Spud. Estoy lloriqueando al pensar en ellos, y en otros viejos colegas como Tommy, Matty y Keezbo.

«Hannah y yo nos peleábamos un montón», se ríe. «Solo

nos llevábamos un año y teníamos el mismo gusto para los chicos. Te haces una idea, ¿no?»

Mientras avanzamos calle abajo, pienso que Billy y yo nunca tuvimos el mismo gusto para las chicas, aunque la verdad es que me follé a su prometida embarazada en el baño tras el funeral. Me froto los ojos, como intentando borrar el recuerdo. Sí, definitivamente calificaría dicho comportamiento de ruindad. Entonces Vicky se estremece de repente, como leyéndome el pensamiento, pero es una reacción a otra cosa. Son dos chicas, riéndose, juguetonas, caminando por la calle comercial de estrechos edificios blancos. Lo más seguro es que vayan a un bar o algún otro sitio por aquel camino que ella y Hannah cruzaban con regularidad de adolescentes, o cuando volvían a casa a ponerse al día. El borboteo de su risa juvenil debe de ser un golpe terrible para ella ahora mismo.

Paso la noche en casa de los padres de Victoria, y duermo con ella en una cama individual. En realidad no es su cama antigua, me explica; esa la tiraron cuando hicieron la habitación arriba, hace alrededor de una década. Le cuento que mi padre todavía tiene mi habitación casi como yo la dejé, a pesar de que yo nunca pensaba en la casa como mi hogar después de Fort House. Susurramos, nos besamos y hacemos el amor con ternura, pues los dos nos hicimos las pruebas de la clamidiasis tras los tres meses y dieron negativo. Me cuesta dejarla al día siguiente, quiero que estemos juntos hasta que volvamos a California, pero sus padres la necesitan ahora más que yo. No me veo capaz de soportar ni siquiera un vuelo corto, así que cojo el tren hasta Edimburgo porque creo que así tendré más tiempo para reflexionar.

Llego a la ciudad al caer la tarde, me dirijo a casa de mi padre y entro con mi llave. No está en casa, es la noche que le toca ir al Dockers Club con sus amigos. Su rutina se ha grabado en mi conciencia tras un millón de llamadas telefónicas. Quién sabe cómo habría reaccionado si hubiese visto el contenido del paquete de papel de estraza con cinta adhesiva que Alison trae.

Alison ha cambiado. Ha cogido peso, pero lo lleva con una seguridad casi exuberante. Por debajo de su tristeza por Spud, luce una capa de satisfacción. Siempre fue un alma vivaz, a pesar de estar continuamente huyendo de una nube negra que se cernía sobre ella. Eso parece haber desaparecido.

Contemplo el paquete marrón que tengo en el regazo. «¿Lo abro ahora?»

«No», dice Ali. «Decía que solo podías verlo tú.»

Lo meto debajo de la cama y ponemos rumbo al gran Wetherspoons, en la parte baja de Leith Walk, para tomar una copa. A Ali le ha ido bien; fue a la universidad siendo ya madre soltera para estudiar Filología Inglesa, después a Moray House School of Education, y ahora da clases en el instituto de Firhill. Aun así, ella no lo ve como un gran logro. «Tengo cantidad de deudas y siempre las tendré, además de un trabajo increíblemente estresante que me está matando. Y todo el mundo alaba mi éxito», dice entre risas.

«La única gente que tiene éxito es la del uno por ciento. Lo único que hacemos los demás es pelearnos por las migajas que se les caen a esos hijos de puta de la mesa. Y sus medios de comunicación siempre nos están diciendo que todo va bien, o, si no, que es culpa nuestra. Supongo que tienen razón en lo segundo: si estás de mierda hasta arriba es porque lo consientes.»

«¡Qué coño, Mark, esta conversación me está deprimiendo un huevo! ¡La oigo a diario en la sala de profesores!»

Pillo lo que quiere decir. No tiene sentido instalarse en la mierda del mundo, aunque la montaña sea cada día más gorda. «¡Los Hibs han ganado la Copa! Es imposible no creer en el potencial revolucionario y transformativo de la ciudadanía humana en esas circunstancias!»

«Mi hermano estaba en el campo. Está preocupado porque ya tiene una sanción permanente que le prohíbe acercarse al estadio. Me alegro de que Andy nunca haya mostrado mucho interés por el fútbol. Es como casi todo ahora en la cultura de la clase obrera: un camino a la cárcel por cualquier chorrada.»

«¿Quién es la deprimente ahora?», me río. Ella se une a las risas, cosa que le quita años de encima.

Qué alegría volver a ver a Ali; nos hemos tomado unas copitas y ambos estamos un poco pedo al marcharnos. Intercambiamos direcciones de correo electrónico, abrazos y besos. «Te veo en el funeral», digo.

Asiente y bajo por Great Junction Street. Esta parte de Leith lleva luchando por salir a flote desde que la recuerdo; mi vieja y la tía Alice llevándome al Clocktower Cafe, de la cooperativa de Leith, a tomar un zumo; el viejo State Cinema, que lleva mucho cerrado, donde Spud, Franco y yo íbamos a las matinés de los sábados; el hospital de Leith, donde me dieron mis primeros puntos, por encima del ojo, después de que algún capullo me estampase el asiento del columpio en pleno careto. Todos edificios fantasmas. Cruzando el puente sobre el río, un lugar de fantasmas.

Papá no ha vuelto todavía –menudo borrachín–, así que abro el paquete.

Hay una tarjeta. Solo dice:

Mark:

Lo siento, colega. En aquel momento no pensé que significaría tanto para tu familia.

Con cariño,

Danny (o «Spud»)

La tarjeta está colocada sobre unos vaqueros. Unos Levi's. 501. Lavados y doblados. Mi primer pensamiento es: qué cojones, y después caigo. El anuncio con Nick Kamen. Billy poniéndoselos, tirando de ellos, el chuleta semental encantado de conocerse, antes de salir a follarse a Sharon o a otra perica. Mientras que yo, virgen y renuente, me quedaba tirado en la cama leyendo el *New Musical Express*, pensando en las pibas del cole y en mi ardiente deseo de desvirgarme en la estación de mercancías. Donde hacía años que no pasaba ningún tren. Deseoso de que ese presumido se largase para poder machacármela con las imágenes de Siouxsie Sioux y Debbie Harry que con tanta amabilidad me proporcionaban las revistas de la editorial IPC.

Y de repente mi madre, que entra en tromba del jardín reseco, con los ojos embarrados de rímel a lo Alice Cooper, gritando, diciendo las primeras palabras que recuerdo tras la muerte de Billy, que se lo han llevado todo, *se han llevado hasta los vaqueros de mi niño...*

Spud los había tenido guardados todo este tiempo. Ni siquiera fue capaz de venderlos o darlos. Y devolverlos le daba demasiada vergüenza... ¡Menudo sentimental robatrapos! Me lo imagino sentado, temblando de abstinencia en uno de los bancos traseros de la iglesia de Stella Maris, mientras contemplaba a mi vieja encendiendo otra vela por Billy, y quizá oyéndola decir: *¿por qué han tenido que llevarse su ropa, sus vaqueros...?*

Billy siempre tuvo una treinta y cuatro, y yo una treinta y dos. Igual ahora me quedan bien. «Quién sabe lo que le pasaría a Murphy por la cabeza», musito. No puedo contarle esto a Ali, al menos no ahora. Es el padre de su hijo.

Y luego, el paquete que había bajo los vaqueros. Lo abro. Es un tocho escrito a máquina, con algunas correcciones hechas a mano. Sorprendentemente, tiene el mismo estilo de mis viejos diarios de yonqui, aquellos con los que siempre pensé que alguna vez podría hacer algo. Está escrito en esa especie de jerga escocesa a la que cuesta un poco acostumbrarse. Pero después de descifrar unas cuantas páginas, me doy cuenta de que es bueno. Qué cojones, es muy bueno. Me tumbo sobre la almohada, pensando en Spud. Oigo que entra mi viejo, así que meto el tocho debajo de la cama y voy a saludarlo.

Ponemos el hervidor y hablamos de Spud, pero no soy capaz de contarle lo de los vaqueros de Billy. Cuando se va al sobre, yo no consigo dormirme y necesito hablar con alguien y compartir tanta noticia lúgubre. No puedo hablar con Sick Boy. Es lamentable, pero no puedo. Por alguna razón, la única persona que me viene a la mente en ese momento es Franco, aunque seguro que se la suda. Pero le mando un mensaje, por los viejos tiempos:

No sé cómo decirlo: Spud murió esta mañana. Su corazón no aguantó.

Y el muy gilipollas me suelta:

Qué pena.

Y eso es lo que le importa. Un hijo de puta con todas sus letras. Estoy indignado, y le mando un mensaje a Ali para decírselo.

De inmediato llega una respuesta benévola:

Él es así. Vete a la cama. Buenas noches.

34. FORT HOUSE CONTRA LOS BANANA FLATS

El sol brilla obstinadamente en un cielo sin nubes, como provocando a posibles alborotadoras procedentes del Mar del Norte o del Atlántico. El verano ha brotado con su habitual promesa, pero ahora hay movimiento de verdad. El viejo puerto de Leith parece extenderse bajo la perezosa vulgaridad del calor alrededor de la iglesia de Stella Maris, desde Kirkgate, el centro comercial de los años setenta –ahora caído en desgracia–, y los bloques de pisos por un lado, hasta el oscuro pulmón de Constitution Street, junto al muelle, por el otro lado.

A pesar de las tristes circunstancias, Mark Renton y su novia Victoria Hopkirk son incapaces de reprimir un acceso de nerviosismo y ligereza provocado por el primer encuentro de ella con Davie Renton. El padre de Mark nunca ha puesto pie en una iglesia católica. Como protestante de Glasgow, al principio le molestaba por razones eclesiásticas, pero cuando su testarudo sectarismo empezó a declinar, se puso a competir con la Iglesia por el afecto de su mujer. Era el lugar de refugio de Cathy, indicativo de una vida que no podía compartir con él: es decir, competencia. La culpa le carcomía, porque ahora todo le parecía una trivialidad. Para calmar sus nervios, Davie se ha tomado unos tragos de más. Al ver a su hijo en la iglesia con su novia inglesa afincada en los Estados Unidos, imita el elegante tono de Bond y, besando la mano de Vicky, afirma: «Mi hijo nunca ha mostrado buen gusto con las mujeres», para soltar luego la gracia: «hasta ahora».

Es tan ridículo que los dos se ríen en voz alta, obligando a Davie a unirse a ellos. Sin embargo, esta reacción provoca una mirada reprobadora de Siobhan, una de las hermanas de Spud, así que reprimen el júbilo. Saludan con seriedad a otros asistentes al entrar en la iglesia. En el palacio hortera contrarreformista repleto de iconos de la cristiandad, a Victoria le sorprende lo diferente que es esa ceremonia de la cremación de su hermana. El cuerpo de Daniel Murphy yace expuesto en un féretro abierto, a la espera de la misa completa de réquiem.

Renton no puede evitar cruzarse con Sick Boy, que ha venido con Marianne. Después de un saludo tenso con la cabeza, se quedan en silencio. Ambos quieren hablar, pero ninguno consigue sortear ese poderoso saboteador que es el orgullo. Después de eso, se esfuerzan con diligencia por no cruzar miradas. Renton se da cuenta de que Vicky y Marianne se han mirado la una a la otra y está decidido a que mantengan las distancias.

Pasan en fila junto al ataúd. Renton se siente incómodo al percibir que Daniel Murphy tiene buen aspecto, mejor que en los últimos treinta años –los empleados de la funeraria se merecen una medalla por su trabajo–, con la bufanda de los Hibs que encontró en Hampden plegada sobre el pecho. Renton recuerda el viaje de DMT y se pregunta dónde estará su amigo. Piensa en lo mucho que le ha cambiado esa experiencia, pues antes sencillamente habría supuesto que Spud se había extinguido por completo, como Tommy, Matty, Seeker y Swanney antes que él. Ahora no está tan seguro.

El sacerdote se alza y pronuncia un sermón convencional. La familia de Spud al completo siente escalofríos ante el exiguo consuelo psíquico que ofrece el cura. La ceremonia no tiene nada de destacable hasta que Andy, el hijo de Spud, sube al pulido púlpito y dedica unas palabras a su padre.

Andrew Murphy se parece tanto a Spud de joven que Renton se queda asombrado. Pero su voz socava dicha impresión, pues es más educada, menos edimburguesa y tiene un deje del norte de Inglaterra. «Mi padre trabajaba haciendo mudanzas. Le gustaba el trabajo manual, le encantaba el optimismo de la gente cuando se mudaba a una casa nueva. De joven se quedó sin empleo. Igual que una generación entera, cuando se perdieron los trabajos manuales. Papá no era un hombre ambicioso, pero era muy buena persona a su manera, amigo de sus amigos.»

Al oír esas palabras, Renton siente un tirón insoportable en el pecho. Se le empañan los ojos. Quiere mirar a Sick Boy, que está sentado detrás de él, pero no puede.

Andrew Murphy prosigue. «Mi padre quería trabajar. Pero no tenía habilidades ni cualificaciones. Para él era importante que yo recibiera una formación. Y la tuve. Ahora soy abogado.»

Renton mira a Alison. A pesar de sus lágrimas, la mujer resplandece de orgullo ante el discurso de su hijo. ¿Quién, piensa Renton, hablará en su funeral? Recuerda a Alex y se le hace un nudo en la garganta. Cuando él muera, su hijo estará solo. Siente la mano de Vicky apretando la suya.

Andrew Murphy cambia el tono.

«Y dentro de unos años, quizá cinco, quizá diez, tal vez yo me quede sin trabajo, igual que mi padre. Desaparecerán los abogados, como ocurrió antes con los obreros. Se quedarán obsoletos por culpa del *big data* y la inteligencia artificial. ¿Qué haré entonces? Bueno, pues ya veremos cuánto me parezco a él. ¿Qué le diré a mi hijo dentro de veinte años, cuando no haya trabajadores manuales ni abogados?», y señala a su novia, que tiene el vientre abultado. «¿Tenemos un plan de acción que no sea destrozar el planeta para entregar su riqueza a los más ricos? La vida de mi padre no ha servido para nada, y sí, en parte ha sido culpa suya. Pero la culpa es sobre todo del sistema que hemos creado», dice Andrew Murphy desafiante. Renton ve que el sacerdote está tenso, tanto que podría aplastar el sistema solar de tanto apretar el culo. «¿Cuál es la medida de la vida? ¿Es el amor que se da y se recibe? ¿Las buenas acciones que se hacen? ¿Las grandes obras de arte que se crean? ¿O acaso es el dinero que se ha robado o atesorado? ¿O el poder que se ha ejercido sobre los demás? ¿O las vidas sobre las que ejercemos un impacto negativo, que sesgamos demasiado pronto o directamente arrebatamos? Tenemos que hacer las cosas mejor, o acabaremos considerando a mi padre un auténtico anciano, porque la esperanza de vida volverá a ser de cincuenta años dentro de nada.»

Renton piensa en el manuscrito de Spud. En que la vida de Spud sí que sirvió para algo. En que lo ha enviado a un editor de Londres con pequeñas modificaciones. Se imagina la mirada rapaz de Sick Boy en la nuca. No obstante, su viejo amigo y enemigo está mirando el suelo. Sick Boy está luchando contra un pensamiento conmovedor que lo debilita: el sentido de la vida solo se halla en la relación con los demás, pero nos han engañado cruelmente para que pensemos que todo gira en torno a nosotros mismos. Un dolor se intensifica detrás de sus ojos y las tripas se le están revolviendo de amargura. No tendría que ser así: Spud está muerto, Begbie no está y Renton y él no se hablan. Está intentando convencerse de que trató de salvar a Spud, pero dos personas le fallaron a su amigo: su cuñado, Euan McCorkindale, y el proxeneta Victor Syme. «Los muy cabrones han matado a

Spud», susurra a Marianne, levantando la cabeza. «Justo los dos que no han venido.»

«¿Begbie?»

«No, Begbie no.» Sick Boy repasa a los asistentes. «Euan. Como médico fue un chapucero y por su culpa la herida de Spud se infectó. ¡Y yo he vuelto a juntar al mierda ese con mi hermana!»

«Sunshine on Leith» resuena mientras los asistentes se alzan y hacen fila junto al ataúd para mostrar sus respetos. Resulta raro que Spud no parezca muerto; es casi aterrador. No tiene los rasgos descoloridos, exánimes e inertes habituales en casi todos los cadáveres. Parece que va a levantarse a pedir una rula, piensa Sick Boy. Se santigua al mirar el rostro de su amigo por última vez, luego sale de la iglesia y se enciende un cigarrillo.

Oye de lejos una conversación entre Mark, Davie Renton y la novia de Renton, que, para disgusto suyo, resulta estar tremenda. Le sorprende que sea inglesa y no estadounidense. Cuando oye a su antiguo rival murmurar algo sobre su vuelo a Los Ángeles le da un escalofrío, y tira de Marianne para alejarse. Renton recuperará el dinero, piensa con amargura, la mierda siempre sale a flote. Era obvio que Syme no iba a asomar el hocico, pero a Sick Boy le ha decepcionado la ausencia de Mikey Forrester.

Marianne pregunta si van a la recepción del hotel de Leith Links, adonde se dirigen los demás asistentes. «No, voy a ahorrarme los lamentos victimistas del populacho. No hay nada que les guste más al resentimiento y la pena autocomplaciente que una misión espuria, y ponerme a privar con ese hatajo de pringados no tiene ningún interés para mí. O pasas página o te quedas estancado», se burla de camino a Kirkgate. «Incluso la iglesia era insoportable, a pesar del decorado sacro-palaciego. La familia Murphy siempre ha abrazado la parte equivocada del catolicismo. Para mí, la única parte que tiene sentido es la confesión. Vacías el cubo del pecado cuando se llena y así tienes espacio para pecados nuevos que están por llegar.»

«Su hijo ha dado un discurso muy bonito», observa Marianne.

«Sí, quizá un poco demasiado comunista para el viejo cura, que claramente no es un teólogo de la liberación.»

Ella lo mira pensativa. «¿Alguna vez piensas en la muerte, Simon?»

«Pues claro que no. Siempre que haya un cura a mi lado, me la suda cuándo y dónde ocurra.»

«¿De verdad?»

«Me refiero a la absolución en el lecho de muerte, en plan la victoria de Davie Gray en el partido de la vida, justo antes del final. A los putos protestantes no les hace falta.»

«¡Oye!», Marianne le da un empujoncito. «¡Que a mí me bautizaron en la Iglesia de Escocia!»

«No hay nada más sexy que una puritana escocesa con un culo como el tuyo. Espera a que te ponga en la posición del dieciséis-noventa.»

«Sí, venga, ¿y esa posición cuál es?»

«Es un sesenta y nueve, pero con un tío delgaducho a un lado, y un gordo seboso al otro, los dos viendo cómo le damos al tema, o incluso pajeándose.»

La pareja tuerce por Henderson Street para ir a una marisquería en The Shore. En un entorno hermoso con vistas al río, Sick Boy se está poniendo cada vez más efusivo después de un momento de reflexión. «Ay, el pobre de Renton», dice, y sirve el Albariño. «Ahora se ha quedado sin blanca, a pesar de haberme atacado como un cobarde. Seguro que en realidad cree que me molesta: ha sido un placer dejarlo como el gallito de Fort House que es y despojarlo de su afectación lamentable y sus aires de culturata. Leith más al sur de Junction Street solo ha parido vandalismo. Más al norte de esa división cultural era todo sofisticación portuaria.»

«Los dos venís de barrios de mierda», ríe Marianne.

«Sí, pero Fort House nunca fue como los Banana Flats. Un bloque ha sido derruido, el otro figura en la lista de edificios fundamentales para la herencia arquitectónica de la ciudad», responde Sick Boy con altanería. «Caso cerrado.»

Entonces Simon Williamson se levanta para ir al baño. Se mira en el espejo. Le colocaron mejor la nariz la segunda vez que fue al médico. Las urgencias del Royal Hospital fueron un infierno: aparte del dolor, la napia seguía torcida cuando acabaron. Además de que el aspecto estético resultaba inaceptable, respirar a través de un único orificio nasal era muy difícil. Y ya podía ir olvidándose de la farlopa. Así que Williamson se vio obligado a ir por lo privado y someterse a anestesia general en el Royal Free Hospital de Hampstead. Pero al menos Marianne ha estado cuidándolo. Ahora él tiene ventaja sobre ella. *Sé que os acostasteis con el traicionero pelirrojo, mi señora. Por supuesto, me guardaré este dato en mi fuero interno para que me miméis, movida por la culpa. En cuanto al mamarracho de Renton...*

Mark Renton está al otro lado de Leith, en un hotelito, hablando con la familia de Spud, con su padre, con Vicky Hopkirk y los hermanos Gavin y Amy Temperley. Para calmar un creciente malestar en su vejiga, se va al baño. De camino, un hombre cadavérico lo intercepta. Parece devastado por algún tipo de enfermedad virulenta. Muestra los dientes superiores en una sonrisa mortecina. «Me he enterado de que tienes dinero para mí.»

Renton se queda de golpe sin aliento al contemplar a Rab McLaughlin, alias Segundo Premio.

35. BEGBIE: BREXIT

Me habría gustado ir al funeral de Spud, que fue hace pocas semanas. Qué pena. Pero tampoco puede estar uno todo el día cogiendo vuelos de once horas. En fin, una lástima. El pobre era un cacho de pan. Es una paliza venir hasta aquí, y el desfase horario es matador, pero Elspeth está pasando por un mal momento y es mi hermana. No me agrada la idea de dejar a Mel sola, con Hammy el Hámster de los cojones merodeando por ahí. Pero se ha llevado a las niñas con su madre, y es solo por unos días.

No hay tiempo que perder: cojo el tranvía en el aeropuerto y me bajo directamente en la parada del estadio de Murrayfield. Hace frío para ser junio, no como el mes pasado, cuando la final de la Copa de Escocia y mi exposición. Menuda semana. Los Hibs ganan la Copa y yo me saco una pasta gansa con mis obras. ¡Qué triunfazo! Ojalá el año que viene se repita la jugada.

Cuando llego a la casa de mi hermana, Greg está a punto de salir con los niños. Se quedan muy sorprendidos al verme aparecer de esta manera. «Tío Frank», dice Thomas, el más pequeño.

Greg alza la mirada. «Frank... ¿Cuándo has...? ¿Qué es lo que...?»

«He venido a ver a Elspeth. ¿Qué tal está?»

«La operaron ayer y ha salido todo bien. Anoche fui a verla... Justo íbamos al hospital ahora mismo.»

«¿Hay hueco para uno más en el coche?»

«Pues la verdad es que vamos andando», continúa, y me ve dubitativo. El Royal Infirmary está a tomar por culo y el Western General Hospital también está a un buen trecho de aquí. «Está en el Murrayfield Hospital. Se ha operado por la privada, porque en mi trabajo tengo seguro con BUPA, y Elspeth figura como cónyuge en la póliza.»

«Qué bien. Pues nada, tú nos guías», digo.

«¿Cuándo has llegado?», pregunta Greg.

«Justo ahora. Vengo directo del aeropuerto.» Miro a los dos chiquillos, George y Thomas. Coño, qué grandes están. «¿Cómo van esos jóvenes hinchas de los Hearts?», bromeo. Me miran con cierto recelo. Buenos chicos.

Greg les sonríe y luego se dirige a mí. Un abeto enorme bloquea los débiles rayos de sol. «¿Estás seguro de que no quieres entrar y descansar un poco, tomarte una taza de té o algo? ¡Ha debido de ser un vuelo agotador!»

«No, prefiero ir ahora, ya descansaré luego.»

«Ya verás, le va a hacer mucha ilusión verte», dice Greg mientras recorremos la calle principal. «¿Habéis visto, chicos? ¡Vuestro tío Frank ha venido desde California para ver a vuestra madre!»

«¿No ha venido la tía Melanie contigo?», pregunta Thomas.

«No, tenía que quedarse con las niñas, colega. Os mandan muchos besos, por cierto», digo, y disfruto viendo cómo se le suben los colores a los dos tontorrones.

El hospital está a solo diez minutos andando. No parece un hospital de verdad, es más bien como un banco con olor a lejía, un lugar donde te sacan los dineros. Supongo que, en esencia, es eso. Elspeth está sentada en la cama viendo la tele, pero no tiene buen aspecto. Me mira y no se lo cree. «¡Frank!»

Le doy un abrazo; huele a hospital y a sudor rancio. «¿Cómo estás?»

«Bien», dice, luego duda y frunce el ceño. «Bueno, sí y no. Me siento rarísima, Frank», dice, y saluda a Greg y a los chicos. «¡Pero aquí están mis hombretones!»

«Es normal», le digo, «una histerectomía es algo tremendo para una mujer», continúo. Aunque qué cojones sabré yo de eso. Pero cuando te has criado en Leith, oyes decir «mira cuánto peso ha cogido desde que le hicieron la histerectomía». No sé si es que la depresión que viene aparejada al «cambio de vida», que es como llaman a que te arranquen la puta matriz de cuajo, te hace comer demasiado, o simplemente que el metabolismo se vuelve más lento. En cualquier caso, a Elspeth no le queda otra que vivirlo en sus propias carnes.

«Eso es lo que yo le he dicho, Frank», interrumpe Greg. «Es normal que le afecte emocionalmente.»

Es obvio que el comentario no le hace ni puta gracia a Elspeth, pero se muerde la lengua. Me sigue diciendo: «Y bueno, ¿cómo es que has venido? ¿Otra exposición? ¿Por negocios?».

«No, he venido a verte y ya está. Estaba preocupado.»

Elspeth no se cree una sola palabra de lo que estoy diciendo. Pero al menos no le ha dado un berrinche. «Venga, Frankie, que no me he caído de un guindo.»

Observo a Greg. Mira que es un tío confiado, pero ni siquiera él termina de creérselo.

Vuelvo a mirar a Elspeth: «En serio, he venido a verte a ti. No hay ningún motivo oculto. Estaba preocupado. Tenía un montón de puntos acumulados de tantos vuelos que he cogido últimamente, así que me fui al aeropuerto y me metí en el primer avión que pillé».

Elspeth rompe a llorar y extiende los brazos. Me acerco para que pueda rodearme con ellos. «Ay, mi hermano mayor, mi Frankie, con lo dura que he sido contigo. Has cambiado, has cambiado de verdad, mi querido Frankie...» Aunque no dice más que tonterías, dejo que siga. Le ha costado darse cuenta, pero mejor tarde que nunca.

Me pongo a contarle a mi hermana, a Greg y a los niños anécdotas sobre coleccionistas de mis obras, sobre la gente que me las encarga, como el pobre Chuck. Entonces, un joven médico entra con una enorme sonrisa en la cara y me mira. «¡Es usted!», dice. «Me encanta su trabajo.»

«Gracias.»

A Elspeth parece que se le van a salir los ojos, es probable que este matasanos le mole, y se ha puesto roja como un tomate. «¡Doctor Moss! ¡Mi hermano Frank!»

El tipo empieza a preguntarme por exposiciones y por mis proyectos actuales. Y me hace pensar que debería estar en mi taller, currando, en vez de estar aquí; pero bueno, la familia es importante. Mi hermana no está así de a gusto conmigo desde aquella vez –todavía era una niña– que, después de salir del pub, me pasé por el Methuen's y le llevé unas patatas fritas. Nada más que por eso ha merecido la pena.

Llega la hora de irnos y por poco tengo que llamar a un celador para que me libere de las zarpas de mi hermana. Estamos fuera, por fin, bajo un cielo gris turbulento. Greg quiere que me quede con ellos en casa, pero le digo que voy a pasar la noche con un viejo amigo.

«Estaba muy sensible», le digo a Greg, al cual también le brillan un poco los ojos.

«Ya, las hormonas. Oye, Frank, muchas gracias por venir, de verdad, no tenías que haberte molestado, tantas horas de vuelo...»

«No es molestia, hombre. He estado sentadito en el

avión con mi cuaderno de bocetos, trabajando en nuevas ideas; si te soy sincero, ha sido genial. Y me alegro mucho de veros otra vez. A ver si venís a California cuando tengáis vacaciones, ¿eh, chicos?»

Los chiquillos parecen entusiasmados con la idea. No me extraña. A mí a su edad no me llevaban ni al pueblucho de al lado.

Está lloviendo, pero hace bastante calor cuando me meto en el tranvía que me lleva de vuelta al centro. Quedo con Terry en su taxi, como hemos acordado, que está aparcado en el callejón del fornicio de Scotland Street, en el barrio de East New Town. La chica está en el asiento de atrás. En cuanto le hago una señal con la cabeza, la chica se dirige al sitio en cuestión mientras yo cojo la bolsa con las herramientas. «Gracias por organizar todo esto, Terry. Te debo una», le digo, y me pongo unos pantalones impermeables.

«Un placer. ¿Te acuerdas del mensaje en código que me tienes que mandar luego?»

«Claro, como para olvidarlo», asiento. Después me pongo en marcha y sigo a la chavala manteniendo cierta distancia; veo que baja las escaleras que conducen al sótano de un edificio que está al otro lado de la carretera. En esta parte de la ciudad hay cámaras para aburrir, en la misma entrada del edificio hay una, pero los puteros que vienen a este antro de perdición por lo general no quieren que nadie los vea, por lo que el gorro negro y el chubasquero azul marino que llevo puestos tampoco es que llamen demasiado la atención. Antes de bajar las escaleras echo un vistazo rápido al corrillo de gente que se está congregando en la parada de autobús para protegerse de la lluvia que ha empezado a apretar. Respira... lenta y tranquilamente.

La puerta no está cerrada con llave, así que entro. El garito huele a lejía y a lefa reconcentrada, y hace más frío dentro que fuera. Oigo ruidos, primero una chica; luego, cuando se calla, la voz picarona de un tío le toma el relevo. Parece excitado. Me acerco a la puerta y veo a través del hueco que la tipa le está comiendo el rabo al tal Syme. Pongo la bolsa en el suelo, la abro y saco la espada. Qué sensación más guapa.

Con la espada sujeta por encima de la cabeza atravieso la puerta e interrumpo la mamada. La chavala se aparta en el momento justo, tal y como acordamos, y menos mal, porque si no le habría cortado la napia. Asesto un golpe en el espacio que se abre entre la cara de ella y la entrepierna de él. Syme empieza a gritar como un loco, «¡QUÉ COJO...!», y tiene suerte de que la erección se le haya bajado enseguida y de que yo me haya echado ligeramente al lado; de lo contrario, la mayor parte de su rabo estaría ahora sobre los putos azulejos del suelo. Al final solo le he hecho una raja que va desde la base de la polla hasta uno de los huevos. Durante un instante exquisito es posible apreciar cómo la sangre empieza a brotar del corte, antes de salir a borbotones. Es como una coreografía a cámara lenta: el cabrón cae de rodillas y la chavala levanta las suyas del suelo y se pone de pie. Es una gozada verle llevarse las manos a los cataplines y que un caño de sangre le estalle entre los dedos. El cabrón se mira los huevos rebanados, luego a mí, luego a la chavala, y al final dice: «Pero ¿qué cojones...?».

Sí, el capullo ha tenido suerte. Pero no le va a durar mucho. «Shhh», digo, y me giro hacia la chica: «Si a mi preciosa asistente no le importa echarme una mano...».

La chica arrastra la bolsa por el suelo para acercármela y saca un cuchillo arrojadizo. Me lo da.

«¿QUÉ ES ESTO? ¿QUIÉN ERES...?»

«TE HE DICHO QUE TE CALLES LA PUTA BOCA», le digo, y le lanzo el cuchillo.

Se le clava justo en el pezón y deja escapar otro grito.

«¿QUEEEEÉ...?, PERO ¿QUÉ COÑO...?»

La idea de Terry de traer cuchillos arrojadizos ha sido cojonuda. Le doy uno a la chavala. «¡Venga, anímate!»

Me mira y empuña el arma.

Syme tiene los ojos desorbitados, con esta mezcla tan guapa entre miedo y rabia. Se nota que se está cagando en sí mismo y en toda su puta nación por ser tan estúpido, por ser tan arrogante como para no ver que este día iba a llegar. Sigue sujetándose la polla y los huevos con una mano mientras levanta lentamente la otra, que está cubierta de sangre, y mira a la chavala: «¿Qué? Más te vale no...».

La chica le grita a la cara: «Ya no me das miedo, cabrón».

«Venga, cariño...», le suplica mientras ella le lanza el cuchillo a la cara. Le da en un lado y le abre una herida en la mejilla. «¡SERÁS ZORRA!»

«Buen tiro, guapa», le digo, «pero igual es mejor que no presencies lo que queda. Vete y nos vemos después, como hemos acordado.»

Asiente y sale por la puerta.

Observo el estado en que se encuentra el muy desgraciado. Ahí, apretándose los huevos y con la sangre chorreándole entre los dedos. «Curiosa profesión la de chuloputas, ¿eh? Todo se reduce a vender chavalas al mejor postor y mantenerlas bajo el control del lobo más grande y despiadado de la manada.» Le sonrío. Me he acercado a la bolsa y estoy sintiendo el peso de otro cuchillo arrojadizo en la mano. «Pero entonces, un día llega un postor mejor y un lobo más grande y, en fin, el resto ya lo sabes. Este es el día, colega.»

«¿Quién eres?... ¿Qué quieres?... ¿De qué va todo esto?...» Me mira con intensidad, como si algo le estuviera agarrando por dentro y succionando la vida.

«Vas por ahí diciendo que tú te cargaste a Tyrone. No me gusta la gente que se atribuye los méritos de otros.»

Los ojillos rasgados del cabrón se expanden. «Eres Begbie... Frank Begbie... ¡Creía que estabas fuera! Por favor, colega, ni siquiera te conozco... ¡Yo no te he hecho nada! ¿Qué es lo que te he hecho yo?»

«No es solo por eso», le confieso. «Verás, digamos que has estado intimidando a un buen amigo mío. Pues bien, ahora soy yo el que te intimida a ti. Esto cuenta como intimidación, ¿no?»

«Danny Murphy... Me he enterado de que ha muerto... ¡No sabía que era colega tuyo! Bueno, he aprendido la lección. ¡Con Frank Begbie no se juega! ¿Es eso lo que quieres que diga?», me pregunta esperanzado. Yo me limito a seguir observándolo: ahí de rodillas, en el suelo, sangrando por los huevos, la cara cortada, un cuchillo clavado en el pecho. «¿Qué es lo que quieres, colega? Tengo dinero...»

«No se trata de dinero», interrumpo al cabrón negando con la cabeza. «Me saca de quicio que la gente se piense que todo es cuestión de dinero. Danny era más que un amigo, era de la familia. Vale, a veces me ponía de los nervios, pero era de la familia. A ti nunca te cayó bien, ¿verdad? Seguramente porque te recordaba mucho a ti mismo.»

Syme me mira y jadea: «¿Qué quieres decir...?».

«Según me han dicho, te llamaban el Marica en el colegio. Los niños te molían a palos. Y luego tú te vengaste.»

El Marica –ahora es así como veo a Syme– me mira y asiente. Como si yo lo entendiera. «Sí..., así es.»

«Ese chavalillo siempre te acompaña, está dentro de ti, esperando salir.»

El Marica se mira de nuevo los huevos y la polla, sangrando entre los dedos. Luego me mira a mí. «Por favor...»

«Yo no quiero verlo. A ese mariquita de mierda. Es a ti a quien quiero ver. ¡Dime que me vaya a tomar por culo! ¡Dime que eres Victor Syme! ¡DÍMELO!»

«SOY SYME», berrea, «EL PUTO VICTOR SYME...» Se mira de nuevo los huevos. «VIC... VICTOR... Victor Syme...» Empieza a balbucear.

«Eso no es lo que yo veo. Solo veo al Marica.»

«Por favor... Te compensaré..., por Murphy. Por Danny. Por su familia. ¡Me ocuparé de que estén bien atendidos!»

Levanto la mano. «Pero, aparte de mi amigo, hay otra razón por la que estoy haciendo esto», sonrío. «Y es esta: me gusta hacerle daño a la gente. Matar no, esa parte no me interesa tanto, es lo que le quita la gracia al asunto. Una vez que alguien muere, ya no se le puede hacer más daño, ¿verdad?»

«Bueno, ya me has hecho daño, y siento lo de Danny... No sabía que tuviera relación contigo... Puedo compensarte», gimotea, y se mira los huevos, «ahora necesito ir al hospi...»

«No me gusta matar, pero todo se complica si dejas a un colega con vida después de cortarlo a cachos», interrumpo al capullo. «Por desgracia me veo en la obligación de rematar la faena. Pero ten presente que lo hago única y exclusivamente por placer, no por dinero. Puedes decir que soy un artista o un psicópata, lo mismo me da», digo, y le lanzo otro cuchillo.

Se clava en ese trocito tierno que hay entre el hombro y el pecho; Syme se cae de espaldas y suelta un largo gemido. «Yo no lo sabía-a-a...»

Me pongo encima de él y le clavo el siguiente cuchillo. Desgarrándole la carne. «La ignorancia... no exime... del cumplimiento... de la ley. Tienes algo que necesito..., que le pertenece... a mi colega.»

Me cuesta la misma vida sacárselos y me sorprende que el cabrón aguante tanto. Putas tripas, se esparcen por todos lados. La verdad es que no esperaba que tal cantidad de espaguetis gigantes de color rosa grisáceo acabara desparramándose por el suelo. Menudo cuadro. Luego cojo el cuerpo de Syme y lo arrastro hasta el armario de la limpieza, el que me dijeron la chavala y Terry; seguidamente, cierro el armario con llave y me la meto en el bolsillo. Después lavo el chubasquero, los pantalones impermeables y los zapatos, y le doy un buen repaso al suelo con la fregona. Me da pena la gente que trabaja aquí: esto va a empezar a oler a perro muerto en nada y menos, y más siendo verano.

Cuando acabo, le mando un mensaje a Terry:

Un partido inolvidable, todo salió a la perfección.

Me responde al instante:

Hibernian campeón. David Gray ganador...

Yo:

Mejor incluso en la repetición. Defensa totalmente humillada. ¡Hibernian campeón!

Unos diez minutos más tarde recibo el siguiente mensaje:

Tenemos a McGinn, súper John McGinn.

Esto me indica que Terry ha aparcado en el callejón del fornicio de Scotland Street. Así que voy a la puerta, me subo el cuello del chubasquero, me bajo el gorro hasta las cejas, me tapo la boca con la bufanda: otro putero que se siente culpable por haber jugado fuera de casa. La costa está despejada: el autobús ha debido de pasar hace poco. Me meto en el taxi y nos vamos pitando al aeropuerto. Cuando llegamos, Terry me da dos tazas conmemorativas de la victoria de los Hibs. «Un regalito.»

«¿Son falsas?»

«Faltaría más.»

«Entonces no estoy seguro de querer aceptarlas. No me gusta la idea de estar involucrado en algo ilegal», le digo. Nos echamos unas buenas risas. Cuando le digo adiós a Terry, me entra esa sensación entre pérdida y arrepentimiento que siempre me entra en estas ocasiones, cuando me doy cuenta de que nunca más veré cuchillos arrojadizos ni esa maravilla de espada. Hay que destruirlo todo, o usarlo como

cebo para incriminar a un pederasta que Tez tiene ya ficha-
do. Pero me da rabia: esa espada y esos cuchillos van como la
seda, joder. Es muy raro cogerle el tranquillo tan rápido a un
arma, y a dos no digamos. Putas obras maestras de artesanía.
En un mundo perfecto yo podría quedármelas, pero me llevarían directamente a la cárcel. En fin, una mierda: uno solo
es bueno en la medida en que dispone de buenas herramientas.

La chica está esperando en el aeropuerto, le meto el sobre del dinero en el bolso. «¿Qué planes tienes?»

«Me voy a casa.»

«¿Y eso dónde es?»

«Tirana.»

«Tirano el que hemos despachado hace un rato en la
sauna», le digo a la chica. Me mira como si yo estuviera loco.
«Yo también vuelvo a casa. Mañana temprano cojo el vuelo.
Esta noche voy a darme el lujo de quedarme en el Hilton,
coger un vuelo en primera con tan poca antelación es una
clavada.»

«¿Y dónde está tu casa?»

«En California.»

Una vez que la chica se va, compro el periódico, el *Inde-
pendent*, y me voy dando un paseo hasta el Hilton. Pago en
efectivo, me registro como Victor Syme, uso su carné de
conducir como documento identificativo. No me parezco
una mierda al mamonazo, pero la foto se ve fatal y la chavala
apenas la mira.

Tienen Sky en la habitación, y están echando un partido
de golf. Ver golf en la tele no está mal, es cachondo cuando
los cabrones fallan un *putt* que estaba cantado. Llamo a Melanie, le digo que Elspeth está bien, y me entran ganas de llegar ya a casa. A la mañana siguiente todos los periódicos hablan del referéndum sobre la salida del Reino Unido de la
UE. Lo único seguro es que, pase lo que pase, las cosas van a

ser una puta mierda para la mayoría. En fin, lo que yo digo es que la vida es muy corta, y, si no, mira al pobre Spud, así que lo mejor es hacer cosas que te hagan feliz.

Qué putada haberme perdido su funeral, pero esta es una forma mejor de presentar mis respetos.

Cada cual tiene su estilo.

36. RENTON: HACER LO CORRECTO

A veces la cosa es más complicada que hacer lo correcto y ya. Es averiguar qué es lo correcto cuando la peña no deja de ponerte soluciones erróneas delante de las narices. Yo he decidido que lo correcto es que me quede el piso de Santa Mónica y me quite de la mala vida. Así que en lugar de sacar el nuevo tema de Conrad, se lo dejé a Muchteld, mientras yo me las ingeniaba para reunir a tres generaciones de Renton bajo el mismo techo.

Sacar a Alex de Ámsterdam, de la custodia de los servicios sociales y del centro para personas autistas para llevarlo a casa de mi padre en Leith fue un calvario. Pero decidí que era una buena forma de empezar. En lugar de una de nuestras salidas rutinarias a Vondelpark a tomar un helado y un café (eso sí que fue una lucha, los niños autistas están programados para seguir la rutina), lo llevé a la oficina de expedición de pasaportes. Luego, después de dejar de nuevo a Alex en el parque de atracciones –así llamo yo al centro–, fui a la costa a visitar a Katrin y a contarle mis planes.

«Me alegro de que demuestres interés», dijo con su tono habitual de desapego. Estaba claro que le importaba una mierda, y que, en realidad, estaba contenta de quitárselo de encima. No podía creer que me hubiese pasado tantos años durmiendo en la misma cama que esa desconocida. Pero supongo que esa es la naturaleza del amor: o bien somos criaturas del presente y tenemos que vivir con el trauma y la tristeza si la cosa se va al garete, o estamos condenados a la soledad. No es que yo haya demostrado mucho interés a lo largo de sus quince años de vida, pero aun así es mucho más de lo que ella ha hecho nunca. Cuando se hizo evidente que Alex tenía un problema, dijo con cansancio: «Es inútil. No hay comunicación».

Su frialdad y desapego siempre me habían intrigado cuando solo estábamos ella y yo. Luego entró en escena otra persona que dependía de nosotros para todo, y la cosa ya no fue tan bien. Básicamente ella se largó y me endilgó el crío, tras aceptar un trabajo de actriz con una compañía de teatro que se iba de gira. Y ahí se acabó lo nuestro. Yo le conseguí a Alex una plaza en un centro para poder seguir trabajando.

Cuando ya me iba –probablemente sería la última vez que la viese–, ella se quedó remoloneando en la gran entrada de la mansión en Zandvoort en la que vive con su novio arquitecto y sus dos hijos perfectos, rubios y nazis. Con un gesto y un tono que yo ya no sabía interpretar, si es que alguna vez supe, se despidió diciendo: «Te deseo lo mejor».

Conrad no para de llamar, pero no deja mensajes. Tengo que ponerme en contacto con él, pero me jodería oírle decir que ha firmado con alguna agencia grande. Aunque no cogerlo no hace más que reforzar esa posibilidad. Muchteld lanzó su sencillo, «Be My Little Baby Nerd», singular, bailón, pop; lo está petando.

Por supuesto, también tenía que llevarme a mi viejo. Por lo general no había manera de que aquel huno viejo y terco se montase en un avión para ir a los Estados Unidos, pero el hecho de que Alex fuese parte del trato lo cambiaba todo. En el vuelo a Los Ángeles me doy cuenta de que mi padre es un amansautistas nato. Siempre conseguía calmar o distraer a mi hermano pequeño, Davie, y lo mismo pasa con Alex. Mi hijo se sienta en silencio, sin ninguno de los ruidosos arrebatos habituales, sin ninguna agitación. «Había pedido uno, no dos.»

«¿Un qué, amiguito?», le pregunta mi padre.

«Es una cosa que dice siempre.»

Pero cada vez que lo repite, mi padre le pregunta.

Vicky nos recibe en el aeropuerto. Sonríe y saluda a Alex, que la mira inexpresivo, farfullando cosas entre dientes. Tras llevarnos a Santa Mónica, Vicky nos deja para que nos instalemos, como ella dice. Mi padre y Alex se quedan con las habitaciones, y yo con el sofá. Es demasiado pequeño para los tres, y me voy a joder la espalda. Necesito buscar una solución urgentemente.

37. SICK BOY: TORTOLITOS

Marianne se ha mudado a Londres conmigo, a mi nuevo apartamento en Highgate, cortesía de las arcas de Renton. Está cerca del parque de Hampstead Heath, lo que contrarresta mi tendencia al nomadismo, que de todos modos vive horas bajas. Desde que viví en Offord Road, en Islington, allá por los años ochenta, las políticas económicas parecen no cejar en su empeño de echarme de la ciudad. Vamos, vamos, caballeros, por favor, nos instiga el neoliberalismo, al tiempo que le chupa la polla al oligarca multipropietario de turno, algún capullo de Rusia o de Oriente Próximo que asoma el hocico un par de semanas al año por su casoplón londinense, una de las muchas propiedades que posee a lo largo y ancho del planeta, con el único pretexto de ponerse ciego como un piojo. Anoche decidimos darnos un caprichito: llamamos a una puta y nos pusimos finos de coca, así que estamos agotados de tanto esfuerzo. Marianne se ha quedado acostada, pero yo he madrugado y estoy en el metro en dirección a King's Cross porque tengo que entrevistar a más chicas para Colleagues.

Estoy junto a mi escritorio de pie, en esta oficinita que sirve de centro neurálgico del emporio de Colleagues: un puñado de móviles dispuestos delante de mí como las cartas de una baraja. Suena el telefonillo, le doy al botón y al poco oigo a una mujer subiendo las escaleras; su aliento, al igual que sus expectativas, decae de forma progresiva a medida que entra en la oficina. Si el propietario mandase a alguien a limpiar las putas ventanas para que se viese lo que hay fuera y entrase algo de luz, tal vez este lugar sería un pelín menos deprimente. Necesito con urgencia hacerme con un sitio más salubre. Quizá por Clerkenwell, o incluso el Soho. La mujer me mira, y el malestar que le ha provocado la sordidez del entorno no consigue borrar el destello de folladora que tienen sus ojos ni la lascivia que desprende su boca. Es la primera de las ocho mujeres que tengo que ver hoy.

Estoy hecho polvo cuando llego a casa, pero aún me queda mecha para cepillarme a Marianne en estas circunstancias adversas y desplegar mi sagaz artillería de lenguaje obsceno que tanto le pone. A las mujeres hay que tenerlas bien calzadas y bien folladas: ese es el único consejo decente que me dio mi padre en lo concerniente a asuntos del corazón. Bueno, el único consejo decente que me dio, en general.

Se me ha quedado la boca seca y me invade una agradable sensación de mareo mientras remoloneamos en la cama. Luego nos damos una ducha y nos vestimos; hemos quedado para cenar con Ben y su novio, que se han ido a vivir juntos, cerca de Tufnell Park. Les he dicho que se olviden de restaurantes decentes por la zona. «Ya he reservado en un sitio», le informo a Ben por teléfono. «Espero que a Dan le guste el marisco.»

Solo he visto a Dan una vez, y me cae bien. Hace buena pareja con Ben, el cual, por más que me cueste admitirlo, es más heterosexual de la cuenta. Por desgracia, criarse en Surrey y tener sangre en las venas no son cosas compatibles. Quedamos en el FishWorks de Marylebone High Street. ¿Hay algún sitio mejor en Londres donde comer marisco? Lo dudo mucho. A pesar de haber llegado antes, los chavales

400

han tenido la consideración de sentarse en las dos sillas para dejarnos a nosotros el banco gris acolchado.

Pido una botella de Albariño. «Últimamente todos los blancos me resultan un poco ácidos, pero este me va bien», digo. «Y entonces, ¿cómo se han tomado en Surrey la noticia de mi futuro enlace nupcial?»

Ben, que lleva una chaqueta negra y un jersey verde de cuello redondo, dice: «Bueno, mamá no ha dicho nada». Esboza una sonrisa. «A veces creo que todavía eres un referente para ella, su vara de medir.»

Por supuesto que soy su vara de medir. Y se la restriega por el coño noche tras noche mientras se acuerda del mejor rabo que ha tenido y tendrá en su vida. Casi lo digo en voz alta, pero al final me controlo. Después de todo, es su madre, y él la quiere con locura. «Comprensible. Una vez que has catado la mercancía de Simon David Williamson», miro a Marianne y le confiero a mi voz un matiz gamberro, «cuesta mucho comprar en otro sitio.»

«Hemos captado el mensaje», sonríe Marianne, y les guiña un ojo a los chicos. Luego me mira la nariz. «Solo espero que ese moratón se te quite para las fotos de la boda.»

¿Es que siempre tiene que aparecer el fantasma del pelirrojo? «Un acto de cobardía», le explico a los muchachos. «Nada, un viejo amigo... Le he metido un pequeño sablazo como castigo por el daño emocional que me ocasionó en su día y no ha sabido encajarlo como un hombre.»

«¡Envidiooosa!», se ríe Dan.

Sí, me gusta este tío. «Esa es la actitud, Dan.» Miro a Ben. «Me alegro de que no hayas elegido a uno de esos homosexuales aburridos, hijo.»

«Papá...»

«Coño, es verdad», digo mientras llega la carta junto con el vino blanco. «Al final es lo mismo que un heterosexual aburrido. Si eres gay, lo suyo es que seas una maricona con todas las letras, así es como yo lo veo.» El camarero abre la botella y me sirve para que lo deguste. Le doy un sorbo y le hago un gesto de aprobación. Mientras llena las copas, retomo la cuestión: «La reina del histrionismo y la afectación, la diva de la ostentación y el chismorreo, eso es lo que deberías ser. No un pijo sosaina con un novio más sosaina todavía con el que irte a hacer kayak todos los fines de semana. Lo que tienes que hacer es follarte a extraños en baños públicos, participar en carreras de tacones... Irte al parque a que un chapero te coma el nabo...».

La pareja que está en la mesa de al lado nos mira.

«Simon», me advierte Marianne cuando se marcha el camarero.

Marianne y Ben parecen tensos, pero Dan está encantado, así que hablo un poco más fuerte. «Seducir a un capullo heterosexual, destrozarle la vida, y luego, cuando se divorcie, hacerte íntimo de su exmujer, quedar con ella para tomar cócteles bien cargados y cotillear sobre lo mal que folla su marido. Descubrir que te apasionan los musicales. Ir a las salas tecno más alternativas de Berlín ataviado con unos *lederhosen*.»

«Lo tendremos en cuenta», se ríe Dan, y mira a Ben. «Entonces, tendremos que ir a Alemania de vacaciones, ¿no?»

Ben se sonroja. Es un par de años menor que Dan, y se nota. Me pregunto si es Ben el que pone el culo o si será Dan. Valiente guarrete está hecho mi hijo. Supongo que la gracia de ser maricón es poder disfrutar de las dos cosas. Qué suerte tienen los cabrones. «¡Muy bien, chicos! No quiero que desperdiciéis el regalo de la homosexualidad en aplicaciones de citas, agentes hipotecarios, inmobiliarias, arquitectos, papeles de adopción, vientres de alquiler de zorras que os llevarán a la ruina y discusiones sobre si este tejido es mejor que el otro.»

«Nosotros no discutimos por tejidos. Se compra lo que yo diga o adiós muy buenas», dice Marianne, y se levanta para ir al aseo.

«Me gusta», dice Ben. «Me alegro por ti, papá.»

Me acerco y bajo la voz. «Víctima o verdugo, Marianne no tiene término medio. Como los alemanes según Churchill: o los tienes al cuello o a tus pies. Me encanta vivir con ella, me mantiene alerta. Intenta minarme la moral tanto como yo a ella. Cada día es un puto torneo.» Doy un golpe en la mesa lleno de euforia. «¡Nunca me he sentido tan vivo!»

«No parece que sea la mejor receta para tener...»

Lo interrumpo de inmediato: «Tres palabras: sexo post-bronca. ¿O son solo dos?».

Los chicos me miran y se ríen por lo bajini. No en plan mariquita, sino como diciendo: «qué coño está diciendo ahora el viejo este». Hablar de sexo a los jóvenes es algo tabú: no quieren imaginarse a depravados cincuentones haciendo el metesaca. Yo a su edad era igual que ellos. Bueno, y lo sigo siendo.

«Ya he hablado bastante», me toco la nariz y duele, joder, vaya si duele. *Renton. Hijo de perra.*

Con el vino, la voz de Ben adquiere un tono aceptablemente afeminado y su amaneramiento se vuelve más palpable.

«Eso es, chicos, el armario para los actores de Hollywood, vosotros ni os acerquéis a él. Yo soy heterosexual, pero en el fondo soy más maricón que un palomo cojo.»

«Lo es», me secunda Marianne, que ha vuelto del aseo y se ha sentado a mi lado.

«Por eso me gusta rellenarte todos tus agujeros», me río saboreando el vino, y Marianne me da un golpe en las costillas. Los miro. «Hombre, no puede ser que los maricones seáis los únicos que os lo paséis bien. Sin ánimo de ofender, ¡mis *bellisimi bambini*!»

Cuando los chicos se bajan del metro en la parada de Tufnell Park, Marianne y yo tenemos una pelea de borrachos. «No hace falta que compitas con ellos, no son más que chavales», me dice.

Conozco esa mirada, y está pidiendo a gritos una ramita de olivo. «Cariño, como de costumbre, tienes razón. Se me ha ido de las manos, por favor, perdóname. Supongo que es porque estaba nervioso. Mi niño se va a mudar con su novio. Pero es un buen chaval.»

«Hacen muy buena pareja», dice aliviada.

Al día siguiente nos vamos a Edimburgo en tren. El viaje es muy agradable, mucho mejor que en avión. Me encanta ver cómo el paisaje se va volviendo más bonito a medida que te acercas al norte.

«¿Crees que es una buena idea?», me pregunta Marianne.

«No especialmente. Richard Branson es un miserable y detesto darle mi dinero. Pero es que volar...»

«¡No, me refiero a la cena!»

«Sí», insisto, pensando en el capullo de Euan, ese incompetente cuya debilidad ha ocasionado el triste fallecimiento de nuestro querido Danny. «He hablado con mi madre por teléfono. Está emocionadísima. Hasta oí cómo se santiguaba. "Ay, mi niño, que va a sentar la cabeza, por fin se va a casar..."»

«Pero no sabe que es conmigo, Simon. Tenemos un pasado. Y tu hermana...»

«Carlotta y Euan están bien ahora. O te aceptan o no los volvemos a ver más. Así de simple», le digo. «Tienen que entender que ellos no son el ombligo del mundo; no puede ser que el cabronazo de Euan deje un reguero de devastación a golpe de polla y luego se ponga a jugar a las familias burguesas felices como si tal cosa.» La miro a los ojos. «No mientras yo pueda evitarlo.»

«Ojalá no hubiera..., ya me entiendes...» Hay remordimiento en su mirada, y motivos no le faltan. Es más puta que las gallinas, pero no estaría con ella si no fuera así. «En ese momento estaba tan enfadada contigo...» Me aprieta la mano.

«Eso me da igual... Bueno, solo en la medida en que sirvió para encender la llama que habría de desencadenar la posterior secuencia de retorcidos eventos, aunque fue el imbécil de Euan el que la lió.»

Marianne se atusa el pelo, que cae exactamente en el sitio donde estaba. «Pero ¿no crees que a lo mejor se rayan por el hecho de que a ti te dé igual, quiero decir, lo que pasó entre Euan y yo?»

Lo que no me dio igual es que te follases a Renton. «No soy un hombre propenso a los celos. No es más que un polvo.» Bajo la voz al oír un carrito que se acerca. Considero la opción de pedir una Stella, pero al final decido que no. «Eres una fulana sin remedio y ese comportamiento tuyo tan impúdico y temerario solo consigue que te desee más.»

Pone ojillos de «estoy cachonda» y acto seguido nos vamos al baño. Me siento en la taza del váter, ella a horcajadas, encima de mí, y empezamos a follar. De pronto se abre la puerta y un gordo con una camiseta del Sunderland se nos queda mirando con la boca abierta. Marianne se da la vuelta. «Mierda... Simon...» Empujo el pomo de la puerta, se cierra, esta vez me acuerdo de echar el pestillo. La intervención del gorderas nos ha puesto más cachondos si cabe y empezamos a decirnos cerdadas hasta alcanzar un orgasmo estruendoso.

Volvemos a nuestros asientos entre tambaleos y miramos al resto del vagón con la indolente y sarcástica superioridad de un *super fucker*. El tren llega a Waverley con un poco de retraso, pero le he mandado un mensaje a *la mia mamma* avisándola, y no creo que lleguemos mucho más tarde. Nos metemos en un taxi y nos dirigimos al Outsider, un restaurante que está en el puente de George IV. Uno de mis sitios favoritos de Edimburgo: siempre que vengo de visita me paso por allí. Productos locales de primera y un servicio agradable pero sin demasiada floritura.

«Estoy nerviosa, cariño», dice Marianne.

«Pasa de esa mierda, oh, criatura entrañable. Estoy orgulloso de ti, muñeca, y nadie va a desairarte o menospreciarte mientras yo esté delante», le digo. «¡A por ellos! ¡Tony Stokes!»

Mi hermana pequeña es la que alza la vista en primer lugar cuando su querido hermano aparece en escena cogido del brazo de su bella prometida. Lo tenía decidido, esta era la mejor entrada posible. Los incrédulos ojos de Carlotta, que se queda sentada en un silencio asfixiante, parecen salirse de sus órbitas. Cuando Louisa se percata, parece sorprendida, pero casi con agrado; su marido, Gerry, la mira e intenta descifrar qué está pasando. Entonces Euan, que obviamente ha percibido la agitación en el ambiente, levanta la mirada del plato y nos ve ahí enfrente, a punto de tomar asiento.

«Es el momento de poner las cartas sobre la mesa», anuncio al horrorizado cónclave mientras me acomodo en la silla seguido de Marianne, que se sienta más tiesa que una vela. «Hay ciertas cosas del pasado que tenemos que dejar atrás; es posible que penséis que es una locura, que he perdido la cabeza..., pero todos somos adultos y no debería importarnos...»

«¡NO ME PUEDO CREER QUE LA HAYAS TRAÍDO AQUÍ!», grita Carlotta, y todas las cabezas del restaurante se vuelven hacia nosotros. «TÚ... VAS A CASARTE...» Se gira hacia Marianne. «Y TÚ... ¿¡TE VAS A CASAR CON ÉL?!»

«Carlotta, por favor», interviene *mamma* mientras los estupefactos clientes hacen ruiditos de desaprobación y el *maître* se acerca a nosotros con nerviosismo.

«Esos modales, hermanita, que pareces una barriobajera de Leith», digo, y sonrío para quitarle un poco de hierro.

Por supuesto, mi comentario cae en saco roto. «¡VÁMONOS!» Carlotta le coge la mano a Euan, lo obliga a ponerse en pie y lo lleva hasta la puerta a rastras. Euan mira hacia atrás por un instante, confuso, turbado, como un corderito en el matadero, balando sandeces a su esposa.

«Un clásico.» Me encojo de hombros. «Al final, ella tiene que ser el centro de todo.» Me vuelvo hacia mi madre. «*Mamma*, esta es Marianne, el amor de mi vida.»

Marianne mira hacia la puerta por la que están saliendo Carlotta y Euan, y luego le sonríe a *mamma*. «Es una placer, señora Williamson.»

«Creo que me acuerdo de ti...»

«Sí, Simon y yo estuvimos juntos hace muchos años.»

«Sí, yo me acuerdo», sonríe Louisa mientras Marianne se pone cada vez más tensa.

«Ha sido un camino lleno de baches, pero el sendero del verdadero amor nunca es fácil», declaro, y llamo al camarero. «Perdón por el jaleo, hermano, es que tenemos las emociones a flor de piel...» Me dirijo a la mesa: «¿Quién quiere champán? ¿Qué tal un Bollinger?».

«¿Qué te ha pasado en la nariz?», me pregunta *mamma*.

«Un golpe a traición», le digo. «¡Pero no hay nada de que preocuparse!»

«Bueno, pues vaya sorpresita, sí», dice Louisa, y sonríe como un gato de Cheshire demente sujeto por los huevos con un tornillo de banco.

El camarero reaparece con la achaparrada botella en un cubitera. La descorcha y sirve el champán para mi disoluto goce. «¡Arriba esos ánimos!» Levanto mi copa. «En este preciso instante es imposible que ocurra nada, absolutamente nada malo en el mundo.»

38. RENTON: NO PORDIOSEES AL PORDIOSERO

Por la carretera, la luz del atardecer se condensa formando un estallido chillón que abrasa la retina. Me saco las gafas de sol del bolsillo de la camisa, me las planto y piso a fondo mientras Vic Goddard canta sobre Johnny Thunders en el estéreo. Voy conduciendo tranquilamente por la autopista de la Costa del Pacífico, y el brillante cielo azul desentona con el color pardo de las colinas. De camino a Santa Bárbara, me doy cuenta de que me lo estoy jugando todo: la felicidad con Vicky y con mi padre, además de la posibilidad de darle a Alex un hogar.

Ya estaba pelado, pero Segundo Premio me ha dejado limpio del todo. Voy con una mano delante y otra detrás, y mi principal fuente de ingresos, Conrad, está a punto de largarse con una compañía grande. Las inútiles *Cabezas de Leith*: el puto Sick Boy y, sobre todo, el cabrón de Begbie. No voy a pordiosearle al pordiosero. Lo único que puedo hacer es pedírselo. Y si me dice que no, entonces le daré lo que se merece. Siento que una avalancha de rabia se concentra en mi pecho. Me constriñe la garganta. Me tensa los músculos. Siento el dolor palpitante de la espalda, en el sitio acostumbrado... Vamos a ver si ese marica artistón de Jim Francis es lo único que queda de Frank Begbie. En este momento me siento igual que él debió de sentirse cuando yo lo traicioné: como si me lo hubiesen arrebatado todo. Bueno, Williamson se llevó lo suyo, y ahora le toca a Begbie. Ahí está, un hombre con su mujer y sus dos hijas pequeñas, un hombre decente, algo que antes no era; un hombre que cuida a su familia. Como estoy intentando hacer yo. Pero ¿cuánta empatía tiene el muy capullo? Ninguna. Spud está criando malvas y él ni siquiera se ha molestado en aparecer. Ni en mandar una corona, ni una tarjeta, nada.

La parte más bonita del viaje es al llegar a Ventura, donde la carretera abraza la línea costera; al romper, las olas lamen la orilla. Llevo las gafas puestas, la ventanilla bajada, y he metido la dirección de Begbie en el GPS. El coche alquilado va como la seda, reacciona a cada toquecito en el volante mientras yo me dedico a adelantar a la peña.

Necesito ese dinero. Necesito construir una vida aquí, y lo necesito ahora mismo. No dentro de seis meses, cuando lleguen los derechos de autor de Conrad, porque será la última vez que cobre. Se está preparando para decirme algo; se va a marchar con un representante más famoso, como Ivan.

Así que esto es lo que tiene que pasar: Franco me ha derrotado en lo que más valoro, el arte, y ahora tengo que competir con ese idiota; tengo que enfrentarme a él en su propio campo, la violencia. Si lo derroto, pobre artista maltratado, habré ganado el duelo. Si me deja hecho papilla, también habré ganado: le habré demostrado a ese imbécil lo que es, y lo que será siempre. ¿Y yo? ¿Qué soy yo? Si hasta Spud, que en paz descanse, era más creativo que yo... Escribió algo más complejo, inteligente y profundo sobre nuestra vida de yonquis que yo en todo mi diario. Me alegro de habérselo enviado a ese editor.

Me pongo de nuevo los mensajes por el altavoz del coche. Primero, Conrad:

¿QUÉ PASA? ¡NECESITO QUE ME LLAMES! ¡ESTOY EN LOS

ÁNGELES! ¡TENGO QUE HABLAR CONTIGO DE UNAS COSAS!
¡¿DÓNDE ESTÁS?!

Muchteld:

MARK. ESTO NO VA BIEN. NO HAS ESTADO PARA EL LAN-
ZAMIENTO DEL TEMA. CONRAD ESTÁ CABREADO. TIENES QUE
PONERTE AL MANDO DE CITADEL DE NUEVO Y OCUPARTE DE
ESTE TEMA. LLÁMAME.

Que les den por culo a todos. Tengo cosas más importantes que hacer. Estoy luchando por mi futuro, y también
por el de mi hijo y el de mi padre.

Cuando llego al desvío de Santa Bárbara, paso junto a
un animal muerto en la cuneta. Parece una mascota; un gato
o un perro pequeño. Pienso en Begbie, y en que uno de los
dos se la va a llevar.

39. BEGBIE: REHÉN

Acaba de anochecer. Me llega la brisa fresca del océano y el aroma de los eucaliptos del jardín. Mel está en casa, acostando a las niñas, y yo he salido a tirar la basura al contenedor que hay detrás, en un callejón. Tengo que admitir que el hijo de puta ha sido sigiloso como él solo. No oigo nada hasta que siento el cañón de la pistola. Jamás me han apuntado con una pistola en la nuca, pero enseguida sé lo que es. «Ven aquí», me dice, y la presiona con más fuerza.

De modo que cruzamos el jardín y entramos en la cocina por la puerta de atrás. Probablemente en este momento es cuando debería darme la vuelta y reventarle la cara. Pero el capullo podría apretar el gatillo. Solo pienso en Melanie y en las niñas, tranquilitas en sus camas. Así que, cuando me doy cuenta de que nos dirigimos a mi taller, que es un edificio anexo a la casa, no opongo resistencia, ya que es el punto más alejado del dormitorio de las niñas. En situaciones como esta, es posible que se presente, en el mejor de los casos, una oportunidad, solo una. He cometido el error de no reaccionar al instante, pero no he sido capaz de ver al capullo para evaluar hasta qué punto iba tajado.

«Tú...» Me obliga a girarme. «Venga, los brazos atrás.»

Otra vez el tontopoli. El puto Harry de los cojones: Hammy el Hámster.

Hago lo que dice; estoy convencido de que, si no, apretará el gatillo. Por su voz sé que piensa llegar hasta el final. Que ha llegado a un lugar en su cabeza en el que ha establecido una línea de actuación y no piensa desviarse de ella. Fija, precisa y certera. ¿Qué se hace en momentos como este? Obedecer mientras esperas que suceda algo y, en caso de que ocurra, aprovechar la puta oportunidad.

Me obliga a que me siente en una de las sillas metálicas que tengo para las visitas. Antes tenía un sofá, pero no quería que la gente se acoplara en mi espacio de trabajo y me distrajera. Hammy está detrás de mí. «Pon las manos por detrás de la silla.»

Hago lo que me pide y siento que el metal me aprieta con dureza las muñecas. Hacía mucho que no experimentaba esa sensación. Nada como eso para hundirte en la miseria. Oigo el chillido de los murciélagos fuera, en los árboles.

Luego me doy cuenta de que tiene una cuerda y pienso *Este cabrón quiere ahorcarme como venganza*, pero no, la usa para atarme a la silla. Se dirige a la puerta. Estoy a punto de gritar: *Mel, coge a las niñas y sal corriendo*, pero el capullo se gira hacia mí, con los ojos ocultos en la sombra. Bajo esa porción de oscuridad puedo ver sus labios apretados. «Como te muevas o te dé por gritar, se van a oír disparos. Eso tenlo por seguro.»

Y se va. Los murciélagos están callados ahora. Es increíble lo rápido que se calman. Esta es la parte más complicada. Cada puta fibra de mi cuerpo quiere gritar y avisar a Melanie, pero el cabrón tiene pinta de ponerse a pegar tiros sin pensárselo dos veces. Imagino a mis dos niñas, muertas, en la cama, sin vida, yaciendo sobre un charco de su propia sangre, cosidas a balazos. Mel igual. Mis cuchillos están junto al banco de trabajo, sujetos a la pared mediante una cinta magnética. Empiezo a mover centímetro a centímetro la silla en esa dirección. De repente me llega el sonido de tensos susurros, y pienso: *No le hagas llegar a un punto en que no le quede más opción que dispararme. Tienes que estar vivo para poder vengarte.* Entonces veo al capullo aparecer con Melanie, menos mal, joder. Mel tiene las manos esposadas a la espalda, pero no parece estar herida. Le corren lágrimas por las mejillas, está muy agitada y me implora con los ojos, pero yo no puedo hacer nada salvo concentrarme en respirar como un cabrón; después, el capullo la obliga a sentarse en una silla idéntica a la mía, justo a mi lado. Lo único que puedo hacer es mirarla, y me avergüenzo de no poder protegerla a ella ni a las niñas.

Hammy el Hámster está de pie, en la puerta, apuntándonos con la pistola. Nos está mirando fijamente y en sus ojos prende ese brillo que aparece en todos los hombres que están a punto de hacerle daño a su presa. Mel le suplica en voz baja, manteniendo la voz firme y profesional: «Por favor, no les hagas daño a las niñas...».

«Eso depende de ti», suelta, y se acerca a mí.

Es duro de presenciar. No me apetece que me disparen, pero por ellas haría lo que hiciera falta. «No metas en esto a Mel y a las niñas», le digo intentando sentarme derecho. «Esto es entre tú y yo.»

Es curioso, pero oigo el chillido de Mel antes de experimentar dolor. «¡No, por favor!», grita cuando el desgraciado me golpea la mandíbula con la culata.

«No despiertes a las niñas», dice con tono de amenaza, y me mira. «Y tú, cuéntale a esta zorra estúpida quién es el hombre con el que está casada.»

Me quedo callado. Miro hacia el ventilador del techo. Luego al suelo de cemento. Siento los cuchillos detrás de mí, los martillos, los cinceles, y otros útiles para esculpir.

«¡Díselo!»

«Harry, por favor», suplica Mel mientras examino el resto de las herramientas que están a la vista, como la bombona de gas y la antorcha de soldadura, en un lateral. «No tiene por qué ser así», continúa Mel casi sin resuello. «¡Dices que te importo! ¿Qué manera es esa de demostrar a alguien que le importas?» Está llorando, aunque intenta controlarse. El miedo casi puede con ella.

«Creía que eras una mujer fuerte», le dice con desprecio mientras se pasea delante de nosotros, «con ese rollo de zorrita orgullosa y engreída. Pero me he equivocado. Eres débil y estúpida. Presa fácil para bastardos como él.» Me señala. «¡Ese cabrón entró en mi casa! ¡Intentó matarme! ¡El muy hijo de puta intentó ahorcarme! ¡Con la manguera del jardín! ¿Le has contado eso?» Se acerca y me grita a la cara: «¿SE LO HAS CONTADO?».

Me llegan salivazos a la mejilla.

«¿Qué? Estás delirando, colega.» Niego con la cabeza. «¿No habrá sido más bien autoasfixia? ¿Mientras te cascabas un pajote?»

«¡DÍSELO!» Y me golpea de nuevo en la cara con la pistola. Siento cómo el pómulo se me hunde.

Respira...

El dolor nunca me ha molestado demasiado. No es más que un mensaje. Es posible expulsar el dolor fuera de ti. Los ojos, los dientes y los huevos... Ahí es más complicado, pero también es posible.

Mel grita de nuevo: «¡No, Harry, por favor!».

Veo estrellas de diferentes colores danzando delante de los ojos. Intento pestañear para hacerlas desaparecer y luego fijo la mirada en el desgraciado este. «¿Has probado la DMT?»

«Cierra el puto pico.»

«Un colega me la dio a probar», le explico. «Me dijo que no hay mejor viaje que el que te da la DMT. Y que, siendo artista, tenía que experimentarlo.»

414

Mira a Mel, luego a mí. «Te lo advierto...»

«A mí las drogas nunca me han llamado mucho. Una copa, vale, perfecto», le sonrío. «O una rayita de coca. Pero esto que te digo... Ni siquiera se le puede llamar droga como tal.»

«¡Harry! ¡Por favor!», grita Mel. «¡Esto es de locos! ¡Tenemos dos niñas pequeñas durmiendo arriba! ¡Tenemos que encontrar una solución a esto!»

El tontopoli se ríe en su cara. «¿Qué solución vas a encontrar tú? ¡Tú, que ni siquiera eres capaz de ver con quién estás casada! Antes estaba enamorado de ti. Quería estar contigo.» Vuelve a reírse con ese aire de desdén. «Pero ¿ahora? Ahora me das pena. ¡Das pena de lo inútil y patética que eres!»

Odio la forma en que algunos estadounidenses utilizan el adjetivo «patético» para todo. Qué coñazo, en serio. Saboreo mi propia sangre en el fondo de la garganta mientras respiro por la nariz de forma regular. Ese dulce aire del Pacífico abriéndose paso a través del regusto metálico. No hay nada igual. «Eso es un poco triste, colega.»

«¿El qué?»

«No puedes estar enamorado de alguien que no te corresponde. Eso no es amor, es una puta enfermedad mental. No estás bien, tío», le digo. «Háztelo mirar. Las cosas no tienen por qué ser así.»

«Jim, no, por favor...» Mel me insta a que me calle, quiere que la deje hablar a ella.

«¿Tú? ¿Tú me estás llamando a mí enfermo mental? *¡¿Tú?!*»

«Escucha», le digo, y no me gusta el modo en que Mel me está mirando, como si se estuviera creyendo un poco las mierdas del capullo este, «haz lo que quieras conmigo, pero déjalas a ellas al margen, a Mel y a las niñas. Ellas no son tu objetivo. Tu objetivo siempre ha sido quitarme a mí de en medio. Pues, venga, esta es la tuya.»

«¡Jim, no!», grita Melanie intentando que Hammy vuelva a prestarle atención a ella.

«Es demasiado tarde para eso», le dice el desgraciado a Mel, y luego se dirige de nuevo a mí: «Díselo. ¡Dile lo que has hecho! ¡Coover! ¡Santiago! ¡Cuéntaselo! ¡Cuéntale quién eres!».

Prefiero ir a la tumba antes que confesar a Mel que me cargué a esos putos violadores. «¿Que le cuente qué, imbécil?»

Da un salto hacia delante y esta vez la culata de la pistola me da en la napia. Una descarga de dolor agudo me sube hasta el centro del cerebro. Me sienta de puta madre. A casi todo el mundo se le revolvería el estómago y le daría un mareo, pero si te ríes y pasas de toda la mierda, al final se te quita. Tienes que hacerte amigo del dolor. De nuevo, los veo a todos en mi cabeza. Como si estuvieran en otro viaje de DMT: Seeker, Donnelly, Chizzie, Coover, Santiago, Ponce, nadie parece enfadado ni nada. Están disfrutando del banquete y ya está.

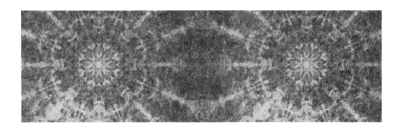

Pero había como cierta... desorganización. Era una especie de comedor, muy majestuoso, pero la sensación era como estar en una estación de autobuses, o de trenes, un sitio desde el que ir a otro sitio. Predominaba la idea de que teníamos que sentarnos y comer. Terminar la comida para poder avanzar, para ir a otro lugar. No sé adónde. Igual estaría bien volver a tomar un poco de DMT y ver si es posible ir al puto nivel superior.

«¡Harry, por favor, para ya, déjanos ir! ¡Eres agente de policía, Harry!» Los gritos de Melanie cercenan mis pensamientos.

«¿Y de qué me ha servido ser policía? ¿Acaso ha servido para ganarme el respeto de gente patética como tú?»

«Yo respeto a la policía, respeto la ley», dice Mel, calmada, razonable, sacando fuerzas de flaqueza. «¡Pero esto no tiene nada que ver con la ley, Harry!»

El desgraciado parece quedarse pensando en eso un par de segundos. «Estás casada con un puto viejo asesino que ni siquiera es de aquí», me señala sin mirarme, cosa que me jode mogollón, «y me hablas de la maldita ley. Esa es buena. De verdad, lo tuyo no tiene nombre.»

Lo miro a los ojos. La sangre me baja poco a poco por la nuca. Nunca he odiado tanto algo en mi vida. Respiro profundamente. «Quítame las esposas», le digo casi susurrando. «Que te voy a dar para el pelo, pedazo de soplagaitas.»

El pervertido me mira como si yo estuviera loco. No es capaz de entender ni una palabra de lo que le estoy diciendo.

«¿De qué estás hablando, imbécil?» Luego apunta con el arma a la cabeza de Melanie.

«No...» Melanie cierra los ojos.

«Por favor...» Oigo una vocecita que me sale de dentro. No es mía. No es mía. «No le hagas daño. Si la quieres como dices que la quieres, no puedes hacerle daño. Por favor...»

«Díselo», me grita Hammy con ojos delirantes. «Dile lo que hiciste si no quieres que apriete el jodido gatillo.»

Se me empieza a despejar la cabeza y consigo enfocar la mirada.

Hammy se gira y lentamente me acerca el gatillo. *Por lo menos ya no está apuntando a Mel.* «Ahora te voy a volar la tapa de los sesos. Eres un gilipollas y un egoísta, y no mereces ver crecer a tus hijas..., ni siquiera a tu mujer, puto viejo de mierda», y mira a Mel un instante antes de seguir sermoneándome. «Nunca sabrás qué será de ellas, ni de Melanie, ni de tus hijas. Dime, ¿cómo te hace sentir eso?» Me restriega su sonrisa.

Ya no hay nada que pueda hacer salvo confesar y rogar, y entonces...

Y entonces lo veo...

Justo detrás del puto poli.

Mi viejo amigo. En sus manos, el bate de béisbol que me dio Karl Gibson. El exjugador de los Dodgers me pidió que le hiciera un busto mutilado de su anterior entrenador. Me contó que gracias al *home run* que hizo, los Dodgers ganaron el juego uno en la Serie Mundial. Y ahí está el mamón, con medio cuerpo en sombra y el bate en alto...

RENTON...

...coge impulso y golpea a Hammy con el bate en la cabeza. El tontopoli cae al suelo y se oye un disparo. Renton está justo encima de Hammy, reventándole la cara. Lo más sorprendente es que ni siquiera es una pelea. Es una puta

419

masacre. Renton le golpea repetidas veces con la cabeza en la nariz. Luego con los codos. Coge el bate de nuevo y le aplasta la tráquea. *Renton*. «¡ESO ES, RENTS! ¡MÁTALO! ¡POR LOS VIEJOS TIEMPOS!»

«SOY PO-PO-POLICÍA...», farfulla el imbécil.

«Yo soy un puto trabajador social», creo que dice Renton, y no tiene intención de soltarlo hasta que el cabrón ponga los ojos en blanco. Aunque Rents no tenía madera de luchador, sus ojos huidizos y hundidos conservan ese destello de «me he criado en un barrio obrero». Ese ardor despiadado y cruel gracias al cual jamás desperdiciaría una ventaja que la vida le pusiera accidentalmente por delante. Hammy el Hámster está fuera de combate. Yo estoy intentando ponerme de pie atado a la puta silla...

«Para, Mark», suplica Mel. «¡Lo vas a matar!»

Renton afloja la presión y nos mira; hay pánico en sus ojos. Se ha asustado de sí mismo, del punto al que le ha conducido la situación. El tontopoli está hecho polvo, de eso no hay duda. Renton le toma el pulso en el cuello. «Sigue ahí», canturrea entre susurros, eufórico y aliviado al mismo tiempo.

«Gracias a Dios que has venido, Mark, gracias a Dios que has venido...», musita Mel. Está pálida y no da crédito cuando mira a Hammy y le ve la cara machacada y ensangrentada.

Los ojos de Renton van a todas partes hasta que al final se posan en mí: «¿Dónde está la llave de las esposas?».

«En el bolsillo del desgraciado ese», le digo.

Renton se acerca de nuevo a Hammy y le quita el llavero. Prueba con un par de llaves hasta que por fin consigue abrir las esposas. Libera a Mel primero. «Oh, gracias a Dios, Mark», dice esta, y lo abraza; luego viene hacia mí y me da otro abrazo mientras Renton me quita las esposas y me desata de la silla. Me levanto demasiado rápido y me da un mareo; siento que me voy a caer, pero al final consigo mantenerme en pie. «Rents…, ¿qué coño estás haciendo aquí?»

«Bueno, yo diría que te estoy echando un puto cable, colega, ¿o no?», dice Renton, temblando; los dientes le castañean, aún está en shock. «¿Qué ha pasado aquí?»

Mel sigue abrazándome, pero de repente veo la sangre. Me zafo de su agarre. La puta bala le ha dado en el brazo. «¿Estás bien?»

«No es más que un rasguño», dice, y se lo tapa con un trozo de tela viejo. «Las niñas», y sale corriendo.

Cojo el arma que soltó el capullo de Hammy mientras Rents le reventaba la cara. Con cuidado de no tocar el gatillo. El cañón está ardiendo todavía.

Renton me mira mientras yo observo al poli. Tiene medio cuerpo fuera del taller, está gimiendo, en el suelo, los ojos le dan vueltas mientras intenta enfocar la mirada, y le sale sangre de la boca.

Renton sabe lo que estoy pensando. «Allanamiento de morada», le digo. «Ha estado acosando a Mel. Lleva obsesionado con ella desde el colegio. Un bicho raro. Poli, bueno, expoli, pero un borracho de mucho cuidado.»

«Deja que la policía se haga cargo, Franco.»

«Un disparito, joder. En defensa propia. ¡Y asunto arreglado!»

«Es su arma, Frank. Al cabrón le van a dar por todas partes. No le dispares o lo vas a joder todo.»

Considero lo que me ha dicho. Inspiro profundamente. Y creo que tiene razón. Pongo la pistola sobre la mesa. «¡VOY A MATAR A ESTE CABRÓN!» Me abalanzo sobre él, pienso reventarle la cabeza contra el suelo de cemento, hasta que el cráneo se le rompa y se ponga todo perdido de materia gris de mierda, hasta que me llegue el puto olor de su cerebro…

«¡JIM, PARA!» Mel ha vuelto y me está cogiendo del brazo. «Las niñas están bien», me grita. «¡Llevan todo el rato dormidas! ¡Llama a la policía!»

«Es lo que hay que hacer, Franco», sonríe Rents como si le acabara de subir una rula.

«Bueno, vale...», y vuelvo a tomar un poco más de aire.

«Cariño, es expolicía y un acosador.» La angustia regresa a los ojos de Mel. «¡Esto es asunto de la policía! ¡Tienes que entenderlo!»

Sigo mirando a Hammy el Hámster mientras trato de normalizar la respiración. Un flujo de sangre me llega a la cabeza, como la marea que sube, el mismo sonido que oí cuando liquidé a los dos cabrones en la playa, de los que estaba hablando el tontopoli... Poco a poco empieza a remitir. Miro al capullo ahí tumbado en el suelo. Sería tan fácil...

No... Respira...

«Mel tiene razón, Franco», insiste Rents, con los ojos desorbitados, lleno de excitación, cerrando los puños magullados. «Piensa en la vida que tendrá en la cárcel siendo exmadero: le van a abrir el culo a diario, y sin vaselina. ¡Va a ser mucho peor que la muerte, Franco!»

Mel mira a Rents con un leve aire de reprimenda mientras yo sigo tomando aire. «Tú siempre sabes cómo convencerme», le digo, y me acerco al cuerpo quejumbroso de Hammy, tomo impulso con la pierna y le meto tal patada que le parto tres dientes de una vez.

«¡JIM, NO!», grita Mel.

«Lo siento, muñeca.» Me aparto, miro a Mel y luego a Renton. «Sé que es muy de hombre de la caverna, pero si este cabrón te pone una mano encima, no tengo más remedio que hacerle lo mismo, eso es así.»

«Ya basta», me ordena.

«Por supuesto.»

Renton ya está hablando con el 911. «Hola, me gustaría

denunciar un allanamiento de morada, asalto y posible intento de homicidio.»

Luego Mel llama al abogado, el que tiene una copia de la cinta y está al tanto de la situación. Tratándose de un poli corrupto, este es el movimiento más sensato. Nos quedamos allí, Hammy inmovilizado con sus propias esposas, tumbado en el suelo con la cara sangrándole sobre el cemento. El perfil que deja ver está deformado, de color negro rojizo, los ojos parecen dos bulbos rojos apuñalados. Sí, Renton le ha metido una buena al hijo de perra. Se ha quedado a gusto dándole codazos. Me habría gustado ver esa vena barriobajera cuando éramos jóvenes en vez del rollo «aquí está el espabilado de turno para solucionarlo todo». Pero bueno, ni tan mal, oye, mejor tarde que nunca. Envidio cada puto golpe que le ha metido al cabronazo. Por mí, habría liquidado al colega con las herramientas, me lo habría currado a tope, hasta que no hubiera quedado nada de él.

El abogado llega un minuto antes que la policía y lo primero que hace es supervisar cómo sacan al desgraciado de la casa. Hammy el Hámster se va sin oponer resistencia, parece que tiene la cabeza ida y no para de murmurar para sus adentros. Mel es la que lleva la voz cantante con la policía. Yo me siento y hablo solo cuando me interpelan. Les digo que el tipo estaba obsesionado con ella, y que creía que yo era una especie de asesino en serie. «Una cosa rarísima», les digo, pensando en cómo Iain, el chico malo del arte escocés, el de New Town, habría respondido en esta situación. De cuando en cuando respiro profundamente, pero mantengo la puta compostura todo el rato. Si tus instintos son chungos, intenta actuar en contra de ellos, haciendo justo lo contrario de lo que te apetece. Mel y Rents lo están haciendo de puta madre. Renton siempre fue un tío listo. Tiene ese tono de representante, ese rollo de «lo tengo todo bajo control, colega». El abogado está ahí sentado, mirando con atención, asintiendo dc vez en cuando pero sin llegar a decir nada; no obstante, el simple hecho de que esté ahí es garantía de que los polis van a actuar conforme a la ley y no van a pasarse de la raya. Que es como deberían actuar siempre, pero, según mi experiencia, nunca lo hacen.

Una vez que los polis se van, el abogado nos da el parte de la situación y luego se va él también; Mel va a echar un vistazo a las niñas, han estado dormidas durante todo el follón, pero a última hora las sirenas policiales las han despertado. Para qué coño las habrán puesto si el capullo estaba ya arrestado.

Nos quedamos Renton y yo en la entrada. Lo llevo a la cocina y le preparo una taza de té. «No tengo alcohol en casa», le digo cuando veo que me pone cara de boniato. «Bueno, ¿y todo esto a qué se ha debido?»

«Con mis compadres de Leith no se juega», dice entre risas. Se le marcan los huesos de la cara bajo la luz de la luna que entra por la ventana. Siempre ha sido un tío delgaducho.

Me río un poco mientras sirvo el té en las tazas conmemorativas de la victoria de los Hibs en la Copa de Escocia, las que me regaló Terry. «Quiero decir, ¿qué te ha traído aquí?»

«No te lo vas a creer», sonríe, «pero había venido para hablar del asunto del dinero. Hasta estaba dispuesto a retarte a luchar por él. Ahora no parece que tenga mucho sentido.»

«Pues habrías salido ganando, tío», me río, y le doy otro sorbo a la taza. «La violencia ya no va conmigo. Al único sitio al que me ha llevado es a la cárcel.» Lo miro de arriba abajo. «Pero bueno, ¿en qué momento te ha salido la vena peleona?»

«Eso también ha sido gracias a ti», dice Renton, sus astutos ojos se encienden. «Estuve preparándome cuando ibas a por mí. Lo que pasa es que un coche se metió en medio. ¡Menos mal, porque yo me había quedado paralizado!»

«Bueno, me alegro de que esta vez no haya sido así.

Ven», le digo; cojo la tetera, la leche y las tazas y lo pongo todo en una bandeja. Volvemos al taller, me dirijo al rincón donde está el escritorio y me siento. Saco un sobre del cajón. Es su dinero, quince mil, todavía en libras esterlinas. «Iba a devolvértelo», le digo, aunque no es del todo cierto. La realidad es que se iba a quedar en mi escritorio para siempre, para recordarme que hay otras formas de saldar cuentas con un tío listo. «Solo quería tenerlo ahí un tiempo para que aprendieras la lección y no volvieses a desplumar a tus colegas. ¿Qué tal ahora?»

«Gracias.» Coge el sobre y se lo golpea contra el muslo. «No me viene nada mal. Significa mucho. Y, sí, lección aprendida», continúa.

Caigo en la cuenta de que igual me pasé un poco dejándolo tieso en la subasta de *Cabezas de Leith*, porque en realidad el mamonazo ha puesto de su parte. Y supongo que en el fondo quería hacer las cosas bien a pesar de que le fallasen las formas. «Bien, porque he encontrado un comprador que está interesado en *Cabezas de Leith*. Por si alguna vez te da por venderlas.»

«¿En serio?»

«Uno de mis coleccionistas habituales. El chaval se llama Villiers. Muy rico. Si tienes en mente vender, podría conseguir lo que pagaste más un veinticinco por ciento.»

«Hecho», dice el capullo un poco más rápido de la cuenta, luego añade: «No es mi intención menospreciar tus obras, Frank, pero la verdad es que me hace falta el dinero. Pero lo que no entiendo es...».

«¿Por qué coño iba alguien a pagar tanto dinero por ese montón de mierda que ni siquiera lleva mi mutilación insignia?»

Renton me mira un segundo, levanta la taza, le da un sorbo. «Sí, eso.»

Nos reímos un poco los dos. «Tú no sabes cómo funciona el arte, tío. El arte no tiene ningún valor salvo el que la gente esté dispuesta a pagar por él. Al pagar lo que pagaste por la obra, le diste ese valor. También le ganaste la puja a un cabrón que no soporta que lo superen. Jamás.»

«¿Y por qué no subió más?»

Vuelvo a llenar las tazas de té. «Le dio instrucciones a su agente para pujar hasta cierta cantidad, pensando, igual que todo quisque, que el precio sería mucho más bajo. Entonces entraste tú en escena y todo el mundo se quedó flipando. Stroud, el agente del tipo que te digo, hizo lo posible por localizarlo en el móvil antes de que el martillo marcase el fin de la subasta, pero no hubo manera.»

«Y el colega habría pagado...»

«Lo que hubiera hecho falta. Y lo que más le jodió es que ni siquiera sabía quién eras tú. Al no tener presencia en redes sociales ni nada...» Me reclino en el asiento. «Seguramente pensó que trabajabas para algún rival que intentaba jugársela. Pero lo que a mí me gustaría saber es ¿qué cojones estaba haciendo allí Mikey Forrester pujando más alto?»

Renton sopla sobre la taza de té. «Eso fue cosa de nuestro amigo Sick Boy. Supongo que, según él, yo merecía un descalabro financiero mayor. Así te hacía un favor a ti y me hacía la puñeta a mí. Mikey y yo nunca nos hemos llevado muy bien. Desde que me follé a la pava esa de Lochend que le molaba.» Sonríe al acordarse.

Suena bastante creíble. En la vida todo se echa a perder por pequeños celos irracionales y por absurdos arrebatos. Hay que saber controlar esas mierdas o pueden acabar contigo. De modo que lo mejor que se puede hacer –y todos los políticos y empresarios lo saben bien– es joder a gente que no tenga ninguna conexión real contigo.

Renton echa un vistazo al taller. «Estoy en el sector equivocado. Tantos años perdiendo el tiempo en el mundo de la música sin tener talento para ello.»

«El talento está muy muy sobrevalorado, colega. Lo más importante es encontrar el momento propicio. Y eso es una cuestión de suerte principalmente, y un poco de intuición y de conocimientos.» Le señalo con el dedo. «Y tú, gracias a Dios, eres experto en aparecer en el momento justo, me cago en la puta. Te debo lo más grande. Sin ti, mis niñas serían huérfanas ahora mismo.»

«Entonces entiendo que estamos en paz. Al fin», sonríe.

Extiendo la mano. «Estamos en paz.»

Me ofrece una sonrisilla de caradura que me recuerda a cuando era niño. «Y en el colegio a ti siempre se te dio bien el arte, bueno, hasta que te echaban de clase, claro.»

«Esa era la única clase de la que no me gustaba que me expulsasen.» Bajo la voz, porque oigo que Mel está hablando con las crías. «Las mejores pibas estaban en clase de arte.»

«Todavía suponen un veinticinco por ciento de mi material pajillero», sonríe.

«Es bastante poco.»

«Llevo años trabajando en clubes. Eso lo ha reducido bastante.»

Nos reímos, los dos, igual que cuando volvíamos a casa del colegio. Por Duke Street, siguiendo luego por Junction Street, en dirección a Fort House, haciendo el gamberro, hablando de cualquier pamplina. «¿Sabes qué es lo más gracioso? Ahora los dos somos lo bastante ricos como para que el dinero no vuelva a interponerse entre nosotros.»

Seguramente sean los nervios, pero Renton se empieza a reír como un puto loco. Y yo con él. Entonces se pone muy serio de repente.

«Quiero que vengas a Los Ángeles un día de estos. Quiero presentarte a alguien.»

A saber a quién coño quiere que conozca, pero bueno, es lo menos que puedo hacer. «Guay.»

40. SICK BOY: CON LAS MANOS EN LA MASA

La cena ha transcurrido en circunstancias un tanto forzadas, pero el objetivo está cumplido. Con suerte, Euan se mantendrá de nuevo alejado de Carlotta. Y solo estamos hablando de la fase uno: el capullo acabará saliendo de mi familia para siempre. ¡Esta ciudad no es lo bastante grande para los dos! Después, Marianne y yo nos vamos al hotel con ánimo festivo y, nada más llegar, cojo el móvil.

No me parece muy sensato llamar a Jill y pedirle que se venga a la habitación con Marianne y conmigo a celebrar nuestro amor, después de aquel episodio navideño tan poco edificante. Mejor que ese tipo de accesorios sigan siendo estrictamente profesionales. Jasmine, por desgracia, parece haberse esfumado. Casi estoy tentado de llamar a Syme y pedirle que me devuelva el favor, pero es mejor no acercarse a ese gordo sarnoso. Así que al final me meto en la *app* de una agencia tipo Colleagues, pero peor, y me pongo a mirar el ganado. Los ojos se me van a una princesa africana, negra como el carbón; también a una doncella romaní de tez morena y pelo azabache; la idea es que contraste con el rollo nórdico nazi de Marianne, la cual me mira por encima del hombro y pone cara de fastidio. «¿Por qué no puede ser un tío? ¡Quiero montármelo contigo y con otro tío! Quiero que entre en escena un pollón no circuncidado y ver cómo descapulla.»

Siento que una ceja se me arruga de desagrado, y bajo el móvil. «Pero, cariño, yo odio a los hombres. No puedo mirar el cuerpo desnudo de otro hombre sin que me entren náuseas. Pero si casi no puedo hablar con ellos», insisto mientras la imagen de Renton follándose a Marianne, mi futura esposa, me desgarra psicológicamente.

«Igual necesitas adiestramiento por desensibilización. Anda, ¡vamos a llamar a un tío!»

Me sacudo al Traidor Pelirrojo de la cabeza.

«No va a funcionar, cariño. Llevo años intentando explicártelo. Una vez fui a una orgía y acabé con un culo peludo y unos huevos sudados encima de la cara. Fue demasiado traumático, y mira que yo no soy nada aprensivo», le explico, y tiemblo al recordar ese terrible incidente en Clerkenwell. «No sabes cómo te envidio, joder, yo siempre he querido ser bisexual.»

«Yo no soy bisexual», protesta.

«Bueno, si lo prefieres: "mujer que sabe cómo hacer que el clítoris de otra mujer explote de placer".»

«No me gustan las etiquetas», dice, y luego me ordena: «Lámeme el clítoris».

«Todo lo que quieras y más, cariño», sonrío, «pero antes elige a una chica», señalo al teléfono.

Tras chasquear le lengua y poner cara de hastío, Marianne me quita el iPhone y se pone a mirar perfiles. Elige a Lily, una rubia que parece una versión más joven de ella misma. Puto narcisismo, está en todas partes. No supone un gran contraste, y señalo la necesidad de que haya variedad visual, pero Marianne empieza a ponerse un poco nerviosa, así que decido que es mejor no insistir. Llamo a la agencia: Lily llegará al hotel dentro de una hora.

Me pongo manos a la obra y le provoco orgasmos múltiples mediante el uso de dedos, lengua, polla y, sobre todo, diciéndole obscenidades tan sucias que hasta un delincuente sexual en el corredor de la muerte se sonrojaría. Follármela a lo largo de los años ha sido como leer la edición en cuero de las *Obras completas de William Shakespeare* que compré hace décadas: descubro algo nuevo cada vez que le doy un repaso. Es una oponente enérgica, pero es tal la follada que le he metido que, cuando llega la puta, Marianne se encuentra en un estado aletargado de lasitud. He tomado la precaución de retener mi lefa: esto solo ha sido el aperitivo que precede al plato principal del día.

Lily sube y me quedo un poco chafado: digamos que las fotos no le hacen justicia, pero para mal. Me refiero a algo muy exagerado, como la página de Facebook de la Ciclostatic, cuyo álbum de fotos se detiene en 1987 o así, pero, bueno, no merece la pena ponerse quisquilloso: el tiempo es oro. Damos por terminadas las presentaciones básicas y nos ponemos al lío. Lily tiene un consolador con arnés enorme con el que empieza a trabajarle el culo a Marianne, la cual está en cuclillas al borde de la cama. Yo adopto una postura similar delante de Marianne y me preparo para recibir por el ojete el dildo lubricado de mi prometida. Va entrando poco a poco, me produce cierto alivio, es como cagar al revés, Marianne se pone a dar gritos cuando la base del aparato empieza a pulverizarle el clítoris, algo así como un camarero italiano hasta arriba de *speed* dándole vueltas a un pimentero. Siento cómo me perfora dolorosamente el alma mientras Marianne jadea y grita. «Ese es mi chico, muy bien, que te llegue hasta el fondo... Esa es la putita tragona con la que me voy a casar, me cago en todo...»

Muevo las caderas intentando alojar el resto del consolador mientras observo la escena en el espejo, deleitándome en los gruñidos demenciales de Marianne y en la pose de indiferencia mascachicles de Lily (por instigación mía, todo forma parte del plan). Entretanto no dejo de friccionarme el pene, que está bien lubricadito, y siento cómo se forma una presión fulminante, como los Hibs en la final en Hampden Park cuando marcaron el gol de la victoria contra los Rangers durante el descuento. Pienso en que así será nuestra vida de casados y justo entonces se abre la puerta y el servicio de limpieza...

Me cago en la puta, no es el servicio de limpieza...

El triángulo amoroso se viene literalmente abajo tras la entrada de dos polis uniformados que enseñan sus placas identificativas de mierda y forjan en sus rostros una burda expresión de necia autoridad. Se detienen en seco mientras asimilan la escena; durante un par de segundos se quedan perplejos, sin palabras, pero no se van. Luego uno de ellos dice: «¡Tienen dos minutos para vestirse, estaremos fuera esperándoles!».

Se dirigen hacia la puerta, uno dice algo que no entiendo y el otro responde con una risa profunda, gutural; cierran de un portazo y se van.

«¿Qué coño está pasando aquí?», grita Lily.

Marianne me mira y dice altanera: «Pues yo no recuerdo haber llamado a ningún tío».

41. RENTON: SOLTAR EL MOCO

Estoy eufórico, cansado, aliviado, y, para colmo, soy asquerosamente rico; en este estado de shock no debería estar conduciendo para volver a Santa Mónica. Los nudillos despellejados y las manos hinchadas sobre el volante me recuerdan con terquedad lo ocurrido. ¡Ese puto tarado iba a disparar a Franco y a Melanie! ¡Y yo he salvado al capullo de Begbie! ¡Yo!

Me he metido en el carril que no debía, joder; ruge un claxon y un camionero me hace la peineta. Acabo de hacer papilla a un poli con mis propias manos, y ahora me cago hasta de ver mi propia sombra. No puedo concentrarme; me pregunto a qué precio llegarán las *Cabezas de Leith* o si tengo que ir a por todas con ese puto coleccionista, porque Conrad me va a dejar tirado y de Emily y Carl no voy a sacar una mierda.

No puedo seguir de esta forma. Paro en un área de servicio y me tomo un café negro y asqueroso del Arby's que me remata el estómago; si antes parecía un nido de gusanos retorciéndose, ahora además tengo ardores. Me como medio burrito y tiro el resto. Begbie me explicó que solo estaba sufriendo una reacción de estrés propia de un principiante por haber cometido un acto de violencia. Me persigue la idea de que hay lúgubres consecuencias y terribles represalias acechándome en cada esquina. A pesar de que los polis se creyeron por completo la historia y de que los abogados me aseguraron que estoy limpio, la paranoia no me deja en paz. Sopeso la posibilidad de encender el teléfono, pero sé que es lo peor que puedo hacer ahora mismo, aunque el impulso resulta casi irresistible. De todos modos, nunca recibo otra cosa que malas noticias. A Conrad le falta nada y menos para abandonar el barco, justo ahora que acabo de enterarme por el Wynn de que tiene un bolo grande en el XS gracias a su último tema. Ahora otro capullo se llevará los beneficios. A tomar por culo.

Me meto de nuevo en el coche y conduzco como un novato, consciente de cada uno de mis movimientos; nunca he sentido tanto alivio al dejar la carretera 101 y coger la 405. El atasco de la ciudad ralentiza las cosas, me serena, me da tiempo para pensar. Decido que está bien. Llevé a cabo una buena acción y obtuve una recompensa. Fantaseo con las gratificaciones posibles y con las menos posibles. Un sanador místico o un nuevo medicamento que conecte a Alex milagrosamente con el mundo. Pero ninguna cantidad de dinero puede hacer eso realidad. Sin embargo, sí que me pagará un apartamento de tres habitaciones, esencial en estos momentos. De repente estoy en la interestatal 10, a la altura de Santa Mónica, luego salgo y aparco en el garaje subterráneo. Bajo del coche y me pongo la mano delante de la cara. Me tiembla, pero he llegado a casa sano y salvo.

Entonces, mi visión periférica distingue a una figura saliendo de un coche. Se mueve entre dos vehículos aparcados y camina hacia mí, aún en medio de la oscuridad y las sombras. Es grande y tiene un aspecto poderoso; siento que se me acelera el pulso y mis puños doloridos se cierran. Me preparo para la segunda ronda, pero, joder, es Conrad, al que ahora ilumina la luz amarilla de una de las lámparas del techo.

«¡Estás bien!», canturrea encantado el gordinflón mientras se me echa encima para darme un penoso abrazo con los ojos arrasados de lágrimas. Yo le doy palmaditas nerviosas en la espalda, flipando en colores. Esto es lo último que me esperaba. «Tenías que haber llamado, o mandado un mensaje, o un correo...», dice tragando saliva. «¡No es propio de ti no contestar a las llamadas! ¡Tantos días! ¡Estaba preocupado! ¡Todos lo estábamos!»

«Gracias, colega... Lo siento, tenía un montón de cosas pendientes. Felicidades por el tema», me oigo decir de forma poco convincente cuando me suelta.

«Sé que tienes problemas de dinero», susurra Conrad. «Si necesitas algo, me lo dices, y yo te lo doy. Mi dinero es tu dinero. Eso lo sabes, ¿no?»

Pues no, la verdad, nunca había tenido la menor idea de que fuese algo más que un rácano y un egoísta. Y yo pensaba que venía a rematarme. Que seguro que Conrad había firmado con un rival y se largaba con la productora de Ivan. Lo último que me imaginaba es que iba a pasar esto. «Es increíblemente generoso por tu parte, colega, pero he estado un poco perdido mientras me hacía cargo de varios asuntos monetarios y privados», explico, y añado: «que se han solucionado de forma satisfactoria, debo decir».

«Eso está bien. Me alegro de oírlo. Pero tenemos que hablar, hay novedades», prosigue en tono agorero.

«Vale, de acuerdo, pero primero tengo que subir a echarles un ojo a mi padre y a mi chaval. Nos vemos en el Speakeasy en veinte minutos.»

«¿Dónde está eso?», pregunta.

«¿A que sería genial que existiese una cosa llamada internet y que tú escribieses simplemente *Speakeasy* y *Pico Boulevard* y te saliese como por arte de magia la dirección?»

Conrad me mira, y se ríe en tono desdeñoso. «Creo que me suena. Está en un aparato llamado teléfono, por el que además puedes hablar cuando suena. ¡Aunque dudo que mi representante tenga ni puta idea de lo que es!»

«*Touché*, colega. Te veo dentro de un rato.»

Así que subo al piso, un poco nervioso por el recibimiento que me va a dar mi padre, después de largarme y dejarlo con Alex, y tener que marcharme de nuevo ahora. He estado apoyándome mucho en él, pobre. Después de los dos funerales, Vicky y yo hemos salido bastante, y me he quedado más de unas cuantas noches en su piso de Venice. A papá no parece importarle, y está de acuerdo en que el sofá no le va a hacer ningún favor a mi espalda, pero supongo que me he pasado un poco. Sin embargo, cuando entro, está sentado en el sofá, jugando a algún videojuego con Alex. Señala la Xbox y una montaña de juegos. «Hemos pillado provisiones», dice, y ninguno de los dos aparta los ojos de la pantalla para mirarme.

Es bastante obvio que no les importa que salga otra vez. Tiro para el Speakeasy y Conrad está aparcado justo delante; se ha desplomado sobre el salpicadero y parece un airbag activado. Le doy un golpecito a la ventanilla y se despierta de un brinco. Nos metemos en el bar y se pide una Pepsi Diet. Hay que joderse, la revolución ha empezado. Yo me pido una buena botella de Pinot californiano. El bar de vinos Speakeasy está casi vacío. Hay dos chicas sentadas a una mesa y un grupo de ejecutivos a otra: a juzgar por el volumen de su charla, está claro que son de la tele. Conrad rechaza una copa de zumaque, pero luego se pasa a la cerveza y nos sentamos en una mesa que hace esquina. «Pensé que me ibas a dar la patada», le confieso.

«No», parece alarmado. «¡No seas tonto! Tú para mí eres familia», dice mientras yo me pimplo la copa con rapidez, y luego me la vuelvo a llenar. «A veces tengo la sensación de que eres la única persona que se ha interesado por mí.»

Hay que joderse, ahora soy yo el que se contiene para no

soltar el moco. Ha sido un día lleno de emociones. Primero rescato a Begbie y a Mel, y casi me cargo a un colgado psicópata, luego recupero la fortuna que he perdido, y ahora este puto holandés me rompe el corazón. Así que me enfrento al tema dejando que el representante que anida en mi interior se abra paso, ya que la repentina intimidad entre nosotros me da pie. Lo miro con gravedad. «Yo también siento lo mismo por vosotros, tío, eso que dices de la familia... Y por eso me repatea ver que te abandonas.»

«¿Qué...?»

«Las lorzas, hermano; hay que reducirlas», digo, y le doy un puñetazo en el brazo. «Tantos kilos te están matando, y no debería ser así. Eres un tío joven, Conrad, no está bien.»

En sus ojos centellea un breve resplandor de hostilidad. Luego se ablandan y se humedecen, mientras empieza a hablarme de su viejo. El tío es músico en la Orquesta Nacional de Holanda, y nunca ha respetado el amor de su hijo por la música electrónica y dance. La falta de reconocimiento y confianza por parte de su padre lo tiene deprimido a tope.

Inspiro profundamente y disparo. «A lo mejor no es esto lo que quieres oír, colega, pero que le den a tu padre. Él tiene el respeto de unos vejestorios estirados que van a escuchar cómo su puta orquesta toca la música de unos gilipollas muertos. Tú tienes el respeto de unas diosas adolescentes vestidas de licra que quieren chuparte la polla hasta sacarte el cerebro y luego follarse lo que quede de tu cabeza. El puto viejo está celoso, colega, es así de simple. Si una de nuestras metas en la vida es reemplazar a nuestros padres», sigo mientras pienso lleno de culpa en el adorable viejo glasgüense que hay al final de la calle, «buen trabajo, y además a una edad precoz.» Alzo la copa para brindar. «¡Muy bueno!»

Me mira de nuevo con el mismo temblor iracundo antes de sumirse en consideraciones y deliberaciones, pasar después a la revelación y soltar por último: «¿De veras lo crees?».

«Lo sé», le respondo, mientras las dos chicas que nos estaban mirando se acercan.

«Eres tú, ¿no?», le dice una de ellas a Conrad. «¡Eres Technonerd!»

«Sí», contesta Conrad como un autómata mientras yo lo miro, cargado de razón. La mujer acaba de ofrecernos la fehaciente confirmación de mi alegato.

«¡Ay, Dios mío!»

Quieren hacerse unas selfis con él, y Conrad está encantado. Después, tienen la delicadeza de darse cuenta de que estamos hablando y se vuelven a la barra. Me sorprende que Conrad no haya pedido ningún número de teléfono, no es propio de él.

«Ahora volvamos al asunto de las lorzas.» Lo señalo con el dedo. «Conozco a una entrenadora en Miami Beach. A ti te gusta estar aquí. Es dura como su puta madre, pero te pondrá en orden el cuerpo y la mente.» Le tiendo la tarjeta de Lucy, a quien me recomendó Jon, un promotor del Ultra lleno de michelines hasta que se puso en manos de ella.

Conrad la coge en su puño mugriento, y se la mete en el bolsillo. «Ahora que nos estamos sincerando», dice, «hay algunas cosas que quiero comentarte. Lo primero es que tienes razón sobre Emily. Tiene un talento impresionante. Sus nuevos temas son muy muy buenos. Le estoy remezclando algunos. Hemos estado trabajando en Ámsterdam, pero necesitamos encontrar un estudio nuevo aquí para la temporada en Las Vegas.»

«¡Genial! ¡Estupendas noticias! Estoy totalmente de acuerdo con lo del estudio. Tengo varias opciones...»

«Lo segundo es que hemos empezado una relación. Emily y yo.»

«Bueno, eso es cosa vuestra, amigo.»

Mi cara debe de estar traicionando mi creencia de que forman la peor pareja de todo el planeta. Pero a lo mejor no, porque Conrad dice: «Ella me confió que os habíais acostado. Así que ¿no te plantea un problema que ella y yo estemos juntos?».

«No... ¿Debería? Fue solo una vez...» Lo miro. «¿Te contó que nos habíamos acostado? ¿Qué coño...? ¿Qué te dijo?»

«Que eras bueno en la cama», creativo, fue la palabra que usó, «pero también que no tienes la resistencia de un hombre joven. Que ya no puedes follar toda la noche, que es lo que ella necesita», me explica, y las comisuras de su jeta forman un asomo de sonrisa.

No puedo evitar reírme. «Dejémoslo como está y permitidme que os felicite. Yo también tengo noticias. Esta va a ser tu última temporada en el Surrender.»

«¡No pueden despedirme!», musita iracundo, y luego estampa el puño sobre la mesa, haciendo temblar mi copa. «¡No puedes permitir que lo hagan!»

Levanto la mano para hacerlo callar y lo interrumpo: «La siguiente temporada vas a pinchar en el XS».

«¡Joder!» Se levanta como un resorte y grita en dirección a la barra: «¡Dame una botella del mejor champán que tengas!». Y luego me dice: «¡Tengo el mejor representante del mundo!».

No me resisto. «Como dijo Brian Clough, está claro que soy el número uno.»

«¿Quién es Brian Clough?»

«No es de tu época, amigo», digo deprimido.

Por primera vez, Vicky viene de visita a Las Vegas con Willow y Matt. Vemos a Calvin Harris en el Hakkasan, a Britney Spears en el Axis y, por supuesto, a Conrad, Emily y Carl en el Surrender.

Mientras Conrad está en la mesa, y Carl les explica a los demás de qué va la DMT, arrincono a Emily. «Gracias por contarle lo nuestro.» Asiento en dirección a la cabina y a la enorme espalda de Conrad.

«Es que se me escapó. ¡Lo siento!»

«Ya.»

«No te mosquees.» Emily levanta una ceja. «Fui yo quien ayudó a convencerlo, tanto a él como a Ivan, de que eres el mejor.»

Qué coño... «¿Ivan? ¿Qué pasa con Ivan?»

«Bueno, Conrad y yo hemos estado con él en Ámsterdam. He estado intentando traerlo de nuevo al redil. Y parece que he tenido éxito», dice con una sonrisita. «Quiere volver a Citadel Productions. Seguramente te llamará dentro de poco...»

Joder. ¡No es Ivan quien ha estado intentando llevárselos con los grandes, sino ellos quienes le han dado coba a Ivan, el belga traidor, para que vuelva a Citadel! «Emily, te debo agradecimiento eterno, pero ¿por qué estás haciendo esto?»

«Me siento un poco mal por el lío en que te metí.»

«Oye, que solo fue un polvo y deb...»

«No por eso, idiota.» Se ríe y se inclina hacia mí. «Pero esto sí que tiene que quedar entre nosotros...»

«Vale...»

«No fue Carl el que le puso la polla en la cabeza», me confiesa, y nos da un ataque de risa.

42. INTERROGATORIO

La sala de interrogatorio es austera e inhóspita. Hay una mesa de formica con todo el equipamiento de grabación. Está rodeada de sillas de plástico duro. Simon David Williamson ha recuperado la compostura y parte de él, como es su costumbre, está disfrutando de los desafíos interpersonales que tiene por delante. Aprieta los dientes con un movimiento que le parece galvanizante. Al llegar a la comisaría, antes de que lo dejaran en la sala de espera, insistió de inmediato en llamar a su abogado. Este le indicó que guardara silencio hasta que él llegase. Pero Williamson tiene otra cosa en mente.

Mira con frialdad a los dos agentes que lo han llevado a la sala. Se han sentado, y uno de ellos ha puesto una carpeta de plástico en la mesa. Williamson decide permanecer de pie. «Siéntese», le invita un policía mientras enciende la grabadora. El pelo claro rapado del agente forma una pronunciada uve invertida. Ha intentado cubrir los estragos del acné con una barba que solo crece a mechones, por lo que enfatiza aún más las cicatrices. *Se casó con la primera tía que se le abrió de piernas*, considera el despiadado Williamson. En sus burlones ojos y en su boca, aún más cruel y tensa, lee los clásicos rasgos de poli malo.

«Si no les importa, prefiero quedarme de pie», declara Williamson. «Estar sentado no es bueno. Dentro de cincuenta años, cuando veamos las películas de ahora, nos reiremos de la gente que sale sentada, del mismo modo que nos pasa ahora con quienes fuman.»

«Siéntese», repite Poli Malo, señalando la silla.

Williamson se acuclilla. «Si lo que le preocupa es que esté a la altura de sus ojos o que me grabe bien el micrófono, así estará bien. Es el modo en que la criatura conocida como *Homo sapiens* se agacha de forma natural. De niños lo hacemos por instinto, pero luego nos dicen que...»

«¡Que se siente!», exclama Poli Malo.

Simon Williamson mira al agente, luego al asiento, como si fuera una silla eléctrica en la que lo van a ejecutar. «Quiero que conste que me han obligado a sentarme en un accesorio anticuado de convención social contra mi voluntad», dice ampulosamente antes de tomar asiento.

Tengo el pulso firme. Estoy tranquilo. Aunque tenga tembleque por el síndrome de abstinencia de farlopa y alcohol, puedo dar la talla y funcionar. Soy una forma superior en la escala evolutiva. De haber ido a la universidad, habría sido cirujano. Pero nada de pies apestosos ni maricoadas de esas. Estaría trasplantando corazones, y hasta cerebros si me apuras.

Mientras Poli Malo hace el papel agresivo, Williamson estudia la reacción de su colega, que tiene la irónica sonrisa de desdén que dice: *Mi compañero es un gilipollas, pero ¿qué le voy a hacer? Nos entendemos.* Es una variación de la rutina poli bueno/poli malo. Poli Bueno es un hombre barrigón de pelo oscuro que tiene pinta de estar pasmado todo el tiempo. La inclemente luz del techo cae de un modo poco favorecedor sobre sus rasgos irregulares, que parecen de masilla. Sonríe a Williamson mientras Poli Malo prosigue. «Dígame, ¿estaba en Londres el 23 de junio?»

«Sí, eso creo. Es fácil verificarlo. Habrá llamadas telefónicas, y seguro que saqué dinero del cajero de NatWest en la estación de King's Cross, por donde paso con frecuencia. Y, por supuesto, por la bocadillería de Pentonville Road. Díganles a sus colegas de la policía metropolitana que pregunten por Milos. Soy una cara pero que muy conocida allí, como dicen en las películas», y sonríe, pues está empezando a pasárselo bien. «Siempre viajo en metro, los movimientos de mi tarjeta de transporte confirmarán la ruta y, por supuesto, mi prometida estaba conmigo... Bueno, ¿qué ha pasado con Victor Syme?»

«Era amigo suyo, ¿eh?», dice Poli Malo mesándose la barba de rata.

«Yo no diría tanto.»

«Pues está en su registro de llamadas.»

«Exploramos la posibilidad de hacer negocios juntos», declara Simon Williamson, con la voz autoritaria digna de un ejecutivo irascible al que unos funcionarios incompetentes están haciendo perder el tiempo. «Dirijo una agencia de citas respetable, y traté con él la posibilidad de ampliar en Edimburgo.»

Poli Malo, consciente de que Williamson está examinando exhaustivamente sus imperfecciones faciales, baja las manos. «O sea, que no hicieron negocios juntos.»

Simon Williamson se lo imagina sufriendo eccema en la zona genital e intentando en vano hacerlo pasar por una ETS en el vestuario del equipo de fútbol de la policía. Le divierte pensar en las escamas de piel suspendidas en el vello púbico del agente de policía y pegadas en la sudorosa cara de su mujer mientras le realiza una triste felación. «No.»

«¿Por qué?»

«Pues, a decir verdad, la actividad de Syme me pareció de segunda, por no decir sórdida, y las chicas no eran más que prostitutas comunes...» Se apresura a añadir: «No es que las esté juzgando, pero no son lo que ando buscando para

442

nosotros como modelo de negocio. Me interesan mujeres con título universitario, mercado *premium*».

Poli Malo dice: «¿Sabe que la prostitución es ilegal?».

Williamson mira a Poli Bueno con falsa sorpresa, luego se vuelve hacia su interrogador y le habla lleno de paciencia, como si se dirigiera a un niño. «Por supuesto. Como siempre digo, somos una agencia de acompañantes. Nuestras chicas, o, como solemos llamarlas, socias, acompañan a ejecutivos a reuniones y a cenas, y son anfitrionas de encuentros y fiestas. Este es el marco legal en el que opero.»

«¿Desde cuándo? Ha comparecido dos veces ante el tribunal por ingresos de dudosa moralidad.»

«La primera vez yo era muy joven y estaba enganchado a la heroína. Mi novia y yo estábamos desesperadísimos, y nos vimos arrastrados por esa espantosa droga. La segunda, el asunto estaba relacionado con una empresa con la que yo no tenía nada que ver...»

«El Hotel Skylark en Finsbury Park...»

«El Hotel Skylark en Finsbury Park. Dio la casualidad de que yo estaba allí de visita cuando la brigada antivicio de la Policía Metropolitana estaba investigándolo. Se hicieron asociaciones absurdas y se me acusó de cargos inventados, pero al final se demostró mi inocencia. Me exoneraron del todo. De eso hace más de una década.»

«O sea, que es usted poco menos que Bambi», se burla Poli Malo.

Simon Williamson se permite soltar un suspiro de lo más audible. «Mire, no voy a insultar su inteligencia diciendo que esas cosas no pasan, pero, como les he dicho, somos una agencia que ofrece servicios de *escort*. La prostitución no tiene nada que ver con nosotros, y si alguna de nuestras socias se mete en eso y nos enteramos, las sacamos del catálogo de inmediato.»

«¿Por qué habla en plural?»

«Porque mi prometida ahora es codirectora de la empresa.»

Poli Bueno arremete con un cambio brusco de tema. «¿Conoce a Daniel Murphy?»

Para evitar parecer torpe, Simon Williamson intenta pensar en las enormes injusticias que Spud le hizo sufrir: su mente se concentra en aquella vez que le mangó su preciado jersey Fair Isle, tendido en la azotea de los Banana Flats. Pero lo único que visualiza es la sonrisa del joven Spud, tan parecida a la del entrañable personaje de cómic Oor Wullie, y siente que parte de su corazón se derrite. «Sí, descanse en paz. Era un viejo amigo.»

Poli Malo se ha vuelto a sentar. «¿Sabe por qué ha muerto?»

Williamson se recompone y niega con la cabeza. *Una muestra de tristeza real jugará a tu favor, que no cunda el pánico. Yo intenté salvarlo.* «Alguna enfermedad. Danny, que Dios lo tenga en su gloria, llevaba una vida bastante marginal, me temo.»

«Alguien le robó un riñón. Murió por las complicaciones que surgieron de eso», suelta Poli Malo. El aire de la sala parece quedarse sin la mitad de su oxígeno.

«Creo que debería esperar a que llegue mi abogado antes de contestar a más preguntas», declara Williamson. «He intentado cooperar como ciudadano responsable, pero...»

«Puede hacerlo», le interrumpe Poli Malo, «pero quizá le parezca ventajoso cooperar con nosotros de manera extraoficial si no quiere que lo acusemos del asesinato de Victor Syme», y saca una fotografía de la carpeta de plástico que tiene delante. Se la pone debajo de las narices a Simon Williamson, que examina la imagen con mórbida fascinación. Representa a Syme en un charco de sangre que brota de múltiples lesiones, pero sobre todo de un corte en el abdomen.

Entonces Poli Malo le enseña una fotografía tomada más de cerca, y dos cosas marrones con forma de judía sobresalen de las cuencas donde debían estar los ojos de Syme. Parece un montaje cómico de Photoshop, y Williamson se ríe.

«¿Es de verdad?»

«Por supuesto que lo es. Son sus riñones», dice Poli Malo.

Williamson baja la fotografía. Siente que le tiemblan las manos. Sabe que Poli Malo se ha dado cuenta. «Esto no está bien, joder. Conozco mis derechos...»

«Sí, eso dice», se burla Poli Malo. «De acuerdo, venga con nosotros.»

Los agentes se levantan y lo llevan a la puerta siguiente del vestíbulo. A un lado, a través del falso espejo, Williamson ve la sala de interrogatorio vacía de la que acaban de salir. Al otro lado hay una sala idéntica. Pero allí, a la mesa, está sentado su cuñado, Euan McCorkindale. El podólogo caído en desgracia parece peor que catatónico, como si lo hubieran lobotomizado.

«Nos ha contado su participación en la extracción del riñón de Daniel Murphy», anuncia Poli Bueno con compasión triste. Tiene pinta de estar a punto de echarse a llorar de verdad por Williamson.

Pero Williamson mantiene la compostura. «¿Ah, sí?», dice con desprecio. «¿Y cómo he participado?»

Poli Bueno asiente con reticencia sobreactuada a Poli Malo, que toma la voz cantante. «Pues lo extrajo usted en condiciones antihigiénicas, junto con otro hombre, bajo la supervisión de su cuñado, en un local de Berlín.»

Williamson devuelve el golpe con una diatriba tan despectiva que los agentes, muy poco profesionales, se quedan perplejos, con una mezcla visible de rabia y vergüenza. «¿Bajo su supervisión?» Williamson señala con el pulgar al hombre que está al otro lado del espejo. «¿El colega va drogado o qué? ¡Yo no estoy capacitado para extirpar un riñón! ¡Pero si ni siquiera sé dónde coño está! ¿Tengo cara de cirujano?» Simon Williamson echa la cabeza hacia atrás, deleitándose abiertamente en su actuación. Mira a un policía, después al otro, y percibe la incomodidad de ambos. Añade bajando la voz: «El médico aquí es él», y señala de nuevo al cristal, «el puto bobalicón ese. Así que hagan sus deducciones».

Poli Bueno vuelve a tomar las riendas. «Ha dicho que Victor Syme lo estaba chantajeando con una cinta sexual para que realizara la operación...»

«Eso sí me lo creo...»

«Pero no fue capaz de realizar la extracción del riñón. Dice que usted lo hizo con ayuda de un tutorial de YouTube y un tipo llamado Michael Forrester...»

«Y ahora nos adentramos en el reino de la fantasía», se burla Williamson.

«¿De verdad, Simon? ¿Tú crees?», interroga Poli Bueno.

«¿Mikey Forrester? ¿Vídeos de extracción de riñón en YouTube? ¿Ustedes qué coño se han metido?» Simon Williamson ríe ruidosamente, meneando la cabeza. «¡Los magistrados se van a descojonar cuando esto llegue a los tribunales!»

Los polis se miran entre sí. A Williamson le parece ver en ellos la sensación desesperada y subyacente de ser adultos en medio de un estúpido juego de niños en el que ya no pueden creer. Pero entonces otro cambio repentino de táctica lo pilla desprevenido cuando Poli Bueno pone cara de idiota y dice: «¿Puedes explicar el ingreso de noventa mil libras en efectivo en tu cuenta bancaria el 6 de enero?».

Williamson sabe que, aunque su cara no lo exprese, algo muere en su interior. *Renton. Me van a joder por culpa del mierda ese.* «¿Cómo saben de ese dinero?»

«Nos hemos puesto en contacto con tu banco. Eres parte de una investigación, así que estaban obligados a hacernos saber si has realizado ingresos importantes últimamente.»

«Me cago en todo, esto es indignante», exclama Williamson. «¿Desde cuándo los putos bancos, que han estafado y explotado a todos los ciudadanos de este país, se han convertido en...», brama. «¡Es el cobro de una transacción comercial!»

Poli Bueno habla como un actor de telenovela. «¿Un cobro por tráfico de órganos?»

«¡No! Era... Miren, hablen con Mikey Forrester. Es el socio de Syme. Acabaron en malos términos.»

Los dos agentes de policía se quedan mirándolo en silencio.

Williamson se pregunta dónde está su abogado, pero se da cuenta de que en el vestíbulo no hay grabadora visible, así que el interrogatorio parece extraoficial. Mira de nuevo a través del espejo a Euan, que continúa inmóvil y abatido. Despacio, cuenta hasta diez mentalmente antes de volver a hablar. «Vale, voy a enseñar mis cartas. Fui a Berlín por petición de Spud para cuidar de él. Me enteré de que Syme estaba chantajeando a Euan», explica, preguntándose si debería sacrificar a Forrester, pero decide no hacerlo. Mikey la cagaría solito, y seguro que resultaba más convincente viniendo del propio implicado. «Fui para asegurarme de que mi viejo amigo estaba bien. Para cuidar de él. Por supuesto que me pareció que aquello era muy sospechoso, pero no era asunto mío. ¡Pregunten a Mikey!»

Poli Malo mira a Poli Bueno. «El señor Forrester ha desaparecido. No responde a nuestras llamadas. Su teléfono está apagado y estamos intentando rastrearlo. Sospecho que no lo lleva consigo.»

Simon David Williamson decide que ya va siendo hora de dejarse de cháchara. «No voy a decir nada más hasta que

447

venga mi abogado.» Niega con la cabeza. «La verdad es que estoy muy disgustado con la actitud que han mostrado, agentes. No hay nadie más a favor de la policía, la ley y el orden que yo. Procuro cooperar y ayudar, pero se me trata como un delincuente común y se me somete a todo tipo de comentarios sarcásticos. ¿Dónde está mi abogado?»

«Está de camino», dice Poli Bueno. «Háblanos de Syme.»

«Sin comentarios.»

«¿Estás seguro de que quieres ir a chirona? ¿Por los tipos esos? ¿Por Syme? ¿Por Forrester? No es fácil a tu edad», dice Poli Malo, y luego se inclina y baja la voz para susurrar: «La zorra de tu novia no tardará en cepillarse al primero que pase».

«Seguro que ya está follándose a alguien», responde Williamson.

Poli Bueno parece castigar la grosería de Poli Malo con una mueca de desagrado. «No te compliques, Simon», le ruega. «Dime, ¿se te ocurre alguien que no sea Forrester que pueda haberle hecho esto a Syme?»

Sick Boy no se imagina a Mikey perpetrando semejante acto de violencia en Victor Syme. Pero no se le ocurre nadie aparte de posibles socios desconocidos y misteriosos de Europa del Este que tuvieran interés en sus negocios de la sauna y del tráfico de órganos. «No, ni idea. Pero está claro que Syme se juntaba con gente chunga», afirma mientras Poli Malo abre la puerta del vestíbulo. Williamson ve de inmediato aparecer por el pasillo a alguien que parece un abogado tratando de orientarse. Pasa de largo, luego da marcha atrás y se asoma.

«Soy Colin McKerchar, de Donaldson, Farquhar, McKerchar», le dice a Poli Bueno. Luego hace un gesto de reconocimiento a su cliente. «¿Simon David Williamson?»

«Sí», responde Williamson, y mira a los policías. «Bueno,

pues, para interrogatorios futuros tendré a mi abogado presente. Y pienso ejercer mis putos derechos humanos y mantenerme firme en mi postura. Pero ahora mismo creo que quiero irme.»

«¿Sin cargos?» McKerchar escruta con mirada profesional a los dos policías. «Pues venga, vamos.»

«Por supuesto», dice Poli Bueno. «Gracias por su ayuda, señor Williamson.»

«El placer ha sido todo vuestro», se burla Williamson. Da media vuelta y se marcha seguido por su abogado.

Epílogo

Verano de 2016
«I Met You in the Summertime»

Vicky, Alex, mi viejo y yo formamos un extraño cuarteto. Estamos pescando en el muelle de Santa Mónica, aunque no sacamos nada con nuestra caña de tres al cuarto, en comparación con los profesionales que nos rodean, con su equipamiento especializado y su cebo. Pero se trata solo de estar juntos. Serán necesarios por lo menos unos dieciocho meses de trámites y papeleos para que mi padre y mi hijo consigan la documentación. Los servicios sociales de Holanda se han puesto quisquillosos, y los abogados van a seguir ganando pasta, pero de aquí no nos mueve ni Dios.

Está claro que Alex despierta en mi viejo el recuerdo del pequeño Davie. Muestra indulgencia con él, más que yo, y seguro que mucha más de la que yo mostré nunca con mi hermano pequeño. Odiaba toda la baba, el moco, la mierda, el meado, los sonidos y, en general, el comportamiento violento que emanaba de él; consideraba a Davie como una fábrica de excrementos humanos diseñada para avergonzarme una y otra vez por las calles de Leith. Nunca entendí cómo el viejo lo aguantaba. Bueno, esa es una de las ventajas de hacerse un insensible. He aprendido a aceptar todo eso, e incluso a amarlo, en mi propio hijo; también es verdad que él no es tan asqueroso ni está tan afectado como lo estaba mi hermano. Pero nunca va a jugar para los Hibs, ni a ser el líder de un grupo de música, ni (lo más triste de todo) a conocer el arrobamiento de hacer el amor con alguien. Tampoco va a ser nunca yonqui, ni a pasarse la vida adulta haciendo de canguro para niñatos DJ. Y, lo más importante, vivirá disfrutando del sol mientras quede algo de aliento en mi cuerpo.

Pillo a Vicky colocándose el pelo, porque la brisa del Pacífico le pone constantemente un mechón en la cara. Mi padre le cae bien, y parece haberle cogido cariño a Alex. Aun cuando la mira y dice por enésima vez: «Había pedido uno, no dos».

Pero no todo es de color de rosa. Vicky ha dejado muy claro que no quiere niños, cosa que entiendo perfectamente y que me viene al pelo, pero tampoco parece que se le haya pasado por la cabeza la idea de vivir con el hijo adolescente con necesidades especiales de otra persona. Nuestras vidas son ya complicadas de por sí, y no es el momento de plantear lo de irse a vivir juntos. Pero preferimos no hablar mucho del tema. Y así seguiremos.

La vida no está tan mal. Conrad se ha acostumbrado a Las Vegas; como es tan ansioso, ya tiene la mirada puesta en su próximo título de DJ residente en XS, y con frecuencia lleva a Emily y a Carl como invitados. No, la cosa entre Conrad y Emily no duró, pero han seguido siendo amigos, y su colaboración mejoró el estatus y el perfil de Emily. Quizá ese fuera el plan desde el principio. Conrad se instaló de forma permanente en Miami, después de que le presentase a la entrenadora. Pensé que saldría por patas, dada la reputación temible de ella, pero parece que se llevan bien y que él está siguiendo el programa a pies juntillas. Los resultados han sido espectaculares. Se ha quedado en ciento dos kilos, cuando antes pesaba ciento sesenta, y sigue perdiendo. Ya no tengo que ayudarlo a echar un polvo. Después de lo de Conrad,

Emily se mudó a Nueva York. Desde entonces, pasa mucho más tiempo en el estudio y los resultados han sido muy alentadores. La residencia en Las Vegas implicará menos viajes, y ni ella ni Conrad están ya tan encima de mí. Supongo que están madurando, pero mucho más rápido que yo a su edad. E Ivan, antiguamente conocido como el belga traidor, que sigue petándolo, está de nuevo conmigo.

Carl se ha mudado a Los Ángeles; el muy capullo está en West Hollywood, pero creo que todavía no ha renunciado a Helena, y siento que eso solo puede acarrearle más daño. No obstante, es mejor no decirle a un puto *jambo* retrasado lo que tiene que hacer.

Y por ahí, caminando entre las neblinosas espirales de calor, bajo el cielo azul, se acerca el otro extraño cuarteto, por mucho que el resto del mundo los considere el paradigma de la normalidad. A nuestro encuentro vienen, por la arena, el artista antiguamente llamado psicópata, su mujer y sus dos hijitas, una de las cuales –la pequeña– tiene un aire inconfundible de «hija de Begbie». La niña le pide, probablemente por enésima vez, que la lance por el aire, cosa que le encanta. La mayor, Grace, una chica muy vivaracha, charla con su madre, que le da un abrazo a Vicky, mientras que mi padre estrecha la mano de Franco. Sauzee, el perro, da un brinco en dirección a Toto, se olisquean y llegan a la conclusión de que se caen bien.

Por supuesto, tuve que quedarme con el puto chucho de Spud. Alex lo adora; se sienta con él en las rodillas y le dispensa caricias rítmicas por la cabeza y el lomo. Ninguno de los dos se cansa de ello. A veces me quedo mirando para ver cuál de los dos se hartará primero, y solo se detienen para comer. Hasta yo le he cogido cariño a Toto, y eso que en realidad no soy aficionado a los animales, sobre todo a los perros pequeños.

Franco aprovecha que Eve se abalanza sobre nuestros

amigos caninos y se acerca; me aprieta de broma el bíceps. «Este es mi héroe.» Mira con nostalgia a las dos niñas, que ahora están jugando con los chuchos. «Podría haberlo perdido todo.»

«No pasa nada, colega», susurro. Tengo un pastón en el banco gracias a él. Vendió los bustos por mí a alrededor de un cuarenta por ciento más de lo que yo pagué por ellos. Franco, Melanie y yo acordamos minimizar el horrible incidente con el policía miserable. A ese acosador le van a caer por lo menos diez años por secuestro, asalto y allanamiento de morada. Pronto acudiré a los tribunales como testigo. A Vicky y a papá les he contado la historia a grandes rasgos. Ya habrá tiempo de entrar en detalles.

Trabajo mucho fuera, salgo a correr con Vicky. Como bien y me mantengo alejado del alcohol y las drogas. Voy de vez en cuando a Narcóticos Anónimos antes de salir de viaje con los DJ, y tengo una aplicación que me dice dónde son las reuniones en las ciudades que visito. Controlo mi peso por primera vez: siempre he tenido un treinta y dos de cintura. Ahora el treinta y cuatro de Billy me viene como anillo al dedo. Mi tributo a él y a Spud será ponerme los vaqueros hasta que se caigan a trozos.

Pero igual nos tomamos todos un helado. Como cuando Franco y yo nos conocimos en la furgoneta, frente a Fort House, Begbie con su bol en la mano. Esta vez él no andará en busca de matones, ni yo en busca de drogas. Me suena el teléfono, y bajo a la playa para coger la llamada. Es Gavin Gregson, el editor de Londres. Al que le envié el manuscrito de Spud, con unas cuantas correcciones. Bueno, solo le corregí dos palabras, ambas en la portada. Me va a repetir lo contento que están de publicarme el libro la primavera que viene. Pienso en las palabras de Sick Boy, que solo se puede ser un capullo o una víctima, y lo de ser víctima queda más que descartado. Se me pasan mil cosas por la mente al mismo tiempo. A lo mejor la expiación tiene que ver con hacer las cosas bien. Pero ¿bien para quién? Veo que Vicky me sonríe mientras Alex bailotea sin moverse del sitio. ¿Qué hago? ¿Tú qué harías? Dejo que suene un par de veces y luego pulso el botón verde. «Gavin, ¿qué tal?»

AGRADECIMIENTOS

Muchísimas gracias a todo el equipo de Jonathan Cape. De verdad, sois increíbles.

Y quisiera dar las gracias especialmente a Dan McDaid por sus maravillosas ilustraciones de los viajes de DMT.

ÍNDICE